Après avoir décroché un diplôme avec mention en psychologie et travaillé en tant que décoratrice d'intérieur, **Coreene Callahan** a fini par succomber à son imagination hyperactive et est retournée à son premier amour : l'écriture. Quand elle n'écrit pas, elle rêve de mondes magiques remplis d'hommes-dragons, d'assassins d'élite et d'histoires d'amour trop chaudes pour être décrites. Elle vit actuellement au Canada avec sa famille et son compagnon d'écriture, un golden retriever qui adore s'amuser.

Ce livre est également disponible au format numérique

www.milady.fr

Coreene Callahan

Furie de flamme

Dragonfury – 1

Traduit de l'anglais (Canada) par Hélène Assens

Milady

Milady est un label des éditions Bragelonne

Titre original : *Fury of Fire*

Publié aux États-Unis par Amazon Publishing, 2012.
Cette édition est publiée avec l'accord de Amazon Publishing.

ISBN : 978-2-8112-1262-9

Bragelonne – Milady
60-62, rue d'Hauteville – 75010 Paris

E-mail : info@milady.fr
Site Internet : www.milady.fr

Pour mon guide intrépide, Alain.
Celui-ci est pour toi, mon chéri.

Remerciements

Parfois, il m'arrive de faire un truc bien. Revenir à l'écriture en fait partie. Merci maman et papa pour votre soutien, vos encouragements et pour avoir eu foi en moi. Et à mes deux frères – avec vos connaissances de malade en informatique –, merci d'être des types bien, et de répondre à toutes les questions que je vous balance.

Merci à Alain, l'homme qui rend tout plus beau juste par sa présence, et à mes magnifiques filles, les trois A. Vous illuminez ma vie tous les jours.

Un remerciement tout particulier à Kallie Lane – amie, consœur et relectrice. Tu es géniale au-delà de toute mesure.

À Christine Witthohn, agent littéraire hors du commun, personne en tout point incroyable et coéquipière. Ta générosité et ta sagesse m'épatent. Je n'aurais jamais pu le faire sans toi. Tu es, tout simplement, la meilleure !

Merci à ma fabuleuse éditrice, Eleni Caminis, de m'avoir donné une chance et d'avoir cru en ce livre autant que moi. Et à toute l'équipe de Amazon Publishing, dont le travail et le dévouement sont particulièrement impressionnants.

À Steve Wiebe et Joanna Scott – sans qui j'aurais été perdue sous une montagne d'informations médicales. Comme toujours, merci. Vous m'avez sauvé la peau sur ce coup-là !

En dernier mais non les moindres, merci au BC Babes qui me font rire tous les jours tout en m'apprenant des tas de choses au passage. À Lucy, Debbie, les MTL et l'ORWA, merci pour votre soutien inébranlable et vos encouragements.

Je lève mon verre en votre honneur à tous.

Chapitre premier

Le clignotement des lumières stroboscopiques faisait un mal de chien. Les yeux plissés pour se protéger de l'éclat aveuglant, Bastian scrutait la piste de danse, embrassant du regard la peau exposée et les jupes presque inexistantes qui se trémoussaient au rythme de la techno hard-core. Son œil exercé remarquait toutes sortes de traces, la faible lueur de l'énergie féminine qui tournoyait dans les angles sombres. Il avala une autre gorgée de Blue Label.

Le whisky descendit tout seul. Son humeur ne fit qu'empirer.

— Alors ?

Rikar se glissa dans le box en face de lui.

— À ton avis ?

Il jeta un regard à son ami, remarqua le chatoiement dans ses yeux pâles. Cet éclat irisé ne signifiait qu'une chose : son ami s'était nourri, avait assouvi ses besoins dans quelque recoin obscur de la boîte avec une humaine consentante. Rien d'étonnant là-dedans. Les dragons plaisaient aux femmes, et son lieutenant n'était jamais en mal de compagnie.

Rikar referma la main autour de sa bouteille de bière, un brassage du coin, et en but une gorgée.

— Choisis-en une, qu'on en finisse, bordel de merde.

Si seulement c'était aussi simple. Dans le calme de son repaire, sa décision – et les raisons qui la motivaient – lui avait semblé parfaitement logique. À présent, entouré du martèlement des basses et des vagues parfumées de la chair féminine, Bastian se demandait ce qui avait bien pu lui passer par la tête. Ce n'était pas qu'il ne voulait pas de femme. Bon Dieu, il les appréciait autant si ce n'était plus que ses frères d'armes, mais à la pensée d'en prendre une pour se reproduire il sentait son sang se glacer.

— J'ai encore le temps.

Son ami lui décocha un regard amusé.

— Il te reste moins d'une semaine.

— Arrête, Rikar.

— Hé, c'est ton plan de dingue à toi, pas le mien.

Ouais, dingue. Ça résumait bien les choses. Mais ça n'avait pas d'importance. Il avait les mains liées. La guerre sévissait depuis si longtemps que Bastian avait perdu le compte des victimes. Des siècles à voir ses camarades tomber, à chasser et être chassé. Ça ne cesserait jamais. Aucun camp ne pouvait espérer une vraie victoire désormais. Comme il ne lui restait plus qu'une poignée de guerriers, il n'avait guère d'autre choix que d'augmenter leurs effectifs… et ça signifiait engendrer la génération suivante.

Cette idée lui pesait comme une pierre dans l'estomac. Il avait envie d'une compagne comme d'un autre trou dans la tête, mais il devait montrer l'exemple : être le premier à s'engager, à avoir un fils, à perdre sa femelle en couches.

Bastian fit tourner le glaçon dans son verre. Seigneur. Il ne savait même pas à quoi elle ressemblait et pourtant, il la pleurait. Se sentait déjà désolé pour la vie qu'il prendrait. Ce n'était pas un meurtre. Pas vraiment. Il ne ferait jamais de mal à une femme de son plein gré, mais ça ne changeait pas ce qu'il devait faire. Pour sauver les siens il devait se reproduire, et les femmes ne survivaient jamais à l'accouchement d'un dragon.

— Tu t'en demandes trop, Bastian. Les dragons se portent plutôt bien.

Bastian vit le regard glacial de Rikar effleurer la piste un instant avant de se reposer sur lui. Ses yeux réprobateurs exprimaient cependant une évidence. Rikar savait, exactement comme lui, qu'il n'existait pas d'autre solution.

— Tu devrais te nourrir, poursuivit-il. Ça améliorera ton humeur.

Certainement, mais cette suggestion lui laissa un arrière-goût désagréable dans la bouche. Bastian ne cédait que poussé par la faim et le désespoir. Idiot, peut-être, mais malgré sa nature il n'aimait pas prendre ce qui ne lui appartenait pas. Les femmes méritaient mieux que d'être utilisées et d'avoir leurs souvenirs effacés. En outre, l'énergie de basse qualité de la boîte ne suffisait pas. Étant l'un des plus âgés de son espèce, il avait besoin d'une femme capable de se relier au pouvoir pur du Méridien pour le nourrir.

Ce courant électrostatique alimentait les dragons, une espèce uniquement composée de mâles engendrés par des humaines. Sans cet échange d'énergie, les siens mourraient de faim. Et le seul moyen de puiser dans cette source était de se rapprocher d'une femme. Au point que les corps se heurtent et que les peaux se rencontrent. Non qu'aucune se soit jamais plainte. Pas une fois au cours de toutes les années de son existence, elles ne s'y étaient opposées. Elles le suppliaient plutôt de leur donner du plaisir. En ce moment même, les femmes les plus proches de lui l'observaient, à l'affût du plus petit signe d'intérêt.

Normalement il prenait ce qu'elles offraient, mais pas ce soir-là.

Ce soir-là il était question de commandement. De montrer aux guerriers sous ses ordres qu'ils devaient faire des sacrifices pour le bien de l'espèce.

Bastian scruta de nouveau la boîte. Les danseurs s'animaient, se mettaient par deux ou trois, les jupes des femmes raccourcissaient, des mains masculines exploraient les domaines à leur portée. La tête rejetée en arrière, il termina son Blue Label et repéra la serveuse dans la foule. Une rousse, plutôt jolie mais trop gothique à son goût. Il aimait que ses femmes aient le visage propre, sans les couches de maquillage que les clubbeuses affectionnaient.

Malgré tout il lança un ordre mental.

Elle cligna une fois ses yeux soulignés de khôl avant de tourner sur ses talons aiguilles pour se diriger vers le bar. Accédant à la psyché collective, il poussa la foule hors de son chemin : celle-ci s'écarta telle la mer Rouge, lui ouvrant une large trouée tandis qu'elle s'approchait du comptoir en inox et des tabourets à haut dossier. En moins d'une minute, elle revint, les doigts enroulés autour du goulot d'une bouteille, les hanches ondulant dans sa minijupe taille basse.

Le cristal tinta lorsqu'elle posa deux verres devant eux.

— Je vous sers ?

Sa voix n'était guère plus qu'un roucoulement sensuel, un murmure d'invitation qu'un humain n'aurait jamais entendu derrière le martèlement des basses qui vibraient à travers la boîte. Mais Bastian n'était qu'à moitié humain. Comme tous ceux de son espèce, il avait des sens aiguisés, toujours en éveil, impatients de se mettre en chasse. Il la dévisagea un instant. Elle possédait une énergie appropriée, meilleure que beaucoup… pas assez pour le nourrir véritablement, mais suffisamment pour apaiser son appétit. La faim commençait à lui tordre le ventre.

— Je prends ma pause dans cinq minutes. (Elle se pencha vers lui, lui montrant son décolleté alors qu'elle posait la bouteille de *single malt* sur la table.) Tu me rejoins derrière ?

Un feu débordant et l'inexpérience sexuelle tournoyaient dans son parfum. La senteur de la jeunesse, belle à sa façon, mais la femme ne l'attirait pas. Il avait vécu trop longtemps pour être intéressé par l'inexpérience.

— Une autre fois.

Elle esquissa une moue de ses lèvres fardées.

— Tu es sûr ?

— Ça va, dit-il, déployant un sort d'apaisement pour adoucir son rejet. Laisse la bouteille et va-t'en.

Avec un soupir, elle s'écarta, et reporta son attention sur les clients de la table à côté.

— Tu ne peux pas, c'est ça ?

Les yeux plissés, Bastian considéra son ami.

— Le Méridien ne va pas s'aligner…

— Avant encore cinq jours. Ouais, je sais, mais une femme ayant le genre d'énergie que tu recherches ne va pas se révéler facile. Elle ne va pas tomber dans ton lit… pas comme celles-ci. (Rikar inclina le goulot de sa bouteille en direction des femmes sur la piste de danse.) La moindre seconde te sera nécessaire pour la séduire.

Merde. Comme s'il avait besoin qu'on le lui rappelle.

Bastian empoigna son ami Johnnie Walker par le cou, regrettant qu'il ne s'agisse pas de Rikar. Il avait besoin d'air, devait s'éloigner de la chaleur, du bruit et de l'odeur de la boîte avant d'exploser.

— Je vais sur le toit.

— À ta guise.

C'était ce qu'il faisait toujours.

Sans un regard en arrière, la bouteille de whisky à la main, Bastian se dirigea vers la lueur rouge du panneau d'issue de secours à la droite du bar. Son long manteau en cuir se déploya derrière lui, accentuant inutilement sa taille déjà inhabituelle. Les mâles humains voyaient en lui le prédateur qu'il était et s'écartaient, gardant une distance respectueuse. Tout aussi bien. Il était d'humeur à se battre et, étant donné ses inclinations, à la moindre provocation, ses poings voleraient.

À mi-chemin, une vague sensation lui effleura la nuque. Il s'arrêta pour regarder par-dessus son épaule. Rikar était déjà debout, s'avançait vers lui, laissant sa bière vaciller sur la table.

— *Bastian.*

La voix chuchota dans son esprit, grâce au lien mental qu'il partageait avec tous les guerriers qui luttaient à ses côtés – l'équivalent cosmique d'un téléphone portable pour les siens.

Il accepta le lien, le regard rivé sur celui de Rikar.

— *Sloan, quoi de neuf?*

— *Des tas d'emmerdes.*

Même à travers la communication mentale, il entendait le cliquetis rapide des touches du clavier. Sloan, leur cyberflic attitré, n'était jamais loin d'un ordinateur. Certaines nuits, Bastian le soupçonnait de dormir devant sa rangée d'écrans.

— *Sors ton cul de là. La femme a échappé à notre surveillance et a des ennuis.*

— *Merde. Quelle est la situation?*

— *Un appel aux urgences. L'ambulance est en chemin… en direction de la route 18.*

— *Arrivée estimée dans… ?*

Il posa le whisky sur une table en passant.

— *Trente minutes.*

— *On s'en occupe.*

Bastian avait franchi la porte de derrière et grimpé la première volée de marches avant d'avoir formulé cette pensée. Il monta les suivantes quatre à quatre, une froide résolution durcissant comme de la glace dans ses veines. La porte d'acier sauta de ses gonds une seconde avant qu'il enjambe le seuil pour accéder au toit.

Le gravier crissa sous ses rangers coqués. Bastian inspira profondément. L'air automnal piquant et l'odeur de feuilles tout juste jaunies lui parvinrent un instant avant qu'il s'élance dans le ciel. Sans y penser, il se transforma: sa peau se mua en écailles d'un noir bleuté, ses mains et ses pieds en serres griffues, et il déploya ses ailes en plein vol. Enveloppé de magie, dissimulé aux yeux humains, il vira vers l'est, s'éleva au-dessus des gratte-ciel et de la banlieue de Seattle jusqu'à ce que la civilisation laisse place aux forêts.

Fendant des nuages fins et l'air froid de la montagne, il plana rapidement au-dessus de la route 18. Le bitume serpentait entre les collines couvertes de vieux pins blancs et de thuyas géants. Des lumières rouges clignotaient au loin. Des phares jumeaux dévorant la pénombre avant d'être engloutis de nouveau alors que l'ambulance fonçait à toute allure.

Leur cible bien identifiée, il s'adressa à Rikar par la communication mentale.

—*Passe devant eux. Fais-les s'arrêter.*

Rikar émergea de la couverture nuageuse en un lent tonneau, et s'éleva telle une nappe de brume dans l'obscurité. D'un blanc presque immaculé, son ami constituait une rareté parmi ceux de leur espèce : en tant que dragon de givre, il préférait le froid rigoureux de sa demeure arctique, et pouvait même contrôler le climat à sa guise.

—*Je vais les givrer. Tu as le conducteur ?*

—*Ouais. Vas-y, Ice Cube.*

—*Je t'emmerde, Lance-Flammes.*

Avec un large sourire, Bastian vira sur la gauche et glissa au-dessus de la cime des arbres. Un long vol plané qui le mena à l'arrière de l'ambulance alors que Rikar piquait. Alors qu'il était juste au-dessus du véhicule qui fonçait à toute allure, les gyrophares se heurtèrent aux écailles blanches, baignant son lieutenant dans une explosion de lumière rouge. Rikar inspira brusquement et expira en douceur. Des volutes jumelles s'élevèrent de ses narines tandis que du givre se déployait devant lui, percutait le bitume, laissant une large et épaisse couche de glace sur l'asphalte. Les humains à l'intérieur du véhicule jurèrent quand ils perdirent toute visibilité. L'ambulance fit une embardée et le conducteur tenta de la redresser : un tour complet à quatre-vingts kilomètres à l'heure.

Puis un autre. D'autres cris en provenance de l'habitacle de l'ambulance.

Bastian se posa sur l'accotement. Les serres écartées, faisant voler les gravillons, il glissa sur le côté jusqu'au milieu de la route. Ses griffes aiguisées comme des lames de rasoir mordirent dans le goudron. Le frottement lui brûla les coussinets des pattes alors qu'il relevait sa tête cornue et attendait que l'ambulance hors de contrôle l'atteigne. Le capot se balançait, les phares peignaient les arbres d'une lueur d'un blanc ambré. Il lut l'horreur sur le visage des ambulanciers – à cause de la violence du dérapage ou de son apparition, il n'aurait su le dire. Une seconde avant que la calandre s'écrase sur lui, il empoigna l'avant du véhicule et l'arrêta en pleine course.

Le métal gémit et les pneus arrière rebondirent, faisant tressaillir de nouveau les humains.

— Frimeur, dit Rikar d'un ton empreint de mépris en se posant du côté passager.

Il arqua un sourcil.

— Jaloux ?

— Seigneur...

Levant les yeux au ciel avec exagération, son ami reprit forme humaine.

Bastian replia ses ailes et, incapable de résister, gronda en montrant les dents aux idiots qui le dévisageaient la bouche grande ouverte, stupéfaits. Ils avaient probablement tous deux mouillé leur froc et pourtant ils restaient là, cloués à leur siège. Il ricana. Au temps pour l'intelligence réputée des mâles humains.

L'instinct de survie finit par reprendre le dessus : ils se mirent à hurler, s'efforçant tant bien que mal de décrocher leur ceinture. Suivant l'exemple de Rikar, Bastian se transforma, et fit apparaître ses vêtements alors qu'il contournait les bords arrondis du pare-chocs. Tandis que ses rangers se matérialisaient à ses pieds, il se plaça devant la vitre du conducteur. Des yeux marron écarquillés rencontrèrent les siens un instant avant qu'il ouvre la portière d'un coup sec. Refermant la main sur la blouse de l'ambulancier, Bastian le traîna à l'extérieur et le souleva, ses bottes pendant à trente bons centimètres du sol. Terrifié, l'homme bafouilla ; le menton tremblant, les genoux s'entrechoquant, les bras ballants.

Bastian eut pitié de lui et, plongeant dans les tréfonds de son esprit pour en prendre le contrôle, l'apaisa pendant qu'il effaçait ses souvenirs. Tandis que l'auxiliaire médical se calmait, Bastian examina son uniforme, mémorisant les détails qu'il devrait reproduire lorsqu'ils atteindraient la maison et la femme qui y demeurait. Arriver vêtu de cuir n'était pas une bonne idée. Il voulait qu'elle soit en mesure de coopérer, pas terrorisée.

Son inspection terminée, Bastian posa l'homme par terre et lui dit de commencer à avancer. Une station-service se trouvait à un peu plus d'un kilomètre. Les ambulanciers pouvaient marcher jusque-là, même s'ils ne garderaient aucun souvenir de la façon dont ils avaient perdu leur véhicule. Avec un dernier regard aux deux hommes qui suivaient d'un pas tranquille l'accotement de la route, il se tourna vers l'ambulance. Rikar était déjà assis à l'intérieur, à jouer avec les boutons de la radio.

Un bruit de parasites emplit l'habitacle, et son ami lui jeta un regard inquiet. Ces crépitements lui apprenaient tout ce qu'il devait savoir. L'équipement réagissait à la charge électrique présente dans l'air. D'autres dragons se dirigeaient vers eux… aucun d'eux amical.

Bondissant à l'intérieur, Bastian fit claquer la portière derrière lui, regrettant d'avoir besoin de l'ambulance. Voler aurait été beaucoup plus rapide. Mais porter une femme enceinte à bout de griffes n'était pas une bonne idée. Il pourrait la serrer trop fort, les blesser elle ou le bébé.

Dans un juron, il passa la première et appuya sur l'accélérateur. Le moteur rugit et les pneus arrière crissèrent sur la glace avant d'adhérer à l'asphalte, les propulsant sur la route déserte.

Il devait atteindre la femme en premier. Avant que l'ennemi l'ouvre en deux pour voler la précieuse vie qu'elle portait.

Chapitre 2

Myst Munroe était si fatiguée que sa jambe gauche aurait pu tomber sans même qu'elle s'en aperçoive. Bon, d'accord, peut-être pas une jambe, mais vraiment, ces journées de quatorze heures finissaient par être ridicules. Méchamment rebattues. Les longues heures faisaient partie de son boulot, elle avait signé pour ça en devenant infirmière. Mais les petites lettres bien nettes qui figuraient après son nom sur sa carte de visite indiquaient « infirmière », pas « esclave ».

Quoique, en y repensant, elle devrait peut-être vérifier. Le dernier paquet de cartes en noir et blanc n'était arrivé que la veille.

Dans une petite boîte en carton : pas de lettres en relief ni de police recherchée, rien d'excitant.

Exactement comme sa vie.

Non qu'elle s'en plaigne. Elle avait l'occasion d'aider les gens tous les jours, et il n'existait pas grand-chose de plus épanouissant. Mais certains matins, elle aurait bien aimé être réveillée autrement que par le téléphone qui sonnait à 5 heures. Par des câlins et des baisers, par exemple, ainsi que le corps chaud et viril indispensable dans les deux cas.

Myst ouvrit le coffre de sa voiture, et se demanda ce qu'elle avait pu boire quand elle avait programmé des visites à domicile deux jours d'affilée. Un truc fort, très alcoolisé… double dose, peut-être, avec de petites ombrelles colorées plantées dedans. Ouais, sans aucun doute plusieurs, dans le genre beaucoup en l'espace de quelques petites heures.

Là tout de suite, elle n'aurait pas dit non à l'un de ces cocktails fruités. Elle se contenta de café et prit une gorgée de son énorme mug de voyage. Une saveur de noisette relevée de crème lui glissa dans la gorge tandis qu'elle regardait fixement dans le coffre. Le plafonnier projetait une lueur jaunâtre sur des boîtes remplies de matériel médical. Elle fronça les sourcils en les considérant, s'efforçant de remettre son cerveau en marche.

De quoi avait-elle besoin déjà ?

Elle se frotta les yeux.

— Ah, ouais, de gants supplémentaires.

Prenant une autre gorgée de son café au lait, elle se repassa rapidement le reste de la liste en tête. Sa sacoche médicale avait terriblement besoin d'être réapprovisionnée. Deux jours sur la route à rendre visite à des patients avaient laissé des marques dans l'intérieur bien rangé en grosse laine. Myst posa son mug sur le seul coin du coffre qui n'était pas encombré par le fouillis de ce qui constituait son bureau lorsqu'elle ne travaillait pas au centre médical de Seattle. Elle prit ce dont elle avait besoin dans les différentes boîtes en carton, et plaça les fournitures dans des compartiments et des poches bien conçus, s'arrêtant de temps à autre pour assouvir son addiction… la caféine.

Vivre dans son coffre ne plaisait pas à tout le monde. Ça ne dérangeait pas Myst. Cela avait beau être épuisant, elle appréciait ses visites à domicile et aimait conduire sur les routes rurales.

L'État de Washington était plus que pittoresque. Il était magnifique, avec ses montagnes, ses forêts de sapins de Douglas et ses points de vue panoramiques sur l'océan. La côte était ce qu'elle préférait, cependant : les falaises déchiquetées, les plages de sable et la fraîcheur de l'air marin. Ces paysages lui parlaient, lui donnaient soif d'autre chose. C'était peut-être leur aspect sauvage, le caractère imprévisible et débridé de la nature… et les possibilités inhérentes.

Mais cela dit, ce n'était peut-être rien de tout ça. Peut-être que l'agitation que sa mère hippie lui avait toujours reprochée la rattrapait enfin.

Soulevant la sacoche, Myst claqua le coffre. Elle ne voulait pas penser à sa mère. Sa perte était encore trop douloureuse. Trop de choses lui manquaient. Les longues jupes tziganes, les rideaux de porte en perles et les tirages de tarot. Le parfum de l'encens au jasmin, les biscuits maison et…

Bon Dieu, elle devait s'activer.

La nuit était tombée, apportant le genre d'obscurité qu'on ne voyait jamais en ville. La voûte céleste était absolue, sans rien pour perturber les nuages vaporeux qui tournoyaient sous une couverture de minuscules étoiles. Les lumières du restoroute *Chez Sal*, avec ses néons qui clignotaient de protestation derrière le « S », affectaient à peine les ténèbres.

Avec un frisson, elle jeta la sacoche sur le siège passager. Au moment même où elle claquait la portière, son téléphone portable sonna, *Touch My Body* de Mariah Carey retentit au rythme des battements de son cœur. Myst soupira. Si seulement.

Elle regarda l'identité de l'appelant, ouvrit l'appareil d'un coup sec et dit :

— Je crois que ma tête va exploser.

— À ce point, hein ? (Le rire de sa meilleure amie lui parvint à travers le combiné.) Sur le chemin du retour ?

— Encore un arrêt.

— Mince, Myst, il est presque 21 heures. Tu parles d'une accro au boulot.

— Ouais… et tu me téléphones d'où ?

— D'accord, grillée, reconnut Tania, sa voix indiquant qu'elle levait les yeux au ciel. Un gros contrat, tu sais. Faut que je rédige le cahier des charges.

— Et il fait quoi ton patron, déjà ? demanda-t-elle, consciente que le travail de son amie était aussi prenant que le sien.

Architecte paysagiste, Tania gravissait les échelons depuis le bas de l'échelle, faisant de longues heures, dans l'espoir d'impressionner les costards-cravates pour enfin décrocher une promotion.

— C'est mon bébé. Je suis en première ligne.

— Bonne chance alors. Woolsey va y mettre le nez, c'est sûr.

— Je m'en occupe. (Tania s'interrompit, et elle perçut son inquiétude.) Tu vas encore essayer, pas vrai ?

Myst se mordit la lèvre inférieure, et se demanda ce qu'elle pouvait révéler à son amie. Elle appréciait sa sollicitude – vraiment – mais Tania était une angoissée. Elle resterait éveillée toute la nuit, à se ronger les sangs dans la crainte que la mission tardive de Myst lui attire des ennuis.

Le silence s'intensifia sur la ligne.

Tania soupira. Un son pareil à la marée, qui sapait la volonté de Myst.

— Tu ne devrais pas aller là-bas toute seule.

— Je dois y aller, Tania. Elle a manqué trois rendez-vous. Quelque chose ne va pas.

— Et s'il revient ?

— Raison de plus… Caroline ne fait pas le poids face à ce mec.

Rien que d'y penser elle en était folle. Cette sale brute. D'accord, il n'avait jamais véritablement frappé sa patiente, mais elle l'avait entendu lui parler – la rabaisser – et ce n'était pas joli.

— Tu as enregistré le numéro de la police locale, hein ?

— Et celui des premiers secours.

— Merde, je déteste quand tu fais ça, lâcha son amie d'un ton brusque sous le coup de l'angoisse.

Myst ne répondit pas. Que pouvait-elle dire ? Qu'elle allait faire demi-tour et rentrer à la maison ? Que l'inquiétude de Tania était plus importante que sa patiente en difficulté ?

— Bon Dieu, je suis désolée. Tu sais que je suis une anxieuse et…

— Une vraie emmerdeuse, termina Myst d'une voix moqueuse pour détendre l'atmosphère.

— Parle pour toi, petite futée. (Tania souffla fort, le début d'un rire lui parvenant à travers la ligne.) Bon, écoute, appelle-moi quand tu partiras de là. Et prends bien soin de toi.

— Tu peux compter sur moi… promis.

Myst raccrocha et mit sa voiture en marche.

Tandis qu'elle quittait le parking de *Chez Sal*, ses phares brillant sur le bitume, son esprit s'attarda sur Caroline Van Owen. Dix-huit ans et enceinte. Zut ! cette fille n'avait aucune chance de s'en sortir. Pas avec une éducation inférieure à la moyenne et un compagnon qui ne lui était d'aucun soutien. Myst voyait tellement de cas similaires. Ça lui brisait le cœur chaque fois.

Ses collègues lui diraient que ce n'étaient pas ses affaires, qu'elle devrait faire son boulot et rester en dehors de tout ça. Mais elle avait beau essayer de toutes ses forces, elle le prenait personnellement quand il arrivait quelque chose à l'un de ses protégés. Stupide, peut-être, mais ses clients étaient plus que de simples patients. C'étaient des gens auxquels elle tenait. Elle s'était assise dans leur cuisine, avait partagé des croissants autour d'un café, les avait écoutés, leur avait parlé et les avait conseillés, et pas juste au sujet de leur santé.

L'hôpital aimait à penser qu'elle fournissait un service. Ce qui était le cas, en grande partie. Mais ce qui avait commencé comme un moyen pour réduire l'affluence dans le centre médical tout en optimisant les résultats financiers était devenu tellement plus.

Bien plus que ce qu'elle avait jamais imaginé.

Elle s'engagea dans l'allée des Van Owen. Plutôt une route d'ailleurs, le long chemin zigzaguant entre de gigantesques thuyas géants et des pins blancs. Des touffes d'herbe poussaient au milieu, serpentant entre les ornières. Quand ses phares oscillèrent sur le dernier virage, elle se pencha sur le volant pour scruter devant elle. Elle soupira de soulagement alors même que l'appréhension lui nouait le ventre.

Il y avait quelqu'un. La lumière brillait dans la cuisine.

La question à présent : était-ce le sale type ? Ou Caroline ?

Myst espérait que c'était elle. Elle avait besoin de voir la fille par elle-même. Pour s'assurer que tout allait bien et la remettre sur la bonne voie. À huit mois de grossesse et souffrant d'un diabète gestationnel, Caroline ne pouvait pas se permettre de jouer les imbéciles. Elle ne faisait plus ses bilans sanguins, et le dernier n'avait pas été bon.

L'anomalie que présentaient ses plaquettes laissait Myst perplexe. Le labo travaillait dessus mais, jusque-là, les techniciens n'avaient rien trouvé.

Se garant près d'un vieux tracteur aux pneus dégonflés, elle jeta ses clés dans le porte-gobelet et, saisissant sa sacoche, se dirigea vers la véranda. La demeure vétuste avait l'air étrange, nichée au milieu d'une forêt de la côte Ouest : une peinture d'un jaune passé qui s'écaillait, un avant-toit qui s'affaissait, un canapé en piteux état exposé aux lumières de part et d'autre de la porte de cèdre bosselée.

Sa sacoche en toile lui heurtant la jambe, elle grimpa les marches usées de la véranda et frappa au panneau de cèdre. Elle attendit une minute, l'oreille tendue, aux aguets.

Rien. Pas de craquement de plancher. Pas l'ombre d'un mouvement à l'intérieur.

Myst tapa plus fort, à s'en faire mal aux doigts, alors qu'elle scrutait à travers l'une des étroites fenêtres qui flanquaient la porte. Sans rideau pour l'obstruer, elle lui fournissait une vue parfaite du couloir jusqu'à la cuisine. Sur le sol, coulant de derrière l'îlot, une flaque sombre se répandait sur le carrelage clair.

Son cœur bondit.

À cette distance, elle ne pouvait pas en être certaine, mais…

— Putain !

Myst lâcha sa sacoche et sortit brusquement son téléphone de la poche de sa veste. Elle composa le numéro des urgences et donna de grands coups dans la porte de la paume de la main.

— Caroline !

Pas de réponse.

Elle tourna la poignée. Fermée.

— Merde.

Parcourant la véranda du regard, elle chercha quelque chose de lourd. Elle devait entrer. Peut-être que la tache sombre était de la sauce spaghettis. Peut-être qu'elle perdait la tête. Mais elle en doutait. Elle avait eu un mauvais pressentiment toute la journée… un de ces trucs qui vous sautaient dessus pour ne plus vous lâcher.

Une pelle au bout pointu accrocha son regard. Contournant le canapé miteux en courant, elle s'empara du manche en bois. Le téléphone sonnait toujours à l'autre bout de la ligne quand elle revint près de la fenêtre. Détournant le visage, elle leva l'outil d'une main et envoya le métal au contact du verre. La vitre explosa vers l'intérieur, projetant des éclats dans l'entrée.

Sans perdre une seconde, elle passa le bras dans l'ouverture et tira le verrou. Un instant plus tard, elle franchissait la porte avec sa sacoche, se ruait dans le couloir jusqu'à la cuisine.

— Service des urgences. Quelle est la raison de votre appel ?

— Oh, bon Dieu.

— Madame ?

Myst resta figée, le téléphone à l'oreille, transie par le choc. Caroline était affalée sur le sol entre l'îlot et l'évier dans une flaque de sang. Lorsqu'elle saisit toute l'horreur de la scène, Myst se retrouva propulsée dans un autre tableau. Un spectacle terrifiant où avait figuré sa mère.

— Madame ? Madame ? (La voix lui parvint, avec un ton ferme qui força son attention.) Parlez-moi. Dites-moi ce qui se passe.

Sa formation médicale reprit le dessus.

— Myst Munroe. Infirmière à Seattle. Envoyez une ambulance. J'ai une femme enceinte à terre. De huit mois. Elle est… bon Dieu, il y a tellement de sang.

Elle enfila vivement ses gants et s'approcha, ses chaussures glissant dans le bain de sang. Ayant besoin de ses deux mains libres, elle mit le haut-parleur et jeta le téléphone sur une zone de carrelage propre.

— Où êtes-vous ?

Vérifiant les fonctions vitales de la jeune femme, elle débita l'adresse à toute allure.

— Venez. Et vite. Elle ne réagit pas.

— Myst, restez en ligne avec moi. J'entre en communication avec le central.

Ce ne serait pas assez rapide. Les ambulanciers n'arriveraient pas à temps. Caroline se vidait de l'intérieur. Et Myst ne pouvait pas arrêter une hémorragie interne, pas sans une salle d'opération et un as de la chirurgie.

Elle tira sa sacoche à elle. Elle devait trouver un moyen de…

Caroline lui saisit le poignet. Ses cils noirs tremblèrent contre ses joues pâles.

Elle remua les lèvres. Aucun son ne sortit. Elle essaya encore et chuchota.

— Sauve-le.

— Qui, ma chérie ?

— Mon bébé, souffla-t-elle, trop faible pour vraiment parler. Sauve… mon bébé.

— Oui. Je te le promets. L'ambulance arrive. On va t'amener à l'hôpital.

Un mensonge. Un horrible mensonge.

Myst le ressentit comme un coup de couteau à la poitrine. Ni Caroline ni elle n'en sortiraient indemnes. Elle ravala les sanglots qui lui remontaient dans la gorge. Bon Dieu, si seulement elle avait insisté pour que Caroline la voie. Si seulement elle était venue plus tôt. Elle aurait pu sauter son dîner, conduire plus vite…

— Myst ? (Son interlocutrice des urgences reprit la communication.) Une ambulance est en route. Arrivée estimée dans trente minutes.

Le pouls de Caroline palpitait tandis que sa respiration ralentissait, jusqu'à n'être plus qu'un râle dans sa poitrine.

— C'est trop long.

— Restez en ligne. Les secours ne sont pas loin.

La voix entrecoupée de parasites, la femme continua à parler. Myst cessa de l'écouter, frappée violemment par la dure réalité lorsque le cœur de Caroline s'arrêta. Elle commença les gestes de premiers secours, lui soufflant de l'air dans les poumons entre des massages cardiaques. Mais ça ne servit à rien. La fille qu'elle avait tout fait pour aider était partie.

« Sauve mon bébé. »

Ces mots chuchotés tournèrent dans sa tête. La dernière supplication d'une mère mourante.

La gorge nouée par la colère, le cœur tambourinant comme un train de marchandises, Myst fouilla dans sa sacoche. Elle en sortit un moniteur cardiaque fœtal. L'appareil portable s'enclencha d'un tour de bouton. Relevant vivement le tee-shirt de coton, elle aspergea la peau de gel à échographie, plaça le disque sur le ventre rond de Caroline et chercha, roulant à droite puis à gauche.

Un faible bruit sourd lui parvint à travers le haut-parleur.

Les mains tremblantes, elle jeta le moniteur sur le côté et reprit sa sacoche. Elle devait avoir un truc coupant. N'importe quoi qui pourrait…

Merde! Elle ne se promenait pas avec des scalpels. N'en avait jamais eu besoin.

S'élançant vers l'îlot, elle tira violemment le tiroir le plus proche. Rien à part des couteaux à beurre. Elle ouvrit le suivant. Des couteaux au manche noir, certains étroits, d'autres larges, la regardèrent. Les lames d'acier s'entrechoquèrent lorsque Myst saisit un couteau à viande et se retourna vers Caroline.

Elle n'avait pas le choix. Elle en était capable. L'obstétrique constituait sa spécialité. Elle avait assisté à plus de césariennes qu'elle ne pouvait en compter. Peu importait qu'elle risque d'être licenciée et d'aller en prison. Le bébé était plus précieux.

— Seigneur, pardonnez-moi, chuchota-t-elle, perdant une partie de son âme alors qu'elle mettait la lame au contact de la chair pour l'inciser.

L'odeur de sang frais tira Bastian en haut des marches de la véranda et à travers la porte ouverte. Du verre brisé craqua sous les semelles de ses bottes lorsqu'il franchit le seuil de la petite maison.

Il arrivait trop tard.

Les Razorback, le groupe de dragons rebelles qui haïssaient le genre humain et le fait de dépendre de leurs femmes, l'avaient précédé auprès de la mère et de l'enfant. Peu lui importait que le nourrisson ait été engendré par l'un d'eux. Aucun de ces salopards ne méritait d'être père. Laisser la femme seule et sans défense – sans la moindre idée de ce qu'il adviendrait –, puis prendre le bébé un mois en avance ? Seigneur, c'était plus qu'inconcevable.

L'énormité de son échec le frappa comme un coup dans le ventre.

Il aurait dû venir plus tôt. Deux jours avant, lorsque les résultats de l'analyse sanguine étaient apparus dans le système informatique de Sloan. Avec des tentacules profondément enfoncés dans les bases de données des humains, son camarade pouvait trouver n'importe quoi, des dossiers médicaux aux rapports d'homicide.

Merde. C'était la faute de Bastian.

Pas sa mort – ça, c'était devenu inévitable dès l'instant où l'un des siens l'avait fécondée – mais la façon dont elle s'était produite. La violence. Les souffrances inutiles. S'il avait accompli son devoir, la femme aurait connu une fin paisible.

Avec une résolution inébranlable, Bastian suivit l'odeur de la mort dans l'étroit couloir. Humant profondément, tendant l'oreille, il scruta partout en quête de la moindre trace du passage de l'ennemi. Il enterrerait la femme avant de traquer les rebelles ; pour reprendre l'enfant avant qu'il ne soit corrompu par la haine. Un nouveau soldat dans les rangs des Razorback constituait la dernière chose dont ses guerriers et lui avaient besoin.

Depuis la porte de la cuisine il aperçut la mare de sang sur le carrelage et...

— Je suis tellement désolée... tellement désolée, dit une femme, une note déchirante dans la voix. Regarde comme il est beau, Caro. Dix doigts et dix orteils. Regarde comme il est beau.

Les pleurs d'un nourrisson lui répondirent, s'élevant de derrière l'îlot.

Inspirant vivement, Bastian contourna le bord du plan de travail moucheté d'or. Il s'arrêta net, les bottes clouées au sol, les yeux rivés sur la femme aux cheveux blonds. Sa blouse d'hôpital vert pâle couverte de sang, elle était assise, dévastée, un cadavre à son côté, un petit paquet enveloppé dans une veste au creux de ses bras. Des ustensiles médicaux étaient répandus autour d'elle, la sacoche noire près d'elle débordait de gaze, de gants en caoutchouc et de sachets en plastique. Mais ce fut à la vue du couteau de boucher qu'il eut mal pour elle.

Elle avait sauvé le bébé, consciente de ne pouvoir rien faire pour la mère. Remarquable. Elle était incontestablement remarquable. Une femme dotée du courage d'un guerrier.

Bastian déglutit pour chasser la boule dans sa gorge et se débarrassa de ses vêtements en cuir, faisant apparaître une tenue d'ambulancier. En tant qu'infirmière, elle réagirait mieux à la présence d'un auxiliaire médical, une personne formée et expérimentée. Il ne voulait pas qu'elle pète un câble : le temps ne jouait pas en sa faveur. Les Razorback ne tarderaient pas à les rattraper ; il devait l'amener dans l'ambulance et filer avant qu'ils n'arrivent.

Se demandant quelle était la meilleure façon de l'approcher, il la regarda se balancer un moment, la tête penchée sur le nourrisson. Il s'accroupit pour masquer sa taille, et se décida pour :

— Salut.

Elle sursauta au son de sa voix, bondit presque sur ses pieds tandis qu'elle serrait le bébé contre elle et se tournait vivement vers lui. De grands yeux bleus rencontrèrent les siens, d'une nuance profonde presque de la couleur des violettes.

Meurtrie. Elle avait l'air meurtrie, frappée d'horreur… et autre chose.

Même épuisée et accablée par les circonstances, elle possédait l'énergie la plus puissante qu'il ait jamais vue. D'un blanc pur, elle vibrait dans son aura, l'illuminant de l'intérieur, manquant de le faire tomber sur le cul.

Bon Dieu, elle était pratiquement branchée sur le Méridien.

Elle ne se contentait pas de puiser légèrement dans le courant électrostatique qui nourrissait les dragons ou de le détourner en douceur. Elle y était reliée avec une telle intensité que les mâles se battraient pour s'emparer d'elle. Ce caractère primitif le séduisait, l'incitait à se rapprocher, à la toucher, pour voir ce que ça ferait de sentir toute cette énergie contre sa peau.

L'espace d'une seconde Bastian oublia où il se trouvait, envahi par une soif terrible.

Percevant à coup sûr le danger soudain, le souffle coupé, elle se traîna sur le côté. Alors que la distance qui les séparait grandissait, il se maîtrisa, recomposa son expression.

— Doucement. (Il écarta les bras, les mains levées en un geste apaisant.) L'ambulance, vous vous rappelez ? Je suis là pour vous aider.

Une larme perla à son œil et roula à travers la traînée de sang sur sa joue.

— Je ne p-pouvais pas arrêter l'hémorragie et… j'ai juste…

— Je sais.

C'était vrai. Il comprenait exactement ce sur quoi elle était tombée lorsqu'elle était entrée dans la maison.

— Il serait m-mort, aussi. Je ne pouvais pas… je devais… (Sa lèvre inférieure trembla tandis qu'elle fermait les yeux – d'autres larmes coulèrent.) Oh, Seigneur.

Un élan protecteur l'envahit. Suivi d'une fierté farouche pour la force et l'intelligence de cette femme, sa ténacité face à des circonstances accablantes.

Il baissa le regard sur l'étiquette visible sur sa sacoche. Mémorisant son nom et son adresse, il murmura :

— Myst, tout va bien. Ouvrez les yeux et regardez-moi.

Elle laissa échapper une longue expiration tremblante, mais obéit.

À la seconde où elle croisa son regard, il tendit la main.

— Venez, *bellmia*. Partons d'ici.

— Mais, Caroline, elle…

— Vous ne pouvez plus rien pour elle maintenant. L'ambulancier va s'occuper d'elle, dit-il. Vous devez penser au bébé. Réfléchissez, Myst. Que devez-vous faire pour lui ?

Elle cligna des yeux, et Bastian perçut l'instant précis où son esprit se détacha de l'horreur pour reprendre du service. Il sourit presque. Brave fille, aurait-il aimé dire. Cette envie de la féliciter le surprit un peu, tout comme son besoin de procéder avec douceur. Il aurait dû lui effacer la mémoire et la traîner dans l'ambulance. Mais il ne pouvait s'y résoudre. Il ne voulait pas qu'elle l'oublie.

Et Bastian se détestait pour ça – et pour ce qu'il s'apprêtait à faire. Il avait su à l'instant où elle avait tourné ses yeux violets sur lui qu'il ne la laisserait pas partir. Cinq jours. Il lui restait cinq jours avant que les axes du Méridien s'alignent. Cet événement semestriel constituait le seul moment où les siens pouvaient engendrer un enfant avec une humaine, et il ne devait pas le rater. Il se l'était promis, était tenu par le devoir et l'honneur de protéger son espèce, et que ça lui plaise ou non, Myst l'accompagnait.

Rikar franchit le seuil.

— Nom de Dieu !

— N'y pense pas, dit-il, conscient que son ami réagissait plus à l'énergie de Myst qu'à la scène sanglante.

— Compris.

Rikar détourna les yeux. Un mouvement purement instinctif, un mâle s'écartant d'un autre qui revendiquait sa propriété.

— On doit bouger, reprit-il. On ne va pas tarder à avoir de la compagnie.

— Combien de temps ?

Son lieutenant lui adressa un regard entendu.

Ils n'avaient plus une seconde à perdre. Bastian tendit la main vers Myst. La patience n'était plus envisageable. Pas s'il voulait la sortir de là en un seul morceau.

Chapitre 3

Sa voix guida Myst hors du brouillard, hors de la panique aveugle et la ramena dans la cuisine de Caroline. À la vue du corps de sa patiente, elle faillit craquer de nouveau. Elle pouvait gérer le sang en quantités raisonnables. Elle avait même travaillé aux urgences, mais ça ?

Myst frémit. Son truc ce n'étaient pas les blessures. Mais, les bébés…

Elle baissa le regard sur le paquet dans ses bras. Enveloppé dans son anorak doublé de mouton, le nouveau-né levait les yeux vers elle, plus alerte qu'elle ne l'aurait cru après sa naissance difficile. Myst l'examina d'un peu plus près. Ses minuscules poings coincés sous le menton, il bâilla. Ses yeux la brûlèrent tandis qu'elle le regardait. Ouais, son truc c'étaient les bébés.

Elle laissa échapper un soupir tremblant et lança un regard à l'ambulancier. Gardant son calme face à cette tragédie, il était accroupi non loin d'elle, à se demander sans doute s'il ne devrait pas appeler les services psychiatriques. Ce n'était pas loin de la vérité. Elle était restée maîtresse d'elle-même le temps d'accomplir son travail, pour sauver le bébé, avant de craquer comme une barjo à la seconde où elle l'avait tenu dans ses bras.

— Myst, dit-il, d'un ton empreint de douceur, mais aussi d'urgence. Vous pouvez marcher ? On doit partir.

Partir ? Oui, bien sûr qu'ils devaient partir.

En théorie, cette idée était parfaitement logique, mais elle ne pouvait pas bouger. Elle était complètement engourdie, tant mentalement que physiquement, incapable d'aligner deux pensées.

D'une légère pression il lui releva le menton. Un regard vert très calme rencontra le sien et elle sursauta, plus consciente de cette main sur sa peau que de ses propres membres. Concentrée sur lui, elle prit appui sur la force qui se dégageait de ses traits. Avec des cheveux bruns coupés court, son visage se composait de lignes dures et d'angles élégants, séduisant avec une rudesse qui lui rappela la côte. Son endroit préféré au monde. Cette pensée l'aida à s'apaiser. Il était solide et sécurisant, exactement ce dont elle avait besoin pour se raccrocher aux bords fuyants de son sang-froid.

Déplaçant le nouveau-né sur son épaule, Myst continua à soutenir le regard de l'ambulancier tandis qu'elle ôtait ses gants en caoutchouc. Il avait raison. Ils devaient conduire le bébé à l'hôpital le plus proche. L'ambulance lui fournirait certains des instruments nécessaires pour l'examiner, mais ça ne remplaçait pas un pédiatre. Ni un second avis. Ses synapses ne fonctionnaient pas exactement à pleins gaz, là tout de suite.

Elle tendit la main vers l'ambulancier alors même qu'il en faisait autant. Sa paume entra en contact avec la sienne, et l'électricité statique la brûla. Plus étonnée que blessée, elle tressaillit. Il trembla violemment, comme si cette sensation était douloureuse.

Myst retira sa main. Il s'en empara, avec douceur mais fermeté, et l'aida à se relever.

Engourdie à force d'être restée assise sur le carrelage, elle vacilla. Des mains puissantes la retinrent, posées sur la peau nue de ses bras. Un picotement lui remonta sur la nuque et lui redescendit dans le dos en un long tourbillon apaisant. Ses muscles tendus se décontractèrent et, presque malgré elle, elle se laissa aller contre lui, l'épaule appuyée contre le mur de son torse. Il sursauta, grommela un truc que Myst ne comprit pas.

Bon Dieu, il était si chaud.

Des vagues de chaleur émanaient de lui, s'attaquaient au froid qui la glaçait jusqu'aux os pendant qu'il faisait glisser les pouces sur ses biceps. Myst se rapprocha de lui. Tout ce qu'elle voulait, c'était que la peur disparaisse, que le morceau de glace logé au milieu de sa poitrine fonde et…

C'était de la folie. Elle ne devrait pas se reposer sur lui, mais ne pouvait pas s'en empêcher. Quelque chose chez lui la calmait, l'aidait à se détacher de l'horreur pour s'installer dans la raison. Tandis que son angoisse la quittait, son esprit s'aiguisait, concevait un plan d'action clair.

— J'ai besoin d'une couveuse, dit-elle, l'infirmière en elle revenant en force sur le champ de bataille.

Il fronça les sourcils.

— Quoi ?

— Pour le bébé, expliqua-t-elle, se demandant ce qui ne tournait pas rond chez lui. Vous en avez une dans l'ambulance ?

Une minute plus tôt, il avait incarné M. Calme-détaché-et-serein. À présent il avait les pommettes empourprées et semblait distrait, à deux doigts d'être carrément mal à l'aise.

Il inspira longuement, avant d'expirer.

— Allons voir.

Bonne idée. Ils allaient juste… quoi ? Ça n'avait aucun sens. Ce type devrait savoir exactement quel genre d'équipement il trimballait avec lui. La plupart des ambulanciers étaient de vrais maniaques à ce sujet, vérifiant plusieurs fois leur matériel avant de partir en mission. Les sourcils froncés, Myst le dévisagea, la confusion dansant dans sa tête. Un truc clochait… enfin, en plus de l'évidence. La mort de Caroline lui rappelait cette terrible réalité de façon épouvantable. Mais ce type était louche. Il ne faisait pas les trucs habituels, et sa sacoche médicale était introuvable. Quel genre d'ambulancier se rendait sur les lieux d'un accident sans son équipement ?

Elle baissa le regard sur son torse, à la recherche d'un nom. Elle regarda fixement l'espace vide sur sa blouse, à se demander…

— Bastian.

Elle cligna des yeux.

— Pardon ?

— Mon nom, dit-il, devinant sa question avant qu'elle ait pu la formuler.

Elle remua les lèvres sans qu'aucun son sorte alors qu'il indiquait la porte du menton.

— Lui c'est Rikar. Maintenant, tenez bien le nourrisson. On se tire d'ici.

Myst eut à peine le temps de voir le gigantesque blond qui se dressait dans l'embrasure de la porte avant que Bastian change de position. Un battement de cœur plus tard, elle était dans ses bras, contre son torse, et il était sorti de la cuisine, s'était engagé dans le couloir, en direction de la véranda.

— Attendez… je peux marcher… laissez-moi…

Les mots moururent sur ses lèvres quand le bébé commença à s'agiter, protestant contre les grandes enjambées cadencées de Bastian et la soudaine bouffée d'air froid. Ajustant les pans de la doublure de mouton autour de lui, elle resserra légèrement l'anorak dans lequel elle l'avait emmitouflé, pour le garder au chaud, tout en s'efforçant de percer à jour l'homme qui la portait comme un sac.

— Un instant, mon téléphone. On doit appeler la police… les informer…

— Ils n'ont pas à être informés. Quoi qu'il arrive, *bellmia*, restez avec le bébé. Je vous protégerai tous les deux. Pigé ?

Non, elle n'avait pas pigé. De quoi il parlait, punaise ? Bien sûr que la police devait être informée. Il existait des protocoles à suivre, tant pour Caroline que pour elle. S'ils partaient à présent sans avertir les services concernés, elle pouvait dire adieu à son boulot… et peut-être à sa liberté.

Après l'enfer qu'elle venait juste de vivre, la prison n'était pas un truc auquel Myst avait envie de penser, et y aller, encore moins.

— Écoutez, Bastian, peut-être…

— Rikar ?

— Ouais, je m'en charge, dit le blond, qui les contourna dans l'étroit couloir pour se diriger vers la porte d'entrée. Quadrant nord-ouest. Ils volent bas.

— Qu'est-ce… qui ?

Bastian ne répondit pas. Mais baissa les yeux sur elle. C'était comme recevoir une décharge électrique. Bon Dieu, elle ne pouvait pas respirer. Ses yeux. Le vert était… elle ne savait pas exactement. Il miroitait ou un truc du genre.

— Je vais m'élever dans les airs. Utiliser la couverture nuageuse pour leur tomber dessus par le haut.

Rikar s'arrêta au bord des marches de la véranda pour les regarder par-dessus son épaule. Ses yeux d'un bleu glacé brillaient comme deux projecteurs, avec une agressivité indéniable.

— Je reste là, dit Bastian. Histoire d'en descendre quelques-uns avant qu'ils s'en prennent à nous.

Le blond lui décocha un grand sourire et bondit vers le sol. Sauf qu'il ne l'atteignit jamais. Du blanc et de l'or étincelèrent dans la faible lumière, et Myst vit l'impossible : des griffes aiguisées comme des lames de rasoir, le chatoiement d'écailles alors qu'il s'envolait.

— Oh, mon Dieu. Oh, merde… laissez-moi partir !

Son hurlement résonna dans l'entrée. La panique injecta de l'adrénaline dans son organisme, boostant son moteur interne. Myst s'arc-bouta, le nouveau-né vagissant contre sa poitrine, et battit des jambes pour se libérer.

— Lâchez-moi ! Mon Dieu… oh…

— Bordel. Ne te débats pas. Pas maintenant.

Impossible de ne pas remarquer le grondement dans sa voix. Elle se tortilla, tentant de protéger le précieux paquet dans ses bras tout en s'échappant. Bastian resserra son étreinte, l'enfermant contre lui.

Myst entendit parfaitement son avertissement, mais ne pouvait pas obéir. Son cerveau revenait déjà en arrière, s'efforçant de comprendre… de lui dire qu'elle imaginait des trucs. Le problème ? Elle ne parvenait pas à effacer cette vision de sa tête. Le type blond… il… Oh merde. Il n'était pas normal. Il n'était pas… Que Dieu lui vienne en aide…

Elle commença à trembler un instant avant d'avoir la poitrine comprimée. Luttant pour chaque respiration, elle s'étrangla.

— S-s'il vous plaît… s'il vous plaît, laissez-nous juste partir. Je ne dirai rien. P-promis. Je vais prendre le b-bébé et… je ne…

Bastian franchit d'un bond la balustrade de la véranda, et elle s'interrompit lorsqu'il retomba dans le parterre de fleurs. Le parfum des chrysanthèmes écrasés s'éleva soudain, les enveloppant dans un nuage suave. N'était-ce pas ridicule ? Coincée contre un… bon Dieu, elle ignorait ce qu'était Bastian, mais étant donné qu'il était en train de la kidnapper, elle ne devrait pas se préoccuper de fleurs, et encore moins s'arrêter pour les sentir.

— Qu'est-ce que tu es ?

— J'appartiens au peuple des dragons.

Les yeux brillant à présent avec la même force que ceux de Rikar, il courut vers une vieille voiture abandonnée dans les herbes hautes près du garage.

— N'aie pas peur de moi. Je ne te ferai aucun mal.

Elle le crut presque. Mais c'était avant de voir la boule de feu.

Tel un missile, elle apparut au-dessus de la cime des arbres, laissant une traînée de flammes orange et bleu derrière elle. Bastian s'accroupit et l'enveloppa, se servant de son corps pour les protéger elle et le nourrisson un instant avant que l'ambulance s'élève dans les airs. Le métal gémit et l'odeur âcre de caoutchouc brûlé tournoya sur une vague de fumée noire. Les yeux écarquillés, Myst regarda le véhicule voler sur six mètres, et effectuer un tour complet sur lui-même avant de s'écraser en un tas tout tordu dans l'allée.

Avec un sanglot, Myst replia les genoux devant elle et se pelotonna autour du bébé et contre Bastian. Tout à coup, la prison lui sembla une option plus sûre.

Chapitre 4

Bastian sentit l'odeur du Razorback avant de le voir. Il resta accroupi, les yeux rivés sur la ligne des arbres. Il n'attendit pas longtemps. Le rebelle arriva en un lent vol plané, les ailes déployées, ses écailles d'un brun irisé étincelant au clair de lune. Prise dans le déplacement d'air soudain, de la fumée noire tourbillonna, touchant le ventre du dragon tandis qu'il tournait au-dessus des débris de l'ambulance, cherchant des corps au milieu du métal tordu et du matériel médical en feu.

Accroupi entre une voiture rouillée et le mur du garage, les bras refermés autour de Myst, Bastian demeura parfaitement immobile. Le gros mâle effectua un autre tour, offrant à Bastian une vue dégagée depuis son point d'observation au sol.

Il n'en profita pas. Cette approche clochait, la ligne de mire bien trop facile.

Planant au-dessus de l'ambulance déformée, les yeux brillant comme des phares dans le ciel nocturne, le Razorback attendit. Bastian compta jusqu'à sept avant que le rebelle renonce et vire sur la gauche, rasant la maison en piteux état. Lorsque la pointe de sa queue marron disparut derrière le sommet du toit, Bastian se déplaça sur la droite : ils étaient toujours dissimulés derrière la Buick tout en disposant d'un meilleur champ de vision.

Ces branleurs devenaient plus malins.

D'habitude les Razorback attaquaient en masse, sans se soucier des conséquences. Envoyer un soldat solitaire pour le tirer de sa cachette constituait une nouveauté pour eux.

Malin en termes de stratégie ; complètement débile en termes de résultat. Les idiots pensaient-ils vraiment qu'il mordrait à l'hameçon ?

Probablement. Ça lui arrivait parfois – pour pimenter le jeu – mais il ne pouvait pas se le permettre à présent.

Pas cette nuit.

Cette nuit, sa stratégie de combat se résumait à une seule chose : protéger Myst et le précieux paquet endormi dans ses bras. Il n'allait certainement pas les mettre en danger. Rien que de penser que Myst pouvait mourir… Ouais, hors de question qu'il s'aventure par là.

Bastian attira la jeune femme un peu plus près. Elle avait cessé de se débattre – Dieu merci. Mais elle était en état de choc et frissonnait, la respiration rauque, luttant à chaque inspiration. Il voulait s'excuser pour ça : pour sa peur et ce à quoi elle allait assister. Elle méritait mieux, avait déjà vécu un enfer, et n'avait pas besoin de la complication supplémentaire que représentait le fait de découvrir l'existence des hommes-dragons dans son petit monde bien ordonné.

Il n'y avait rien à faire cependant. Les circonstances lui avaient joué un mauvais tour. Tout ce qu'il pouvait faire à présent était s'assurer qu'elle vive pour voir le soleil se lever.

Bastian tira les bords de son manteau en cuir autour d'elle pour l'abriter. Recroquevillée en boule entre ses cuisses, elle enfouit le visage contre son torse. Avec des gestes doux, il lui coinça la tête sous son menton, lui communiquant sa chaleur, absorbant le froid dont elle était transie, pendant qu'il scrutait le périmètre et tendait l'oreille. Des flammes léchaient le ciel nocturne et les herbes hautes crissèrent lorsque les griffes de l'ennemi se posèrent dans le jardin de derrière.

Porté par le vent humide, ce bruit sec était plus violent que celui d'un pistolet qu'on armait près de soi. La soif de combat gronda en Bastian, lui bandant les muscles, l'incitant à se transformer, pour faire payer au rebelle de s'être approché de Myst et du bébé. Il se maîtrisa. La patience constituait une priorité, la prudence un impératif absolu. Le sort de dissimulation faisait son boulot, les cachant aux yeux de l'ennemi – obligeant leur bande à improviser en changeant de tactique.

Bastian comprenait la stratégie des Razorback. Ils ne pouvaient pas attaquer ce qui restait introuvable. Sans-Cervelle dans le jardin de derrière était un écran de fumée, un appât envoyé pour pousser Bastian à se montrer afin que les autres le mettent en pièces.

Parce que, ouais, il y en avait d'autres.

Cinq, en comptant celui qui reniflait autour de la baraque délabrée.

Lors d'une nuit normale, la petite bande n'aurait pas représenté un grand défi. Pas contre Rikar et lui. Mais avec une femme et un enfant à protéger ? Le curseur passait en un clin d'œil de légèrement irritant à CASSE-COUILLES.

Rikar le contacta de l'extérieur de la zone de combat – une séparation de cinq kilomètres qui empêchait l'ennemi de percevoir sa présence.

— *Bastian... qu'est-ce que tu fous ?*

— *J'attends.*

— *Quoi ?*

— *Que l'appât bouge.*

— *Bon Dieu, ils sont de plus en plus malins*, dit Rikar, dans un grondement teinté d'amusement.

— *On n'avait pas vraiment besoin de ça cette nuit*, répliqua-t-il, mécontent de leur supériorité numérique.

Assoiffés de sang jusqu'à l'obsession, les Razorback s'accrochaient à leur but avec ténacité – Bastian ne pouvait que les en féliciter –, mais ils échouaient en d'autres domaines. L'intelligence, par exemple.

La plupart des nuits, ça lui facilitait les choses, bien qu'elles perdent en intérêt.

Les sens en alerte, Bastian releva chacune de leurs empreintes, évaluant la marque électrostatique qui caractérisait chaque membre de son espèce. Telles les empreintes digitales, elles étaient propres à l'individu, un code inscrit dans l'ADN. L'aptitude à disséquer les forces et les faiblesses d'un dragon de loin constituait un talent inhabituel. Beaucoup ne le maîtrisaient jamais. Bastian y excellait. Il connaissait avec précision la puissance de chaque mâle, jusqu'à la couleur de ses écailles et au poison qu'il crachait.

La bande qui le traquait était jeune, plus casse-cou qu'expérimentée. Intéressant par certains aspects, désastreux par d'autres.

Des combattants chevronnés verraient en Myst un trophée et veilleraient à la garder intacte. Les novices poseraient leur piège et attaqueraient sans se soucier de dommages collatéraux.

— *Comment va-t-elle ?* demanda Rikar, l'inquiétude prenant le pas sur l'impatience.

Il épousa la nuque de Myst de la main, priant pour que ce contact l'apaise. Elle rejetait trop d'énergie, à des niveaux qui menaçaient dangereusement de percer la couverture d'invisibilité qu'il avait déployée autour d'eux.

— *Pétrifiée.*

— *Merde.*

Sans déc'. Il fallait qu'elle se calme, qu'elle se décrispe avant que l'ennemi tourne les yeux de leur côté.

— *Règle ça, mec*, dit son ami, prêt à sortir à découvert. *Tu as environ trente secondes avant que je révèle ma présence et que les enculés me sentent arriver.*

— *Accorde-moi deux minutes. Laisse-moi la maîtriser d'abord.*

Son lieutenant grogna, mais ne changea pas de cap, flirtant avec le bord de la zone de combat, risquant de dévoiler sa position à tout instant.

Bastian baissa la tête jusqu'à frôler l'oreille de Myst de la bouche. Il garda la voix basse, plus une vibration qu'un véritable son, et dit :

— Détends-toi, Myst… Tu es en sécurité avec moi. Respire un grand coup.

L'air resta emprisonné, coincé dans le fond de sa gorge lorsqu'elle tenta de faire ce qu'il demandait. Elle était trop tendue, les poumons comprimés par la panique.

— Inspire par le nez, expire par la bouche… Allez, ma chérie. Écoute ma voix, laisse-la t'apaiser.

Gardant un ton bas et ferme, Bastian continua à parler, trouvant le point de pression à la base de son crâne. Du pouce, il le massa en effectuant de petits cercles, hésita, n'ayant pas envie de le faire. Il ne devrait pas la toucher, pas de cette façon, sans qu'elle comprenne ou lui ait donné son consentement.

Dans la cuisine, il n'avait pas pu s'en empêcher, il avait goûté son énergie… et bon Dieu. Myst était délicieuse, si douce que l'excitation l'avait frappé avec une violence inouïe. Le cerveau situé sous sa ceinture avait ses propres idées, se plaignait encore, désirait entrer en elle avec une insistance que les circonstances ne permettaient pas.

Seigneur, il était malade. Elle était terrifiée et il était excité.

Qu'est-ce que ça disait sur lui ? Qu'il était un vrai détraqué ? Ou que ça faisait bien trop longtemps qu'il ne s'était pas nourri ?

Probablement un peu des deux, mais il ne pouvait pas s'en préoccuper pour l'instant. Rikar n'attendrait pas beaucoup plus.

Myst prit une autre inspiration saccadée et, avec un juron silencieux, Bastian glissa sa main libre sous le bord de sa blouse verte d'hôpital. Il posa la paume contre le bas de son dos. Il écarta les doigts au maximum, pour la couvrir autant que possible, et manqua d'éjaculer dans son pantalon en cuir.

Oh, bon Dieu, elle était bonne, et sa peau était la plus douce qu'il ait jamais touchée.

La déplaçant de façon à ne pas écraser le nourrisson, il colla la bouche à sa tempe, la respira, se perdant dans son parfum. Relié à trois endroits – nuque, bas du dos et tempe –, il puisa dans le Méridien. Une énergie torride, enivrante afflua, la traversa avant de se déverser en lui. Bastian réprima un gémissement. Bon Dieu, c'était incroyable. Délicieux d'une façon qui échappait à toute description.

Il avait juste l'intention de l'apaiser : enlever son excès d'énergie, la contenir pour continuer à dissimuler sa présence, s'assurer de sa sécurité, mais… Seigneur. Il était affamé, si vide à l'intérieur qu'il ne pouvait pas contrôler sa faim. Celle-ci était trop puissante, et Myst trop bonne. Il ne pourrait pas se contenter de la goûter cette fois.

Dans un grognement, Bastian se laissa dominer par ses bas instincts. La culpabilité n'était plus qu'un écho désormais – un poids qu'il devrait subir plus tard, lorsque la force qui le gouvernait se serait dissipée et qu'il aurait recouvré la raison. La faim le submergea et, les sens bien ouverts, il attira l'énergie torride du corps de Myst dans le sien. Elle poussa de petits sons de plaisir et de soulagement pendant que Bastian buvait, faisant glisser sa bouche sur sa joue et sur son cou. Passant la langue à l'endroit où son pouls battait, il se nourrit d'elle, perdu dans la saveur incroyable de sa peau.

Lorsqu'elle s'affaissa, il interrompit le flot et releva la tête, repu au point d'avoir des fourmillements dans le bout des doigts. Un violent tremblement le secoua et, baissant de nouveau le menton, il lui frôla le coin de la bouche de la sienne. Un baiser qui en portait à peine le nom ; ce simple contact n'était rien de plus qu'un léger attouchement, un petit remerciement pour ce qu'elle lui avait donné à son insu.

Elle soupira.

— Je me sens mieux maintenant.

— Bien, murmura-t-il, s'obligeant à retirer la main de sous sa blouse.

Continuer à la toucher ne lui faisait aucun bien. Ça lui donnait envie de la déshabiller pour la posséder sexuellement comme il brûlait de le faire. À cette pensée Bastian s'empressa de reculer, de mettre de la distance entre eux alors qu'il l'aidait à s'asseoir. Elle vacilla. Il la retint, la saisissant aux épaules, la soutenant jusqu'à ce qu'elle recouvre l'équilibre.

— Tu veux bien faire quelque chose pour moi ?

Myst le regarda fixement, sortant peu à peu du brouillard dans lequel il l'avait plongée en s'alimentant. Alors que la vision de Myst se dégageait, ses pupilles se contractèrent et il sentit son esprit s'aiguiser. Elle le perça à jour, comprit ce qu'il comptait faire.

— N-ne pars pas.

Sa supplication le bouleversa.

Nom de Dieu. Comment faisait-elle ? Trois mots – simples, sans rien de menaçant, et dans d'autres circonstances ? Follement attirants. Trois mots, voilà tout. Et à présent, il vacillait, prêt à la serrer tout contre lui pour se retirer en un lieu isolé… un lieu sûr où il pourrait l'allonger.

Bastian souffla fort et s'obligea à inspirer à pleins poumons. Il devait la sortir de sa putain de tête et rester maître de la situation. Ne pas souhaiter la quitter ne signifiait pas qu'il pouvait s'attarder.

— Myst, je veux que tu restes là. Je ne serai pas parti longtemps.

Refermant les doigts sur son manteau en cuir, elle secoua la tête. Un mouvement léger, tendu… encore désespéré malgré l'énergie qu'il lui avait prise. Le nouvel accès d'angoisse de Myst le traversa jusqu'à ce qu'il en goûte la saveur sur sa langue.

Il déglutit pour en chasser l'amertume et murmura :

— Myst…

— J'ai vu cette ch-chose. Ne nous laisse pas seuls.

Bastian manqua de pousser un grognement. Une chose. Elle avait traité l'un des siens de « chose ». Comme si lui et ses frères ne valaient guère mieux que les monstres sous les lits qui effrayaient les enfants ou les horribles prédateurs qui remplissaient d'horreur les humains dans les salles de cinéma. Ça n'aurait pas dû le toucher – la réaction de Myst était naturelle –, mais ça le toucha. Plus qu'il ne souhaitait l'admettre.

— *Bellmia*, écoute-moi.

Myst soutint son regard. Le désespoir dans ses yeux le tua presque.

— Je vais venir avec toi… je te suivrai. Je peux…

Il lui couvrit la joue de la main, l'interrompant.

— Non. Je dois les éloigner de toi et du bébé. Fais ce que je te dis. Cache-toi. Reste là. Ils ne peuvent pas te voir… ni te sentir. Le sort de dissimulation fonctionnera tant que tu ne bougeras pas. Compris ?

— Non.

Eh bien, au moins elle était honnête. Il ne pouvait que le reconnaître. Il était trop sous son charme pour éprouver autre chose que de la fierté. Suivant du pouce la ligne de sa pommette, il chuchota :

— Accroche-toi bien, ma belle. Je reviendrai pour toi.

— Bastian…

Les mots moururent sur ses lèvres quand il recula, éloigna les mains d'elle. Elle s'agrippa à lui.

— Non.

— Tu ne risques rien.

Il se tourna doucement pour se dégager et se plaça hors d'atteinte. Si elle l'attrapait encore, il ne serait plus capable de partir.

— Reste ici. Fais-moi confiance pour te garder en sécurité.

Sans un regard en arrière, il se ferma à sa respiration saccadée, au bruit et à l'odeur de sa peur et, plié en deux, contourna le pare-chocs arrière rouillé de la Buick.

— *Rikar… je suis prêt.*

— *Il était temps, putain.*

— *Je me jette dans l'arène. Occupe-toi de l'arrière.*

Rikar se réjouit bruyamment en franchissant la limite des cinq kilomètres, permettant aux Razorback de percevoir sa présence. L'attention de l'ennemi se divisa, pour moitié sur son lieutenant, l'autre sur lui, alors que Bastian se transformait en dragon. Montrant les crocs, il rugit et, sans se soucier des « Oh, mon Dieu ! » que criait Myst, il frappa de plein fouet Sans-Cervelle dans le jardin de derrière avec une impulsion électromagnétique. Rikar avait beau aimer le faire chier avec ça, Bastian ne crachait pas de feu. Sa magie était plus mortelle, une horrible boule bleue d'énergie combinée à des gaz toxiques : plutôt du genre foudre relevée par un agent psychochimique.

Ouais, il constituait un « one man-dragon show ». Un vrai spécialiste de la guerre chimique.

Sans-Cervelle resta sur le cul quand l'explosion le souleva et l'envoya dans la forêt. Les troncs cédèrent comme des cure-dents, le craquement du bois assourdissant alors que le dragon ennemi s'ouvrait un passage à travers les arbres, s'enfonçant de dix mètres dans les broussailles. Les yeux rivés sur sa cible, Bastian attendit que le rebelle se relève. Il espérait qu'il le ferait, ayant envie de cracher un autre méchant souffle qui l'étoufferait. Mais l'idiot se tourna sur le dos. Les pattes en l'air, son corps entier agité de spasmes alors que le poison de Bastian agissait sur son système nerveux central.

Bastian ricana. Tant pis pour son bel espoir, sans parler de la satisfaction d'une bonne bataille.

Il sentit un déplacement d'air froid au-dessus de lui.

Roulant sur la droite, Bastian se baissa vivement sous une autre paire de griffes ennemies. Sa queue aiguisée comme une lame de rasoir heurta la maison, sectionnant les deux colonnes qui soutenaient la véranda. Dans un gémissement, l'étroite bande de toit s'affaissa, s'effondra sur la porte de cèdre. La nouvelle menace fit demi-tour, dans un éclat d'écailles violettes, pressée de remettre ça. Quelle tête de con. Qu'est-ce qu'il s'imaginait ? Qu'une attaque aérienne lui donnait l'avantage ?

Bastian secoua presque la tête. Mais il montra plutôt les crocs et se déplaça pour faire face au dragon.

Mettant à profit sa patience affinée de guerrier, ramassé à la manière d'un chat, il attendit que le rebelle vienne à lui. Une fraction de seconde avant que l'ennemi frappe, Bastian bondit dans les airs et se tourna en plein vol. Ses griffes se refermèrent tels des étaux lorsqu'il saisit la queue en forme de pique de Tête-de-con. Les muscles sur son flanc l'élancèrent, protestant contre la pression quand il la tira d'un coup sec, attirant le Razorback vers le bas. Les pattes de Bastian touchèrent le sol lourdement, Tête-de-con tomba violemment, les ailes entortillées, sa tête cornue enfouie sous un tas de terre.

Sans perdre une seconde, Bastian se retourna et abaissa sa queue pointue sur le crâne du rebelle. Un horrible craquement éclata telle une bombe, déchirant l'air. Ouais, Tête-de-con était sur le carreau : une bonne portion de fracture crânienne accompagnée d'une hémorragie cérébrale.

Très bien. Deux à terre, il en restait trois, même si Sans-Cervelle était de nouveau de la partie, lançant d'énormes pins comme s'il s'agissait des baguettes d'un jeu de Mikado, s'efforçant de se relever.

Rikar arriva telle une vipère, aux trousses d'un autre Razorback. Ses écailles rouges étincelant dans la faible lumière, le dragon ennemi était en plein mode panique. Bastian ne l'en blâmait pas. Il n'aimerait pas avoir Rikar au cul, lui non plus.

D'un souffle, son ami gela les ailes de son cadet, l'envoyant en chute libre. Le rebelle entra en contact avec le sol tel un train de marchandises qui aurait déraillé, déchirant la pelouse de devant en laissant une énorme tranchée dans son sillage. Bastian recula d'un bond pour l'éviter quand il glissa de son côté, et heurta la Buick déglinguée de sa patte de derrière.

Un mouvement apparut dans sa vision périphérique. Des cheveux blonds et une blouse d'hôpital verte entrèrent dans son champ de vision quelques secondes plus tard. Bastian gronda et se déplaça, pour protéger Myst qui se ruait comme une folle vers la voiture qui avait été épargnée à côté d'un vieux tracteur.

Le sort de dissimulation se rompit, se dispersant comme de la vapeur.

Génial. Juste ce dont il avait besoin : une forte tête incapable d'obéir à un ordre.

Bastian réprima l'envie de la soulever pour lui flanquer une fessée. Il devrait attendre pour lui donner une leçon. Il n'avait pas le temps pour l'instant. Sans-Cervelle était de retour sur ses quatre pattes, ses yeux plissés rivés sur Myst.

Chapitre 5

Myst s'élança tel un boulet de canon : le poids chaud du nouveau-né dans ses bras, le *Notre Père* sur les lèvres. Le bébé la gênait, la ralentissait, mais elle refusait de l'abandonner. Quoi qu'il arrive, elle protégerait le précieux paquet qu'elle portait.

À tout prix.

Caroline était morte pour qu'il puisse vivre. Et dragons ou non, la promesse qu'elle avait faite à sa patiente mourante comptait. Avait plus de valeur pour elle que son instinct de survie.

Ce qui ne lui laissait qu'un seul choix. Courir et prier.

Le souffle rauque, les mots sortirent en un grommellement confus.

— « Notre Père qui es aux cieux, que ton nom soit sanctifié… »

Elle se contenta de remuer les lèvres pour la suite, sachant que Dieu comprendrait.

La tête baissée, courant à toutes jambes, protégeant son ange avec ses bras, elle garda les yeux rivés sur son but. Ses clés se trouvaient dans la console centrale de sa voiture. Elle n'aurait qu'à les attraper. Elle se représenta en train de s'échapper… s'imagina insérer la clé dans le contact et s'éloigner sans encombre. Le temps ralentit, la scène lui apparut en vagues déformées, comme un son à travers de l'eau : la fumée noire, l'air froid mêlé de l'odeur de caoutchouc brûlé, l'herbe glissante sous ses chaussures.

Encore cinq mètres. Plus que trois. *S'il te plaît, Dieu, permets-moi d'y arriver. Aide-moi à le protéger.*

— Putain.

Ce grognement venait de derrière elle, légèrement sur le côté.

Oh, non. Non. Non. Non. Bastian l'avait vue et avait tourné son attention sur elle comme un rayon laser.

Un sanglot se coinça dans le fond de sa gorge. Elle s'obligea à accélérer, tint le bébé d'un seul bras et balança l'autre pour courir plus vite. L'air qu'elle inspirait et expirait lui déchirait la poitrine. Une brûlure implacable qui lui faisait un mal de chien mais elle ne s'arrêta pas. Pas question de lui faciliter les choses. S'il s'imaginait qu'elle allait se laisser tomber, se rouler en boule et mourir, il pouvait s'attendre à une vilaine surprise.

Il l'avait trahie. Lui avait dit de lui faire confiance, mais…

Il n'était pas digne de confiance. Il était l'un d'eux. Un monstre avec des griffes et des crocs, une créature de cauchemar.

Myst contourna l'arrière de la voiture en dérapant. Ses deux pieds s'enfonçant dans le gravier, elle saisit le pare-chocs arrière et tira, pour changer de direction, fonçant droit sur la portière du conducteur. Encore quelques centimètres et…

Un feulement sinistre s'éleva, se transforma en un rugissement surnaturel. Elle referma la main sur la poignée. Plongea le regard dans des yeux jaunes aux pupilles étroites. Brun avec une unique corne déchiquetée au milieu du front, le dragon gronda et aspira une énorme bouffée d'air à travers ses dents aiguisées comme des lames de rasoir. Hébétée, Myst se figea et regarda une boule orange flamboyante se former dans le fond de sa gorge.

Oh, bon Dieu. Du feu.

— Myst, cours !

La voix de Bastian lui parvint sonore et claire, mais Myst ne pouvait pas bouger. Enfermée dans des yeux jaunes, elle avait les jambes en coton.

— Merde ! Rikar !

Un vent froid souffla. L'air automnal s'obscurcit, nuage de givre et de brume, à la limite de la neige. Le brouillard glacial tournoya au-dessus du capot de la voiture, enveloppa Myst comme une couverture glacée, mais c'était trop tard. Elle sentait déjà la chaleur et entendait le grondement avide du brasier alors que la boule de feu gagnait de la vitesse. Elle allait la dévorer vivante, ne laisser que des cendres dans son sillage, et Myst ne pouvait rien faire pour l'en empêcher.

Malgré sa promesse, elle se baissa, s'enroula autour du nouveau-né. Le « Désolée » qu'elle lui chuchota d'une voix brisée ne suffisait pas, mais était quelque part nécessaire. Elle s'était donné tant de mal pour le sauver, et à présent ils allaient mourir tous les deux.

D'une mort douloureuse. Horrible. Sans l'ombre d'un…

Un mur de glace explosa autour d'elle, s'élevant en une barrière en forme de « U » devant sa voiture. Épais et incroyablement haut, le barrage trembla quand la boule de feu le percuta avec fracas, projetant Myst en arrière. De la vapeur monta dans les airs, et une pluie d'éclats de glace tomba en une impressionnante gerbe d'eau froide. Des sifflements et des craquements s'attaquèrent à la glace, la creusèrent pour l'atteindre.

La vision déformée par le mur qui fondait, elle regarda Bastian s'envoler. Éclair bleu nuit, il empoigna le dragon cracheur de feu. Deux ombres roulèrent ensemble, presque impossibles à distinguer l'une de l'autre au clair de lune. Le bleu sombre se retrouva au-dessus, les griffes enfoncées dans des écailles brunes.

Des yeux verts brillèrent, se posèrent sur elle à travers l'obscurité.

— Myst, enfuis-toi !

Elle lui obéit sans discuter : aucune hésitation, aucun « Oh, mon Dieu » ne retentit dans sa tête. Elle était déroutée, sonnée, trop effrayée pour faire autre chose qu'écouter.

Le givre lui érafla la paume lorsqu'elle ouvrit la portière d'un coup sec. Sans ressentir la douleur, elle saisit ses clés, glissa la bonne dans le contact et démarra la voiture. Sans un regard en arrière – sans entendre les rugissements et les lacérations des griffes – elle écrasa la pédale d'accélérateur et, se prenant pour Michael Schumacher, remonta l'allée à toute vitesse en marche arrière.

Les pins à l'orée de la forêt étaient en feu, projetant des vagues de fumée dans le ciel nocturne. Bastian releva la tête et descendit du torse de Sans-Cervelle. Béante, la gorge de l'ennemi était un enchevêtrement de chair, de carotide exposée et de sang rouge-noir. Le rebelle n'en avait plus pour très longtemps. Comme tous ceux de son espèce, il s'éteindrait en un tas de cendres à la seconde où son cœur cesserait de battre.

C'était maintenant ou jamais.

Sans se soucier de sa blessure, Bastian souleva sa tête cornue et se rapprocha pour établir un contact visuel.

— Où se cache Ivar ?

Le chef des Razorback, Ivar, était aussi impitoyable que rusé. Un adversaire perfide. Que Bastian brûlait tellement de tuer qu'un arrière-goût de viande pourrie lui restait sur la langue. Rien ne parvenait à le chasser : pas plus la nourriture que l'alcool ou le sexe. Sa soif de verser le sang d'Ivar gâtait tout ce qu'il faisait.

Glissant comme une anguille, Ivar échappait à la mort comme un fou suicidaire évitait la vie. Après un siècle d'affrontements, Bastian n'avait toujours pas réussi à le détruire, à démanteler son organisation dissidente. Qu'Ivar œuvre depuis les coulisses n'arrangeait rien. Cette fois, cependant, c'était différent. Ce trou du cul ne se contentait pas de jouer les stratèges de comptoir. Il s'était délibérément retiré sous terre. Mauvais signe. Le chef des ennemis mijotait un truc… aux conséquences potentiellement catastrophiques.

— Je… t'emmerde… bâtard, souffla le Razorback, la douleur brillant dans son regard jaune plissé.

— C'est fin.

À ce jeu de mots sur son nom, Bastian eut envie de lever les yeux au ciel. Mais il appuya plutôt sur la patte cassée du Razorback mourant, se servant de sa souffrance pour l'inciter à parler.

— Où est-il ?

— Une jolie… femme… que tu t'es… trouvée. (Il cracha encore du sang, la respiration bruyante.) Tu crois que… Ivar va aimer… la baiser ?

— Mauvaise réponse, répliqua Bastian, la menace à l'encontre de Myst rendant sa voix presque mélodieuse.

Tous ceux qui le connaissaient bien savaient que la douceur de son ton était redoutable. Quand il se mettait en colère, il devenait silencieux. Et quand il devenait silencieux, des trucs mouraient.

Dans un grondement, il empoigna le Razorback par le crâne et tourna. Les os craquèrent. Entre un battement de cœur et le suivant, Sans-Cervelle se transforma en cendres, écailles brûlées et sang de dragon réduit en poussière.

— Efficace, quoique pas très futé, murmura Rikar, se posant derrière lui. Il aurait pu nous dire quelque chose.

Son ami trébucha un peu sous l'impact, sautilla pour ne pas peser sur sa patte de devant.

— Peu probable.

Bastian examina l'entaille sur l'antérieur droit de son ami. La blessure remontait en diagonale, du sang suintant sur ses écailles blanches.

— Ça va ?

— Du tonnerre.

— Bilan ?

Rikar détourna le regard avant de le river sur le mur de glace qui s'élevait toujours sur le terrain devant la maison. Bastian savait ce qu'il pensait. Sans cette barrière, Myst reposerait parmi les morts.

Bastian sentit une boule compacte se former dans le centre de sa poitrine.

— Rikar, mon pote, merci…

— Laisse tomber, répliqua son ami, balayant ses remerciements.

Sa brusquerie ne gêna pas Bastian. Il connaissait bien son lieutenant. Rikar avait du mal à accepter la reconnaissance, sous toutes ses formes.

— Finissons-en, alors.

Le regard toujours rivé sur le trou noirci par les flammes dans son mur, Rikar déploya sa magie pour ramener le froid glacial en lui. Comme de la vapeur dans un air sec, la glace s'évanouit, ne laissant qu'une trace en forme de « U » dans la terre.

— Quatre morts. Un s'est fait la malle.

Merde. Il avait espéré éviter ça. Le Razorback allait se précipiter auprès d'Ivar pour lui faire son rapport. En commençant par Myst. Bastian serra les dents. Il venait juste d'en faire une cible de choix. Non que ce soit la fin du monde. Après tout, elle l'accompagnerait à Black Diamond. Son repaire allait devenir la demeure de la jeune femme.

— Tu as besoin de moi pour la rattraper ?

Bastian secoua la tête. Il la traquerait seul. Elle l'avait alimenté à partir du Méridien. Comme de l'ADN, l'empreinte énergétique unique qu'elle laissait dans son sillage n'appartenait qu'à elle, et à l'avenir il serait capable de la retrouver n'importe où.

— Rentre au repaire. Fais-toi recoudre.

Dans un grommellement, Rikar déploya ses ailes et s'éleva dans les airs. Bastian le suivit, une myriade d'étoiles au-dessus de la tête tandis qu'il regardait son ami virer au nord en direction de Black Diamond. Il partit vers l'est, poussé vers Myst comme un homme assoiffé vers l'eau. Il devait la rattraper. Il était responsable d'elle désormais… de sa femelle. Plus vite il mettrait la main sur elle, plus vite elle serait en sécurité.

Conduire une voiture tout en tenant un bébé qui hurlait était plus difficile que jongler avec des grenades. Malgré tout, Myst s'en sortait. Mais elle avait mal aux bras, à l'un à force de porter le nouveau-né et à l'autre parce qu'elle serrait le volant à en avoir les jointures des doigts blanches. Les phares dévoraient le bitume d'un noir profond, mais n'éclairaient pas assez loin dans les ténèbres. Malgré tout, elle continua à foncer, écrasant la pédale d'accélérateur, à une vitesse de kamikaze qui violait toutes les règles du code de la route.

Elle était devenue une infraction ambulante. Nom de Dieu. Où était la police quand elle avait besoin d'elle ? Certainement nulle part aux abords de la route 18. Quelle bande de branleurs.

Réprimant un autre sanglot, Myst s'obligea à respirer. Autant éviter de tomber dans les pommes par manque d'oxygène. Il suffirait d'une petite seconde pour qu'elle se retrouve écrasée contre un pin blanc séculaire. Bien sûr, rien ne le garantissait, mais elle était quasiment sûre que l'arbre s'en tirerait mieux qu'elle à ce petit jeu.

De toute façon elle était complètement foutue.

Bastian ne la laisserait pas partir… plus maintenant. Pas après avoir vu ce qu'elle avait vu. Myst en était convaincue avec une certitude qui la terrifiait.

Elle allait devoir fuir et se cacher. Se bricoler son propre programme de protection des témoins et disparaître. Tania allait péter un câble.

Non qu'elle ait l'intention de dire quoi que ce soit à sa meilleure amie. Pas question. Aucun risque. Moins Tania en saurait, moins elle courrait de danger. Mais, zut ! Elle ne voulait pas s'évanouir dans la nature sans aucune explication. Connaissant Tania, elle tirerait toutes sortes de conclusions insensées – comme si la vérité n'était pas déjà assez folle – et accuserait le petit ami de Caroline de l'avoir assassinée et enterrée sous cet abri de jardin pitoyable derrière la maison.

Myst s'imaginait très bien la scène : tracto-pelles au travail, bulldozers qui rasaient le périmètre pendant que Tania dirigeait les recherches.

Et, bon Dieu… il y avait un truc qui ne tournait vraiment pas rond chez elle. Elle trouvait cette image presque amusante. D'une façon malsaine, corrompue.

— Là, mon chéri. Rien de grave. Tout va bien. (Les yeux rivés sur la route, elle berça le bébé à un rythme doux mais régulier.) Je t'en prie, arrête de pleurer, mon ange. Je t'en prie, arrête. Ça va aller.

Elle garda la voix basse, apaisante, espérant de tout cœur que son ton aurait l'effet escompté. Cette cadence lente était l'exact opposé de ce qu'elle ressentait. Si on l'obligeait à y coller un nom, elle appellerait ça « chaos puissance mille ». Le summum de la panique couplé à un désespoir total. Et les hurlements n'arrangeaient rien.

— Je t'en prie, mon ange… j'ai besoin que tu te calmes. S'il te plaît, mon bébé.

Sa prière s'accompagna de larmes. Myst chanta à travers elles, chaque note de la berceuse tendue, hoquetant les paroles à chaque respiration. Son petit visage rouge de colère, il se tut. Elle le déplaça un peu, lui tapota les fesses, reprit le refrain de *Dodo l'enfant do*. Grâce à cette nouvelle position, ses vagissements passèrent de cris stridents à un pleurnichement pitoyable.

— C'est mon gentil garçon. Tout va bien. On ne risque rien.

Il sembla la croire – Dieu merci. Elle n'aurait pas pu supporter ses cris encore bien longtemps sans se garer. Et le bord de la route n'était pas le lieu où elle avait envie d'être. Pas là tout de suite. Pas alors qu'elle était si proche de *Chez Sal*. Encore cinq minutes et elle aurait atteint le virage et la ligne droite.

Le restaurant se trouvait au bout de cette portion. À bien des égards semblable à un champignon au milieu d'une forêt, rien ne pouvait l'abattre. Même si Sal était mort depuis belle lurette, l'endroit en était à la troisième génération. Un routier avec des racines profondes ; un parasite qui s'accrochait au petit bout de terre au bord de l'étroite deux voies. Les flics s'y plaisaient, s'y arrêtaient pendant leurs patrouilles pour un café ou un truc à emporter bon à vous boucher les artères. Quoique, Myst ne voyait pas quel besoin ils avaient de patrouiller dans le coin. Du moins, elle ne l'avait jamais vu. Jusqu'à cette nuit.

— Je vous en prie, faites que l'un d'eux soit là.

Elle chanta ces mots, les inséra dans la berceuse. Ce changement de paroles ne dérangea pas son ange. Avec un dernier reniflement, il coinça les poings sous son menton et se pelotonna contre elle, les battements du cœur de Myst un martèlement anarchique contre sa joue.

La route descendit et tourna sur la droite. Myst ralentit pour éviter de la quitter. Le virage en tête d'épingle ne s'appelait pas pour rien le « Caniveau de l'Homme mort ». Les gens du coin le qualifiaient de « difficile ». Myst ne pensait pas que c'était le meilleur adjectif pour le décrire.

Bordé de glissières de sécurité métalliques qui s'élevaient directement sur l'asphalte, le coude de la route surplombait un ravin sur la gauche. Pire que ça ? La falaise escarpée sur la droite.

Cette monstruosité de roche pesait sur elle, avec la lune qui se réfléchissait sur sa face, jetant des ombres, poussant Myst à chercher des monstres cachés en embuscade.

Mince, elle détestait ce tronçon. Il avait quelque chose de flippant, même en plein jour.

Lorsqu'elle émergea du premier tournant pour s'engager dans le second, elle s'obligea à respirer. Juste encore un peu. Trente secondes, peut-être quarante, et elle serait de l'autre côté, les lumières extérieures de *Chez Sal* clignotant au loin. Elle serra et desserra les doigts sur le volant. Bon Dieu, elle avait mal à la main. Mais cela dit, elle avait mal partout. Les muscles de son dos étaient noués. Elle avait des crampes dans les jambes. Et sa tête ? La douleur était si forte que tout son crâne l'élançait.

Les phares tombèrent sur la glissière, illuminant la vallée au-delà de la mince barrière métallique. Myst voulait que les glissières accélèrent, la catapultent à l'autre bout et la laissent partir. La pression dans sa tête s'intensifiait, le bourdonnement entre ses oreilles devenait plus bruyant à chaque tour implacable des pneus. Et la vibration…

Myst se redressa sur son siège et tendit l'oreille. La radio étant éteinte, elle entendait le souffle rauque de sa propre respiration. Les pneus vrombissaient sur l'asphalte alors qu'un calme étrange descendait sur elle, l'entourait jusqu'à ce qu'elle baigne dedans. Elle se sentit prise de vertiges, envahie par un sentiment angoissant.

Oh, putain. Elle ne les avait pas du tout semés. Bastian était là… quelque part.

Mais… où ?

Elle n'en était pas tout à fait sûre. Le radar à dragons qu'elle venait de se découvrir avait beau fonctionner parfaitement, il se limitait à lui faire dresser les cheveux sur la tête. Dommage. Elle n'aurait pas été contre un peu de précision. Savoir de quel côté aller – comment réagir – aurait constitué une bénédiction.

Sans tourner la tête, Myst jeta un coup d'œil vers la vitre côté passager. Elle ne voulait pas se trahir auprès de Bastian s'il la surveillait. Elle n'avait besoin que de dix secondes pour franchir le dernier virage et foncer jusqu'à *Chez Sal*. Si elle dévoilait son jeu maintenant – lui montrait qu'elle avait remarqué sa présence –, il pourrait lui faire quitter la chaussée et la pousser dans le ravin avant qu'elle atteigne la portion de route droite.

Serrant le volant de toutes ses forces, elle fixa le pare-brise du regard, mais resta attentive à sa vision périphérique. S'il surgissait, passait à l'action, elle allait…

Quelque chose gratta le toit de la voiture. Une seconde après, la pointe d'une aile sombre apparut, descendant bas du côté du conducteur. Le métal gémit, puis se gauchit, céda sous des serres aiguisées comme des lames de rasoir. Avec un « Oh, merde », Myst se baissa vivement et, effectuant son meilleur numéro de contorsionniste, vit huit griffes distinctes – quatre sur la droite, quatre sur la gauche – percer l'acier de la voiture. L'horreur se le disputant à la stupéfaction, elle eut le souffle coupé un instant avant que ses pneus perdent contact avec la chaussée.

— Accroche-toi, ma belle.

Il s'exprima dans un grondement grave et assuré, sans une trace de fatigue alors qu'il soulevait le véhicule bien au-dessus de la glissière de sécurité.

Assise dans sa voiture et suspendue au milieu des airs. Deux éléments que Myst n'aurait jamais associés dans la même phrase. Et pourtant, elle était bien là, à trente mètres au-dessus du sol, surplombant une gorge très profonde… volant comme la voiture ensorcelée dans *Harry Potter*.

Avait-elle décrit la situation comme surréaliste déjà ? Eh bien, elle avait voulu dire démente, folle avec un « F » majuscule.

Cet homme – ce dragon… peu importait ! – était un vrai cinglé. Qu'est-ce qu'il croyait faire, putain ?

Respirant de nouveau, elle lui hurla :

— Espèce de cinglé !

L'insulter n'était probablement pas la meilleure idée étant donné que c'était un dragon et qu'elle… eh bien, elle non. Mais que Dieu lui vienne en aide, le bébé s'était remis à vagir et elle en avait assez. Il avait volé sa voiture… avec elle à l'intérieur !

— Fais-nous descendre !

— Plus tard.

La voix de baryton de Bastian la caressa : si calme, reflétant un tel contrôle, d'une profondeur magnifique. Mais qui s'en souciait de sa voix, putain ? Seul le message comptait. « Plus tard » était bon signe, non ? Son plan n'incluait peut-être pas de la laisser tomber dans la gorge, le capot le premier. Ce qui signifiait qu'elle vivrait encore un peu.

— Bastian ! Je suis sérieuse. Fais-nous…

Il baissa sa tête cornue, et la regarda à l'envers.

— Essaie de te détendre, *bellmia*. Vingt minutes… une demi-heure maxi et on sera arrivés.

— Où ? s'enquit-elle, soutenant son regard alors qu'elle se demandait ce qui pouvait bien la pousser à lui parler.

— À la maison.

Roulée en boule sur son siège, Myst ferma les yeux de toutes ses forces. À la maison. Ouais, ce serait bien. Sauf que ce scénario présentait toutes sortes de problèmes. Déjà, elle se trouvait à la merci d'un dragon. Et ensuite ? Quelque chose lui disait que la maison à laquelle il faisait référence ne serait pas la sienne.

Chapitre 6

Ivar, chef de la nation des Razorback, souleva ses lunettes noires au-dessus de l'arête de son nez et se frotta le coin interne des yeux. Putain, il était fatigué. En manque de sommeil avec une bonne dose de découragement. Peut-être qu'en avoir ras le cul était plus juste. Quoi qu'il en soit, il était mort… coincé jusqu'à ce que le chantier avance assez pour qu'il puisse mettre son plan à exécution.

Quand il laissa retomber sa main, les lunettes reprirent leur place, lui cachant les yeux. Ces maudits contretemps lui coûtaient. Plus qu'il ne pouvait se le permettre. Cela dit, il s'en foutait du fric. Les billets verts, il n'avait pas de problème pour s'en procurer… le temps, d'un autre côté, c'était une autre histoire.

Sept jours de retard. Seigneur, il avait mal au crâne.

Et pas étonnant. Malgré tous ses efforts pour ne pas prêter attention aux tiraillements, il avait encore faim.

Il s'était nourri pour la dernière fois, quoi ?… ça faisait deux semaines ? Non, même pas. Onze jours. Il n'avait tenu que onze putains de jours.

Ce court intervalle l'inquiétait. Mais cela dit, il avait brûlé les calories comme des briquettes de charbon dans un barbecue. Augmenter ses heures de veille signifiait peu de sommeil. Et manquer de « Zzzz » le rendait léthargique à se traîner le cul. Il avait besoin de battre le pavé et de se remettre en chasse, pour coincer une femme en vitesse. Une avec la bonne énergie. Ivar ricana. Foutaises. Il se contenterait de la médiocrité – petite, grosse et moche – du moment que l'horrible souffrance disparaissait.

Il appuya sur le bouton de l'ascenseur et attendit que les doubles portes s'ouvrent. Installée à peine deux jours plus tôt, la paire de panneaux coulissants en acier renforcé se retira avec une précision silencieuse. Eh bien, au moins elle fonctionnait bien. Dieu merci.

Ivar fit rouler ses épaules, pour en chasser la tension musculaire, en quittant le couloir de béton désert. Dans moins de cinq heures, le labyrinthe souterrain bourdonnerait de nouveau : une symphonie de marteaux-piqueurs, de machines à soudure et des raclements périodiques des bétonnières qui jouaient un air joyeux pendant que ses abeilles ouvrières reprenaient le travail.

Ouais c'est ça. Des abeilles ouvrières. Un terme impropre, assurément. « Esclaves » sonnait mieux – était plus précis, aussi.

Mince, il détestait les humains. Des créatures dégoûtantes, plus viles que viles. Mais il avait besoin d'eux pour construire son complexe. Chaque homme avait été sélectionné puis retenu pour ses aptitudes – le talent qu'il maîtrisait. Ivar aurait préféré laisser les humains en dehors de ça, mais ses soldats étaient des guerriers, pas des ouvriers du bâtiment. Et même si chacun d'eux aurait pu acquérir les compétences nécessaires à l'achèvement du projet, il n'avait pas le temps de s'éparpiller. Le laboratoire – et l'agencement adjacent de tunnels, de chambres et de cellules – aurait dû être fini depuis cinq minutes déjà.

Au moins, les humains avaient un avantage. Ils supportaient bien les ordres… avec les bons encouragements. Chantage. Les coins de la bouche d'Ivar se relevèrent. Bon Dieu, il A-DO-RAIT le chantage. Ça marchait à tous les coups. Les petits salopards réagissaient si bien à un peu de torture – littérale ou non. La plupart suppliaient pour leur vie, leur liberté ou, son préféré à lui : pour voir leur famille.

Dommage qu'Ivar ne soit pas du genre à faire des promesses. Il ne leur fournissait que ce dont ils avaient besoin pour continuer à travailler : de la nourriture, de l'eau, un lit et leur vie. Cette dernière, il la leur agitait sous le nez comme une carotte, l'ultime récompense : « faites ce que je demande et vous vous en sortirez vivants. » Quel salaud il faisait.

Mais, hé, la fin justifiait les moyens. Non ?

Ouais, il levait haut les pouces pour celle-ci.

La guerre n'était pas enrobée de miel. C'était un bras de fer brutal. Un « je t'emmerde » au monde et à l'ennemi. Que le meilleur dragon gagne.

Ivar appuya sur le bouton de l'étage principal sur le panneau de contrôle électrique. L'ascenseur s'éleva en douceur, une ascension silencieuse rendue possible par une série d'énormes aimants. Murmurant son approbation, il parcourut des yeux la cabine d'acier. C'était une beauté ; le meilleur que la technologie avait à offrir.

La merveille moderne ralentit, s'arrêta sans un heurt au dernier niveau du 28, Walton Street. Quarante-cinq mètres au-dessus de sa demeure souterraine, la construction de deux étages en briques rouges ne payait pas de mine de l'extérieur. Au milieu d'un quartier calme rempli de toits pointus de travers, la caserne de pompiers abandonnée constituait le QG suprême. Un repaire de dragons caché au grand jour. C'était parfait : un abri et la proximité avec les proies, le tout en un.

Le seul problème ? Le bâtiment. Il ne manquait pas de caractère mais de confort, si. Ivar l'aimait bien malgré tout. Les vastes espaces ouverts lui convenaient et – en dépit de son escalier aux marches pourries et des trous dans le plancher – la structure était solide. Le toit avait eu besoin d'être rafistolé quand il avait emménagé, mais il n'avait pas acheté cet endroit pour son charme des années 1950.

Il avait foutu 3,6 millions de dollars dans ce trou à rats pour le terrain. Cinq magnifiques hectares d'arbres, d'herbes hautes, de cuves à mazout, de voitures défoncées, et d'engins de construction oubliés. C'était un cimetière, un terrain vague où la merde venait mourir. Le cloaque de Seattle.

Dégoûtant, tout comme l'espèce qui en était responsable.

Sans un bruit, les portes de l'ascenseur s'ouvrirent. Ivar sortit dans ce qui deviendrait la salle commune des Razorback – dans le délabrement, la poussière et le clair de lune. En présence de son bras droit.

Silhouette mince appuyée contre le mur de briques irrégulier dans son dos, les bras croisés, Lothair posa son regard noir sur lui.

— On a un problème.

Les muscles qui entouraient la colonne vertébrale d'Ivar se contractèrent. Génial. Juste ce dont il avait besoin… un emmerdement supplémentaire à jeter sur la pile qui n'en finissait pas de grossir. Respirant un bon coup pour s'apaiser, il lui lança sa meilleure supposition.

— La femme s'est échappée.

— Pas exactement.

— Quoi, alors ?

Lothair bougea, sa veste en cuir frottant contre la brique. Un mouvement presque imperceptible, tout juste un tressaillement, mais Ivar connaissait bien son bras droit. L'homme n'aimait pas ce qu'il s'apprêtait à reconnaître.

— Bastian nous a devancés auprès d'elle.

— Bordel de merde.

Ivar contrôla sa colère avant qu'elle lui échappe. S'en prendre à Lothair ne leur apporterait rien à tous les deux, à part des blessures. Et ce serait la cerise sur cette journée déjà merdique.

Réprimant un grondement, il traversa la vaste pièce rectangulaire, contournant un trou déchiqueté dans le plancher. Il s'arrêta devant la baie vitrée, pour contempler son nouveau jardin. La lueur de la lune s'y déversait en vagues d'un blanc bleuté, créant des ombres pendant qu'il regardait à travers la vitre fêlée, faisant glisser son regard sur les coquilles d'acier tordues qui jonchaient sa propriété.

Cet affreux foutoir constituait un cauchemar écologique, une claque dans la tronche de tous les dragons. Comment les humains pouvaient-ils passer tous les jours devant ce spectacle à piquer les yeux ? Ne pas se soucier de ce bazar pendant que des cuves de gasoil percées contaminaient leurs quartiers et empoisonnaient la planète ? Seigneur, ça le déconcertait et l'enrageait chaque fois qu'il voyait la même tragédie se répéter dans différents pays à travers le monde.

L'espèce humaine tout entière devait être arrêtée. Éradiquée avant que les dégâts deviennent irréversibles et que chaque être vivant sur la Terre meure d'une mort horrible. La phase deux de son plan s'occuperait d'eux… balaierait ces bêtes apathiques d'un seul et cruel coup.

Mais chaque chose en son temps.

Sans prêter attention à l'odeur de bière éventée et de bois pourri, il jeta un regard à Lothair par-dessus son épaule.

— Où est la femme maintenant ?

— Morte. Elle l'était quand on est arrivés.

Ivar haussa les sourcils, surpris par ce rebondissement. Bastian n'avait pas l'habitude de tuer les femmes, enceintes ou non. Il n'avait pas le cœur assez solide. Une faiblesse, s'il devait en avoir une.

— Il a pris l'enfant ?

Lothair hocha la tête.

— Forge va péter un câble. On doit récupérer le nourrisson.

Sans déc', Sherlock. Parvenir à cette conclusion était un jeu d'enfant. S'ils voulaient garder Forge sous contrôle. Malgré sa jeunesse, ce mâle massif constituait un atout pour les Razorback : puissant, concentré, avec un bon paquet de violence à dépenser. Enfin, du moins, ç'avait été le cas avant qu'il rencontre Caroline Machin Chose. La petite salope avait fait dérailler un Forge normalement inébranlable. Dans un élan sans précédent, il avait acheté un téléphone portable juste pour rester en contact avec elle.

L'amour. Cette putain de calamité.

Ivar se frotta la nuque. Quel bordel. Précisément celui qu'il avait espéré éviter quand il avait envoyé ses guerriers prendre le bébé un mois en avance. La tuer tout de suite. Donner son enfant à Forge. Esquiver le désastre. Que des décisions logiques, excepté un truc. Bastian avait tout fait capoter… encore.

Le commandant des Nightfury était comme un chat… avec toutes ses neuf vies intactes alors qu'il retombait sur ses pattes. Juste une fois, Ivar souhaitait le voir se planter. Il n'avait besoin que d'une fois – après quoi, il ramasserait les cendres de Bastian comme des crottes de chien et les mettrait dans une urne affreuse qu'il poserait sur le manteau de sa cheminée bientôt terminée. Le trophée parmi les trophées.

— Comment tu veux qu'on s'en occupe ? (Lothair s'écarta du mur.) Tu veux que je le lui dise ?

— Non. Je me charge de Forge, déclara-t-il, et il entendit Lothair soupirer de soulagement.

Ivar faillit sourire. Ce n'était pas que son bras droit soit lâche, mais seul un fou se tiendrait nez à nez avec Forge en lui annonçant ce genre de nouvelle. Une femme partie trop tôt et un enfant enlevé par l'ennemi.

Ouais, le gars allait perdre la boule.

Une bonne chose que la folie aille comme un gant à Ivar. Il aimait vivre sur le fil du rasoir, sans compter que, qui d'autre serait capable de maîtriser Forge… de canaliser toute cette rage dans la bonne direction ?

Un peu de manipulation de la part d'Ivar – peut-être même un mensonge ou deux – et Forge ne serait plus assis le cul entre deux chaises, à se demander s'il souhaitait rejoindre les rangs des Razorback. Il se lancerait en quête de Bastian et de ses hommes. Avec le gars à cent pour cent de son côté, Ivar obtiendrait ce qu'il désirait : un laboratoire grouillant d'activité et les cellules vides dans le bloc A remplies, tout ça pendant qu'un autre mâle puissant traquerait sa bête noire.

Ah, la vie était belle.

— Un dernier truc, chef.

Détournant les yeux de son terrain, Ivar reporta son attention sur son bras droit.

Dès qu'il croisa son regard, Lothair dit :

— Il y avait une autre femme sur les lieux… avec une énergie incroyable.

— Elle appartient à Bastian ?

— Aucune idée, mais lui et Rikar la protégeaient.

Bien, bien, bien. Le duo dynamique, de nouveau ensemble. La foudre et la glace. Ces deux-là formaient une association mortelle dont Ivar devait s'occuper. Il perdait trop de guerriers à cause d'eux.

— D'autres éléments ?

— Il l'appelait Myst. Elle portait une blouse d'hôpital.

— Fais des recherches sur elle. Hôpitaux, centres médicaux, dentistes, toute la profession. Je veux tout savoir… famille, amis, comptes bancaires, les endroits qu'elle fréquente, où elle dort, ce qu'elle aime manger.

— Pas de problème, dit Lothair, avalant le sol à grandes enjambées en direction de l'ascenseur.

Cerveau du complexe, la nouvelle salle informatique trônait au centre du labyrinthe souterrain. Venant enrichir leur organisation, elle représentait une nécessité dans un monde devenu fou d'ordinateurs. Il avait beau avoir le genre humain en horreur, celui-ci avait inventé des gadgets intéressants. Et Internet valait n'importe quel autre endroit pour commencer à réunir des informations sur la mystérieuse Myst.

— Une bonne énergie, hein ?

L'épaule appuyée au châssis de la baie vitrée, Ivar regardait Lothair, se repassant le scoop dans la tête. Que sa faim atteigne des sommets n'aidait pas. À la seule pensée d'énergie féminine, il salivait. Mais une énergie puissante ? Seigneur, il voulait y goûter.

Son bras droit appuya sur le bouton pour descendre.

— La plus puissante que j'aie jamais vue.

Le cœur d'Ivar tambourina un peu plus fort. Une femme comme ça avait de la valeur. Pourrait être la première pensionnaire du bloc A presque achevé. Bon Dieu, si elle était aussi bonne que le disait Lothair, il ferait une exception et en ferait son joujou personnel.

— Je la veux.

— Je vais te la ramener, chef.

Les portes coulissantes de l'ascenseur glissèrent. Lothair s'avança à l'intérieur, sa promesse résonnant tandis que la cabine se refermait, l'emportant dans les entrailles de la Terre.

Ivar resta immobile un moment, à absorber le silence, avant de se diriger vers la porte-fenêtre située au milieu de la baie vitrée. La main posée sur la poignée, il ouvrit un des battants et sortit sur l'étroit balcon. Deux étages au-dessus du sol, le bois pourri craquant sous ses bottes, il respira l'air frais, écouta le bruit de la ville qui se heurtait au chant des grillons.

Inspirant vivement, Ivar bondit par-dessus la balustrade, se transforma à mi-chute en dragon. Des écailles rouges bordées de noir étincelèrent tandis qu'il virait sur la gauche, vers l'ouest et le centre-ville. Sa faim ne pouvait pas attendre, et le cœur de Seattle offrait les meilleures proies. Les femmes sortaient jouer le jeudi soir, vêtues de jupes courtes et de pas grand-chose d'autre.

Hmm, quelle excellente nuit pour chasser.

Chapitre 7

Seigneur, il était stupide. Le problème ? Bastian ignorait comment changer ça. Pris entre le marteau et l'enclume, il avait fait ce qu'il avait à faire, avait rattrapé Myst. Mais, eh bien… bon Dieu. Il avait réussi à lui foutre une trouille bleue au passage. Il ricana. C'était peu de le dire.

Sa méthode de transport à la « je-te-ramasse-et-on-y-va » n'avait pas bien fonctionné. Mais sans une minute à perdre, la saisir au vol lui avait semblé le meilleur moyen – le moins agressif – à sa disposition.

Sa méthode préférée lui aurait permis d'accomplir le travail, mais se poser au milieu de la route comme il l'avait fait avec l'ambulance ? Pas une bonne idée. La dernière chose dont elle avait besoin, c'était d'une occasion de le revoir de trop près sous sa forme de dragon. Bastian ricana. Ouais, et c'était vraiment peu de le dire.

Avec toutes ses écailles, il lui aurait fait péter un câble, l'envoyant à Hurlementsville. Et, franchement ? Il pouvait se passer d'une dépression nerveuse. À sa connaissance, une femme ayant perdu la tête n'apparaissait nulle part à son ordre du jour – celui intitulé le-moyen-le-plus-rapide-de-déshabiller-Myst-et-de-la-mettre-dans-son-lit.

Mince, il avait hâte que ça arrive.

Bastian vira vers le nord en direction de Black Diamond, enfouissant son fantasme sous une pile de débris mentaux. Il voulait l'enterrer, l'effacer avant d'exploser. Avec toute cette abstinence forcée il était en manque. La seule pensée de Myst sous lui, de toute cette peau chaude et douce à caresser…

Terriblement distrayant.

Bastian secoua la tête. Lui. Distrait. C'était une première. Et ce n'était pas particulièrement une bonne chose, non plus.

Dieu merci, Rikar n'était pas dans le coin pour assister à son glissement du commandant calme vers l'homme hyper chaud et en rut. Son ami se foutrait de sa gueule, et Bastian lui avait déjà fourni assez de matière pour une nuit. Mince, il allait se faire chambrer à son retour au repaire. Il s'était départi de son sang-froid là-bas, quand Myst avait foncé à découvert.

Rikar ne l'estimerait pas moins pour autant. Ça arrivait aux meilleurs d'entre eux. Mais ça ne signifiait pas que le salopard garderait son clapet fermé. Son lieutenant aimait trop se moquer pour manquer une telle occasion. Bastian se l'imaginait déjà : Rikar qui rassemblait les autres guerriers – comme une bande de boy-scouts horripilants autour d'un feu de camp – et prenait le rôle de conteur alors en les régalant avec des détails croustillants.

Un petit prix à payer, parce que… Seigneur. Il avait failli la perdre. Si Rikar avait réagi une seconde plus tard, Myst serait…

Morte.

Incinérée.

Un tas de cendres.

À cette pensée, il sentit son estomac se soulever. Ce qui le fit chier. Ça ne devrait pas autant lui importer. L'attirance qu'il éprouvait pour Myst était dangereuse, au-delà des limites acceptables pour les siens. Mais cela dit, qu'est-ce qu'il en savait ? Aucun des mâles qu'il connaissait n'était resté longtemps avec une femelle. Même si ça avait été le cas, aucun n'en parlait. D'accord, certains en faisaient des tonnes sur des coups d'un soir – les orgies qui les submergeaient de plaisir –, mais même ce genre de propos n'arrivait pas souvent.

Dieu merci.

La dernière chose dont il avait besoin, c'était d'entendre constamment parler de sexe. Il y pensait déjà assez souvent comme ça, à se réveiller avec une érection la plupart des nuits. Le problème ? Il s'adonnait rarement à ses pulsions. Ne pouvait pas se résoudre à chasser des femmes uniquement pour se soulager, comme les autres. D'accord, personne ne souffrait. Les femmes étaient toujours consentantes et l'échange d'énergie agréable, mais toutes ces tromperies ne lui semblaient pas justes.

Envisager les choses ainsi était stupide.

Il ne pouvait pas changer ce qu'il était, et pourtant il aspirait à plus. Avait soif de relations où il n'éprouverait pas le remords qui le tenaillait toujours après avoir pris ce dont il avait besoin ; après s'être nourri et avoir laissé la femme comblée dans des draps froissés, sans un mot ni un regard en arrière.

Bastian ferma les yeux, plana un moment, savourant l'air froid contre ses écailles. Il attendait plus de la vie, juste… plus. Ne serait-ce que l'espace d'un instant. Même si ça ne pouvait pas durer.

La voiture de Myst pesant lourd dans ses serres, il accéléra ses battements d'ailes, volant dans les cieux sombres aux effluves de pin. Des étoiles minuscules clignotaient, puis se cachaient derrière des nuages vaporeux, lui faisant miroiter la promesse de la lune. Mais il n'avait pas besoin de lumière. Bastian connaissait le chemin vers chez lui par cœur. Il reconnaissait la forêt en dessous : le balancement des branches tordues, la progression graduelle des collines et des hautes altitudes tandis qu'il avançait vers les montagnes.

Si calme.

Si paisible.

Tellement ridicule.

Normalement, il adorait voler lors d'une nuit pareille, avec rien d'autre que l'air automnal froid et les cieux noirs pour lui tenir compagnie. Mais la vitesse était tout ce qui lui importait à présent. Non que les Razorback risquent de le suivre. Il était bien dissimulé, enveloppé dans un sort épais qui les masquait aux regards, lui et la voiture qu'il portait. Néanmoins, il se sentait sur le point d'exploser, la vibration agréable sous ses écailles à la limite de la douleur.

La raison ? Myst.

Il tentait de ne pas penser à elle, mais ça ne se passait pas bien.

Son énergie et son odeur le rendaient fou. Il était accro, percevait le pouvoir et l'abondance qui la caractérisaient. Si on y ajoutait une cargaison de désir sexuel… et il ne pouvait s'empêcher de se rappeler à quel point elle avait une saveur délicieuse. À quel point elle allait bien contre lui. À quel point il avait envie de retoucher sa peau douce. Faire l'amour avec elle serait incroyable. Du genre à chambouler une vie. Une union torride, énergique, délicieusement intense.

Putain. Il était vraiment dans la merde.

Il fantasmait sur des parties de jambes en l'air mémorables, et Myst n'était même pas dans le coup. Là tout de suite, être près de lui était la dernière chose qu'elle souhaitait. De quoi l'avait-elle traité ? Ah, ouais. De fou. Si on y ajoutait son autre qualificatif des dragons – les « choses » – y a pas à dire, ils étaient faits pour être ensemble.

Bastian serra les crocs, heureux de la douleur qu'il en ressentit, s'efforçant de bloquer la voix de Myst. Sans succès. La peur de la jeune femme alors qu'elle s'agrippait à lui là-bas lui revint distinctement.

Bordel de merde. La réaction qu'elle provoquait en lui n'était rien ; celle qu'il provoquait chez elle le faisait plus chier. Même si ça ne devrait pas.

Elle avait raison d'être effrayée.

N'importe quel humain doté de la moitié d'un cerveau le serait. Il incarnait, après tout, la quintessence du croquemitaine pour le genre humain. Qu'est-ce que ça changeait qu'il ne soit pas le méchant ? Qu'il se batte contre les Razorback pour protéger aussi bien les dragons que les humains, pour les sauver du génocide de masse que projetait Ivar ? Rien, absolument rien. Comme tout dans la société humaine, les apparences comptaient plus que la vérité. La vanité régnait en maître. Et un monstre était un monstre, que ses desseins soient purs ou non.

Bastian monta en flèche au-dessus d'une pente boisée en se laissant glisser sur les vents. Une odeur terreuse mêlée à celle d'eau s'élevait de la rivière en contrebas. Il garda les ailes à l'horizontale, les muscles tendus, pendant qu'il suivait le cours impétueux du ruban bleu, se donnant beaucoup de mal pour ne pas secouer Myst.

N'était-il pas prévenant ?

Elle le traitait de tous les noms pendant qu'il se pliait en quatre pour elle, cherchant à tout prix à la protéger, plus préoccupé par le bien-être de Myst que par le sien. Bastian réagissait d'une manière tellement absurde qu'il ignorait comment s'en dépêtrer. Bon Dieu, il ne savait même pas s'il avait envie d'ouvrir cette boîte de Pandore, mais se doutait que c'était autant lié à son désir de voir Myst allongée sur le dos qu'à sa culpabilité de l'avoir enlevée.

D'accord, le plan de coucher avec elle était bien mort. La culpabilité, cependant, le rongeait – le frappait bien trop fort en des endroits inconfortables. Avec une telle férocité qu'il se sentait mal à l'aise, mais pas au point de laisser partir Myst. Il avait beau ne pas souhaiter l'admettre, il avait attendu une femme comme elle toute sa vie. Même s'il la terrifiait, la peur n'était pas insurmontable. Il pouvait la vaincre, amener Myst à le désirer – à l'apprécier même – s'il s'en donnait la peine.

Bastian serra les dents. D'accord, trop arrogant ? Eh bien, peut-être, mais il croyait en son pouvoir de séduction. Myst n'avait pas une chance s'il s'attelait à la tâche, ce qu'il allait faire, non seulement pour lui, mais pour son peuple.

Ah, n'était-il pas bon prince ? Se sacrifier sur l'autel du désir de Myst pour le bien des siens ?

Quel ramassis de conneries.

Il la voulait pour lui, pour apaiser ses propres besoins. Le moins qu'il puisse faire, c'était d'avoir l'honnêteté de le reconnaître. Myst méritait mieux qu'un tas de mensonges, et lorsqu'il jeta un coup d'œil par la vitre de la voiture – la vit assise, parfaitement immobile, recroquevillée sur le siège du conducteur, à fredonner une berceuse d'une voix cassée pour rassurer le bébé, pour se calmer –, il ne put nier la vérité.

Il ne sortirait pas indemne de cette histoire-là.

La femme qu'il s'était choisie n'était pas juste attirante, elle possédait la force d'une guerrière. Non qu'elle en ait conscience. Elle était probablement en train de culpabiliser, à se repasser les événements, avec tous les « et si », essayant de comprendre ce qu'elle avait mal fait.

Les courageuses faisaient ça, dans un désir de s'améliorer, de mieux faire la prochaine fois. Il était bien placé pour le savoir. Il s'était joué le « et si » à la con trop souvent pour en avoir gardé le compte. N'ignorait pas ce que ça faisait de revenir sur chaque décision après coup. Dommage que cette stratégie n'aide aucun d'eux cette fois. Sa décision était irrévocable. Myst lui appartenait désormais, et il n'arrivait pas à en éprouver le moindre regret. Il la désirait à ce point. Assez pour bousiller la vie de Myst. Assez pour saisir le peu de temps qu'il aurait avec elle. Assez pour élever leur enfant seul.

— N'y pense pas, murmura-t-il, la voix basse pour que Myst ne l'entende pas. Ce qui est fait est fait.

Virant sur la droite, Bastian suivit un coude de la rivière, et le tumulte et les gouttelettes lui parvinrent avant que la chute d'eau soit en vue. Elle tombait d'une hauteur de cent mètres, le doux grondement se transformant en rugissement à mesure qu'il avançait. La bruine brillait sur ses écailles, gouttait de la pointe de ses ailes alors qu'il amorçait son approche. Son sonar inné tinta lorsqu'il trouva l'étroite ouverture derrière le mur d'eau en mouvement.

Une folle agitation – des chaussures qui glissaient sur le revêtement des sièges, des ongles qui grattaient le tableau de bord – se fit entendre à l'intérieur de la voiture.

— Tout va bien, Myst, dit-il, sentant l'odeur de sa peur.

Les ailes à la verticale, il fendit l'eau qui cascadait pour entrer dans les ténèbres derrière. Des roches déchiquetées faisaient saillie à des angles bizarres, certaines d'une proximité dangereuse alors qu'il progressait dans le passage sinueux.

— Bastian… je n'y vois rien du tout ! Je ne peux pas…

— Calme-toi, *bellmia*. (Il parla d'une voix basse, dans l'espoir de l'apaiser.) Accroche-toi bien. On y est presque.

C'était mort.

Elle sanglota quand l'obscurité devint totale. Ses petits pleurs de détresse lui serrèrent le cœur, mais il ne pouvait pas s'arrêter… et ne la blâmait pas de paniquer.

La première fois qu'il était entré dans la caverne, ça avait été un peu inquiétant pour lui, aussi ; l'odeur de terre humide et de renfermé presque suffocante. Mais il avait choisi d'emprunter le passage souterrain plutôt que de la poser dans l'allée pour une raison. Il voulait qu'elle compte sur lui pour la garder en sécurité. Et la confiance n'était pas un truc qu'un homme demandait. Mais qu'il montrait à sa femme, lui apprenait par des actes, pas par des mots. Ouais, elle n'y voyait peut-être rien, mais pas lui. Sa vision nocturne était excellente, et plus il lui prouverait qu'il était digne de confiance, plus vite elle l'accepterait.

Il franchit un autre coude. Myst eut le souffle coupé, et il murmura :

— J'y vois, ma belle. L'obscurité ne va pas durer.

Pile à ce moment-là, la lumière leur parvint à travers les ténèbres. D'abord vague, la douce lueur n'était qu'un reflet jaune illuminant la roche glissante et les étroites saillies sur les côtés du passage. Bastian fouilla du regard les parois escarpées, à la recherche de ses frères d'armes. Parfois, quand la pression devenait insupportable, ses guerriers se transformaient en dragons et s'installaient dans le souterrain pour se reposer. Pour les siens, un lit n'était pas toujours la solution pour une bonne nuit de sommeil. Il arrivait que le seul truc qui les aide soit de se recentrer sur eux-mêmes, de reconnaître leur différence – ce qui les rendait uniques et les distinguait des autres créatures vivantes. Leur nature même de dragon.

Cette nuit, cependant, les nombreuses saillies étaient vides.

Dieu merci.

La dernière chose qu'il souhaitait, c'était un public. Amener Myst – bon Dieu, la faire sortir de la voiture – allait nécessiter de la finesse, alors une bande de dragons…

Ouais, vraiment, vraiment pas ce dont il avait besoin, là tout de suite.

Surgissant du dernier coude, Bastian déploya ses ailes et ralentit en entrant dans la caverne gigantesque. Alimentés par la magie, mille globes flottaient comme des guirlandes de LED sur le plafond voûté, illuminant les parois lisses. Sous cet éclairage, la ZA – zone d'atterrissage – s'étendait d'un bout à l'autre, occupant un tiers de la surface. Plat, vaste et profond, ce plateau comptait parmi les plus beaux miracles de la nature.

Bastian aimait d'autant plus la ZA. Elle était sacrément pratique, assez grande pour que quatre dragons se posent ou s'envolent en même temps. Un atout majeur, étant donné l'état de guerre permanent que ses guerriers et lui devaient subir jour après jour, décennie après décennie. Et ouais, si la guerre ne constituait pas une raison suffisante d'adhérer au programme, la ZA était un signe – un de plus pour rappeler pourquoi les dragons devaient engendrer des fils.

Ils devaient accroître leurs effectifs. Être prêts à lever tout un peloton au pied levé.

Bastian soupira. Bon Dieu, il se donnait vraiment beaucoup de mal pour se convaincre du bien-fondé de sa décision, non ? À se chercher des excuses. Considérer la ZA comme une bonne raison d'avoir kidnappé Myst… Seigneur. Il était plus que dérangé s'il prêtait foi à ce tas de conneries.

Veillant à garder la voiture stable, Bastian se posa sur ses pattes de derrière. Ses griffes raclèrent le granit moucheté de noir et d'argent, le bruit se répercutant dans l'immensité tandis qu'il déposait le véhicule de Myst sur le sol avec une légère secousse. L'espace d'une seconde le temps se figea, le silence absolu, avant qu'il rétracte ses griffes de devant. Un léger grincement – l'acier contre ses serres aiguisées – retentit quand il lâcha le châssis. Bastian entendit Myst inspirer brusquement alors qu'il s'écartait pour se transformer, passant du dragon à l'homme en un battement de cœur.

Planté à deux mètres du pare-chocs avant, il rassembla ses vêtements, s'enveloppa dans son long manteau en cuir et se retourna pour considérer sa femelle. Elle rencontra son regard à travers le pare-brise. Elle avait les yeux écarquillés. Ceux de Bastian étaient calmes, forçant l'attention, lui demandant de lui faire confiance. Elle l'avait déjà fait avec le bébé dans les bras et le corps inerte de la mère près d'elle. Il voulait qu'elle le refasse. Qu'elle cesse d'être convaincue que le croque-mitaine était couvert d'écailles et se souvienne de la gentillesse qu'il lui avait témoignée.

Mais tandis que le silence s'étirait, Bastian se traita d'imbécile. La vie ne faisait souvent pas de cadeau. Et Myst ne se rendrait pas sans se battre.

Elle était trop intelligente pour abandonner son pouvoir si aisément. Sa femme réclamait le genre d'attention que la plupart des hommes n'avaient pas la patience d'accorder aux leurs. Mais Bastian n'était pas comme la plupart des hommes, et malgré la nature désespérée de son désir, il l'appréciait encore plus pour le défi qu'elle représentait.

À la fierté que lui inspirait le courage de Myst, il esquissa un sourire.

Nom de Dieu, ce qu'elle était belle.

Même effrayée, elle lui coupait le souffle, et tandis que leurs regards se heurtaient, il sentit les yeux lui piquer un peu, les larmes qu'il refusait de montrer lui serrer la gorge. Non, ce n'était pas juste. Du moins, pas pour elle. Ouais, il avait beau détester la fin de partie, il n'avait que faire du regret et des souffrances à venir, parce que…

Nom de Dieu, il était heureux qu'elle soit là.

Chapitre 8

Myst aurait voulu être n'importe où plutôt que recroquevillée dans sa voiture, à affronter Bastian du regard. Non qu'on puisse vraiment parler d'affrontement.

Elle perdait.

Il gagnait. Haut la main.

Ce qui était injuste. Elle avait simplement besoin d'une pause, mais c'était impossible. La chance n'était pas de son côté.

Bastian lui avait distribué de mauvaises cartes, et à présent ? Il la tenait en place, paralysée. Tout ça sans lever le petit doigt. Son pouvoir résidait dans l'intensité de son regard. La façon dont il la dévisageait. Attendait. Observait ses réactions pour savoir de quel côté s'élancer. Ou bondir.

Myst déglutit. Elle n'aimait pas cette analogie. Elle avait l'impression d'être une proie face à un prédateur.

Ses pensées tournaient en rond dans sa tête pendant qu'elle le fixait du regard, se repassait les événements, tentait de comprendre. De se sentir moins effrayée et plus forte, mais…

Il s'était transformé si vite. Était passé des écailles et des crocs à, eh bien… « ça ».

Deux mètres de « WAOUH ». Vêtu de cuir. Débordant de sex-appeal à l'état brut. Et l'effet « Oh-là-là » ne s'arrêtait pas là, non plus. Elle aurait juré pouvoir sentir son odeur. Celle-ci flotta jusqu'à elle, réclamant son attention et, incapable de s'en empêcher, elle huma profondément. Ouais, c'était assurément lui. Un délicieux parfum d'homme propre avec une pointe d'eau de toilette à faire tourner la tête.

Insolite.

Irréel.

Incroyablement sexy.

Myst se gifla mentalement, et s'obligea à repartir en arrière. Jamais de la vie. Elle refusait d'aller de ce côté… à Sexyville avec un type qui venait juste de passer de dragon à homme sous ses yeux.

Pense écailles… pense écailles… pense écailles.

Cette commande s'imprima dans son cortex cérébral, sans guère de résultat. Quoi d'étonnant, avec ce type planté là, qui ressemblait à un putain de top model ? Si seulement il pouvait bouger… commencer à se comporter comme un gros dur effrayant. Elle devait continuer à avoir peur de lui, mais son immobilité produisait l'effet inverse. Pour une raison inconnue, celle-ci la calmait, ralentissait sa fréquence cardiaque, un battement de cœur à la fois. Qu'est-ce qu'il faisait ? Il lui donnait du temps pour s'habituer à sa transformation… dans l'espoir qu'elle oublierait ce qu'elle avait vu ?

Elle se mordilla l'intérieur de la lèvre. Aucune chance. Elle ne pouvait pas chasser la vision d'écailles d'un noir bleuté, d'une queue pointue et de crocs aiguisés comme des lames de rasoir.

C'était un cauchemar ambulant. Un cauchemar fascinant, mais…

Ensorcelant ou non, Bastian n'en était pas moins terrifiant. Son intensité ajoutait ce petit truc en plus – un peu comme la sauce spéciale d'un Big Mac – à l'effet « Oh-là-là ».

Dissipant ses sueurs froides, la vieille chanson de McDo envahit la tête de Myst. Elle la saisit, se raccrocha à cet élément familier, et s'efforça de se rappeler les paroles. Elle entendait la musique : le jingle joyeux, les gens qui le reprenaient en chœur en brandissant un hamburger dans chaque main.

Des cornichons.

Oui, il était question de cornichons et d'oignons. Et de salade et de tomates, aussi. D'accord. Très bien. Ça lui revenait, l'air et les paroles se fondaient, l'aidaient à freiner la décharge d'adrénaline.

De la salade, des cornichons et des oignons sur un pain aux graines de sésame.

Youpi. Elle y était arrivée, elle respirait de nouveau.

Chapeau, McDonald's. Pas étonnant qu'ils vendent autant de Happy Meals.

Retenue prisonnière par le regard de Bastian, elle remua sur son siège, dans l'espoir de parvenir à se libérer. Elle n'était pas obligée de le regarder. Établir un contact visuel, après tout, relevait d'un choix, non ? Tout ce qu'elle avait à faire, c'était se trouver un autre endroit où poser les yeux, quelque chose qui ne pousserait pas son cœur à bondir hors de sa cage thoracique.

Son ange se tortilla dans ses bras, avec un adorable gazouillis de bébé. Myst cligna des yeux, les baissa – brisant le sortilège que constituait Bastian. Toujours profondément endormi, le nouveau-né s'étira, puis fronça imperceptiblement ses sourcils doux et arqués. Cette vision apaisa Myst, lui rappela Caroline. Elle avait promis à son amie de protéger son magnifique petit garçon.

Rien de ce que projetait Bastian ne primait sur ça.

Un crissement fendit le silence. Du cuir noir surgit dans sa vision périphérique. Bastian était en marche, ses longues jambes le portaient vers le pare-chocs avant de la voiture. Myst se crispa sur son siège, et jaugea la largeur de ses épaules, les muscles qui lui enserraient les bras, la flexion et l'extension de ses longues jambes musclées. Le mot « invincible » s'imposa à elle – retentit dans sa tête tout en majuscules –, mais alors qu'il se rapprochait, elle prit conscience d'un truc important. Il avançait avec circonspection, presque de la douceur... comme s'il tentait de la ménager.

À tout autre moment, elle aurait apprécié. Aurait été touchée par cette attention. Mais pas cette nuit. La confiance n'était pas de mise. Elle avait déjà donné une fois – là-bas chez Caroline – et il avait sorti une vilaine surprise de son chapeau. Elle refusait de se jeter dans une deuxième manche de « collons une peur bleue à Myst ».

Bastian s'arrêta côté conducteur. Lentement, elle détacha du volant ses doigts aux jointures blanches. Elle ne voulait pas que son ravisseur, pris au dépourvu, lui saute dessus… ni qu'il s'élance sur elle avant qu'elle soit prête. Refermant les deux bras autour du bébé, elle le tint avec fermeté. Ses minuscules poings coincés sous le menton, il renifla, mais ne protesta pas. Dieu merci. La dernière chose dont elle avait envie, c'était de le bercer pendant qu'elle montait tant bien que mal sur la console centrale pour passer sur le siège du passager. Mais si Bastian tentait de l'attraper, la fuite constituerait sa seule option.

Les muscles du bras de Bastian se contractèrent lorsqu'il saisit la poignée. Myst abaissa le poing sur le bouton noir. Le verrouillage s'enclencha, et le petit bruit sec retentit dans le silence.

Il plissa les yeux. Une seconde après, sans l'intervention de personne, les boutons remontèrent. D'un mouvement rapide, il ouvrit la portière.

L'éclairage intérieur s'alluma, répandant une lueur jaune alors qu'une odeur de renfermé s'engouffrait dans l'habitacle. Elle cria, enfonça les talons dans le siège et se précipita de l'autre côté de la Honda.

— Myst…

Se baissant à son niveau, il s'accroupit dans l'espace entre la portière et le châssis de la voiture. Lorsqu'il croisa son regard, il tendit les mains, lui présentant les paumes en un geste qui se voulait rassurant.

— Je ne te ferai pas de mal.

Hum-hum. Bien sûr. Comme si elle le croyait.

Bastian n'était pas un preux chevalier sur son fier destrier. C'était un ravisseur : celui qui lui avait enlevé sa liberté et s'apprêtait peut-être même à présent à lui prendre la vie. Seul un imbécile lui faciliterait la tâche en le laissant s'approcher.

Sa poitrine se soulevait pendant qu'elle s'acharnait contre la portière derrière elle. Il secoua la tête, murmura un truc, mais elle ne l'entendit pas. Elle avait le cœur qui battait trop fort, envahissait tout l'espace dans son esprit. Seule une pensée s'imposait à elle. Elle devait s'éloigner de lui avec le bébé… aller dans un endroit où ils seraient vraiment en sécurité. Comme une base militaire américaine occupée par des marines grands et costauds équipés de mitraillettes.

Peut-être qu'un membre de cette élite pourrait lui ouvrir cette putain de portière. Elle avait la main glissante de sueur, et la poignée ne se montrait pas coopérative. Raide faute d'avoir été utilisé, le truc restait coincé, et elle perdait sa prise dessus et…

Le plastique courbé échappa à ses doigts pour la deuxième fois.

Au bord des larmes, Myst déplaça délicatement le bébé dans le creux de son autre bras. Elle trouva le bouton de verrouillage et tira fort. Celui-ci sortit brusquement. Se mettant de dos, elle poussa contre l'accoudoir, loin de Bastian. Bon Dieu, il était encore en train de parler, le regard tellement inquiet que Myst crut presque qu'il était sincère. Presque. Mais elle n'était pas naïve à ce point.

Les gonds grincèrent, la portière s'ouvrit en grand et Myst tomba à la renverse. Elle heurta violemment le sol, le coccyx contre la roche. Avec une grimace, elle repoussa la douleur et s'obligea à se remuer. Bastian grogna. La respiration saccadée, sans perdre une seconde, elle se mit debout. Sans crier gare, le sang lui monta à la tête. Elle trébucha sur le côté alors que ses genoux se dérobaient sous elle et que la nausée lui retournait l'estomac.

De la bile dans la bouche, elle s'agrippa au toit de la voiture. Sa paume glissa et, cherchant une prise, elle tenta de reculer. Trop tard. Du métal lui égratigna l'intérieur du bras lorsque sa main disparut dans un trou laissé par les serres du dragon, et elle se coinça le bras dans un piège d'acier déchiqueté.

Elle inspira rapidement et s'efforça de s'adapter, protégeant le nouveau-né alors qu'elle se déplaçait sur le côté vers la portière. Du métal aiguisé comme une lame de rasoir lui entama la peau.

— Oh… aïe !

— Myst… ma belle, ne bouge pas.

Elle tressaillit quand Bastian sauta par-dessus le toit de la voiture, son manteau en cuir flottant comme des ailes de chauve-souris derrière lui. Si rapide. Il était trop rapide, et avant qu'elle ait pu réagir, il retomba près d'elle – un mâle pur et dur chargé d'une agressivité létale présenté dans un joli emballage. Il se rapprocha tout contre elle.

— Là… on va te dégager.

Bon Dieu. Il sentait terriblement bon… comme du parfum Lanvin sur un superbe mâle. Elle vacilla un peu, fondant à l'intérieur. Ce qui la fit juste chier. Elle n'aimait pas réagir avec lui comme une femme en face d'un homme. C'était dément. Les ravisseurs devraient être méchants et horribles… devraient sentir la crasse et la sueur, certainement pas aussi bon.

En plein mouvement de retraite, Myst tira sur son bras. De l'acier tranchant la mordit, lui coupa l'intérieur de l'avant-bras. Non que ce soit important. Elle n'avait qu'un seul objectif, là. Sortir son bras et s'enfuir, mais… aïe ! Ça faisait mal.

— Ne bouge pas, gronda Bastian, la bouche près de son oreille, le torse à un doigt de son épaule.

Myst se figea.

— Je vais y arriver, juste… ne me touche pas.

— Dès que j'aurai dégagé ton bras, je te laisserai partir… d'accord ?

Non, pas d'accord.

— Éloigne-toi de moi !

— Làààà… calme-toi. Ça sera plus facile comme ça.

Plus facile pour qui ? Pas elle. Bastian était trop grand, trop fort… et vraiment trop proche à présent. Elle était à un cheveu d'une méga crise d'angoisse. Myst pouvait la sentir se rassembler dans ses poumons, battre dans ses veines, rétrécir son champ visuel. Elle commença à claquer des dents. Elle ne pouvait plus respirer. Il n'y avait pas assez d'oxygène dans la pièce – la caverne… peu importait ! – et elle… oh, bon Dieu…

— Myst… *bellmia*.

De la main, Bastian trouva sa nuque. Avec douceur, il posa la paume sur sa peau extrêmement sensible. Elle frissonna quand un éclair de sensations lui descendit dans le dos en un tourbillon sensuel.

— Je n-ne p-peux pas r-respirer. (Ses muscles tremblaient, elle perdait sa prise sur le bébé.) Je vais le l-lâcher. Je vais…

— Non. Il ne risque rien avec toi… Il est parfaitement en sécurité… tout comme tu l'es avec moi.

La voix de basse de Bastian venait de loin, comme des ondes hertziennes. Elle l'écouta, se raccrochant à ce lien fragile. C'était stupide, mais elle avait besoin de ce contact apaisant. Se cramponnait à chacun de ses murmures comme si sa vie en dépendait, s'abandonnait à lui tandis qu'il lui prenait le coude. Il avait la paume calleuse, rêche à tous les bons endroits… comme celle d'un homme se devait de l'être. Quelque part, ce défaut le faisait paraître rassurant, le mettait à égalité avec les humains.

Pas bon du tout. Elle ne voulait surtout pas qu'il entre dans son espace personnel. Et le comparer aux hommes qu'elle connaissait ? Ouais, ça le plaçait dans la barre haute de la normalité, en plein milieu de son radar avide de rencontres.

— Accroche-toi bien, ma belle. (Avec précaution, il guida son poignet autour d'un morceau de métal déchiqueté.) On y est presque. Tourne juste un peu le bras… ouais, comme ça.

Elle hocha la tête, suivant ses instructions. Lorsqu'elle sortit la main du trou, il aligna leurs paumes, la droite de Myst sur sa gauche à lui. Il lui effleura les doigts, y glissa les siens, les enlaça, lui protégeant la peau tout du long. D'une pression pleine de douceur, il lui inclina le bras vers le plafond pour lui examiner la peau.

— Tu t'es coupée.

Refermant le poing, elle tira sur sa main.

— Lâche-moi.

Il détourna les yeux du mince filet de sang sur l'intérieur de son bras. Quand il croisa son regard, il resserra son étreinte. Pas beaucoup, mais assez pour que la panique de Myst commence à se défouler sur sa batterie mentale. « Boom, boom, boom ! » Et voilà que son cœur remettait ça.

— S'il te plaît.

— Tu me promets de ne pas t'enfuir ?

— Oui, répondit-elle un peu trop vite.

Il plissa les yeux, percevant son mensonge, et elle bredouilla :

— Promis… Croix de bois, croix de fer, si je mens je vais en enfer… (Elle s'interrompit quand il haussa les sourcils, s'efforça de revenir sur ses paroles.) D'accord… je n'espère pas aller en enfer, mais tu vois ce que je veux dire, alors…

— Écoute, je sais que tu es confrontée à une situation extrêmement difficile, là. Je le comprends. Vraiment.

Une main toujours posée sur sa nuque, l'autre emprisonnant la sienne, c'était comme s'ils dansaient un slow, sans le balancement des corps et le consentement de Myst. Il soupira, comme fatigué.

— Mais, voilà où on en est. Tu t'enfuis. Je te poursuis. Au final, on se retrouvera au point de départ… je devrai te toucher.

Alors, épargnons-nous la peine. Tu ne pourras pas gagner cette fois, Myst. Tu es ici. Moi aussi. Accepte-le pour qu'on puisse avancer.

— Je veux rentrer chez moi.

Merde. Pas vraiment un argument convaincant. Elle sonnait comme une gamine pourrie gâtée de six ans. Inspirant profondément, elle s'obligea à croiser son regard.

— Je ne dirai rien à personne, Bastian. Mes lèvres seront scellées. Je suis très forte pour garder les secrets… la meilleure. Je ferai comme s'il n'était jamais rien arrivé. Je vais rentrer chez moi. Tu vas…

— Peut-être que je te crois…

Quand il s'interrompit, elle reprit espoir. Il le brisa aussitôt.

— Peut-être que non. Mais ce n'est pas ça le vrai problème.

Le vrai problème ? Plus grave que le fait d'avoir été enlevée ?

— Ça ne peut pas être si sérieux. Pas au point de me priver de ma liberté.

Il serra et desserra la main sur la sienne.

— Tu te souviens du dragon brun que tu as vu cette nuit ?

Elle hocha la tête.

— Le cracheur de feu.

— Il faisait partie d'un groupe de guerriers d'élite… mes ennemis… et l'un de ses camarades s'est échappé pendant le combat.

Il bougea, déplaçant la main de sa nuque à sa joue. Avec douceur il lui prit le visage, et Myst tressaillit lorsqu'il lui effleura la tempe du pouce.

— Tu sais ce qu'il fait en ce moment même ? murmura-t-il.

— Non.

— Il parle de toi à son chef. Et du bébé. De Rikar et moi qui te protégeons. Tu sais quelles conclusions il va en tirer ? (Quand elle secoua la tête, Bastian poursuivit.) Il va penser que tu es importante pour moi, c'est pourquoi te retrouver va devenir sa priorité. Myst, tu ne peux pas rentrer chez toi.

Le monde humain n'est plus sûr pour toi. Que ça te plaise ou non, tu appartiens désormais au mien.

Myst sentit les larmes lui piquer les yeux.

— Non… hors de question. J'ai des amis, un travail… une vie que j'aime.

— Je suis désolé.

Désolé. Ouais, bien sûr. Il avait l'air dévasté. Complètement détruit, là, son regard vert calme… et pas le moins du monde désolé. Que Dieu lui vienne en aide. Ce n'était pas juste. La mort de Caroline, et la douloureuse venue au monde de son ange. Pas plus que le fait qu'elle soit prisonnière de la guerre stupide et compliquée de Bastian.

Lorsqu'il la lâcha et recula – la laissant vidée –, elle ferma les yeux et autorisa ses larmes à couler. Elle n'était plus seulement prisonnière à présent. Elle était perdue. Propulsée malgré elle dans un monde qu'elle ne comprenait pas et où elle ne souhaitait certainement pas se trouver.

Une fin parfaite à cette journée déjà abominable.

Chapitre 9

Les foudres de l'enfer explosèrent sur la table de chevet, des riffs de guitares hurlèrent du *heavy metal*. L'inspecteur Angela Keen s'enfonça un peu plus profondément dans son oreiller, tentant de bloquer les cris stridents d'AC/DC. En vain. Brian Johnson continua à chanter.

Nom de Dieu. *Thunderstruck* n'allait pas tarder à devenir la chanson qu'elle aimait le moins.

Mais cela dit, c'était le but. La raison pour laquelle elle avait choisi du hard rock au départ. Elle avait besoin d'un bon électrochoc pour se réveiller, et cette sonnerie était la seule à y parvenir.

Entrouvrant un œil, elle regarda fixement le réveil digital. Les lignes rouges restèrent floues un moment, puis lui apparurent soudain distinctement. 3 h 42. Génial. Ça ne faisait que quatre heures qu'elle s'était mise au lit.

Angela tendit la main vers son téléphone portable, tâtonna un instant avant de le saisir et en ouvrit le clapet.

— Ouais ?

— Allez, on se réveille, Ange. (La voix bourrue masculine lui parvint claire et forte à travers la ligne.) J'ai besoin de toi sur les lieux dès que possible. On a une autre victime.

Les sourcils froncés, elle se souleva sur un coude.

— Tu es sûr ?

— Même mode opératoire, répondit son partenaire, mâchant ses mots malgré son accent de la côte Est.

Mauvais signe. L'intensité du ton de Mac indiquait toujours son niveau d'énervement. Et une voix tendue chez Ian MacCord n'avait qu'une signification : une autre fille était morte.

Un sentiment d'écœurement se logea dans le creux de son ventre et, luttant contre les draps collants, Angela repoussa sa couette. Elle adorait son boulot – vraiment – même si quelqu'un devait mourir pour qu'elle puisse travailler. Le problème ? C'étaient les jeunes femmes qui tombaient, et elle n'avait pas l'ombre d'une piste. Pas une seule. Rien de rien.

Libérée de ses liens de coton, Angela passa les jambes par-dessus le rebord du lit.

— Un tas de cendres ?

— Je n'en ai pas trouvé… pour l'instant.

— Tu es où ?

— À l'angle de Yesler et Fist, dit Mac, des sirènes hurlant en bruit de fond. Tu n'as qu'à suivre le cirque… Les journalistes sont là.

Charmant. Juste ce dont ils avaient besoin. Les requins qui tournaient déjà dans l'aquarium.

— Ne te laisse pas faire, Mac. (Elle se passa la main sur la tête, ébouriffant ses cheveux courts.) Je serai là dans vingt minutes.

— Mmm.

Le claquement du téléphone de Mac retentit alors qu'elle refermait le sien. Posant le Motorola Razr sur la table de chevet, Angela tendit la main vers la tenue pliée sur le banc au pied du lit. La force de l'habitude. Elle ne pouvait pas dormir sans avoir disposé ses vêtements, pour être prête à partir… juste au cas où. Enfin, « juste au cas où » était survenu trois heures trop tôt. Non que ce soit important. L'enquête dont elle était chargée avec Mac n'avait que faire des heures de bureau.

Elle commença par enfiler son pantalon de toile de style militaire. Fit ensuite glisser par-dessus sa tête le tee-shirt uni blanc et la chemise entièrement boutonnée, avant de saisir sa paire de Roots. Ces bottines étaient une beauté, une rare folie budgétaire : du lourd niveau confort avec du style à revendre.

Elle les enfila, puis rentra sa chemise dans son pantalon, prit dans le tiroir de la table de nuit son Glock 23 rangé dans son étui, ainsi que sa plaque. Après avoir ajouté son Razr à la mêlée, elle se dirigea vers la porte. Elle sortit dans le couloir, verrouilla sa porte, puis se passa la langue sur les dents. Beurk. Elle devrait vraiment se les brosser – Mac lui en serait certainement reconnaissant – mais avec une autre scène de crime sur les bras, s'y rendre avait la priorité sur l'haleine fraîche. Son partenaire devrait faire avec, et elle devrait se contenter des pastilles dans la boîte à gants de sa Jeep.

En moins de temps qu'il n'en aurait fallu pour trouver le dentifrice, elle quitta le garage souterrain et s'engagea sur le boulevard désert. Les réverbères projetaient des ombres ternes, les LED perçant à peine le brouillard nocturne. Typique de Seattle, mais Angela remerciait le ciel qu'il ne pleuve pas. La brume avait beau la faire chier, une visibilité réduite était préférable au fait de perdre l'intégrité de sa scène de crime à cause du temps.

Dix minutes et deux pastilles plus tard, elle prit à gauche sur Yesler Way. Elle resserra la main sur le volant en apercevant les voitures de police. Les gyrophares clignotant sur la brique grise, trois véhicules étaient garés sur le trottoir, délimitant le périmètre extérieur, maintenant la foule grandissante à distance.

Ouais, la scène à la boîte de nuit était un vrai Cirque du Soleil. Et le plus grand de tous les clowns se produisait.

Même à un demi-pâté de maisons, Angela vit la diva qui allumait son micro, avec un cadreur qui la suivait comme un gentil toutou. Clarissa Newton : envoyée spéciale casse-couilles avec de l'air à la place du cerveau.

Angela secoua la tête et se gara sur le trottoir derrière les voitures de police. C'était triste, vraiment. Cette femme était une régression, une blonde décolorée qui pensait que l'apparence comptait plus que l'intelligence. Si Clarissa s'était servie de son cerveau plutôt que de soutiens-gorge *push-up* et de pipes pour décrocher ses histoires, Angela lui aurait jeté un os à ronger et donné quelques infos. Mais toute son attitude à la « je-suis-belle-aide-moi » lui portait grave sur les nerfs. Du coup, la diva n'avait qu'à se démerder toute seule.

— Ouais, c'est clair, murmura Angela, regardant Clarissa caresser dans le sens du poil un bleu en uniforme qui gardait un périmètre encadré par un ruban de police jaune.

Claquant la portière de la Jeep derrière elle, elle fixa sa plaque à sa ceinture et s'élança sur le trottoir à toute vitesse. Vêtue pour sortir en boîte, la foule se serrait sur trois rangs, des badauds en âge d'aller à la fac qui se bousculaient pour jeter des coups d'œil furtifs. La même histoire, une autre nuit. Sauf qu'avec le radar de Mac en parfait état de marche, Angela savait que cette scène était effectivement différente. Des filles assassinées, même mode opératoire, mortes à quelques jours d'intervalle. Rien d'ordinaire.

Avec un ou deux « excusez-moi », la bande d'étudiants s'écarta pour la laisser passer et elle montra sa carte en se baissant pour franchir le ruban jaune.

La diva ne perdit pas une seconde. Agitant son micro comme un bâton de pom-pom girl, en un clin d'œil elle cessa de battre des cils pour remuer ses lèvres peintes en rouge.

— Inspecteur Keen… Inspecteur Keen ! Que pouvez-vous me dire sur… ?

— Rien.

Une mise en garde dans le regard, Angela établit un contact visuel avec le jeune agent de police. Elle tourna alors son attention sur l'envoyée spéciale avant de la reporter sur lui.

— Attention, mon pote. Elle a des dents.

Elle vit un coin de sa bouche se soulever.

— Bien reçu, Rouquine.

Angela avait envie de grimacer. Mais elle hocha la tête et, quand elle le frôla en le dépassant, réprima tout signe extérieur de gêne. Rouquine. Le surnom à la con. Qu'elle avait tenté d'effacer quand elle était passée de la brigade des mœurs à la criminelle. Elle n'avait pas eu cette chance. Ses collègues l'avaient vite adopté. Même après qu'elle s'était coupé les cheveux – passant d'une queue-de-cheval à une coupe à la garçonne –, ce surnom abominable lui était resté collé comme du chewing-gum à la semelle d'une chaussure.

Le seul truc qui la sauvait ? Son partenaire ne l'appelait jamais ainsi, car il savait qu'elle n'aimait pas ça. Non qu'elle le lui ait jamais dit. Mais Mac était flippant dans le genre – si perspicace qu'il était parfois limite inquiétant.

— Hé, Ange… par ici.

En parlant du loup.

Sans se soucier de l'odeur d'ordures vieilles d'une semaine, Angela s'engagea dans la ruelle, en direction de deux mètres de muscles. Avec l'intelligence d'un universitaire et la jugeote d'un homme de terrain, Mac était un homme que les femmes adoraient regarder… Du miel pour les yeux sans les calories.

Beaucoup de flics ne voulaient pas travailler avec lui. Il était trop agressif, trop colérique, trop, eh bien, à tous les niveaux. Angela avait entendu ce qui se racontait, avait été prévenue de toutes les façons imaginables que Mac flirtait avec le fil du rasoir et était sur la voie de la sortie, mais une erreur de planning les avait collés ensemble. À présent, presque deux ans plus tard, elle ne s'imaginait plus bosser avec quelqu'un d'autre.

Mais l'avantage le plus appréciable ? Pas d'étincelle sexuelle pour tout gâcher.

Plein de femmes l'auraient regretté – se seraient mises en quatre pour attirer l'attention de Mac. Pas elle. Elle aimait son aura de grand frère, merci bien. Et lui aussi. C'était le scénario parfait dans un travail imparfait… une alchimie géniale sans les prises de tête de l'attraction physique. Remarquable.

Traversant l'asphalte craquelé, Angela enjamba une canette de soda écrasée, avant de rejoindre son partenaire.

— Tu ne dors jamais, l'Irlandais ?

Mac découvrit ses dents d'un blanc nacré, son grand sourire mi-ange, mi-démon.

— Pas beaucoup et jamais seul.

Angela leva les yeux au ciel, mais le laissa se dérober. Elle n'avait pas besoin de le sermonner sur ses insomnies ou le fait qu'il devrait mieux prendre soin de lui. Même subtil, il avait compris le message.

— Tu es un vrai malade, tu sais ?

Il haussa les épaules et, tapotant un stylo sur son carnet, reporta son attention sur les membres de la police scientifique de l'autre côté de la benne à ordures déglinguée. Leurs mallettes argentées ouvertes et leur matériel à la main, les deux techniciens s'occupaient de la scène comme des pros : au milieu des flashs des appareils photo et brandissant des marqueurs indélébiles, ils rassemblaient des indices avant que le légiste vienne chercher le corps.

— Moins de vingt minutes, Ange. Tu es de plus en plus rapide.

Cédant à l'impatience, Mac marcha jusqu'à l'un des petits cônes orange disposés sur la chaussée. Alors qu'il s'était accroupi pour examiner l'indice à côté, il lui jeta un coup d'œil par-dessus l'épaule.

— Tu n'as pas pris le temps de te brosser les dents, hein ?

Une pastille dans la bouche, Angela le transperça d'un regard noir.

— Ferme-la et mets-moi au parfum.

— Une fille morte… du nom de Hannah Gains. (Réprimant un sourire face à son attitude de flic sérieux, il se redressa.)

Dix-neuf ans, un mètre soixante-cinq, brune, yeux bleus. En première année à l'université de Seattle.

— Merde.

— J'aurais utilisé un terme un peu plus fort.

— Je n'en doute pas, dit-elle, consciente que le vocabulaire de Mac rivalisait avec celui d'un gang. Autre chose ?

— Empreintes de bottes de grande pointure… militaires.

Elle vit un muscle tressaillir sur la mâchoire de son partenaire alors qu'il dirigeait son stylo vers la fille étalée comme une poupée cassée sur la chaussée humide.

— Tu veux mon avis ? poursuivit-il. Pointure dans les 49.

Lançant un petit « salut » au type de la police scientifique qui grattait sous les ongles de la victime, Angela contourna Mac pour se rapprocher de la fille, étendue les yeux grands ouverts, à fixer un ciel sans étoiles. Angela sentit sa poitrine se serrer. Le sale malade. Ce qu'il avait fait… la façon dont il l'avait laissée : à moitié nue, gisant dans la pire crasse que la ville avait à offrir.

Prenant appui sur la pointe des pieds, Angela s'accroupit à quelques dizaines de centimètres. Son cœur se fendit quand elle aperçut pour la première fois le visage de la victime. Ouais, elle correspondait au profil : jeune, jolie, une brune aux longues jambes en débardeur et minijupe. Exactement comme les deux autres. Mac avait raison. C'était le même type, et il avait un style de femmes.

Elle regarda dans son dos, croisa le regard de Mac.

— Militaires ? Comment tu peux en être sûr ?

— J'avais l'habitude de porter ce genre de bottes.

Dans les forces spéciales de la marine américaine, les Navy SEALs. Angela n'avait pas besoin qu'il le dise pour le deviner. Elle était au courant de son passé militaire. Avait jeté un coup d'œil furtif à son dossier avant d'accepter une mission avec lui – même si la division des Affaires internes lui ferait la peau si ça venait à se savoir.

Mordillant l'intérieur de sa lèvre inférieure, elle s'accouda sur ses genoux et s'obligea à poser de nouveau les yeux sur la femme… à écarter la colère que lui inspirait ce meurtre absurde pour faire son boulot.

Comme pour les autres, il n'y avait pas de signe apparent de lutte. Mais quelque chose lui disait que le rapport d'autopsie de Hannah Gains ressemblerait aux deux autres qui attendaient sur son bureau : pénétration sexuelle mais sans sperme, et donc sans ADN exploitable ; hématomes sur le bas du dos et la nuque ; marques sur la gorge. Et le bouquet ? La cause du décès était la défaillance dramatique d'un organe, l'arrêt généralisé de tout… du cœur, des poumons, du foie, des reins et finalement, des fonctions cérébrales.

Jusque-là, le seul truc qui différait dans le meurtre de Hannah était l'absence de tas de cendres. Les deux autres filles avaient pratiquement été allongées à côté. Les résultats du labo ne lui étaient pas encore parvenus, mais le légiste leur avait fait part de ses suppositions : des restes humains incinérés.

Angela porta son regard vers le fond de la ruelle, les yeux perdus dans les ombres et le brouillard, et se demanda s'ils trouveraient les cendres à l'autre extrémité. Nom de Dieu. Ils avaient affaire à quel genre de psychopathe, là ? Assassiner une fille… laisser un corps incinéré derrière pour lui tenir compagnie ? Ça n'avait aucun sens, mais pas plus que le fait de tuer des femmes innocentes. Alors, qu'est-ce qu'elle savait, putain ?

Elle s'essuya les mains sur les cuisses, et dit :

— Notre gars accélère la cadence… crescendo. Ça ne fait que onze jours depuis la dernière fois qu'il a frappé.

Son partenaire hocha la tête alors que son téléphone portable se réveillait, hurlant *Highway to Hell*. Il le décrocha de sa ceinture et coupa la musique en ouvrant le clapet.

— MacCord.

Angela reporta son attention sur le cadavre, pensant à l'empreinte de bottes. C'était peut-être le coup de bol dont ils avaient besoin. Peu de gens chaussaient du 49, et à en croire les endroits où il se débarrassait des corps, il aimait les boîtes de nuit, alors...

— Putain de bordel de merde. Où ?

À la voix hargneuse de Mac, elle sentit ses cheveux se dresser sur sa tête. Elle se mit debout pour examiner son visage et lut la colère dans ses yeux. Merde. Tant l'expression que le ton ne laissaient aucun doute. Un truc moche était arrivé.

Les traits sévères, Mac soutint son regard pendant qu'il écoutait attentivement le flot rapide de mots qui parvenait à Angela à travers l'écouteur. Elle releva le menton quand elle le rejoignit et articula en silence :

— Quoi ?

Il secoua la tête, écouta encore un peu, puis dit :

— Ne touchez à rien. Notre équipe scientifique va s'en occuper. On sera là dans quarante minutes.

Dès qu'il referma son téléphone, Angela lui intima :

— Dis-moi tout.

— Une fille morte. Un bébé disparu. Deux tas de cendres près de la route 18. Le capitaine a intercepté l'appel... Il a pensé que l'affaire était liée à notre enquête et a demandé aux gars sur place de me contacter.

Plongeant la main dans la poche de devant de son jean, Mac lui lança les clés de son Nissan X-Trail.

— Tu conduis.

Grâce à des réflexes rapides, elle rattrapa le porte-clés Harley-Davidson au vol et suivit Mac hors de la ruelle. Ouais, aucun doute là-dessus. Qu'elle conduise était une bonne idée. Ils se dirigeaient vers un tas d'emmerdes, et son partenaire était déjà à cran.

Chapitre 10

Les globes luisants couvraient la voûte de la caverne, en un spectacle de lumières. Les fesses toujours collées à la voiture – avec Bastian qui la dominait de sa hauteur tel Zorro, mais sans le masque –, Myst leva les yeux une seconde pour regarder les lanternes. Certaines grosses, d'autres petites, elles flottaient comme une nuée de méduses, aux corps fins comme du papier, suspendues par, euh…

Ouais. C'était bien ce qu'elle pensait. Rien. Pas un câble ni un filet de sécurité en vue.

Dommage, vraiment. Elle n'en aurait pas refusé un.

Non qu'elle craigne que les globes tombent. C'était de la magie tout ça, un tableau mouvant et somptueux d'auréoles divines qui s'étendaient à l'infini. Et donc le filet dont elle aurait eu besoin ne concernait qu'elle… pour rattraper sa vieille carcasse quand elle plongerait la tête la première dans le puits sans fond dénommé « problèmes ». Un pied déjà posé dans l'abîme, elle aurait pu trouver un moyen de s'en sortir… si elle avait été seule. Mais elle ne pouvait pas fuir avec un bébé. Pas sans un filet de sécurité de la taille d'un cirque, ce qui signifiait qu'elle était plus ou moins coincée.

Bastian le savait. Et elle aussi.

Maintenant qu'elle en avait fini avec son numéro à la Calimero – et les pleurs du bébé –, elle réorganisa ses priorités. Le nourrisson avait besoin de soins. Du genre médical, avec une couveuse néonatale, des couches, des vêtements et du lait maternisé. Il était né dans des circonstances pas vraiment idéales.

Sans blague, de qui se moquait-elle ? Ça avait été des conditions cauchemardesques : insalubres, stressantes et sanglantes. Le fait qu'il soit si calme – qu'il dorme si profondément après tout ça – l'inquiétait. Il n'était pas blessé, du moins rien qui soit visible de l'extérieur. Mais à l'intérieur ? Il pouvait souffrir de plein de pathologies : lésion cérébrale, hémorragie interne, nombre de malformations propres aux prématurés.

Myst sentit sa gorge se serrer. Elle lança une autre prière à l'univers. *S'il te plaît, mon Dieu… ne permets rien de tout ça.*

La mort de Caroline avait été une vraie torture. Elle ne pouvait pas perdre le bébé aussi.

Se forçant à endosser de nouveau sa casquette d'infirmière, elle chassa ce terrible souvenir et arracha son attention aux boucles de cheveux bruns qui couvraient la tête de son ange pour regarder Bastian.

— Je dois prendre quelque chose dans mon coffre.

Il plissa à peine les yeux.

Il n'en fallut pas davantage. Elle commença à bafouiller.

— Un sac… avec des affaires de bébé. Du matériel médical. Tu sais, un stéthoscope et euh… du lait maternisé, des couches et…

— Tu trouveras tout ce dont tu as besoin au repaire.

Il glissa son corps puissant sur la gauche, restant à son niveau alors qu'elle se déplaçait peu à peu vers l'arrière de la voiture.

— Je veux mon matériel.

Il hésita, son regard perçant chargé d'une mise en garde.

— S'il te plaît, chuchota-t-elle, refusant de perdre davantage de temps.

Qu'est-ce qu'il croyait qu'elle gardait là-dedans ? Une carabine à canon scié ? Eh bien, ce serait assurément sur sa liste d'envies dès qu'elle se serait sortie de ce pétrin. Mais, là tout de suite ? Il n'était question que du nouveau-né…

de lui procurer les soins nécessaires. Bastian et sa méfiance pouvaient aller se faire voir.

— J'ai besoin de mon propre matériel. Je le connais.

Il hocha la tête, avec raideur.

— Je comprends.

Myst expira avec lenteur, longtemps, un « merci » sur le bout de la langue. Elle le ravala. Que ce soit raisonnable ou non, Bastian ne méritait pas sa reconnaissance. Lorsqu'elle contourna le pare-chocs arrière, elle faillit ne plus se contrôler et ricaner. Ouais, exactement. Ce qu'il méritait, c'était sa botte dans les burnes… Un coup de pied rapide, violent et très précis.

— Je te le déconseille, dit-il, parvenant avant elle à l'arrière de la voiture.

D'une pression, il déverrouilla le coffre. Pendant que les charnières faisaient leur boulot avec un « sssssss » et soulevaient le hayon, Myst resta bouche bée. Elle referma la bouche si brusquement que ses dents s'entrechoquèrent.

Qu'est-ce qui venait juste d'arriver, putain ? Est-ce qu'il avait…

— Un conseil, *bellmia*. Je suis parfaitement conscient de ce que tu penses de moi.

Une pensée horrible la saisit. Était-il possible… pouvait-il… ?

— Tu lis dans mes pensées ?

Il haussa les épaules.

Eh bien, n'était-ce pas un grand « oui » retentissant ? Sans qu'elle puisse se l'expliquer, son aptitude à lire dans ses pensées ne l'étonnait pas… ce qui l'étonna. Elle devait s'habituer à tous ses tours de passe-passe. Être soulevée dans les airs par un dragon alors qu'elle était en voiture produisait cet effet sur une fille. N'empêche, ça ne signifiait pas que ça lui plaisait.

— Arrête. (Elle le foudroya du regard, le niveau sa rage atteignant un nombre à deux chiffres.) Mes pensées m'appartiennent… et pas à toi ni à qui que ce soit d'autre.

— Comme tu veux, murmura-t-il, très grand seigneur, pendant qu'il passait son coffre en revue. Lequel ?

Quoi ? Ah, oui. Le sac.

— Le petit bleu. Et je suis sérieuse, Bastian. C'est déloyal. N'essaie même pas de…

— Tu veux qu'on établisse des règles ?

Il referma sa grosse main sur les anses, et souleva le sac.

— Non, je veux retrouver ma liberté.

— Trop tard.

Jetant le sac sur son épaule, il la dépassa à grandes enjambées, se dirigeant vers Dieu savait où. Son odeur flotta derrière lui, et son exquise eau de toilette Lanvin l'enveloppa dans un tourbillon érotique.

— Viens, lui lança-t-il. On a perdu assez de temps ici.

Elle le suivit en grommelant, traînant des pieds, le traitant de tous les noms d'oiseaux qui lui traversèrent l'esprit, souhaitant de tout son cœur qu'il lise dans ses pensées. Et que ses oreilles lui tintent. Peut-être que si elle se donnait assez de mal, tous ses hurlements mentaux le rendraient sourd – ou fou – sans qu'elle ait à prononcer un seul mot.

Ça lui ferait les pieds.

À tout plein de niveaux.

Tout ça parce qu'elle était piégée.

Alors que le bruit des lourdes bottes de Bastian résonnait dans l'immensité – la rapprochant de la prison et l'éloignant de l'indépendance –, Myst lutta pour ne pas craquer. L'existence qu'elle connaissait était terminée. Il lui enlevait tout ce qu'elle aimait : ses amis, son travail, sa vie.

Rien de tout ça n'était juste. Tout cela n'avait aucun sens. Du moins, pas encore. Ce monde – celui occupé par Bastian et ses camarades – n'était pas, et ne serait jamais, le sien.

Une envie de hurler la submergea presque. Mais devenir hystérique ne lui servirait à rien, si ce n'était à la faire pleurer. Et, franchement ? Taper une crise de nerfs à cause de tout ce qu'elle perdait était aussi productif que de faire une crise cardiaque. Pas ce qu'il y avait de mieux si elle souhaitait garder son cerveau en état de marche.

Parvenue au milieu de la caverne, Myst jeta de nouveau un coup d'œil au bébé. Regarda son petit visage, s'assura…

Son cœur manqua un battement. Est-ce qu'au moins il respirait ?

Elle ralentit tandis qu'elle glissait la main sous la doublure de mouton pour lui toucher la poitrine. Il était chaud et… Dieu merci ! sa petite cage thoracique se soulevait. Myst expira avec force, plus un soupir qu'une simple respiration, et chercha son pouls. Le battement rapide et régulier la rassura. D'accord, inutile de péter un câble. Il était encore…

— Il va bien, Myst.

La gorge si serrée qu'elle parvenait à peine à respirer, elle leva les yeux pour découvrir que Bastian l'observait.

— J'ai tellement peur pour lui.

— Il est en bonne santé.

— Comment tu le sais ?

— Fais-moi confiance.

Et voilà que ça revenait sur le tapis – cette demande –, et en dépit de tout, elle avait envie de lui faire confiance. En temps normal, elle lui aurait donné ce qu'il demandait. Mais cette nuit n'avait rien de normal. Et il avait beau lui démontrer qu'il était digne de confiance, elle savait qu'il pouvait l'attaquer en un instant.

Donc… non. Lui faire confiance ne figurait pas au programme.

Elle se força néanmoins à acquiescer d'un signe de tête – à jouer les soumises face à un mâle dominant – et le suivit. Leurs pas résonnaient dans la caverne, lui remplissant l'esprit. Ajustant l'anorak autour du bébé, elle regarda autour d'elle, prêtant plus particulièrement attention aux détails… toutes les petites choses qui pourraient bien faire la différence plus tard.

Comme la largeur de la caverne, le nombre de stalagmites près du fond et la saillie presque cachée qui courait le long de la paroi et rejoignait la plate-forme d'atterrissage. Elle prit note de son étroitesse, de son tracé alors qu'elle disparaissait dans le passage conduisant vers la rivière. Elle pourrait sortir par là, mais…

Elle aurait besoin de quelques affaires avant de le tenter. Une lampe de poche, pour commencer. Et un porte-bébé. Avoir les mains libres constituerait un impératif au milieu de cette roche glissante aux aspérités déchiquetées. Quoi d'autre ? Un imperméable serait bien, une solide paire de bottes, des vêtements chauds pour le bébé et elle. Une boussole, peut-être. Quelques barres énergétiques pour elle, des biberons et du lait maternisé pour lui. Et encore une poignée de couches et elle serait prête.

Ouais, c'était assurément faisable.

L'espoir lui remplit le cœur, lui redonna le moral. Elle osa jeter un coup d'œil furtif vers Bastian. À moins de deux mètres devant elle, il la dévisageait par-dessus son épaule : les yeux plissés, les sourcils froncés, une expression de mécontentement sur le visage.

Oh, merde. Il avait lu dans ces pensées-là, aussi ?

Le cuir crissa lorsqu'il fit rouler ses épaules. En matière de déclaration, celle-ci en était une excellente. Qui proclamait sa force, la mettait en avant, tout comme la lueur surnaturelle dans ses yeux.

— Cesse d'organiser ta fuite. Une fois à l'intérieur, il est impossible de quitter Black Diamond.

D'accord, alors ça répondait à cette histoire de piratage des pensées.

— Je t'ai demandé de ne pas faire ça.

Il haussa un sourcil.

— J'arrêterai… quand tu commenceras à bien te tenir.

— Je me tiens bien.

Il ricana.

Elle souffla.

— Je te suis, non ?

Il grommela dans un murmure, et elle regretta de ne rien avoir à lui jeter à la figure. Comme un levier.

S'immobilisant devant une paroi, il tendit les mains.

— Donne-moi le nourrisson.

— Non.

Le « Il est à moi » ne franchit jamais ses lèvres tandis qu'elle serrait le bébé plus fort contre sa poitrine.

— Je te le rendrai tout de suite, *bellmia*.

Les semelles de ses bottes frottant contre le granit, il se retourna pour lui faire face, le visage compréhensif.

— Il est à toi, mais il ne survivra pas au portail sans protection. Regarde derrière moi.

Myst recula d'un autre pas quand la paroi dans le dos de Bastian devint une masse indistincte et ondulée. Elle déglutit.

— On doit…

— Traverser, dit-il, terminant sa phrase. Ça va être assez dur pour toi, mais le nourrisson ne survivra pas si je ne le porte pas.

— C-comment… ?

— De la magie… Je vais le protéger dans l'équivalent d'un sas humain.

— Il sera à l'abri ?

— À cent pour cent. (Il s'avança vers elle, les bras tendus.) Je ferai attention, Myst. Il n'est pas le premier nourrisson que j'aurai le privilège de tenir.

Le privilège. Indécise, elle se mordit la lèvre inférieure. Elle avait beau détester l'admettre, sa sincérité la convainquit. N'empêche, lorsqu'elle lui passa son ange – qu'elle renonça à sa chaleur –, son cœur battit la chamade, la peur et un sentiment de perte s'insinuant en elle comme un poison.

Fidèle à sa parole, Bastian mania le nouveau-né avec précaution, lui soutenant la tête, l'installant doucement dans le creux de son bras.

— Viens, *bellmia*. Prends ma main.

Inspirant un bon coup, elle glissa la main dans la sienne, bien plus grande, et tressaillit à son contact. Paume contre paume n'était pas un truc dont elle avait envie avec lui. Toucher Bastian se révélait tout simplement trop intense… au point de la mettre mal à l'aise. C'était plus qu'elle ne pouvait endurer.

— Respire profondément.

Il la regarda par-dessus son épaule, et plongea les yeux dans les siens au-dessus de son large dos revêtu de cuir.

— Inspire par le nez, expire par la bouche. Ça va être rapide, mais…

— Mais ?

— Ça ne va pas être agréable pour toi.

Génial. Exactement ce dont elle avait besoin… encore plus de souffrances.

— Bastian, pourquoi on ne passerait pas par un autre chemin ? Je ne crois pas que je peux…

Il exerça une pression sur sa main.

— Tu peux le faire.

Sans lui laisser une chance de protester, il resserra son étreinte sur elle et tira. Le souffle coupé, elle s'accrocha à lui alors qu'il l'entraînait vers la paroi. Ondulant comme de l'eau, la roche sifflait, vrombissait comme une centrale électrique… lui rappelant des grillages et de grandes pancartes où il était écrit « Haute tension. Défense d'entrer ».

Bastian exerça une autre pression sur sa main. Elle grommela un juron quand la première vague d'électricité statique la frappa. Le courant forma un arc, et fit se dresser les poils sur ses bras, attaqua sa colonne vertébrale en s'opposant de front à son système nerveux. L'explosion la submergea, ses muscles se contractèrent. La respiration haletante, elle se cramponna à Bastian des deux mains, trébuchant derrière lui, et relança le train des noms d'oiseaux – « pauvre type, abruti, homme-dragon de Neandertal » se succédèrent dans sa roue mentale. Bon Dieu, elle n'était vraiment pas douée à ce jeu-là… manquait cruellement de pratique dans le domaine des insultes. Peut-être qu'un dictionnaire d'argot – comme ceux dont se servaient les rappeurs – l'aiderait à combler ses lacunes. Peut-être…

Une impulsion électromagnétique lui coupa le souffle. Une rafale glaciale hurlante suivit, agitant sa tresse déjà à moitié défaite. Des mèches volaient autour de sa tête et les terribles picotements ne lui laissèrent aucun répit. Des crampes la transpercèrent de douleur de la plante des pieds et remontant par son dos jusqu'à l'arrière du crâne.

Nom de Dieu. C'était… tellement pas… normal.

Elle étouffa faute d'air dans les poumons. Sa vision se rétrécit, passant du noir à la lumière, clignotant comme une ampoule folle. Elle cligna rapidement des yeux, avant de renoncer et de les fermer, s'obligeant à poser un pied devant l'autre.

Bon Dieu, quand ces horreurs allaient-elles cesser ?

L'odeur d'eau stagnante de la caverne disparut. Remplacée par une senteur piquante de propre. Chargée en antiseptique, celle-ci lui rappela l'hôpital… le détergent pour sol parfumé au pin et le savon.

— Ça va ?

Elle secoua la tête alors que Bastian glissait un bras autour d'elle. Se laissant aller dans sa chaleur, elle posa la joue contre son épaule, le ventre barbouillé, l'esprit vide. *Respire.* Inspirer. Expirer. Inspirer. Elle s'astreignit à cette discipline, les mains enroulées dans le manteau de Bastian, et peu à peu augmenta en amplitude. Petit à petit, la tête cessa de lui tourner et les couleurs kaléidoscopiques s'estompèrent jusqu'à n'être plus que des points noirs.

— Bastian ?

Elle prononça son nom en une expiration faible, rauque et tremblante.

— Ouais.

— Je n'y vois rien.

— Attends une minute. (Il avait la voix douce, le souffle chaud contre son oreille.) Le portail est un peu intense quand on n'y est pas habitué. Garde les yeux fermés. Concentre-toi sur ta respiration. Ta vue va revenir.

— Il va bien ? demanda-t-elle, goûtant la bile au fond de sa gorge.

— Il s'en est sorti comme un chef.

Le soulagement l'envahit tandis qu'elle écoutait sa voix et suivait ses conseils… même si elle avait envie de le frapper. *Respire, c'est tout.* Quel genre de conseil c'était, de toute façon ? Du genre stupide, et loin d'être suffisant pour ce qu'elle venait juste de vivre. Bastian marquait un autre point au compteur du pauvre type. Il en avait déjà deux millions, et ce nombre n'arrêtait pas d'augmenter. Surtout quand il jouait les sauveurs… « jouer » étant le mot-clé.

— Tu sais, ton petit numéro du mec gentil ?

Collée contre lui, sa voix était étouffée, mais au moins celle-ci était mieux, plus posée, moins tremblante. Dieu merci.

— Tu ferais aussi bien de laisser tomber. Je ne te pardonnerai pas de m'avoir enlevée… jamais.

— Jamais, c'est long, *bellmia*.

— Pauvre type.

Il rit doucement.

— Probablement.

— Indéniablement, répliqua-t-elle en poussant sur son torse, histoire que son rejet soit sans ambiguïté.

Il la lâcha lentement, mais ne recula pas. Au contraire, il l'immobilisa, sa grosse main sur le bas de son dos. Baissant la tête, il posa la bouche près de son oreille. Elle frissonna quand il l'effleura des lèvres.

Il la mordilla avec douceur, du bout des dents.

— Fais très attention, Myst. Je ne refuse jamais un bon défi… et on dirait que tu viens juste de m'en lancer un.

Elle eut la chair de poule.

— Je ne t'ai pas…

— Je crois que si et… je vais le relever.

Il fit glisser ses doigts dans son dos. Une caresse apaisante, mais d'une certaine façon tout à la fois stimulante.

— Qu'est-ce que tu en penses ?

Tous ses muscles se tendirent alors qu'elle s'efforçait de dissimuler sa réaction. Il n'avait pas besoin de savoir qu'il lui plaisait. Bon Dieu, elle-même ne souhaitait même pas le savoir, alors elle revêtit sa casquette de grande fille et dit :

— Ce n'est pas un jeu, Bastian. C'est de ma vie qu'il s'agit, alors toi et tes défis stupides pouvez aller vous faire voir. Tu ne peux pas me garder ici si je ne veux pas rester.

— Hmm… je suppose que ça ne me laisse plus qu'une possibilité, c'est ça ?

Il déplaça la main, fit glisser le bout des doigts sur le haut de son bras : les accents sensuels de sa voix et la chaleur de ses mains la tuaient.

— Je vais te donner envie de rester.

— Aucune chance.

D'accord, le moment était venu d'ouvrir les yeux et de s'enfuir. Mais, zut, sa vision était morte. Elle ne distinguait rien à part des taches floues.

— On verra. Alors, comment vont ces yeux ? Mieux ?

Il la libéra et recula, emportant sa chaleur, la laissant sans protection dans le froid.

Myst se frotta les paupières du bout des doigts, s'arrachant des cils.

— Alors ?

— Alors, quoi ? répliqua-t-elle d'un ton brusque, en ayant plus qu'assez de lui et de sa gentillesse.

— Ta vision s'est améliorée ?

Ayant fini de se frotter les yeux, Myst les rouvrit et prit conscience de deux trucs à la fois. Bastian se tenait encore bien trop près. Elle recula de deux pas, pour corriger ce problème. Et le second ? Elle se trouvait au bout d'un long couloir. Il était large – de plus de deux mètres –, avec un sol de béton poli et des murs de pierre blanchis à la chaux… à l'ancienne avec des marques de ciseau, du genre de ceux que les maçons médiévaux auraient pu utiliser pour construire des cathédrales et des voûtes.

Incrustées dans le sol, des lumières rondes traçaient deux pistes jumelles, bordant le couloir de chaque côté, et constituaient la seule source lumineuse. Elle leva les yeux au plafond. À plus de trois mètres de hauteur, le plâtre lisse luisait dans l'éclairage tamisé, une étendue de blanc qui continuait à l'infini.

— On est où ?

— Le repaire souterrain de Black Diamond… chez moi.

Myst repoussa les cheveux de son visage et tourna son attention sur le bébé. Elle tendit les bras.

— Rends-le-moi.

Sans hésiter, Bastian le lui donna, veillant à ne pas le secouer. Lorsqu'elle accueillit le bébé – petit et doux dans ses bras –, elle respira mieux et l'examina de nouveau, à la recherche de problèmes. Tout semblait aller : la poitrine du nouveau-né se soulevait et retombait à un rythme régulier, sa peau était d'un rose éclatant de santé et son pouls était encore fort.

Elle adressa un signe de tête à Bastian.

Il releva le menton – en réponse au remerciement qu'elle refusa de prononcer – et la regarda placer le bébé contre son épaule avant de s'éloigner dans le couloir qui remontait en pente douce. Après quelques pas, il se retourna pour marcher à reculons, le regard rivé sur elle, les lourdes semelles de ses bottes ne produisant aucun bruit sur le sol dur.

— Black Diamond ne possède qu'une entrée. Et qu'une sortie, Myst. (Il indiqua le mur à présent plein derrière elle.) Par ce passage.

Résistant à l'envie de regarder dans son dos, elle réprima un frisson. Elle ne voulait jamais plus franchir ce truc abominable. Elle n'était pas sûre d'y survivre. Pas sans tenir la main de Bastian.

Les coins de la bouche relevés, il lui adressa un regard entendu.

— Si tu crois que tu vas pouvoir me fausser compagnie… réfléchis-y encore.

Ses mots retentirent, leur menace inhérente se réverbérant sur le béton tandis que Myst suivait Bastian, sans se laisser distancer, dans le couloir désert. Il avait raison. Elle ne sortirait pas par le portail, mais ça ne signifiait pas qu'il était impossible de s'échapper de chez lui. Bastian avait beau vouloir l'en persuader, ça n'était pas forcément vrai. Un problème, après tout, pouvait être résolu de bien des façons.

Au diable le portail aveuglant.

Bastian et Black Diamond avaient un point faible. Il ne lui restait plus qu'à le trouver.

Chapitre 11

Rikar détestait la clinique de Black Diamond. Les lumières du plafond étaient trop vives, l'odeur trop propre, les murs trop blancs. Comme dans le cabinet d'un médecin humain, tout avait une place : dans un tiroir, un placard, un putain de chariot à roulettes. Cet endroit incarnait le fantasme d'un maniaque du ménage. Zéro pagaille garantie, approuvé par *C'est du propre !*

Bon, d'accord, tout cet ordre avait une utilité. Constituait assurément une caractéristique bienvenue pour soigner les patients et compagnie, mais, zut ! ce n'était pas pour ça que cette atmosphère froide devait lui plaire.

Pas plus que le fait que son ami l'ait laissé le cul planté dans cette pièce.

Assis sur une table d'examen couverte d'un papier gaufré blanc.

Ô joie. Qu'on l'abatte sur-le-champ. S'il vous plaît.

Les jambes dans le vide, balançant ses rangers, il toisa son ami – leur as en informatique qui à l'occasion faisait office de médecin – alors qu'il approchait avec un de ces chariots typiques. Rikar regarda la roue droite de devant qui avait du jeu, le branlement produisant une bande son de « tap-tap-crik-crik » comme si l'engin avait le trac d'être sous les projecteurs.

Ok, d'accord. Cet endroit avait donc au moins un défaut. Pour une raison inconnue, Rikar se détendit à cette idée et desserra le poing de son bras valide… même s'il savait ce qui l'attendait.

— Qu'est-ce qui peut bien te faire sourire comme ça ?

Son crâne rasé lisse et sa peau couleur café luisant sous les néons, Sloan ralentit, plaçant le matériel le long de la table d'examen. À une extrémité le chariot était chargé de gaze ; des instruments médicaux qui ressemblaient plus à des outils de torture étaient disposés avec une précision chirurgicale de l'autre côté. Tout ce service en inox brillait sur l'étoffe bleue.

— Tu trouves ça drôle que je doive te raccrocher le bras ?

Rikar jeta un coup d'œil à l'entaille qui lui sectionnait l'avant-bras. Du sang en jaillissait, son cœur fournissant un afflux régulier de plasma. Alors oui, le rebelle s'était transformé en Freddy Krueger sur son dos et l'avait profondément entaillé, mais parler carrément de lui raccrocher le bras ?

— Un peu exagéré, tu ne penses pas ?

Sloan haussa les épaules.

— J'ai regardé *Terminator* cette nuit.

— Le premier ?

Il l'espérait... Arnold déchirait dans celui-là.

— Hmm, hmm.

— Ça explique tout.

Prenant un objet pointu et tranchant, Sloan demanda :

— Prêt ?

— Ne te gêne... aïe ! Putain, Sloan...

Rikar sursauta quand son ami se déchaîna sur son bras, fouillant en profondeur dans la blessure.

— Fais gaffe à ce que tu... merde !

— Cesse de te comporter comme une mauviette.

Ayant fini de le torturer avec la pince fine, Sloan s'amusa avec une solution saline. Lorsque le jet froid s'insinua dans la plaie, des pointes de douleur lui remontèrent dans le bras et Rikar ressortit son vocabulaire le plus coloré.

Putain de merde, son pote était un vrai sadique.

Imperturbable, Sloan secoua la tête mais n'abandonna pas.

— Il faut s'endurcir, mon frère.

— S'endurcir, mon cul.

Serrant les molaires, Rikar tenta de ne pas tressaillir quand la solution saline refit un passage, mais… bon Dieu, ça faisait mal. Et le sang… mince, il en foutait partout à présent. Il le sentait, qui lui dégoulinait le long du bras et tombait de l'extrémité de son majeur pour s'écraser avec un « ploc » sur le sol.

— Merde, Rikar.

— Ouais, je sais.

Et il savait effectivement qu'il avait des ennuis. Il n'était pas censé saigner encore comme un bœuf. Les siens ne se vidaient pas de leur sang avec une blessure comme celle-ci. Leur ADN de dragon travaillait trop rapidement pour ça, et refermait la plaie vite fait bien fait.

Ouais, ainsi la vilaine entaille avait coupé le muscle jusqu'à l'os. Mais rien de nouveau, là. Il arrivait qu'on se blesse. Qu'on ait les artères sectionnées. Tous les guerriers étaient déjà rentrés dans un sale état ; avec les Razorback, se faire tailler en morceaux était la règle, pas l'exception.

Mis à part le plasma qu'il perdait, cependant, la nuit avait été inhabituelle à un autre niveau. Rikar s'était souvent retrouvé à la portée des griffes des rebelles, mais il prenait toujours soin de lui-même dans le froid glacial de ses appartements. La marche à suivre ressemblait à… primo, on nettoie tout, deuzio, on ajoute quelques points de suture avec un peu d'antiseptique, et tada ! problème résolu.

Cette blessure-là, cela dit, était une vraie pute. Avec une dose de folie.

Rikar s'agrippa au bord de la table alors que son champ de vision se réduisait.

— Sloan…

— Allonge-toi.

Sa grosse paluche sur l'épaule de Rikar, Sloan l'aida à remonter les jambes sur la table. Rikar voulait protester, mais avec la tête qui lui tournait, la douleur le paralysa soudain. Quand son dos toucha le papier gaufré, son ami murmura :

— Continue de bien respirer… et donne-moi une seconde. Je vais la préparer.

— Pas… d'problème.

Rikar ferma les yeux.

Nom de Dieu, lui qui pensait qu'avoir la tête qui tournait était déjà assez difficile, à présent son estomac clapotait, produisait toutes sortes de bruits. Et… où étaient donc passées ses jambes ? Il ne les sentait plus.

On ouvrit un robinet de l'autre côté de la pièce. L'eau commença à couler, et une seconde plus tard il entendit une porte s'ouvrir et se fermer. Un craquement de plastique et puis, bon Dieu, oui… un truc dur tomba, rebondit comme des billes contre l'acier. Ce bruit était de la musique aux oreilles de Rikar. *Dépêche-toi,* avait-il envie de dire, *dépêche-toi*. Il en avait besoin… avait besoin…

Sloan revint, se pencha sur lui.

— Allez, mon pote. Faut se bouger.

Dans un gémissement, Rikar roula sur le côté, aidant son ami à mettre à la verticale ses cent dix kilos et deux mètres de hauteur. La traversée de la pièce ne fut pas une partie de plaisir. Ouais, pas de nappe à carreaux rouges et blancs en vue pour un pique-nique, juste des taches floues et de la nausée à revendre tandis qu'ils traînaient les pieds sur le sol aseptisé.

Sans prendre la peine de le déshabiller, Sloan souleva la pauvre carcasse de Rikar par-dessus le rebord de la baignoire et l'installa – avec son cuir et tout le reste – dans le bain de glace.

Puuuutain, ouuuuuuais.

— Ça va mieux ?

— Encore…

Endolori de partout, Rikar s'enfonça jusqu'au menton dans le froid glacial.

— Encore.

Un petit claquement retentit – un téléphone portable, peut-être – quand Sloan quitta le bord de la baignoire, le bruit de ses pas lourds se réverbérant dans la pièce silencieuse. La porte du congélateur s'ouvrit avec un sifflement de succion. Une autre tournée de plastique craqua, l'informant que d'autres glaçons arrivaient. Dieu merci. Il avait soif de froid, avait besoin de faire baisser sa température interne. S'il perdait conscience avant, il tomberait en hyperthermie – le coma pour un dragon de givre.

La première tournée d'éclats de glace frappa Rikar exactement là où il le voulait, autour des épaules et sur la nuque. Sloan l'enveloppa bien, déversant sac après sac de glaçons dans l'eau froide et sur lui.

Irrésistiblement, il ferma les yeux. Il s'enfonça dans la baignoire, reposa sa joue trop chaude contre la glace, écoutant le tapotement rapide de doigts sur le clavier d'un téléphone tandis qu'il dérivait sur une vague nauséeuse : quelle poisse !

La voix de baryton de Sloan lui parvint, tendue, alors qu'on répondait à son appel.

— Ven, où est Daimler ?

Un silence. Une autre voix d'homme sur la ligne. Puis :

— Merde. On a un problème ici. Non… c'est Rikar… hmm… ouais, exactement. Occupe-t'en et ramène tes fesses… ouais… aussi vite que possible. On perd notre gars.

Luttant pour ne pas avoir besoin d'un seau à vomi, Rikar entrouvrit les yeux.

— Une nouvelle livraison ?

— Ouais. Le sérum antivenimeux est enterré tout au fond dans des boîtes. Daimler est sorti faire une course, mais Venom est en train de le chercher.

Du poison. Ouais, ça expliquait qu'il se soit retrouvé sur le cul.

N'importe qui d'autre aurait attrapé un refroidissement alors que la toxine agissait sur le système nerveux central.

Mais, oh non, pas lui. Appelez ça de la chance. Il avait eu droit à l'effet opposé, un puits de chaleur que son côté gelé n'avait pas pu gérer. Et au pire moment… quand leur homme-miracle était sorti acheter du café à *Starbucks* ou une autre merde.

Allez comprendre, hein ? À la seconde où il avait besoin de ce type, il s'était bel et bien volatilisé… « pouf » parti, introuvable. Cela dit, il se montrait injuste. En tant que Numbai – une espèce particulière née pour prendre soin des dragons –, Daimler ne pouvait pas être blâmé pour son absence. C'était son boulot d'organiser et d'approvisionner le repaire, un peu comme un majordome. Être aux petits soins pour les autres lui avait été inculqué depuis la naissance, et Daimler n'avait d'autre but et plaisir que de choyer ceux qu'il servait.

N'empêche, Rikar aurait aimé que la marque de fabrique type mère poule de Daimler n'ait pas inclus qu'il quitte le repaire cette nuit-là. Parce que, si ce type avait été là ? Le sérum antivenimeux coulerait déjà dans ses veines.

— Accroche-toi, mon pote… les renforts arrivent.

La voix de baryton semblait proche, presque comme si Sloan était agenouillé juste à côté de la baignoire. Il sentit ensuite sa main, contre la tempe puis sur les cheveux, qui lui décollait les mèches sur le côté du visage.

En voilà un changement radical ! Il sentait vraiment ça ?

Rikar tenta d'ouvrir les yeux, mais ses paupières pesaient deux cents kilos… chacune. Sa bouche ne valait guère mieux. Il ne parvenait pas à remuer convenablement la langue.

Une autre caresse. Sur le dessus de la tête.

Ouais, c'était bien ce qu'il sentait, mais mince, ça n'avait aucun sens. Sloan était le seul présent, et ce guerrier était un salopard d'asocial qui ne touchait pratiquement jamais personne. Bastian l'appelait un « éternel solitaire », tellement accoutumé à sa solitude et à ses ordinateurs qu'il existait dans un monde qu'il s'était construit. Le fait que ce type puisse se soucier d'eux – de ses frères Nightfury – ne lui était jamais passé par la tête.

Déglutissant malgré sa gorge sèche, Rikar remplit sa bouche de salive. Il devait dire à Sloan… avait besoin de…

— La glace te fait du bien ?

— Non. Ce truc avec lequel le salopard m'a frappé est… merde. J'ai besoin… de plus de… glace, dit-il, ou du moins Rikar pensait que c'était sa voix, qui écorchait les mots tandis que de l'eau froide débordait et que d'autres glaçons s'empilaient autour de sa tête.

La part gelée en lui soupira, adorant cette explosion glaciale, mais le soulagement ne dura pas. Chassé par la chaleur, qui déchirait Rikar de l'intérieur. Alors qu'il se laissait envahir par la souffrance, il se concentra sur sa respiration : inspirer, expirer… inspirer, expirer. L'apport en oxygène ne l'aida pas. La douleur était trop intense, et il remua les jambes sous l'eau, la semelle de ses rangers glissant contre le fond de la baignoire en inox.

Bon Dieu, l'ennemi devenait plus intelligent, utilisait son cerveau pour changer.

Hourra pour eux… les pauvres types.

De l'humidité perla sur sa peau. Rikar l'essuya, agacé par les gouttes qui lui tombaient dans les yeux, et se demanda ce que…

Seigneur, ce n'était pas de l'eau. Mais de la sueur.

Des alarmes plus grosses sonnèrent dans sa tête, l'emportant en des contrées apocalyptiques. De la fièvre… le seul truc assuré de tuer un dragon de givre. Et il partait vite. Il ne transpirait jamais. Jamais. Il avait le sang trop froid pour ça.

Rikar se retourna dans la baignoire, ses atroces souffrances s'amplifiant à chaque respiration.

— Le sérum… antivenimeux ?

— Ça arrive. Ven va…

Le sas siffla alors que la porte vitrée de la clinique s'ouvrait.

— Qu'est-ce qui se passe, putain ?

La question brisa le silence, et frappa Rikar comme un tir de mitraillette. Il reconnaissait cette voix grave. Bastian. Dieu merci. Son meilleur ami était là. Il allait…

— Oh, mon Dieu !

Une voix de femme… un bref silence… des pas traînants, et puis :

— Là, Bastian… prends-le. Et tu…

Un autre silence. Un léger bruit de pas qui se rapprochaient et :

— État du patient. Tout de suite.

— Ahh… il est… merde, je suis…

Les bredouillements de Sloan percèrent le brouillard qui emprisonnait Rikar. Waouh. Voilà qui était nouveau. Il avait l'air sonné, arraché à son calme habituel.

Mais pourquoi ?

Rikar se concentra de toutes ses forces, lutta contre toute la brume blanche et épaisse qui lui embrouillait l'esprit, en quête d'une réponse.

On s'éclaircit la voix.

— Avant-bras droit sectionné. Le poison a pénétré profondément. Le sérum antivenimeux arrive.

— Vous avez le matériel pour une intraveineuse ?

— Je… on…

— Dans ce cas, j'ai besoin d'une poche… tout de suite.

Des petites mains lui touchèrent le visage, puis s'éloignèrent ; l'une atterrit sur sa gorge et trouva son pouls pendant que l'autre lui enveloppait la nuque. Oh, mince, ça faisait du bien. Ce contact l'apaisa, lui enleva une partie de la douleur, bouscula ses molécules en une frénésie énergisante. Hmm, ouais, c'était mieux. Il ne dégringolait plus dans le terrier du lapin… Il flottait, plein d'entrain au lieu de se noyer dans son propre crâne.

La voix résonna de nouveau : douce, lyrique et terriblement calme. Une femme et Bastian… ici ensemble. Le cerveau de

Rikar se remit brutalement à fonctionner. Pas bon… pas bon du tout. La femelle de Bastian – celle qui s'appelait… trucmuche… quoi, déjà ?… bon Dieu, impossible de se souvenir – le touchait. Et elle le nourrissait, son corps puisant dans l'énergie de la femme pour repousser l'infection qui lui coulait à présent dans le sang.

Un méchant grondement résonna dans la clinique.

Oh, Seigneur. Bastian allait lui créer un nouvel orifice corporel… du genre d'un bout à l'autre. Lorsqu'un mâle avait jeté son dévolu sur une femelle, il ne la partageait jamais. Jamais. Qu'elle pose les mains sur lui constituait une mauvaise idée, équivalait à un suicide.

Mais, bon Dieu, il avait besoin de l'énergie puissante dont elle l'alimentait.

Néanmoins, Rikar essaya, s'agita dans l'eau, se tortilla pour s'écarter d'elle. Elle le tint fermement, lui enleva le bras de sous la glace. Avec une douceur qui le fit gémir, la femme examina sa blessure en l'apaisant avec des mots doux avant de se retourner pour aboyer des ordres aux autres.

Incapable de résister, Rikar se laissa ensorceler alors même qu'il s'émerveillait de cette injustice. Certes, cette femme à l'énergie magnifique allait probablement le sauver, mais ça n'avait pas d'importance. La partie finirait de la même façon, parce que, à l'instant où le sommeil réparateur le lâcherait, Bastian lui tendrait ses couilles au bout d'une lame.

Chapitre 12

Un Mississippi. Deux Mississippi. Trois Mississippi. Quatre…

— Respire, se grogna Bastian à lui-même parce que cette énumération – tous ces maudits Mississippi – ne l'aidait absolument pas à se calmer.

Merde. Merde. Merde.

Myst. Oh, bon Dieu, elle avait les mains sur Rikar. Sa femelle à lui touchait un autre mâle… le nourrissait, carrément…

Un autre grondement lui échappa. Il ne pouvait pas s'en empêcher. La partie possessive en lui – celle gouvernée par son dragon – prenait le dessus, amplifiait son instinct territorial au point que Bastian ignorait quel organe exploserait en premier : la tête, le cœur ou ses putains de poumons. Tous étaient mis à l'épreuve, ce qui n'avait rien de bon.

Ouais, pas question de salle de sport, là. Juste de la pure rage animale. Du genre qui poussait un mâle à courir à sa vitesse maximum quand un autre se mettait entre lui et sa femelle.

Bon Dieu. Il perdait l'esprit… avec un nourrisson dans les bras.

Non qu'il perçoive la présence de ce dernier. Il sentait à peine le poids chaud dans le creux de son bras. Il était trop concentré sur Myst, ce qui ne constituait pas une bonne nouvelle… pas plus pour lui que pour le petit bonhomme. S'il perdait son sang-froid et attaquait Rikar, le bébé serait blessé… précisément ce qu'il ne voulait pas.

Soufflant comme un bœuf, Bastian enfonça son levier de vitesse interne et le mit en marche arrière. Il recula à l'aveuglette, s'orientant de l'épaule, et heurta le mur près de la porte de la clinique. Le béton craqua, des fissures se répandant comme des toiles d'araignées sur les parpaings. Les pieds cloués au sol, il chercha désespérément à rester à distance de la baignoire en inox.

Et merde, il avait de gros ennuis, là.

Rikar était son meilleur ami… son pote, et pourtant, emporté par son obsession, ça ne comptait plus. Il voulait lui arracher la tête des épaules… lui fendre le crâne pour s'être nourri à la femelle sur laquelle il avait jeté son dévolu.

Et, mince, ça le terrifiait, parce que le lien qu'il partageait avec Rikar remontait jusqu'au plus profond de lui-même. Le fait que Myst importe plus que ce lien à peine quelques heures après leur rencontre l'ébranlait comme pas possible.

Il avait besoin qu'on le sauve… et vite. Qu'on lui mette des étoiles devant les yeux d'un coup de poing avant que la situation dérape, avant qu'il ne puisse plus se maîtriser. Mais Sloan était occupé à suivre aveuglément les ordres de Myst, à la recherche du matériel qu'elle lui réclamait.

Et, nom de Dieu. N'était-elle pas merveilleuse ? À aboyer des instructions, à garder la situation sous contrôle, à aider son ami, à le réconforter de ses mots. Bon Dieu, il adorait sa voix, ses inflexions calmes et assurées tandis qu'elle apaisait Rikar tout en expliquant à Sloan ce qu'elle attendait de lui.

— Myst… ma belle… (Ses mots se muèrent en un grognement quand Myst posa la paume sur le front de Rikar.) Ne…

Elle repoussa les cheveux de son ami, lui caressa la peau de ses doigts élégants. Rikar gémit, s'abandonna à son contact. Et Bastian se mit en rogne, le corps tremblant, des filets de sueur lui coulant dans le dos. Lâchant un autre grondement entre ses dents, Bastian contracta les jambes, se rappelant qui il tenait dans les bras. Il devait sortir de la clinique, mais… son dragon refusait de partir. Lui avait cloué les pieds au sol. Peu importait à quel point il souhaitait se barrer – pour protéger le bébé et Rikar –, Bastian ne pouvait pas bouger.

Si ce n'était pas génial ? Hé, hé, d'accord… cette connerie d'instinct territorial était une putain de partie de plaisir.

Après avoir tendu à Myst une poche de perfusion, Sloan lui jeta un coup d'œil. Puis un deuxième.

— Oh, merde.

Bingo, Columbo. Ils étaient dans la merde jusqu'au cou, et le gars ne le remarquait que maintenant ? Joli boulot de détective là, mon pote.

— Euh, Myst, dit Sloan, la voix basse, tentant de ne pas l'alarmer. On a un problème.

— Je sais.

Professionnelle jusqu'au bout des ongles, Myst fixa la poche en plastique à l'aiguille de l'intraveineuse, se préparant à piquer Rikar dans le bras pour commencer la perfusion.

— Sa tension est en train de chuter. Où se trouve votre… ?

La porte vitrée s'ouvrit dans un sifflement, heurtant Bastian à l'épaule. Projeté sur le côté, il grogna. Bien. Encore de la douleur. Assez pour chasser son désir et son instinct de prédateur. Alors que Bastian bridait sa bête intérieure, Venom franchit le seuil à toute vitesse, les mains chargées de boîtes blanches. S'efforçant de ne pas faire tomber le sérum antivenimeux, le guerrier s'arrêta brusquement au milieu de la clinique, saisissant l'atmosphère qui y régnait d'un rapide et perspicace regard de rubis.

Brave garçon. Au moins, quelqu'un faisait attention.

Lançant tout son chargement à Sloan, Venom virevolta et lui cloua son doigt pile entre les yeux afin de lui intimer de se maîtriser.

Tremblant de tout son corps à présent, Bastian secoua la tête.

— Je ne peux pas… tu dois… le… prendre.

— Non, ça va aller, mon commandant.

Ven roula des épaules et se rapprocha, cachant Myst à la vue de Bastian, son corps exposé dans un débardeur noir. L'homme était gigantesque, plus grand et plus large que Bastian. Non que la taille importe. Le guerrier aux yeux de rubis n'avait pas une chance contre lui, et ça c'était dans un bon jour.

— En plus, si je prends le nourrisson, tu vas virer explosif et te lâcher sur Rikar. Ça va pas le faire, mon pote. Alors, tiens-toi à carreau. La femme en a presque fini avec notre ami.

Un simple « non » aurait suffi, mais Venom était un moulin à paroles. À la consternation de tout un chacun, le petit salopard charismatique jacassait plus que n'importe quel autre homme à sa connaissance.

— Alors, frappe-moi… fous-moi dans les pommes, souffla Bastian, le « mienne-mienne-mienne » retentissant de plus en plus fort dans sa tête.

Ce refrain se mua en un chant fredonné, et il tapa du pied comme un gamin de trois ans en colère. Oui, la comparaison était pertinente. Son dragon était loin d'être mature quand il s'agissait de Myst.

— Je ne vais pas y arriver, poursuivit-il. Je vais le tuer. Juste…

— Bastian ?

La voix de Myst – ces douces et magnifiques intonations – perça le bruit dans son crâne.

— Je crois que son état s'est stabilisé, mais…

Il vit ses yeux couleur de violette le scruter par-dessus les épaules de Venom.

— Nom de Dieu. Ça va ?

— Non.

Court. Charmant. Droit au but. Et juste comme ça, ses chaînes internes se rompirent, libérant sa bête.

Il avait besoin de la toucher, d'effacer l'odeur de Rikar de sa peau et… oh, merde, ça n'allait pas être beau. Elle ignorait ce qui se préparait, ne pouvait pas entendre le grondement tout au fond de lui. Mais il ne pouvait pas l'arrêter. Le besoin de dominer, de montrer aux mâles dans cette pièce à qui elle appartenait, constituait une force contre laquelle il ne pouvait pas lutter.

— Pardonne-moi.

Toute son attention rivée sur elle, il tendit le nourrisson à Venom.

Le transfert fut rapide et sans heurt. Mais quand Venom prit le bébé et se tourna vers la porte, le mouvement soudain le fit sursauter. Il se réveilla en colère, agitant ses petites mains, son vagissement si perçant que Myst arracha son regard au sien pour s'élancer vers le nouveau-né.

Mais il était trop tard. Bastian avançait déjà.

Myst n'en crut pas ses yeux quand Bastian confia le bébé comme un bâton de relais à Grand-Ténébreux-et-Effrayant. D'accord, le transfert s'était fait en douceur, et les énormes mains du type étaient délicates, mais bon sang. Qu'est-ce qu'ils s'imaginaient être en train de faire ?

Elle voulait examiner le bébé... là, dans la clinique.

Tout ce dont elle avait besoin se trouvait dans son sac. Enfin, presque, en tout cas. Certaines de ses affaires étaient tombées par terre dans sa précipitation pour s'occuper de Rikar, mais ce qui serait perdu, la clinique le lui fournirait. D'après ce que Myst voyait, cet endroit était de niveau hospitalier, jusqu'à l'incubateur pour prématurés placé dans un coin. Grâce à ces équipements, établir le score d'Apgar de son ange serait l'affaire de quelques minutes.

Seul impératif ? Le nouveau-né.

Grand-Ténébreux-et-Effrayant, cependant, semblait avoir une autre idée en tête. Tournant les pieds dans la mauvaise direction, le nourrisson hurlant contre une large épaule, il s'empressa de franchir le seuil. Et Sloan ? L'Afro-Américain était juste derrière lui ; les roues de la baignoire grinçant tandis qu'il se prenait pour un pilote de course et poussait Rikar – avec son goutte-à-goutte, sa glace et tout – dans le couloir.

Une alarme retentit dans sa tête.

— Hé ! Attendez une min…

Un grondement féroce l'interrompit. Elle tourna vivement la tête, à la recherche de la menace. Bon Dieu, on aurait dit un animal sauvage et…

Son regard passa brièvement sur Bastian avant de s'y reposer. C'était lui qui grognait. Ce grognement continu roulait à travers la clinique avec la force d'un ouragan ; la poitrine se soulevant et ses yeux verts flamboyant, il s'avança vers elle depuis l'autre bout de la pièce. Myst cria et – plaçant sa survie avant toute question – bondit sur le côté, hors de son passage. Si elle s'écartait assez vite, peut-être…

Oh, merde. Ça n'allait pas marcher. À l'instant où elle bougea, il en fit autant, lui aussi ; se rua sur elle comme un pitt-bull. Bon Dieu, qu'est-ce… pourquoi… il était devenu complètement fou ?

D'accord, pas le temps pour ça. Vingt questions devraient attendre. Elle déterminerait ce qui ne tournait pas rond chez lui plus tard.

Là tout de suite, elle devait réagir. Sa première priorité ? Mettre un grand obstacle entre lui – le type fou qui grondait en montrant les dents – et elle – la fille saine d'esprit terrifiée comme jamais. L'un de ces chariots, peut-être, ou… non, elle avait besoin de cet incubateur pour prématurés. Inutile de détruire du matériel précieux. La table d'examen.

Galvanisée par une poussée d'adrénaline, Myst grimpa tant bien que mal dessus, sans se soucier du papier gaufré qui se froissait sous elle. Au moment même où elle touchait le sol des pieds de l'autre côté, Bastian referma la main sur sa blouse. Elle eut le souffle coupé quand il la souleva brusquement et qu'elle s'éleva dans les airs une seconde. Oh, bon Dieu, ça allait faire mal et…

Sauf que non.

Bastian la rattrapa et, amortissant sa chute, la posa. Elle retomba à genoux sur le vinyle qui recouvrait la table. Il tira. Elle jura, s'efforçant de ne pas glisser vers lui. Lui saisissant les poignets, elle tourna, tentant de lui faire lâcher prise. Il gonfla les narines et, une intensité obstinée flamboyant dans les yeux, l'attira à lui.

— Oh, mon Dieu !

Un hurlement coincé dans la gorge, elle battit des bras. Il riposta en l'enveloppant dans son étreinte, l'enfermant contre son torse. Nom de Dieu, il était massif et musclé.

— Bastian… arrête. Qu'est-ce que tu… ?

Il grogna un truc – un mot qui ressemblait horriblement à « mienne » – alors qu'il glissait les mains sous le rebord de sa blouse. Il posa les paumes sur elle, sa peau contre la sienne, une seconde avant de coller les lèvres à son cou. Elle inspira brusquement, les poumons comprimés, pendant qu'il ronronnait. Ronronnait !

Ce son érotique la jeta entre confusion et désir brûlant.

Tel un brasier, elle s'enflamma, les tiraillements de l'attirance l'atteignant profondément. Tandis qu'elle tombait dans les redoutables filets du désir, il la caressa, avec douceur. Terriblement tentant.

Oh, zut ! Comment était-elle censée résister à, eh bien… ça ?

C'était si bon. Et son odeur ? Les effluves virils et passionnés s'élevèrent, lui stimulant les sens jusqu'à ce que son envie de lui s'accentue. Elle gémit. Il était incroyable. Un fantasme musclé, aux épaules larges, vêtu de cuir noir et…

Attends une minute. Une seconde.

Secouant la tête, elle appuya sur « pause ». Bastian la mordilla, écrasant son moment de lucidité. Maudites phéromones.

Ridicule abstinence. Que Dieu lui vienne en aide, mais ça faisait si longtemps qu'on ne l'avait pas touchée. Des années et… avait-elle jamais vraiment connu le plaisir ? Elle ne prenait pas trop de risques en répondant que non, parce que Bastian ne l'avait même pas encore embrassée et elle était déjà sur un petit nuage.

Et une partie d'elle – celle irresponsable – brûlait de capituler et de le laisser faire ce qu'il voulait. Quel mal ça pouvait faire… vraiment ?

Sauf que, n'était-elle pas censée faire un truc ? N'y avait-il pas des examens qu'elle devrait… quelque chose au sujet d'un ange ? Bon Dieu, son cerveau n'était plus bon à rien. Elle ne parvenait pas à se rappeler. Pas avec lui si près…

Il goûta sa peau alors qu'il glissait la main sur ses côtes.

Luttant pour respirer, elle lui saisit le poignet. S'il s'aventurait plus haut – lui touchait la poitrine –, elle serait perdue. Elle était trop sensible à cet endroit et…

Nom de Dieu. Elle venait juste de rencontrer ce type, et ce qu'elle savait de lui l'effrayait. Ouais, toute cette histoire de dragon valait une bonne douche froide. D'accord, ainsi il avait l'air humain – avait le corps d'un homme et se comportait comme une bête de sexe –, mais jamais elle ne pourrait coucher avec lui.

Ouais, enrouler les jambes autour de lui ? Pas une bonne idée.

Lui repoussant les mains, Myst se pencha sur la gauche, s'écarta. Elle avait besoin de mettre de la distance entre eux ; ne pouvait pas réfléchir quand il était…

— Oooh, b-bon Dieu.

Elle gémit lorsqu'il s'attaqua à l'endroit où battait son pouls et libéra ses grandes mains, pour faire remonter l'une d'elles sur sa cage thoracique.

Elle appuya sur ses épaules. Il grogna, changea de direction, lui caressa le dos, les hanches, et accorda une attention toute particulière à ses fesses. Tandis qu'elle frissonnait, il déplaça son autre main, qu'il lui enfouit dans les cheveux. Passant ses mèches blondes entre ses doigts, il continua à lui sucer la peau. Elle sentit une chaleur lui dévaler le long de la colonne vertébrale et, au lieu de le repousser une bonne fois pour toutes, elle perdit pied, l'attira à elle.

Oh, mince, il était délicieux. Décadent. Dangereux. Ouais, tous les mots qui commençaient par un « D ».

Myst secoua la tête, tentant de reprendre assez ses esprits pour résister… assez pour en avoir envie.

— Bastian… hmmm, c'est… oh, bon Dieu. Mais… mais tu dois… dois…

— *Bellmia*… ma femelle… si belle.

Arrêter. Oui, c'était ce qu'elle avait prévu de dire, mais mince, oh, mince, elle adorait le son de sa voix : la façon dont elle se faisait plus grave quand il lui parlait comme ça. D'un érotisme ténébreux, chaque mot lui faisait l'effet d'une caresse. Le moindre de ses contacts l'excitait, l'encourageait à capituler.

Néanmoins, une partie d'elle – celle qui l'agaçait tant elle était raisonnable – s'accrochait à la certitude que lui faire l'amour était une mauvaise idée.

Hmm… une très mauvaise idée qui semblait bien trop agréable.

Myst s'arc-bouta en reculant, ayant besoin d'espace pour lui parler, mais à la seconde où elle bougea, il releva la tête et s'empara de sa bouche.

Ce baiser se produisit si vite que Myst ne résista pas. Mais réagit comme une idiote et entrouvrit les lèvres, l'invitant à la posséder. Et, oh, bon Dieu… merveilleuse catastrophe. Elle le sut à l'instant où elle le laissa entrer, au moment où elle glissa les mains dans ses cheveux et se colla contre lui.

Elle s'était attendue à du spectaculaire. Ce qu'elle obtint était un séisme.

Il avait une saveur si délicieuse. Plus que fantastique, et oh, qui lui convenait à un point si fou qu'elle en eut le tournis.

Et tandis qu'il gémissait, affairé à enrouler leurs langues et à lui caresser la peau, Myst comprit qu'elle avait commis une énorme erreur.

Un baiser ne serait jamais assez.

Au plafond, les néons clignotèrent, en réaction à l'explosion d'énergie dans la pièce. Le délicieux tourbillon était électrique, tout autour de lui, d'un magnétisme si beau que Bastian n'en serait jamais rassasié. Ah, bon Dieu, si ce n'était pas le comble. Il s'était déjà nourri cette nuit – n'avait même pas faim – mais sa saveur… merde, il ne pouvait pas y résister. Myst était meilleure que ses rêves les plus fous.

Et il avait sacrément rêvé dans sa vie. Presque deux siècles passés dans le monde onirique et… hummm, ouais.

Mais, qui ça pouvait intéresser ? Pas lui. Pas là, tout de suite. Sa femelle se trouvait dans ses bras et…

Houlà. N'était-il pas censé la porter quelque part ?

La langue dans la bouche de Myst, Bastian se délectait de sa douceur pendant qu'il pensait à ça. Ouais, il voulait assurément aller quelque part avec elle, mais…

Myst gémit. Ce son empreint de désir lui court-circuita le cerveau, le ramenant à son plaisir. Bon Dieu, elle était délicieuse… et puissante. L'énergie qu'elle partageait était merveilleuse, si riche que Bastian grogna. Il ne s'agissait pas simplement de son lien avec le Méridien, cependant. Mais d'alchimie ; une attirance entre humains, entre un mâle et une femelle, qu'il n'avait jamais ressentie avant. Elle le poussait à désirer à tant de niveaux, presque comme si elle avait été créée – était née, avait été conçue… peu importait – juste pour lui.

Et, mince, ça lui plaisait tellement que ça le terrifiait.

La dernière chose dont il avait besoin, c'était de se retrouver attaché à une femme. Les relations constituaient un terrain miné, qui n'avaient pas de place dans son monde. Il n'avait qu'à demander à Sloan pour le savoir – le pauvre. Les écueils mis à part, cependant, il ne souhaitait pas éprouver quoi que ce soit pour quelqu'un d'autre que ses guerriers, les frères qui se battaient à ses côtés nuit après nuit. Sa bande et lui partageaient un lien nécessaire, qui les rendait plus forts et follement redoutables sur le terrain.

Mais Myst et lui ? Leur union était censée être physique, pas émotionnelle : un truc du genre « droit au but et sans engagement ». Ouais, et regardez comme ça se passait bien. En moins d'un jour, tout son plan « sans sentiments » avait explosé.

Si on y ajoutait le fait qu'il était à deux doigts de la déshabiller et…

Oh, d'accord. C'était là qu'il voulait l'amener. Dans la salle de réveil, celle qui contenait un grand lit où il pourrait l'allonger et la prendre bien fort… la mettre bien. Mais même si son corps adorait ce plan, Bastian savait que c'était une mauvaise idée.

Elle était trop fatiguée, au bord de l'épuisement.

Branché sur son champ énergétique, Bastian percevait sa lassitude. Elle avait eu une nuit terriblement éprouvante, et avec son énergie qui baissait, le sommeil était proche. À quelques minutes à peine.

Alors qu'il était plongé dans ces pensées, elle oscilla, desserra son étreinte sur lui. Bastian ralentit la cadence, laissa leur baiser se faire langoureux, un frôlement de lèvres décadent… plus du genre de ceux auxquels il s'adonnait après l'amour, après avoir joui à l'intérieur de la femme avec qui il était alors. Et, miracle des miracles, son dragon – le même salopard territorial qui l'avait transformé en une torpille humaine pour rejoindre Myst – reconnut l'état de la jeune femme et se retira, insistant pour qu'il s'arrête.

Génial. À présent sa bête avait filé à l'anglaise, devenait un déserteur… n'adhérant plus au plan. Super. Et dire qu'il croyait que son dragon s'en foutait.

Bastian s'obligea à s'arracher à la bouche de Myst. Les yeux fermés, déjà à mi-chemin du pays des rêves, elle protesta, émettant un petit son sexy qui le poussa à l'embrasser de nouveau. Cette fois, néanmoins, ce fut sans passion, un simple frôlement de lèvres.

— Myst ?

— Hmm ?

— Il est l'heure d'aller au lit.

La tenant tout contre lui, il l'empêcha de tomber lorsqu'elle s'affaissa.

— D'accord.

Elle ouvrit péniblement les yeux avant de les refermer sous le coup de la fatigue.

Bastian sourit et la serra dans ses bras avec douceur. Bon Dieu, il ne pouvait pas se retenir. Elle était tellement adorable.

Une main sur sa joue, il l'installa contre son torse avant de la soulever. La portant comme un précieux chargement, il se dirigea vers la sortie. Le sifflement tranquille du sas retentit alors que les détecteurs de mouvement s'enclenchaient, ouvraient la porte de la clinique.

Une fois dans le couloir, Bastian tourna à droite en direction de l'escalier qui le conduirait à la demeure et aux quartiers d'habitation. Sept niveaux au-dessus du repaire souterrain, toute une aile de chambres d'amis les attendait. Bastian savait laquelle il voulait pour Myst : celle couleur lavande qui était assortie à ses yeux.

Mince, il l'imaginait déjà dedans : détendue, prête, ses épais cheveux ondulés répandus sur les oreillers tandis qu'elle attendait qu'il la rejoigne. Qu'il l'aime. Qu'il leur donne du plaisir à tous les deux.

Bastian déglutit malgré sa gorge nouée. Il devait cesser de penser à lui faire l'amour. Ce qui se produisait en dessous de sa ceinture était déjà assez douloureux.

À grandes enjambées régulières pour ne pas la secouer, il passa devant la salle de muscu et les installations sportives. Tout était silencieux. Pas d'entrechoquement de métal. Aucun des tapis de course ne ronronnait, non plus. Pas plus qu'il n'entendait le crissement perçant de griffes qu'on aiguisait.

Eh bien. Peut-être que tout le monde était déjà au lit, à piquer un roupillon bien mérité.

Avec le soleil qui se levait, c'était fort probable. Les rayons U.V. et les dragons ne faisaient pas bon ménage. C'étaient leurs yeux qui en souffraient le plus, cela dit. Une exposition prolongée provoquait des brûlures de la rétine, voire la cécité. Pas un truc que les dragons recherchaient… à moins de souhaiter mourir.

Il passa ensuite devant la salle informatique – le domaine de Sloan –, puis devant une série de cellules et de salles d'interrogatoire avant de sortir dans un large vestibule ouvert. Le plafond en voûte emprisonna le bruit de ses pas lourds et en réverbéra l'écho alors qu'il dépassait l'ascenseur.

Récemment installé par Venom, c'était une beauté. Une vraie merveille d'efficacité moderne. Et Bastian détestait la cabine en acier renforcé. Les espaces clos le rendaient nerveux… violent, même. Jamais il n'entrerait volontairement dans cette boîte.

Déplaçant un peu sa femelle, il tapa un code, attendit le bip d'autorisation et ouvrit alors la porte blindée pour accéder à l'escalier impérial. Grimpant les marches quatre à quatre, il veilla à monter sans à-coups et à une allure régulière. Myst était dans son sommeil paradoxal à présent, dormait si profondément que ç'aurait été un crime de la réveiller.

Bastian se dit qu'il se montrait attentionné, qu'elle avait besoin de repos. La vérité, néanmoins, était bien plus perturbante. À l'instant où elle ouvrirait les yeux, il lui sauterait dessus. Un baiser mènerait à un autre, et après ? Il serait perdu : grillé, bouilli, cuit avec un « C » majuscule. Et pour une raison qui lui échappait, il voulait bien se comporter… quoi que ça puisse signifier. Mais il n'était certainement pas question de profiter d'elle alors qu'elle était en position de faiblesse.

Quatre jours.

Quatre-vingt-seize heures.

Cinq mille sept cent soixante minutes.

Avant que le Méridien s'aligne de nouveau.

Alors il aurait Myst sous lui, serait en elle… la ferait hurler de plaisir fou, orgasmique. Jusque-là, il rongerait son frein, apprendrait à mieux la connaître. En matière de plans, celui-là n'était pas mauvais. Enfin, jusqu'à ce qu'il songe aux conséquences. Alors il devenait terrible parce qu'il savait que les choses finiraient par être moches et, ouais, impossible pour lui d'en sortir indemne.

Si ce n'était pas une tragédie.

Ouais. Énorme. Gigantesque. Colossale.

Et mince, existait-il d'autres synonymes encore pour « grand » ?

À coup sûr, mais alors que Bastian poussait la porte en haut de l'escalier et partait du côté de ses appartements, son esprit se vida. Passant devant une collection de tableaux hors de prix – peints par des types comme Jackson Pollock, Picasso et Van Gogh –, il dut prendre sur lui pour dépasser sa porte et continuer dans le couloir. La chambre lavande se trouvait juste un peu plus loin sur la gauche, près de la sienne, mais pas assez. Quelques mètres seulement qui le sépareraient de Myst, et ce n'était pas satisfaisant. Son instinct lui disait que rien ne le serait tant qu'elle ne dormirait pas dans son lit.

Il voulait qu'elle soit avec lui, ne serait-ce que pour s'allonger contre elle. La tenir pendant son sommeil serait le paradis. Bastian le savait avec une certitude qui lui serra le cœur.

Ce désir défiait tout ce qu'on lui avait dit. Tout ce que lui avaient enseigné son père et les mâles qui s'étaient occupés de lui après le meurtre de son géniteur. Ce douloureux souvenir le remit dans le droit chemin, lui rappelant son objectif, mais ne lui éclaircit pas les idées comme à l'accoutumée.

La femelle dans ses bras l'emportait sur le système, lui parlait au plus profond de lui-même, et il flancha, faillit faire demi-tour pour retourner dans ses appartements au triple galop.

Immobile dans le couloir désert, avec un paysage de Rembrandt qui le lorgnait, Bastian débattit en lui-même. Non… non, non, non. Myst n'apprécierait pas de se réveiller avec lui. Elle n'était pas encore prête pour ça, alors il se força à avancer. À tourner la poignée de la chambre lavande. À traverser la moquette pelucheuse jusqu'à la salle de bains de l'autre côté de la pièce. Alors seulement il baissa les yeux sur le précieux cadeau que le destin avait déposé à ses pieds.

Vidée de son énergie pour avoir nourri Rikar, elle s'était recroquevillée comme un chaton : les yeux fermés, la joue contre son torse, paquet chaud et détendu contre lui. Bastian sentit le lourd poids qui pesait sur ses épaules s'alléger un peu. Le contraste qu'elle présentait l'amusa. Éveillée, elle était farouche, directe dans un genre sans concessions. Endormie, elle était vulnérable : si mignonne qu'il avait envie de la garder près de lui et de la protéger toujours.

Bastian soupira. Il était complètement foutu.

La déplaçant dans ses bras, il tendit la main dans la cabine de douche en verre pour ouvrir l'eau. Il ne devrait pas faire ça, mais…

Zut ! il ne pouvait pas la mettre au lit dans cet état… avec la fatigue de la nuit et le sang d'une autre femme sur la peau.

— Myst. (Il lui embrassa la tempe et la poussa avec douceur.) Réveille-toi pour moi, ma belle.

Elle fronça les sourcils. N'appréciant pas d'être dérangée, elle marmonna en se pelotonnant un peu plus encore contre son torse. Il sentit sa poitrine se serrer, ravi de sa dépendance tandis qu'il la secouait de nouveau.

— Juste un peu. Pour te tenir debout.

La douceur de sa voix l'arracha à ses rêves, et à la seconde où il vit ses cils bouger, il la posa par terre. Plus endormie que réveillée, elle chuchota quelque chose. Il lui répondit d'un murmure, alors qu'elle chancelait dans ses bras.

— C'est bien, *bellmia*... appuie-toi contre moi. Je vais...

Tout en continuant à bavarder, avec douceur, il lui enleva sa tenue d'hôpital tachée. Il tenta de ne pas regarder, mais... waouh. Elle était si magnifiquement faite : la peau lisse et des courbes légères. Et ses cheveux. Leurs vagues blondes si épaisses, une masse luxuriante qu'il voulait sentir sur son torse et enroulée autour de son...

Seigneur. Il devait chasser ces pensées. Aussi vite que possible.

Il s'agissait d'elle, pas de lui. De respect et de soins, pas de sexe. De donner à Myst ce dont elle avait besoin quand elle ne pouvait pas s'en charger elle-même.

Dans un soufflement rauque, Bastian fit glisser son manteau en cuir de ses épaules, l'abandonnant sur le carrelage. Le reste de ses vêtements, il les garda sur lui. Il ne se faisait pas confiance. Ne pouvait pas se mettre nu en sa présence s'il espérait se maîtriser.

Passant la main sous le jet, il vérifia la température de l'eau, puis la régla, pour qu'elle convienne parfaitement à Myst. Une fois satisfait, il la souleva et entra dans la cabine : il laissa l'eau glisser d'abord sur son propre dos, afin de s'assurer une seconde fois qu'elle était assez chaude avant de se retourner pour qu'elle retombe sur Myst.

Avec une grande efficacité, Bastian la lava et la rinça. Lorsqu'il la shampouina, cependant, il ralentit. Incapable de s'en empêcher, il passa les doigts dans ses cheveux, en explora la texture et la lourdeur, se surprenant à ronronner.

Mince, il adorait ses mèches épaisses, la douceur de chaque boucle, leur abondance même.

Secouant la tête, il rinça les dernières traces de mousse. Il incarnait un stéréotype vivant. Un homme fasciné par les cheveux de sa femme… sans blague.

Tout comme l'était le fait de les sortir de la douche et qu'il s'éloigne d'elle au plus vite. Sinon, il commettrait une bêtise, comme arracher ses vêtements pour la rejoindre dans le lit.

Et n'était-il pas un putain de héros ? Myst dormait debout, et à quoi il pensait ? À une partie de jambes en l'air torride et hallucinante.

Dégoûtant. Fin de l'histoire.

D'un geste brutal, Bastian ferma le robinet, coupant le jet chaud qui jaillissait de la pomme de douche. Il saisit une serviette sur la barre en hauteur, et enveloppa Myst pour éviter qu'elle prenne froid, puis il en attrapa une autre blanche, épaisse et pelucheuse et entreprit de lui sécher les cheveux.

Tandis qu'il épongeait des gouttes d'eau sur ses épaules, son cou, ses joues et sa bouche, sa poitrine se serra. Il prenait soin de sa femelle, s'occupait d'elle au moment où elle en avait le plus besoin et…

Il adorait ça. Adorait être celui qui veillait à son bien-être et la protégeait des ennuis. Et alors qu'il la soulevait dans ses bras – encore emmaillotée dans les serviettes – et se dirigeait dans la chambre lavande pour la mettre au lit, Bastian se sentit déchiré : écartelé par ses obligations et les circonstances. Pire encore ? L'état de sa conscience.

Mais que ce soit juste ou non, le devoir l'emporterait à la fin. L'avenir des siens en dépendait.

Chapitre 13

La police humaine se trouvait sur les lieux, et encerclait la maison comme une bande de… d'accord, pas de vautours. Ça, c'était lui. Ivar n'avait pas pu s'en empêcher. Après que Lothair avait lâché la bombe au sujet du nourrisson, il avait tenté de se changer les idées, était descendu en ville pour dénicher ce dont il avait besoin.

La femme brune lui avait semblé un excellent choix sur le moment, mais… Seigneur.

Ivar aurait dû s'en douter.

Il avait été trop excité pour l'apprécier. Dommage, vraiment. Elle était jolie, de longues jambes, étroite à l'intérieur… exactement comme il les aimait. Dommage qu'il n'ait pas pu se contrôler. Ça arrivait un peu trop souvent ces derniers temps… non qu'il regrette de lui avoir pris la vie.

Non, pas de temps pour ça. Son énergie – de qualité médiocre, néanmoins – l'avait requinqué. Mmmh, mmmh, c'était bon. Ouais, jusqu'à la dernière goutte.

Sans déc', c'était où qu'il avait déjà entendu ça ? Ah, ouais, le slogan du café Maxwell. Non qu'il boive jamais cette merde, mais Denzeil – son second – adorait la télé. Surtout les pubs. Ce taré allait même jusqu'à les enregistrer.

Ivar secoua la tête, se moquant de lui-même tandis qu'il finissait d'absorber l'énergie de la femme. Dieu merci. Sa migraine s'atténuait enfin, se déplaçant de derrière les yeux à l'arrière du crâne. À présent la douleur n'était plus qu'un point, le copilote de la frustration qui le gouvernait.

Les ailes déployées, Ivar décrivit un nouveau tour au-dessus de la maison, sa vision nocturne aiguisée tandis qu'il regardait un autre SUV arriver.

Ces imbéciles d'humains. Du bétail, chacun d'eux. Si ignares qu'ils n'avaient même pas remarqué sa présence, à trente mètres au-dessus de leurs têtes. D'accord, ainsi il était dissimulé, enveloppé dans le sort d'invisibilité qui lui permettait de régner sur les cieux. N'empêche, il ne pouvait pas se cacher la haine qu'il éprouvait contre leur espèce. Il avait envie d'inspirer un grand coup et de souffler, de les réduire en cendres. Mais ce n'était pas pour cette raison qu'il s'était déplacé.

Les cendres. Il voulait les restes de ses camarades tombés au combat.

Peut-être que ça faisait de lui un pauvre sentimental, mais il s'en foutait. Ces types s'étaient battus dur pour lui, méritaient d'être ensevelis dignement dans la Grotte des Souvenirs. N'était-il pas un amour d'altruiste ? Ouais, ceux qu'Ivar commandait diraient qu'il était un gars sur qui on pouvait compter, mais ce qu'ils ignoraient ne pouvait pas leur faire de mal.

Il voulait les cendres pour une autre raison, aussi. Elles constituaient un message… à Bastian et aux Nightfury à son service.

Les tas de cendres associés à toutes les vies de femmes qu'il prenait représentaient un grand « Je t'emmerde ». Une déclaration qui signifiait : « Tu ne peux pas tous les protéger. »

La première fois avait été un accident. Pas la mort, mais le tas de cendres laissé à côté du corps. Il ramenait les restes de Thor à la maison après une violente nuit de combats et avait eu besoin d'un petit remontant. Alors qu'il se nourrissait et baisait la femme anonyme contre le mur de la ruelle, le sac s'était déchiré, répandant les cendres de Thor sur la chaussée.

Un coup de bol ? Ouais, absolument. Une vraie leçon de vie sur la manière de tourneboulter l'ennemi.

Désormais, il détenait ce que ces imbéciles de la police appelaient « une signature ». Chaque fois qu'il prenait une vie, il laissait un peu de ses camarades tombés au combat derrière lui.

Et la police ? Des crétins inutiles. Ils ne comprendraient jamais, ne possédaient pas de matériel assez puissant pour découvrir la vérité. Même s'ils analysaient les restes, tout ce qu'ils trouveraient ce serait un bon paquet d'humain. L'ADN des dragons brûlait lorsque leur corps devenait cendres, de sorte que ces andouilles ne pourraient espérer dénicher plus que des miettes, un échantillon contaminé au mieux.

Ivar fredonna. Il avait hâte que Bastian et sa joyeuse bande de salopards soient mis au parfum. L'indignation du Nightfury – et la chasse qui en découlerait – promettait d'être tellement drôle.

Mais il ne s'amuserait pas cette nuit-là. Pas plus qu'il ne laisserait de cendres, non plus. Les humains grouillaient comme des fourmis.

Le mieux qu'il puisse faire était de rassembler les vestiges ; quelques informations croustillantes pour Forge. Des détails. Ivar les voulait tous, n'importe quoi qu'il pourrait transformer en combustible pour alimenter le feu de ce mâle redoutable. Il devait canaliser toute cette rage. La mort de la femelle de Forge – Caroline Machin Chose – constituait l'appât idéal.

Alors qu'Ivar discernait la senteur métallique du sang et l'odeur âcre de la mort, il sourit. Forge allait être fou de chagrin, un vrai meurtrier quand il se lancerait à la recherche de son enfant.

Et alors, Bastian n'aurait aucune chance.

Et Ivar serait libre de faire ce qu'il faisait le mieux : poursuivre son œuvre au labo, à concevoir l'arme parfaite qu'il lâcherait sur l'humanité.

Le gravier craqua sous les énormes pneus du Nissan quand Angela tourna dans l'allée des Van Owen. Des lumières clignotaient un peu plus loin, peignant d'éclaboussures jaunes mouvantes les troncs de grands pins.

Humm. C'était un spectacle assez impressionnant… bien plus important qu'elle ne l'aurait cru. D'autant plus que le shérif avait promis de limiter les interventions sur les lieux. Pas plus de quinze minutes auparavant.

Elle soupira. Génial. Juste ce dont Mac et elle avaient besoin… un autre cirque.

Tenant le volant des deux mains, Angela resserra son étreinte pour s'empêcher de jurer. Son partenaire en faisait déjà assez à ce niveau-là, assez pour eux deux. Et, franchement ? Deux inspecteurs à cran sur une scène de crime, c'était un de trop.

Avec tout l'enthousiasme d'un poisson qu'on aurait vidé, Angela ralentit le SUV et franchit le dernier tournant. Les hauts faisceaux lumineux se balancèrent, rencontrant un groupe de véhicules de police avant d'effleurer un gros morceau de métal brûlé. Encore fumante, l'épave jetait des panaches noirs dans le ciel, masquant les détails de la maison.

— Nom de Dieu.

— Hmm, hmm. (Mac scruta le foutoir à travers le pare-brise.) Bienvenue dans le comté de Bordel-Sans-Nom, Ange.

Sans déconner. On aurait dit qu'une bombe avait explosé. La malheureuse victime ? Une ambulance avec un châssis tordu et une peinture orange et blanc roussie. La maison ne s'en tirait pas beaucoup mieux. De ce que voyait Angela, le toit de la véranda s'était affaissé. Et les fenêtres ? Parties. Toutes brisées, laissant des blessures béantes dans la façade.

N'était-ce pas un charmant avant-goût de ce qui se trouvait à l'intérieur de ce maudit endroit ? En chemin, Mac l'avait mise au courant : une fille morte éventrée, un bébé porté disparu, une infirmière en cavale. Génial. Ce scénario sortait tout droit d'un film d'horreur. À présent, il ne manquait plus que le type d'*American Psycho* se pointant avec sa tronçonneuse pour compléter le tableau.

Une chose à la fois, néanmoins. Il fallait sécuriser la scène de crime.

Trop de flics se tenaient dans le coin. À faire quoi ? Rien, à part papoter.

Et, waouh… elle s'était moquée de Mac, l'avait traité de paranoïaque quand il avait dit ne pas faire confiance aux péquenauds de la cambrousse. C'étaient les termes qu'il avait employés, mais alors qu'elle regardait autour d'elle à présent, elle le lui concédait. C'était vraiment une bande de péquenauds.

Merde, elle devait des excuses à son partenaire – pour la seconde fois en l'espace d'une semaine. Ça craignait.

Mac pointa le doigt sur la droite, vers un taillis de séquoias. Ah, un endroit où se garer. C'était parfait, aussi… Assez près pour avoir une vue d'ensemble, assez éloigné pour ne pas contaminer la scène de crime. Mais le vrai bonus ? Personne pour les cerner, ce qui signifiait qu'ils pourraient partir en vitesse si le Shérif Péquenaud se révélait aussi stupide que semblaient l'être ses agents.

Avec un « bravo » adressé à son partenaire, Angela tourna le volant, s'écartant de l'encombrement au bout de l'allée. Alors que le SUV cahotait sur le sol raboteux, elle scruta de nouveau les lieux. Bon Dieu, quel bordel. Pas le genre d'enquête dont un flic avait envie de s'occuper si près du week-end. *Oh hisse ! Et une bouteille de rhum !* Tout à coup, le Shérif Péquenaud avait l'air bien plus intelligent que tous les deux mis ensemble.

Qu'était-il arrivé là, nom de Dieu ?

Les sourcils froncés, Angela appuya sur la pédale de frein et se gara. Arrachant les clés du contact, elle les lança à Mac.

— Mince, on est où ? En Afghanistan ?

— Pas assez de cadavres.

Mac rattrapa son cadeau au vol, mettant un terme brutal au joyeux entrechoquement de métal.

— On a quoi… juste la fille, c'est ça ?

— Ouais, un cadavre de femme, mais… (appuyant sur la poignée, Mac poussa la portière et sortit du SUV) la nuit ne fait que commencer.

Angela ricana. Quatre heures du matin ? Son partenaire avait besoin de faire régler son horloge interne. Mais cela dit, les insomniaques utilisaient sûrement une autre série de critères pour déterminer ce qui était tôt ou tard.

— Alors, on a affaire à quoi, là. Un… ?

Angela s'interrompit, s'apercevant que son partenaire ne l'écoutait pas. Bondissant hors de la voiture, elle lui lança un coup d'œil et découvrit le visage de Mac. Oh, mince, elle connaissait cette expression. Elle ne la lui voyait pas souvent, et il était rarement aussi calme, mais quand ça arrivait ? Rien de bon ne s'ensuivait.

— Hé… Mac.

Ses bottes pointure 47 rivées au sol, il se tenait figé dans l'espace entre la portière entrouverte et le châssis de la voiture. Les mains serrant le toit à en avoir les articulations blanches, il scrutait le ciel au-dessus de la maison, balayant les ténèbres du regard, à la recherche de quelque chose. Qu'Angela ne distinguait pas, mais son expérience lui disait de le prendre au sérieux. Mac avait une sorte de sixième sens à la Spiderman d'une justesse hallucinante, bien plus aiguisé que les siens… quand il n'avait pas une de ses crises.

Un œil sur son partenaire, l'autre sur le ciel, Angela décrocha son Glock. Le saisissant par la crosse, elle le laissa dans son étui et s'empressa de contourner le SUV par l'avant.

— Parle-moi… qu'est-ce que tu vois ?

— Je ne sais pas… un truc qui cloche.

Génial. Ils en revenaient à ça. Des ennuis.

— Qu'est-ce qui t'a mis la puce à l'oreille ? demanda-t-elle, le ton léger pour ramener Mac auprès d'elle.

De temps en temps, il lui filait les jetons comme ça. La dernière fois, il avait aperçu une espèce d'ombre, sentit un souffle sur sa nuque. Mac avait eu le feu aux fesses, s'était lancé à une vitesse hallucinante à la poursuite de quelque chose qu'Angela n'avait pas vu, et encore moins perçu. Elle lui avait couru après sur sept pâtés de maisons cette nuit-là. Elle ne voulait surtout pas qu'il remette ça là… au milieu de nulle part avec rien que des broussailles sur des kilomètres.

— Une putain de bombe a explosé ici.

— Probablement du C-4, murmura-t-il, son esprit de militaire reprenant le contrôle. (Dieu merci et tous les anges, aussi.) Et je n'ai pas l'intention d'aller où que ce soit.

— Heureuse de l'apprendre, dit-elle, et c'était sincère : elle avait fait assez de cardio récemment, merci beaucoup. Viens. Faisons le tour des lieux. Histoire de voir à quoi on a affaire.

Il examina la ligne d'horizon durant un autre battement de cœur, puis en arracha son regard et releva le menton vers elle.

— Je te suis.

Elle hocha la tête, rabattit son scratch pour fixer son arme et commença à remonter vers la pelouse. Après avoir montré sa plaque, elle passa sous la bande jaune et tourna à droite pour faire le tour du périmètre. Du coin de l'œil, elle vit Mac partir à gauche, vers le shérif et ses adjoints qui formaient un groupe compact autour de lui.

Merci mon Dieu pour ces petites faveurs. Ou plutôt, pour Mac. Il savait que la force d'Angela était sur le terrain – à relever des indices d'un seul regard, les trucs insignifiants qui échappaient à la plupart des inspecteurs –, pas à faire de la lèche interdépartementale. Être une femme du XXIe siècle n'impliquait pas d'être automatiquement acceptée. Certains anciens faisaient encore un caca nerveux en voyant une femme travailler à la brigade criminelle. Et ça la faisait juste chier… alors, ouais. Qu'elle parle au Shérif Péquenaud n'était pas une super idée.

Procédant méthodiquement, Angela laissa ses yeux travailler et traversa la pelouse qui descendait vers l'arrière de la maison… Qu'est-ce que… ?

On aurait dit qu'une putain de tornade était passée par là.

Brisés comme des cure-dents, un bouquet d'arbres étaient tombés, leurs troncs massifs déchirés en deux. La trouée mesurait plus de quatre mètres de largeur sur douze mètres de longueur. Nom de Dieu. C'était l'œuvre d'un truc gigantesque, un bulldozer peut-être. Un gros problème avec cette théorie, néanmoins. Pas de traces de pneus, pas une seule qui aurait indiqué le passage récent d'un engin de terrassement.

Angela continua à avancer et trouva un tas de cendres. Énorme. D'accord, ainsi il était plus imposant que ceux qu'ils avaient découverts en ville, mais ça rentrait dans les cases. Leur type était assurément passé par là.

Elle en dénicha un second alors qu'elle contournait l'autre côté de la maison, juste à droite d'un garage délabré. Et, autre chose.

Une trace en haut de l'allée, près du vieux tracteur. À côté duquel, bien sûr, ces imbéciles de péquenauds étaient en train de bavarder. Avec un « Excusez-moi, poussez-vous de mon indice », elle examina le trou. Profonde d'une trentaine de centimètres, la longue tranchée était en forme de « U », avec le fond boueux. Encore plus bizarre ? Les éclats de glace. Ces petits fragments recouvraient toute la zone : dans la tranchée, autour, mélangés au gravier.

S'accroupissant, Angela en ramassa un morceau. Il était lisse et régulier, parfaitement dessiné, comme un glaçon sorti du congélateur. Plus étrange encore ? Il dégelait de façon homogène, conservant sa forme alors qu'il fondait dans la paume de sa main.

Une sensation sinistre lui remonta le long de la colonne vertébrale. Quelque chose clochait vraiment là… dans un genre fou à faire froid dans le dos.

Et elle ne s'était même pas encore rendue dans la cuisine.

Angela poussa un soupir rauque. Il était temps d'y aller. Elle avait évité le cadavre de sa dernière victime assez longtemps.

Grimpant les marches quatre à quatre, elle contourna les décombres et se glissa sous le toit affaissé de la véranda. Une seconde plus tard, elle franchit le seuil, du verre brisé craquant sous ses bottines, et s'engagea dans l'étroit couloir. Elle s'accorda un instant avant d'entrer dans la cuisine, et releva la flaque rouge près de l'îlot et le sang humain des empreintes de pas qui séchaient sur le carrelage. Après avoir inspiré profondément pour se calmer, elle contourna l'îlot à bonne distance, s'assurant d'avancer avec circonspection. La police scientifique arriverait bientôt. Elle ne voulait détruire aucun indice… avait besoin de chacun d'eux pour comprendre ce qui s'était passé exactement.

Du moins, c'était ce qu'elle pensait jusqu'à ce qu'elle aperçoive pour la première fois Caroline Van Owen.

— Oh, mon Dieu, chuchota-t-elle contre le dos de sa main. Le salopard.

Étendue sur le dos, la fille avait été complètement éventrée. Mac l'avait prévenue, mais quand même…

Angela déglutit pour chasser l'arrière-goût horrible dans sa bouche.

Ce n'était pas le mode opératoire habituel de leur type. Aucune des autres filles n'avait été enceinte. Mais Caroline ? Nom de Dieu. On lui avait… avait… volé son bébé directement dans l'utérus.

Ouais, pas du tout comme les trois premières victimes.

Tellement différent, en fait, qu'Angela en était malade. Au point d'avoir l'estomac retourné et un goût de bile sur la langue.

Accroupie près de l'îlot – à quelques centimètres d'une sacoche noire et de matériel médical répandu par terre –, Angela s'obligea à faire son travail d'inspecteur et glissa la main dans la poche arrière de son pantalon de toile. Tandis qu'elle enfilait des gants en caoutchouc, son esprit se plongea dans un état critique, s'immergea dans l'endroit qui lui permettait de faire son boulot, l'endroit qu'aussi bien son chef que son partenaire adoraient : un puits de pensée analytique qui, une fois mise en route, résolvait un bon paquet d'enquêtes.

Les secondes se muèrent en minutes. Angela n'aurait su dire combien alors qu'elle rassemblait et examinait... tout ça sans rien toucher. Son cerveau était comme un appareil photo, à prendre des clichés dont elle se souviendrait plus tard avec une netteté parfaite. Certains qualifiaient son don de « mémoire photographique ». Mac appelait ça de la magie.

Un léger frottement sur le carrelage retentit derrière elle. Sans détourner les yeux de la victime, elle demanda :

— Des signes de l'infirmière ?

Mac s'éclaircit la voix. Ce bruit rauque résonna dans l'espace exigu, apprenant à Angela avec plus de clarté que des mots que son partenaire était sur la même longueur d'onde. Il détestait autant qu'elle ce qu'il voyait, la scène qui avait ôté la vie à une autre fille.

Se déplaçant un peu dans son dos, Mac dit :

— Empreintes de pas... pointure 39, peut-être... derrière la Buick rouillée. À côté d'autres grandes empreintes de bottes.

— De style militaire... comme celles près de la boîte ?

— Ouais.

— Les plus petites pourraient appartenir à Caroline.

— Possible, mais quelque chose me dit que non.

S'avançant à l'autre bout de la cuisine, Mac s'accroupit du côté opposé de l'îlot. Un muscle tressaillit sur sa joue lorsqu'il croisa son regard par-dessus le corps de Caroline.

— Je crois qu'elles appartiennent à Myst Munroe, notre infirmière portée disparue.

— Hmm, hmm.

Ramassant un téléphone portable abandonné, elle l'ouvrit ; ouais, c'était celui de l'infirmière.

— Elle se trouvait au mauvais endroit, au mauvais moment ?

— Peut-être. (Du menton il indiqua leur victime.) C'est une incision précise… chirurgicale, propre, sans marques d'hésitation. Qui nécessite beaucoup de pratique.

— Alors, à quoi tu penses ? Au marché noir ?

Angela espérait que non. Le monstre qui tuait des jeunes femmes représentait assez de boulot pour un duo. Que quelqu'un ait pu découper une femme pour lui voler son bébé ? Ouais, elle n'envisagerait pas cette hypothèse tant que les preuves ne l'y obligeraient pas. Les yeux plissés, elle fouilla dans le téléphone de l'infirmière, à la recherche de son historique.

— J'ai un appel aux urgences.

— Resté sans réponse ?

Angela secoua la tête.

— Deux minutes et vingt-sept secondes.

Mac plissa les yeux alors qu'il se relevait pour prendre l'iPhone dans sa poche de devant.

— Je vais me procurer l'enregistrement. Et lancer un avis de recherche pour la voiture de Munroe.

— Demande un mandat, aussi… pour son logement, ses comptes. Tout.

Angela referma le portable avec un bruit sec et tendit la main vers l'étiquette sur la sacoche médicale restée ouverte près de la victime. D'une chiquenaude, elle la tourna et… tiens donc ! « Myst Munroe » était inscrit en majuscules, adresse incluse.

Oui, en effet. Il y avait quelque chose de pourri à Ploucville.

Et Angela avait le pressentiment que Mlle Munroe y était mêlée jusqu'au cou.

Chapitre 14

Myst se réveilla dans un lit inconnu. Nue.

Des alarmes – du genre à détruire des neurones – retentirent dans sa tête, bloquant son aptitude à respirer correctement. Alors que son souffle saccadé devenait plus bruyant, l'adrénaline se joignit à la fête, poussant son cœur au pays des catastrophes. Elle déglutit, s'obligea à se concentrer. Ouais, un cerveau en état de marche lui aurait été utile, là tout de suite. Peut-être qu'alors elle aurait pu découvrir dans le lit de qui elle avait atterri.

Et où étaient partis ses vêtements.

Se frottant les yeux, elle fouilla dans sa mémoire, tentant de se rappeler le comment du pourquoi. Rien à part du brouillard… et le hurlement de la panique.

Saisissant la couette à deux mains, elle s'obligea à respirer – à inspirer et expirer – et tourna la tête sur l'oreiller. Sa vision resta brouillée une seconde puis…

Dieu merci. Elle était seule.

Une excellente nouvelle en soi mais, encore mieux ? La taie voisine était lisse, sans un creux dans l'oreiller qui aurait été fait par… oh, disons, une tête. Ce qui signifiait qu'elle avait dormi toute seule depuis qu'elle avait atterri… eh bien, là. Au milieu d'un lit inconnu… qui appartenait à coup sûr à un inconnu.

Elle se frotta le front, luttant pour se souvenir. La pièce manquante se trouvait… juste là. Dans un coin de son cerveau, mais elle avait beau tout faire pour l'atteindre, elle n'y parvenait pas.

— D'accord… détends-toi et réfléchis, se dit-elle.

Ce qui, rétrospectivement, était une mauvaise idée, parce que, à la suite de cette instruction, une pensée abominable surgit dans sa tête. Pendant qu'elle tournait là-dedans, Myst déglutit. Avait-elle été… été… bon Dieu, elle ne voulait pas prononcer ce mot en « V », mais elle ne pouvait pas se débarrasser de cet horrible doute. Le gros trou dans sa mémoire pouvait avoir été provoqué par une drogue. Le GHB était un stupéfiant explosif, qui balayait les souvenirs à grands et vilains coups.

Myst était bien placée pour le savoir. Elle avait eu une ou deux patientes qui étaient arrivées aux urgences en ayant l'air perdu et le regard vide le matin après qu'on leur avait fait avaler du GHB dans un bar.

Très bien. *Respire.*

C'était une supposition vraiment énorme. Gigantesque, carrément, sans preuve. Alors, une chose à la fois… éliminer toutes les autres possibilités.

Myst se redressa sur les coudes. Un étroit filet de lumière se répandait sur la moquette, depuis une porte ouverte à la gauche du lit. Une salle de bains, peut-être ? Ça semblait une bonne hypothèse, et d'autant plus qu'une seconde porte était bien fermée de l'autre côté de la pièce. Tandis que ses yeux s'ajustaient à l'obscurité, des ombres se formèrent : une coiffeuse contre le mur opposé, un banc au pied du lit, une grande fenêtre derrière un store soigneusement clos.

Mais mieux que ce décor quelque peu sommaire plongé dans la pénombre ? Elle était vraiment seule… à cent pour cent. Personne n'était assis dans les fauteuils à large dossier devant la fenêtre ni n'était tapi dans des coins sombres ou appuyé contre le mur en face du lit.

Le soulagement la frappa avec une telle violence qu'elle s'assit brusquement comme un pantin, les couvertures accrochées à sa poitrine. Elle passa à l'étape suivante de son enquête. Tandis qu'elle repliait les jambes sous elle, elle se montra très attentive. Le sexe et elle étaient presque des étrangers. Et ce depuis plus de… quoi ? Trois ans ? Ouais, ça semblait correct, alors si elle avait eu… euh, une activité sexuelle la nuit précédente, certains muscles devraient être endoloris.

Non ?

Elle hocha la tête, convaincue par ce raisonnement.

— Oui. Absolument.

Au bord des larmes, Myst prit conscience qu'elle ne souffrait pas… du tout. Mais le truc le plus fou ? Celui qui ne pouvait qu'arracher des « waouh » ? À part son trou de mémoire, elle se sentait incroyablement bien : reposée, pleine d'énergie, et pas de migraine. Pas de migraine ? Mince, c'était un miracle. Elle ne pouvait pas se rappeler la dernière fois qu'elle s'était réveillée sans…

Un coup retentit à travers la pièce.

Elle tourna vivement la tête. Elle regarda fixement la porte, suivit du regard ses lignes anciennes, n'ayant pas envie de savoir qui la frappait de sa main nue de l'autre côté. Elle venait juste de s'habituer à l'idée qu'elle allait bien, et à présent ? Quelqu'un se tenait là dans l'intention de lui démontrer qu'elle avait tort.

Un second coup résonna, brisant le silence comme un troupeau d'éléphants.

Galvanisée, elle entreprit de sortir du lit. Quand elle posa les pieds sur le sol, elle trébucha sur un coussin et, tombant la tête la première, se rattrapa à la courtepointe. Toujours bordée sous le matelas, l'étoffe de coton remplit son office et l'aida à rester debout avant qu'elle entraîne tout le bazar. La couette et un assortiment d'autres couvertures volèrent.

Mais, qu'est-ce qu'elle en avait à faire ?

Elle ne concourait pas pour la femme d'intérieur de l'année, là. Son objectif était de se protéger et, alors qu'elle enroulait le drap autour d'elle à la manière d'une toge, elle chercha une arme. Celui qui se tenait dans le couloir n'était pas forcément un ami. Elle devait être prête à… quoi exactement ?

Le lourd chandelier en argent qui trônait sur la table de nuit attira son regard. Retenant sa robe de fortune d'une main, elle saisit l'objet. Refermant les doigts sur son pied, Myst le garda tout près, juste contre son sternum.

— Madame ? Puis-je entrer ?

Un accent britannique clair lui parvint à travers la porte, flottant sur une vague d'interrogation respectueuse.

Myst n'en crut pas ses oreilles. *Madame ?*

Le Britannique patienta un demi-battement de cœur avant de commencer à tourner la poignée. Le pouls de Myst s'emballa, grimpant encore d'un cran quand l'étain poli remonta et que l'espace grandit entre la porte et son embrasure en bois. Elle leva le chandelier et écarta les jambes, s'attendant à voir entrer un assassin muni d'une hache.

Un chérubin – avec même des boucles brunes et des yeux innocents – passa la tête dans la pièce.

— Oh, merveilleux. Je suis si heureux que vous soyez réveillée. Bonjour, madame.

Sans accorder la moindre attention au fait qu'elle brandissait un chandelier comme une hache d'armes, il franchit le seuil d'un pas dansant.

— Avez-vous faim, madame ? J'ai préparé des gaufres ce soir et tout le monde est réuni dans la cuisine.

Myst le dévisagea, perplexe. Des gaufres ? Dans la cuisine ? Nom de Dieu, qui… ?

— Oh, bonté divine ! dit-il alors qu'il s'immobilisait au centre de la pièce.

Il lui adressa un regard contrit, puis sourit, montrant une dent en or.

— Veuillez m'excuser. Qu'ai-je fait de mes manières ? Je suis Daimler, et je suis tellement heureux de vous rencontrer, madame Munroe.

Avec un grand geste du bras, il s'inclina, et les bouts jumeaux de son costume queue-de-pie s'agitèrent.

D'accord, ainsi Daimler – M. Amidonné-Repassé-et-Boutonné-jusqu'au-cou – connaissait son nom, mais cette formulation ne lui plaisait pas. « Madame Munroe » lui rappelait trop sa mère et, juste à cette seconde, elle n'avait pas besoin de faire une dépression nerveuse.

— Ah, c'est Myst.

Le petit bonhomme se pencha pour ramasser un coussin. Lorsqu'il se redressa, une expression perplexe se lisait sur son visage angélique.

Elle s'éclaircit la voix.

— Je m'appelle Myst.

— Oh, madame… je vous remercie. (Ses yeux se firent un peu brumeux, comme si elle lui avait offert un énorme présent.) Vous m'honorez au-delà de toute mesure…

Lissant le coussin de ses longs doigts, il lui adressa un sourire tremblant.

— Myst. M. Bastian a dit que vous étiez une femme de grande valeur, mais…

Continuant à jacasser, Daimler s'affaira autour du lit, ramassa la couette qui traînait par terre. Myst entendit chacun de ses mots, mais seul un lui importait.

Bastian.

« Vlan ! »

Ses souvenirs affluèrent dans son crâne comme de l'eau dans un verre. Elle plissa les yeux. Son sale ravisseur l'avait embrassée. La nuit dernière. Dans la clinique. Et… nom de Dieu. Pourquoi avait-elle autant aimé ça ? L'épuisement.

Oui, c'était une bonne excuse. Elle avait été si fatiguée, et pas étonnant. Après une nuit comme celle-là – après la mort horrible de Caroline et son ange qui avait failli y passer –, elle...

Nom de Dieu. Le bébé.

La panique lui comprima la gorge un instant. Myst se donna des décharges électriques avec des câbles de démarrage mentaux.

— Daimler, dit-elle, le ton cassant sous l'effet de l'inquiétude. Où est le bébé ?

Le majordome mit sa bouche et son rangement sur « pause », la main figée en l'air – un geste qui lui rappela les types de l'une de ses émissions préférées, *Queer, cinq experts dans le vent*.

— Oh, inutile de vous tracasser, ma... Myst. Le petit est avec M. Bastian, bien sûr.

— Je dois le voir... le bébé, précisa-t-elle – pas Bastian : le connard. Tout de suite.

Inclinant légèrement la tête, Daimler se dirigea vers la coiffeuse et, quand il se retourna, Myst remarqua un truc bizarre. Il avait les oreilles pointues... comme Legolas dans *Le Seigneur des Anneaux*.

Serrant sa toge étroitement, Myst médita cette information. Même si on pouvait se demander pourquoi ça l'étonnait. Bastian et sa bande étaient au moins à moitié dragons. Pourquoi n'auraient-ils pas un elfe comme majordome ?

— Voilà.

Daimler s'approcha, des vêtements pliés sur le bras. Il disposa sur le banc au pied du lit un ample pantalon noir, un débardeur blanc et un sweat à capuche violet.

— J'espère que ceci suffira, ma... Myst.

— Merci, chuchota-t-elle en réponse, son incurable politesse reprenant le dessus.

Et pourquoi pas ? Elle n'en voulait pas à Daimler. Ce n'était pas sa faute si elle était là, dans un lieu inconnu avec un pauvre type à moitié dragon.

— Je vais vous laisser vous habiller. Lorsque vous serez prête, la cuisine se trouve juste au bout du couloir… sur la droite.

Quand elle acquiesça, Daimler se retourna vivement et se dirigea vers la porte. Lorsque la serrure se referma dans un petit claquement, Myst tendit la main vers les vêtements. Elle devait se rendre à la cuisine aussi vite que possible. Non qu'elle ait envie de revoir Bastian. Aucun risque. Son ange était là-bas… et si ce repaire ressemblait ne serait-ce qu'un peu à une maison humaine ? La cuisine se situerait en son cœur. Un endroit de choix pour commencer une petite reconnaissance… et découvrir un moyen de s'enfuir.

Myst hocha la tête. Excellent plan.

Le moment était venu de prendre le taureau par les cornes et de trouver un moyen de sortir de ce cauchemar.

Chapitre 15

Rikar était assis à l'îlot de la cuisine, stupéfait d'être encore en vie. Il aurait dû être réduit en cendres, n'être plus rien qu'un tas désordonné sur le sol de la clinique. C'était ce qu'il méritait cent fois pour avoir touché la femelle de son ami. D'accord, ce n'était pas vraiment lui qui l'avait touchée. Peu importait. Il était entré en territoire inconnu, un abîme dont peu revenaient.

Le fait même qu'il s'était réveillé ce soir-là témoignait du sang-froid de Bastian. Ou de son affection. Quoi qu'il en soit, il n'arrivait toujours pas à croire…

Ouais, c'était une prise de tête puissance mille. Et d'autant plus lorsqu'il croisa les yeux de Bastian – par-dessus une pile de gaufres et un océan de sirop d'érable – qui le clouèrent d'un regard signifiant « Ne t'avise jamais de recommencer ». S'il avait eu le moindre doute, ce message l'aurait balayé. Myst et son énergie incroyable constituaient un domaine qui lui était interdit. À lui et à tous les autres mâles de l'univers.

Les Experts pouvaient remballer leur panoplie, l'affaire était classée.

Et une avec une fin heureuse, en plus.

Ou, pas tant que ça ?

Il avait beau essayer, Rikar ne parvenait pas à voir la plus petite raison de se réjouir de cette situation. Certes, Bastian avait trouvé une femelle à haute énergie et qui lui plaisait : mission accomplie, moment plein d'allégresse à la « vas-y-tape-moi-dans-la-main ». Mais, claquement de paumes mis à part, le facteur « ça craint » était présent, aussi. Son meilleur ami pouvait s'attendre à un bon paquet de souffrances. Rikar le savait comme il savait qu'il était assis là, le cul collé au tabouret, indifférent aux autres qui dévoraient les gaufres maison de Daimler, à fixer Bastian du regard, à espérer le meilleur alors qu'il redoutait le pire.

Rikar supposait que c'était une question de degrés, d'accepter le positif comme le négatif. Dieu savait qu'il souhaitait la même chose que Bastian : une espèce en bonne santé qui avançait vers l'avenir. Des guerriers au corps robuste et à la détermination encore plus forte, qui mettraient à mort les Razorback. Mais une autre partie de lui se refusait à faire du mal à une femme – ou à en voir une souffrir – pour atteindre son but.

Leur plan tout entier lui semblait tellement rétrograde.

Après tout, les siens avaient besoin de femmes comme Myst. À haute énergie pour les garder bien nourris et en bonne santé. À quoi bon s'accoupler avec l'une d'elles, si c'était pour qu'elle meure en couches ?

Et cette question était redondante. Il connaissait déjà la réponse, l'avait examinée sous toutes les coutures avec Bastian tant de fois qu'il pouvait entendre sa voix dans sa tête. Les femelles à haute énergie donnaient une progéniture plus robuste. Des fils plus robustes étaient la garantie d'une force redoutable, de mâles comme Bastian et lui. Des guerriers non seulement avantagés physiquement mais qui possédaient aussi une puissance de feu génétiquement améliorée.

Des exemples parfaits ? Sa glace. Le souffle de malade de Bastian.

Mince, cette foudre, ce mélange psychochimique était un sacré truc. Et c'était sans parler de cette histoire de fusion mentale que son ami avait en réserve. Être capable de lire et de disséquer les forces et les faiblesses de l'ennemi de loin constituait un putain d'avantage. Seigneur, détenir ce genre d'info en avance était fichtrement utile dans un combat.

Jouant avec sa fourchette, Rikar poussa une fraise à travers son assiette. Il la regarda rouler dans le sirop sans enthousiasme. Sa faim n'avait rien à voir avec la nourriture. Il avait besoin de se réserver un moment d'intimité avec une femme, de puiser de l'énergie pour dissiper les dernières traces de poison.

Non qu'il en souffre encore.

Non, le sérum antivenimeux avait fait son boulot, et l'entaille sur son bras ? Juste une fine ligne rose sur la peau, qui aurait complètement disparu avant la fin de la nuit. N'empêche, une douleur sourde persistait, lui donnant une migraine qui l'empêchait de se concentrer. Qu'il goûte à la bonne femme et il serait parfaitement remis.

Enfin, à condition que Bastian ne le prive pas de sortie pour la nuit.

Seigneur, il espérait que non, même si le protocole l'exigeait. Guerrier ou non, une blessure telle que la sienne n'était pas à prendre à la légère. S'il s'était agi de n'importe lequel de ses camarades, Rikar aurait insisté pour qu'il soit dispensé de combat pour la nuit. Mais hors de question qu'il reste à la maison. Pas ce soir. Il avait besoin de déployer ses ailes ou il péterait les plombs… surtout avec Myst dans le repaire. Il devait vraiment garder ses distances avec elle. Il n'aurait pas de seconde chance. S'il s'approchait d'elle, Bastian le tuerait.

Rikar piqua un morceau de melon, regrettant que ce ne soit pas la tête d'un Razorback. Regrettant que Bastian n'ait pas encore commencé cette putain de réunion.

Ils étaient tous là, à leur place habituelle à l'îlot de la cuisine. Tous à part…

— Où est Sloan, putain ?

Les sourcils froncés, Rikar posa sa fourchette avant de déchiqueter autre chose qu'un bout de fruit.

Assis en face de lui, les bras croisés sur le dessus en marbre de l'îlot, Venom arqua un sourcil blond.

— On se calme, on se calme, mon pote.

— Le soleil se couche, gronda-t-il.

Traduction ? Le moment était venu de quitter Black Diamond pour aller en ville chasser l'ennemi… et se nourrir.

Wick acquiesça dans un murmure. Ce qui stupéfia tout le monde. Ce type taciturne ne parlait jamais, émettait rarement le moindre son. Il était plus fantôme qu'homme, glissant parmi les guerriers Nightfury… avec eux, mais pas vraiment. Le seul à réellement le connaître était Venom, son compagnon de chambre. Ouais, ces deux-là étaient proches – autant que Bastian et lui l'étaient – mais leur passé demeurait un mystère. Ven veillait sur ce type comme une lionne sur son petit, refusant d'en expliquer les tenants et les aboutissants.

Pas de problème pour lui. Rikar savait tout ce qu'il avait besoin de – ou voulait – savoir sur Wick. Le salopard aux yeux dorés était redoutable, un tueur psychopathe sans conscience ni retenue. L'homme parfait pour protéger ses arrières sur le champ de bataille.

Le hurlement du nouveau-né retentit comme la sirène d'un camion de pompiers. D'abord hésitant, le cri malheureux gagna en force jusqu'à ce que tous les hommes lèvent les yeux de leur dose massive de calories pour les tourner sur le parc à bébé à l'autre bout de la cuisine. Tel un jeune papa au regard brouillé, Bastian descendit de son tabouret et marcha jusqu'aux fenêtres qui montaient du sol au plafond.

Les vitres teintées grouillaient alors de magie et de mouvement. Bientôt, elles s'éclairciraient d'elles-mêmes, passeraient du noir à une clarté de cristal, laissant la lune briller dans le repaire au-dessus de la surface. Une caractéristique qui les protégeait du soleil, leur permettant de se déplacer librement durant les heures diurnes.

Soulevant le nourrisson qu'il installa contre son épaule, Bastian rejoignit sa place à grandes enjambées. Délaissant cependant son tabouret, il s'assit sur le plan de travail adjacent, se pencha en arrière et releva le menton dans la direction de Rikar.

— Des nouvelles des autres ?

— Pas encore.

Rikar repoussa son assiette. La porcelaine fine glissa sur le marbre en direction du beurrier. Les deux objets se rencontrèrent dans un tintement alors qu'il ajoutait :

— Ils ne devraient pas tarder à arriver au Rassemblement, cela dit.

Les sourcils froncés, manifestement inquiet pour les autres membres du clan, Bastian frotta le dos du bébé. En tant que commandant des Nightfury, son ami portait un lourd fardeau… se faisait du souci pour eux tous. Mais ce qu'il détestait le plus ? La trop grande distance. Et le fait que Haider et Gage étaient sur un autre continent n'arrangeait rien. Pour aucun d'eux.

— Maudit Archguard, murmura-t-il, dégoûté par les imbéciles responsables du foutoir imminent à Prague.

Venom ricana.

— Tu veux dire les Arch-idiots.

Ouais, ça sonnait plutôt bien. L'Archguard – les mâles qui se trouvaient à la tête des cinq dynasties et siégeaient au grand conseil – était effectivement composé d'idiots. Ces connards de bons à rien s'asseyaient sur leur postérieur aristocratique, à protéger leurs propres intérêts tout en ne faisant pas grand-chose pour aider leur espèce. Seigneur, ils n'avaient aucune idée de ce qui se produisait dans le monde réel… celui en dehors de la société privilégiée bien pépère dans laquelle ils évoluaient.

Avoir affaire à eux, c'était comme parler à quelqu'un qui vivait dans une bulle. Le son passait, certes. Mais c'était juste une histoire à la Charlie Brown… *bla-bla-bla… bla-bla.*

Rien de tout ça n'importait, néanmoins. Pas sur le long terme, parce que même si Rikar mourait d'envie de tous les envoyer se faire foutre, ils devaient tenir compte du Rassemblement. Tous les dragons vénéraient cette célébration traditionnelle. Ne pas y expédier un représentant s'apparentait à une trahison. Et donc, Haider et Gage avaient fait le voyage. À présent, ils étaient tous sur des charbons ardents, à prier pour que le duo non seulement soit arrivé sans encombre, mais revienne en un morceau.

Un bruit de course retentit dans le couloir.

Rikar remua sur son siège, libérant une partie de sa tension.

— Pas trop tôt.

Sloan entra à toute vitesse dans la cuisine, des pochettes rouges coincées sous le bras. Il lui jeta un regard mauvais.

— Je t'ai entendu, enfoiré.

— T'es pas content ? Sois à l'heure.

Sloan plissa les yeux.

— Lâche-moi la grappe, Rikar.

La bouche fermée, ce dernier réprima un grand sourire. Il remerciait le ciel pour ce connard à la peau sombre. Railler Sloan améliorait toujours son humeur. Même si un regard à l'expression de Bastian lui dit de se calmer.

— Sloan, qu'est-ce que tu as ?

Bastian déplaça le bébé contre son autre épaule.

Le pauvre petit bonhomme brailla, un son de rage, un appel à sa mère. Ce qui avait plus ou moins été son mode opératoire toute la journée… Tatillon, ce n'était rien de le dire. Ils s'étaient tous relayés pour lui donner à boire, le promener en le berçant au rythme qu'il avait l'air d'aimer. Enfin, presque tout le monde avait emmené le bébé faire un tour. Wick n'avait pas été convié. Personne ne se serait risqué à laisser cet homme à proximité d'un nourrisson.

Leur as de l'informatique – pirate des bases de données impénétrables – jeta les chemises au milieu de l'îlot. Du papier cartonné rouge glissa sur le marbre blanc et se heurta au pot de sirop d'érable.

— On a un problème.

Venom prit l'une des pochettes.

— Le même que d'habitude ou un du genre à la « oh-là-là-cache-les-enfants » ?

— Du genre à la *Street Fighter*.

— Merde, dirent Bastian et Venom en même temps.

— Ouais, on a deux inspecteurs sur le dos.

Retournant une chaise, Sloan s'y installa, les bras croisés sur le dossier arrondi.

— Trois meurtres non résolus… toutes des femmes, brunes, début de la vingtaine. Cause du décès : défaillance dramatique d'un organe.

Une autre série de « merde » retentit à travers la cuisine.

Sloan continua à parler.

— Oh, et voilà le meilleur. Des tas de cendres disposés près des victimes. Vous devinez ce que ça signifie ?

Bastian gronda. Le nourrisson réagit en pleurant de surprise. Lâchant un juron, Bastian commença à arpenter la pièce, à aller et venir entre l'îlot et la rangée de placards. Tandis qu'il tapotait les fesses du petit bonhomme pour l'apaiser, il baissa le ton et murmura :

— Ivar.

— Ouais, c'est ce que j'aurais dit, aussi, lança Sloan. Je pense que c'est un message.

— Un gros « Je vous emmerde » ?

La seconde pochette dans les mains, Rikar en parcourut le contenu, releva le nom des inspecteurs : Ian MacCord et Angela Keen. Il jeta un coup d'œil à leur photo et à leur bio.

Waouh, tous les deux des anciens de la criminelle. Et, hmm. La femme était superbe, avec des cheveux roux foncé et des yeux noisette intelligents.

— Tu crois qu'il est stupide à ce point ? poursuivit-il. S'il laisse des cendres, il prend un putain de risque. Si les humains emportent des échantillons dans leur labo, ils pourraient découvrir plus que de l'ADN humain.

Venom soupira.

— On va devoir nettoyer ça.

— Je m'en charge, dit Rikar, saisissant sa porte de sortie.

Hors de question qu'il reste au repaire cette nuit.

— Tu es sûr ?

Les yeux plissés, Bastian le foudroya d'un regard noir alors qu'il passait près de lui avec le bébé.

Rikar hocha la tête, composant son expression pour masquer sa réaction. Il détestait quand Bastian lui adressait son « regard noir ». C'était comme recevoir un boulet de démolition dans les dents.

— Je m'introduis dans le labo, brouille les résultats. Trouve les inspecteurs et efface leur mémoire. Les doigts dans le nez.

Son meilleur ami le scruta durant une seconde, puis poursuivit :

— D'accord. Voici le plan. Wick, tu sors avec moi cette nuit. Venom et Sloan… ensemble. Et Rikar… fais ce que tu as à faire, puis ramène ton cul ici. Tu as pris un coup la nuit dernière. Pas de combats tant que tu n'es pas remis à cent pour cent.

Putain de merde. Il venait juste de se faire couper les ailes.

Mais Rikar ferma sa gueule. S'il protestait, Bastian lui interdirait certainement toute sortie. Et même si la situation était loin d'être optimale, au moins il ne restait pas sur le banc de touche. Au repaire. Avec une femme qui appartenait à son meilleur ami.

— On est d'accord ?

Bastian lui adressa un autre regard de mise en garde.

— Compris, dit-il, ne souhaitant pas tenter la chance. Et le bébé ?

— Myst va le prendre.

Inspirant brusquement, Bastian jeta un coup d'œil vers le couloir, avant de se tourner de nouveau vers lui.

— Tu vas vouloir enfiler une chemise, mon pote. Tout de suite.

Rikar passa la main sur son torse nu. Merde, il détestait les vêtements. Ça le grattait et lui donnait chaud, son côté glacé ne les supportait pas bien. La seule raison pour laquelle il portait un caleçon, c'était pour ne pas faire chier ses amis en se baladant avec son équipement qui pendait.

Mais cela dit, rester en vie l'emportait sur le confort. Et le statu quo dans le repaire.

Ouais, quelque chose lui disait qu'une nouvelle « normalité » s'apprêtait à frapper Black Diamond. Mais c'était ce qui avait tendance à arriver lorsqu'une femme entrait en scène et chamboulait tout.

Chapitre 16

Les beaux-arts n'étaient pas son fort. Myst avait toujours confondu Monet avec Manet, était incapable de différencier Degas de Renoir, mais la toile qu'elle venait juste de dépasser était un Van Gogh. Elle s'arrêta à mi-foulée pour l'examiner de plus près. Ouais, sans aucun doute, du Vincent… peinte par le maître, et pas pris dans un présentoir au magasin de tableaux du coin.

Bon Dieu, ce truc devait valoir une fortune.

Pourquoi ça l'étonnait, Myst n'en était pas sûre. Elle supposait ne pas s'être attendue à ça de la part de Bastian et de ses acolytes. Rétrospectivement, néanmoins, elle aurait dû.

Sa chambre seule en disait long. C'était le raffinement et le goût magnifiquement rassemblés pour afficher fièrement uniquement le meilleur, du lit bateau ancien aux embrasses de cuivre qui retenaient les rideaux de soie des fenêtres. Les couleurs étaient spectaculaires, aussi, la palette de lavandes clairs et de gris plus sombres enveloppée dans un cadre de blanc crème.

Une oasis de féminité avec un dressing et une salle de bains assortie.

Debout au milieu de toute cette splendeur, les sirènes de la tentation avaient retenti, poussant Myst à se recroqueviller et, eh bien… à se cacher. Le problème ? Elle n'était pas une poule mouillée. À un moment ou à un autre, le gène « cot-cot » avait sauté quelques branches de son arbre généalogique, la laissant avec la paire de chromosomes regroupant « Regarde-les de haut » et « Fais-les payer ».

— Quel bon moment pour découvrir ça, se dit-elle.

Rejetant ses cheveux par-dessus son épaule, Myst huma une bouffée d'ylang-ylang. Elle râla. Ce parfum la rendait folle. Non qu'elle n'aime pas sentir bon, mais il y avait autre chose. Elle avait les cheveux humides. Comme si… elle s'était récemment douchée. Alors qu'elle ne s'en souvenait pas.

Si ce n'était pas le bouquet ?

Bastian l'avait… Bon Dieu. L'avait-il vraiment lavée ?

Un « oui » indéniable retentit dans sa tête, l'entraînant centimètre gênant par centimètre gênant vers l'humiliation. Myst se braqua, se dit de grandir, mais la honte l'envahit quand même, totalement. Quand elle sentit ses joues la brûler, elle tenta de se raisonner à grand renfort de logique.

Et après ? Il l'avait vue nue. La belle affaire, hein ? Elle n'avait plus quinze ans et réagir comme une ado parce qu'un homme l'avait vue N-U-E était tout simplement stupide. Sans compter que ça ne l'aidait pas, et d'autant moins qu'elle avait décidé de ne pas se cacher… Elle marchait, en fait, à la rencontre de Bastian et pas dans l'autre sens.

Mais le truc, c'était… que ce soit idiot ou non, elle ne pouvait nier que c'était important pour elle. Que ça l'embêtait sur un plan purement féminin. Elle se sentait vulnérable, en position clairement désavantageuse dans la guerre silencieuse qui faisait rage entre eux.

Comment était-elle censée le regarder dans les yeux sans se demander s'il l'imaginait sans rien sur elle ? Ce qui, en retour, allait lui faire penser à lui de cette façon…

Enfin, ça craignait du début à la fin.

Myst se frotta les tempes. Elle avait besoin d'un nouveau plan d'action. Dans lequel elle ferait preuve de fermeté et exigerait qu'il la ramène chez elle. Dans lequel elle lui dirait ce qu'elle pensait de sa théorie à la « mes-ennemis-sont-à-tes-trousses ».

Elle n'avait pas besoin de sa protection. Et, franchement, la guerre entre lui et ces autres dragons n'avait rien à voir avec elle, alors pourquoi on en aurait après elle ?

La réponse qui s'imposait ? Personne ne la pourchassait. De toute évidence, Bastian exagérait, se montrait trop protecteur après avoir dramatisé la situation.

Et, alléluia. Elle était de nouveau sur les rails, songeait à partir, et pas à sa nudité. Avec Bastian.

N'empêche, toute cette histoire de douche lui donnait envie de se retirer derrière sa carapace. Myst vérifia la fermeture Éclair de son sweat. Ouais, elle était toujours remontée jusqu'à son menton, couvrant l'essentiel. Elle prit une seconde pour lisser le devant de son pantalon, puis fronça les sourcils en apercevant le vernis sur ses orteils.

Myst ricana. C'était mal parti, si elle espérait passer pour une dure à cuire. Ouais, parce qu'il n'était écrit nulle part que les gros durs aimaient le vernis à ongles rose vif et les tongs à paillettes.

Tandis qu'elle avançait en faisant claquer ses sandales, Myst regarda défiler les tableaux. Ce torrent de couleurs égayait les murs blancs, confortablement installé au-dessus de l'épaisse cimaise et du plancher luisant. Même là – en un lieu qui ne servait qu'à se déplacer d'un point A à un point B –, tout semblait hors de prix. Les onglets des moulures se rencontraient avec une précision méticuleuse. Chaque lampe à halogène était alignée avec sa voisine, se fondait dans ce décor entièrement blanc, sans une éraflure en vue.

Cette homogénéité rendit Myst mal à l'aise. C'était trop parfait : pas de fissure ni de trace de poussière, aucun défaut visible… nulle part.

Comme Myst avait grandi dans un minuscule trois pièces – dans le style miteux chic –, ce genre de richesse lui était totalement étranger. Elle avait l'impression d'être une citoyenne de seconde zone qui voyageait dans un pays étranger sans passeport. Néanmoins, elle continua à avancer, chaque claquement régulier de ses tongs résonnant dans cette magnifique toile de fond.

Ce couloir n'invitait pas à se dépêcher. Il ressemblait trop au Metropolitan pour y galoper comme un cheval emballé. Elle avait le sentiment que si elle accélérait ne serait-ce qu'un peu, un type en uniforme – style gardien de musée – surgirait des boiseries pour la gronder.

Hum, et voilà que son éducation refaisait surface. Toute la politesse que sa mère lui avait inculquée était affichée pour épater la galerie et… ouais, et personne d'autre.

Ce qui était vraiment injuste. Complètement stupide, même.

Sa mère était morte depuis presque trois ans, mais Myst ne pouvait pas oublier. Toutes ces bonnes manières lui collaient à la peau comme un vieux parfum, refusant de s'estomper, lui rappelant ce terrible jour de décembre.

C'était plus que la violence, cependant, qui restait avec elle. C'étaient les petites choses – toutes les valeurs comportementales qui tenaient à cœur à sa mère lui pesaient, aussi. Non qu'il s'agisse de mauvais préceptes de vie, mais…

Sa maman lui manquait.

Son rire et sa générosité. Ses folles idées hippies et la sagesse qu'elles renfermaient toujours. Les sermons interminables, aussi : sur le respect et l'honnêteté, sur l'importance de traiter les autres comme on souhaiterait être traité.

Et, waouh. De toute évidence Bastian avait raté cette leçon.

Lorsqu'elle dépassa un gigantesque tableau d'une scène de bataille – napoléonienne, à en croire tous ces chevaux qui se cabraient et ces manteaux rouges aux boutons de cuivre –, Myst entendit enfin ce qu'elle cherchait…

Son ange. Et, oh, là là, il n'avait pas l'air content.

Pas plus que les voix d'hommes qui s'élevaient entre les pleurs, pendant les silences où le bébé s'interrompait pour reprendre son souffle.

Myst s'arrêta dans le couloir. Elle avait beau détester l'entendre pleurer, elle avait besoin d'un instant pour se calmer. Surgir comme une folle ne l'aiderait pas, n'aiderait pas le bébé… n'aiderait personne. Si elle montrait la moindre faiblesse, Bastian la mangerait vivante et elle n'obtiendrait pas ce qu'elle voulait.

Redressant les épaules, Myst afficha sa meilleure expression de « Me fais pas chier », respira un bon coup et franchit les derniers mètres pour arriver dans…

Elle se figea brusquement, les tongs collées au carrelage, les yeux rivés sur…

L'armée effrayante dans la cuisine.

Enfin, d'accord. Pas une armée, pas exactement, mais… mince. Les quatre types assis autour de l'îlot étaient gigantesques : avec un physique musclé de gros durs, et à présent ? Ils tournaient tous leur attention sur elle. Alors qu'ils plissaient leurs quatre paires d'yeux, Myst sentit les siens devenir énormes. Reculant d'un pas, elle croisa les bras, les serra contre elle, ce qui, elle le savait, trahissait sa faiblesse. Mais elle ne put pas s'en empêcher. L'agressivité qui émanait de ces types battait tous les records.

La gorge sèche, Myst déglutit.

— Ah, d-désolée, mais je cherche…

— *Bellmia.*

Le timbre grave de Bastian coula comme du miel, l'enveloppant de chaleur et d'un doux sentiment de sécurité.

Myst se laissa emporter par cette vague et, relâchant un souffle tremblant, se tourna vers sa voix, ressentant le besoin de le voir. On ne croyait que ce que l'on voyait, après tout, et malgré le désaccord qui les opposait, elle lui faisait confiance pour la protéger de la bande de motards qui la découpaient en menus morceaux des yeux.

Lorsqu'il croisa son regard il sourit, et toute la gêne que Myst croyait éprouver se retira en des lieux inconnus.

Toute cette histoire de douche n'était plus un problème. Il n'avait pas profité d'elle. Elle le savait sans avoir à le lui demander. Le besoin de Bastian de prendre soin d'elle s'étalait sous ses yeux – dans son regard, sur son visage –, et pour une raison mystérieuse ça faisait toute la différence.

S'appuyant de nouveau au plan de travail, Bastian la dévisagea encore un instant, puis descendit de son perchoir.

Malgré elle, elle souffla :

— Salut.

— Salut, dit-il, se faisant l'écho tant de ses mots que de leur signification.

C'était plus qu'un bonjour de bienséance. Ce « salut » avait quelque chose de profond, comme s'ils parlaient un langage que personne d'autre ne comprenait. Ce qui terrifia plus Myst qu'un groupe de terroristes à bout portant… et armés de lance-roquettes.

Se frottant le haut des bras, elle regarda Bastian envelopper de la main la tête du bébé, pour lui soutenir le cou alors qu'il le repositionnait. Emmitouflé dans une couverture bleue, son ange poussa un hurlement strident. Les types autour de l'îlot eurent un mouvement de recul, se redressèrent un peu sur leur siège.

N'étant pas en reste de grimace, Bastian tapota les fesses du bébé, espérant certainement apaiser le petit bonhomme.

— C'est lui que tu cherches ?

— Ouais. Et toi, aussi. On doit parler de…

S'interrompant, Myst osa jeter un coup d'œil furtif à leur auditoire, qui les observait à présent avec la plus grande attention. Comme si Bastian et elle constituaient la meilleure attraction de la ville.

— Humm…

— Prends-le, d'accord ?

Contournant l'îlot central massif, Bastian s'empressa de la rejoindre. Le nouveau-né brailla, battant de ses petits poings par-dessus le bord de la couverture, quand Bastian l'éloigna de son épaule, prêt à le lui passer.

— Il ne m'aime pas trop ce soir, dit-il.

— Il n'aime personne ce soir, marmonna l'un des quatre types.

Myst sourit. Elle ne put pas s'en empêcher. Apprendre que ces gros durs avaient du mal à s'occuper d'un petit garçon les faisait paraître normaux. Enfin, pas tout à fait, mais n'empêche que leurs grommellements étaient de la musique à ses oreilles. Tout comme les yeux injectés de sang de Bastian, quand il s'approcha assez pour qu'elle les remarque.

— Tu es resté debout avec lui toute la journée ?

— Plus ou moins, répondit-il, la voix aussi fatiguée que le visage.

Eh bien, d'accord. Elle avait peut-être pris une douche sans son consentement, mais il n'avait pas dormi de la journée. Quelque part, ça semblait, eh bien, pas exactement un échange équitable, mais ça s'en approchait vraiment, vraiment beaucoup.

— Il a mangé ?

Bastian hocha la tête.

— Il y a une heure.

Tendant les bras, elle prit le nouveau-né, et sentit son cœur bondir quand son corps chaud et léger s'installa contre elle. Il s'arrêta de pleurer au milieu d'un vagissement, comme s'il savait qui le portait et était heureux de la voir. Myst lui susurra des mots de bienvenue tout en l'examinant, pour s'assurer que ses fonctions vitales étaient bonnes et son pouls soutenu. Écarlate à la suite de sa crise de colère, il gazouilla puis cligna des yeux, les levant vers elle avec gravité comme pour dire : « Comment as-tu pu me laisser comme ça ? »

Des murmures roulèrent à travers la cuisine.

— Waouh, s'exclama un type.

— Comment a-t-elle fait ça ?

— Je n'en ai pas la moindre foutue idée, répondit une troisième voix, chaque syllabe empreinte d'admiration. Probablement toute cette énergie.

Sans leur prêter attention, Myst effleura du bout des doigts la joue du bébé. Avec un dernier reniflement, il tourna le visage vers elle et ferma les yeux alors qu'elle chuchotait :

— C'est un gentil garçon. Endors-toi, mon ange. Je suis juste là.

Avec un soupir qui ressemblait horriblement à du soulagement, Bastian regarda par-dessus l'épaule de Myst.

— Tu es douée avec les bébés.

— Je les adore.

— Tant mieux, dit-il, la voix si basse qu'elle l'entendit à peine.

Quelqu'un se racla la gorge et Bastian recula, la laissant respirer.

— Myst… tu te souviens de Rikar et de Sloan ?

Indiquant ses hommes d'un léger signe de tête, Bastian se retourna et, se postant à côté d'elle, s'appuya contre le plan de travail. Ses énormes bottes noires croisées aux chevilles, il montra du doigt le plus grand type.

— Lui c'est Venom. Et Wick, à l'autre bout.

Elle hocha la tête, parce que, franchement, qu'est-ce qu'elle aurait pu faire d'autre ? Rikar, avec ses yeux pâles et ses cheveux blond foncé, était impossible à oublier. Sloan à la peau couleur café était superbe avec un « S » majuscule. Les yeux rieurs et le sourire facile de Venom n'étaient pas en reste non plus. Myst les avait vus tous les trois dans la clinique quand elle s'était occupée de Rikar. Mais le quatrième ?

Il lui filait les jetons.

Ce n'était pas son apparence. Wick était aussi séduisant que les trois autres, mais… ses yeux. Leur lueur dorée avait quelque chose qui lui donnait envie de s'enfuir à toutes jambes. Elle avait toujours pensé que l'or était une couleur chaude. Wick lui prouvait qu'elle avait eu tort. Il avait le regard vide d'un rapace, des yeux tels des puits sans vie à la limite de la cruauté. Et son immobilité – son absence absolue de mouvement – dénonçait le prédateur.

Se rapprochant imperceptiblement de Bastian, Myst se dit qu'ils auraient dû appeler ce type « Explosif » au lieu de Wick. « Allumez-le et regardez-le exploser. 'Badaboum !' »

— Tu as faim ? Tu veux des gaufres ?

Bastian la heurta de l'épaule quand il se pencha près d'elle pour saisir une assiette blanche. De la hanche, il la poussa vers l'îlot de la cuisine.

— Assieds-toi, *bellmia*.

Où ça ? En face de Wick aux yeux de malade ? Hors de question.

— Ah, je n'ai vraiment pas très fa…

— Là. (Venom glissa de son tabouret et en tapota le dossier.) Tu peux prendre ma place, Myst. J'ai fini, de toute façon.

D'accord. Que faire… que faire ?

Fuir lui semblait une bonne idée, mais impolie, aussi. En plus, partir à présent ne lui apporterait rien de nouveau. Une vue dégagée sur le couloir quand elle avait besoin de la configuration du pays… de toutes les sorties de l'île. Un truc évident comme un X qui marque le bon emplacement, et alors qu'elle hésitait entre faire preuve de grossièreté en quittant la pièce et bien se comporter en s'asseyant, elle scruta le large passage voûté à l'autre bout de la cuisine. Une salle à manger se trouvait de l'autre côté, et sur la droite ? Une porte-fenêtre.

Myst s'installa sur le tabouret, et murmura un remerciement à Venom.

— Alors… Myst. (Debout sous la voûte, Venom appuya l'épaule contre l'un des montants en bois.) Tu es de Seattle ?

— Laisse-la tranquille, mec, marmonna Sloan la bouche pleine de gaufre, avant de lancer à Myst un regard contrit. Désolé. C'est un vrai casse-cou… euh, pieds.

Venom grimaça.

— Quoi ? Je suis juste curieux. Il n'y a pas de mal à ça.

Ayant l'impression d'être tombée dans la *Quatrième Dimension*, elle darda les yeux tour à tour sur les deux hommes.

— Je suis née à Los Angeles. Ma mère a emménagé ici quand j'avais quatre ans.

— Ooh, une fille de Californie.

Sans crier gare, Venom commença à chanter sa version de *California Gurls* de Katy Perry, claquant des doigts en rythme.

— Seigneur, dit Rikar d'un air dégoûté alors même qu'un sourire jouait presque sur ses lèvres.

Les deux mains sur les oreilles, Sloan grogna.

— Je t'en prie, mon Dieu. Fais-le arrêter.

Ce commentaire fut la goutte qui fit déborder le vase et, incapable de se retenir, elle pouffa. Aussitôt, Venom interrompit sa sérénade pour lui adresser un large sourire. Bon Dieu, ils étaient presque charmants. À part Wick, qui se contentait de la fixer du regard comme s'il était occupé à prendre ses mesures pour un plat à rôtir.

— Voilà.

Relevé d'une pointe de sirop d'érable, le souffle de Bastian s'enroula d'un côté de son cou. Sa chaleur suivit, lui enveloppant les épaules alors qu'il passait les bras autour d'elle par-derrière. Entourée de son odeur, Myst huma profondément, les yeux rivés sur l'assiette pleine de gaufres et de morceaux de fruits qu'il avait posée devant elle.

Des couverts firent leur apparition ensuite, cliquetant contre le marbre. Avec une lente précision, il les redressa près de son assiette, prolongeant son contact avec elle. Myst voulait protester, le pousser, mais… waouh. Ce type était délicieux, tout en muscles fermes et chaleur divine.

Il fredonna à son oreille, comme s'il savait le genre d'effet qu'il produisait sur elle. Le salaud.

— Mange ton petit déjeuner, ma belle.

Elle eut la bouche sèche. Elle déglutit, tenta de saliver et réprima un frisson. Bon Dieu, il était dangereux. Et elle jouait avec le feu. Elle avait beau le trouver séduisant, elle ne pouvait pas se permettre d'emprunter ce chemin : il était rempli de nids-de-poule, assez profonds pour qu'elle s'y perde si elle laissait Bastian la séduire.

Roulant l'épaule, elle lui donna un coup dans le torse. Ce message silencieux était simple… « éloigne-toi ». Loin d'être mou du cerveau, Bastian recula, lui accordant la place dont elle avait besoin pour repositionner le bébé. Après l'avoir installé, elle prit sa fourchette et s'aperçut…

Bastian avait soigneusement coupé sa gaufre en bouchées carrées. Lorsqu'il versa un filet de sirop d'érable sur son petit déjeuner, Myst se mordit la langue, pour résister à l'envie de le remercier. Mais elle le voulait tellement qu'elle en eut mal aux dents. Dans des circonstances normales, elle n'aurait pas hésité. Après tout, il la servait, prenait soin d'elle d'une façon qui semblait trop belle pour être vraie. Tout ce numéro à la Docteur Bonheur, néanmoins, était un problème. Un nid-de-poule potentiel en formation.

Les petites attentions comptaient, et un truc insignifiant comme, oh, disons, la reconnaissance – nid-de-poule numéro un – allait se transformer en confiance – nid-de-poule numéro deux. La confiance allait inévitablement tourner en rapprochement, puis tomber brusquement dans la curiosité – nids-de-poule numéros trois et quatre. Et Myst ne voulait pas éprouver de la curiosité pour Bastian. Ça ne mènerait qu'à plus de nudité. Ce qui…

Ouais, inutile d'aller de ce côté. Les parties de jambes en l'air torrides et débridées devaient rester hors de ses pensées.

Une lueur entendue dans les yeux, Bastian poussa légèrement son assiette.

— Mange, *bellmia*.

Hochant la tête, Myst piqua une bouchée carrée. L'extérieur craqua avant que sa fourchette pénètre dans le cœur aérien. Quand elle la porta à sa bouche, elle gémit presque. « Miam. » C'était le paradis absolu, exquis, fondant sur la langue. Au deuxième morceau de perfection sucrée, elle ferma les yeux. Oh là là, oh là là, qui aurait cru qu'une gaufre pouvait être si délectable ? Daimler était un magicien… le dieu des délices culinaires.

— Alors, Bastian… (Remuant sur son siège, Rikar détourna les yeux quand elle prit une autre bouchée.) Il est l'heure de voter ?

— Il semblerait, répondit Bastian, la voix de plus en plus grave tandis qu'il la regardait manger. À toi, Rikar.

— Attendez un instant.

Une goutte de sirop d'érable coula et Myst la lécha sur sa lèvre inférieure. Alors que Bastian inspirait profondément, elle demanda :

— Vous votez pour quoi ?

— Le nourrisson doit être baptisé.

Les yeux rivés sur sa bouche, Bastian la regarda mâcher une seconde avant d'arracher son regard pour le plonger dans le sien.

— Je me suis dit que tu aimerais peut-être nous aider à trouver le bon nom pour lui.

— Sérieux ?

Bastian hocha la tête.

Un morceau de gaufre à moitié mangé dans la bouche, toute confuse de la générosité de Bastian, Myst sentit ses yeux s'embrumer. Le choix d'un nom constituait une affaire grave, la première d'une longue série de décisions importantes qui garantiraient le bien-être de son ange. Un nom était une preuve d'amour, de dévouement et d'engagement durable.

Et, waouh. Quelle cruche elle était.

N'empêche, quand elle baissa les yeux sur le nourrisson endormi, elle ne put nier ces sentiments… ni à quel point le geste de Bastian la touchait. En l'incluant dans cette décision, Bastian lui faisait un don. Et elle ignorait comment le lui rendre sinon en…

Oh, génial. Un truc insignifiant… le premier nid-de-poule dans ce qui, elle le soupçonnait, allait se transformer en une longue litanie.

— Merci.

Il esquissa un sourire.

— Avec plaisir.

— Humm… bon. (Ses yeux pâles plissés, Rikar se frotta les mains.) Attila.

Le souffle coupé, Myst lui jeta un regard indigné.

Rikar se tourna vers elle avec d'innocents yeux de biche.

— Quoi ? C'est un chouette nom.

— Pour un boucher, peut-être, répliqua-t-elle, ayant du mal à croire qu'il ait pu suggérer un truc pareil.

Attila le Hun ? Oublie ça. Hors de question qu'elle les laisse donner un nom pareil à son ange.

— Elle n'a pas tort, mon pote.

Quand Myst le remercia, Venom lui adressa un large sourire, puis posa son choix sur la table.

— Je vote pour Torture… comme ça on pourra le surnommer Torch.

Myst le dévisagea, bouche bée. Il ne pouvait pas être sérieux. Quel genre de nom c'était, Torch ? Un mauvais, voilà ce que c'était.

— Non, trop évident. Et Ironhide ?

Rikar ricana.

— Tu ne peux pas l'affubler du nom d'un robot, Sloan.

— Pourquoi pas ? (Les sourcils froncés, Sloan regarda son ami.) *Transformers* est un film génial.

Myst se hérissa.

— Hors de question que je vote pour…

— Viper, suggéra Wick dans un grondement à peine audible qui donna la chair de poule à Myst.

— J'aime bien, dit Rikar. Bien trouvé, mec. C'est assurément un gagnant.

Plutôt mourir. Ce qui résumait parfaitement l'opinion qu'elle avait de leurs suggestions, tandis que des noms comme Blitz et Poison fusaient. Bon Dieu, ils avaient perdu la tête ? Comment pouvait-on imaginer appeler un adorable bébé Sinister. « Sinister », pour l'amour du ciel !

— Mayhem, proposa Bastian, jetant enfin son choix sur la table.

Myst le dévisagea. Ça signifiait « destruction » !

— Tu n'es pas sérieux.

— Hé, c'est pas mal, aussi. (Venom se gratta le dessus du crâne.) Je n'arrive pas à me décider… Viper ou Mayhem. Alors, lequel ?

— Aucun. Aucun !

Elle les foudroya tous du regard.

— Eh bien, si tu dois démolir toutes nos idées, femme, dit Sloan, l'air vexé, fais une proposition.

Se mordillant l'intérieur de la lèvre inférieure, Myst réfléchit à toute vitesse. Elle devait trouver quelque chose… tout de suite. Sinon, cette grande horde de barbares choisirait l'un de ces noms épouvantables et…

Elle le tenait. Il était parfait.

— Gregor.

Cinq paires d'yeux se plissèrent alors qu'ils retournaient son choix dans leur tête.

— C'est écossais… un nom puissant, expliqua-t-elle, le débit rapide pour les convaincre. C'était celui de mon grand-père.

Sa voix s'adoucit tandis qu'elle se rappelait l'homme gentil qui avait aidé à l'élever. Comme elle n'avait jamais connu son père, Papi Greg avait constitué son point d'ancrage, un modèle solide dans son éducation peu conventionnelle.

— Il a combattu à la guerre. J'ai fait encadrer toutes ses médailles. Elles sont accrochées au mur de mon appartement.

D'accord, c'était un peu plus personnel qu'elle ne l'avait prévu, mais… vraiment. Son ange méritait un autre nom que Viper ! Et si leur parler un peu de Papi Greg – le héros de guerre – pouvait contribuer à les convaincre ? Eh bien, ce n'était pas sa fierté qui l'empêcherait de recourir à des moyens douteux.

Mais, alors que le silence s'étirait et que les amis de Bastian continuaient à la dévisager, Myst se demanda si elle avait commis une erreur. Elle ne connaissait pas ces types ni ce dont ils étaient capables… même si le mot « impitoyable » lui venait à l'esprit. Peut-être que partager avec eux son histoire familiale ou quoi que ce soit d'autre était une mauvaise idée. Peut-être qu'elle aurait dû écouter son système d'alarme plus tôt – celui qui faisait « ding-dang-dong » dans sa tête –, et fuir vers la sortie la plus proche. Parce que, aussi sûr qu'elle était assise là, ils n'avaient pas l'air heureux de sa suggestion.

Chapitre 17

En matière de stratégies, Myst incarnait l'ingéniosité à l'œuvre. Magnifique, pourtant, oh, si simple que ça donnait l'impression d'un truc du genre… « si au début vous ne réussissez pas, faites culpabiliser votre adversaire jusqu'à ce qu'il se dégonfle ». Ajoutez-y un zest d'espoir féminin. Saupoudrez de désarroi écrasant. Remuez le tout avec des yeux violets implorants et… voilà. Bastian et ses guerriers détenaient la recette du désastre.

Un cocktail nommé « mignonne supplication » et surmonté d'une cerise.

— Alors…

Bastian jeta un coup d'œil autour de l'îlot et réprima une envie de rire. Pour la toute première fois, ses guerriers étaient sans voix, incapables de dire « non » à la femme qui soutenait leurs regards. C'était le karma… qui prenait sa revanche avec un punch à s'écraser les articulations des doigts.

— Gregor, hein ?

— C'est un très beau nom…

Elle s'interrompit pour s'affairer autour de la couverture du bébé, puis elle le regarda droit dans les yeux. Et, « vlan ! », il subit de plein fouet l'effet de ces jolis yeux bleus. La seconde partie du plan de Myst venait juste d'entrer en action. Quelle femme intelligente. Les lèvres de Bastian tremblèrent alors même qu'il résistait à l'envie de s'occuper de ce qui se passait derrière sa braguette.

— Ça lui va bien, tu ne trouves pas ? poursuivit-elle.

— C'est un nom humain, dit-il alors qu'elle inclinait la tête, ne le lâchant pas du regard.

Bastian remua sur son siège, de plus en plus mal à l'aise à chaque seconde qui s'écoulait. Bon Dieu, quelle femme. Elle savait exactement comment faire de lui ce qu'elle voulait. Néanmoins, il refusait de céder sans se battre. D'accord, il exaucerait son souhait à la fin – promis –, mais ça ne signifiait pas qu'il devait se comporter comme une mauviette.

— Et il n'est pas…

— Caroline était humaine et il l'est aussi. Au moins à moitié, non ? Je sais qu'il a été engendré par…

Elle malmena sa lèvre inférieure de ses dents blanches et régulières, manquant de le rendre fou. Mince, il adorait sa bouche.

— Je veux dire, c'est pour ça qu'il est ici… parce qu'il est l'un des vôtres ? Mais, il est humain, aussi, et je sais que mon amie elle-même approuverait mon choix.

Eh bien, alors très bien. Le moment des coups bas était venu. Elle se montrait vache, jetant son atout sur la table, celui intitulé « mère et amie ». Autrement dit, c'était parti. Parce que, franchement, on pouvait jouer à ce jeu-là à deux.

Cependant, il devrait improviser et croiser les doigts pour la suite. Son cerveau ne fonctionnait pas bien. La raison ? Une bonne partie de son sang ne se trouvait plus dans sa tête. Bon Dieu, plus de la moitié était descendu dans le sud sur le train du désir depuis environ cinq minutes.

Les bras croisés sur le plan de travail, Bastian inspira profondément, pour recouvrer son attitude calme et distante. Ouais, ça et une baignoire d'eau froide. Il lança un coup d'œil à Rikar. D'accord. Pas d'aide à attendre à ce niveau. Son meilleur ami s'efforçait de ne pas éclater de rire. Ce tordu avait un sens de l'humour vraiment stupide.

Bastian regarda la pendule murale encadrée d'acier de l'autre côté de la cuisine. Encore un peu plus de trente-six heures. Si peu de temps pour amener Myst à le désirer… à l'accepter.

Sloan s'éclaircit la voix, voulant certainement qu'il embraye.

Gardant toujours l'ouverture voûtée, Venom bougea derrière lui, le frottement de ses bottes contre la pierre retentissant dans le silence.

— Bastian, peut-être qu'on pourrait…

— Je vais te proposer un marché, Myst, dit-il, empêchant son guerrier de capituler.

Ça lui était égal que Venom ait du mal à refuser quoi que ce soit à une femme. Ce grand gars devrait patienter… et se perforer la langue tant qu'il y était. Bastian ne comptait pas renoncer à son avantage.

— J'accepterai de l'appeler Gregor si tu me donnes quelque chose en échange.

Il vit la suspicion briller dans ses yeux.

— Quoi ?

— Son nom entier… celui qui sera inscrit dans les annales… sera Gregor Mayhem et…

Une vague de murmures approbateurs – et soulagés – s'éleva dans la cuisine.

— Et ?

— Et si tu me donnes ta parole que tu vas rester ici et passer toutes les heures de veille des trois prochains jours… (il s'interrompit à dessein, pour qu'elle perçoive le poids de sa résolution) avec moi. Pas de tentatives d'évasion.

Elle resta bouche bée. Au bout d'une seconde, elle la referma.

— C'est injuste. Je lui ai sauvé la vie. Je devrais…

— Tu veux ce nom ? C'est le marché que je te propose, mais attention, *bellmia*. Réfléchis bien. Une fois que tu m'auras donné ta parole… (les sourcils froncés, il la mit en garde du regard) tu devras t'y tenir.

Coincée entre son propre souhait et les conditions de Bastian, Myst détourna les yeux pour les baisser sur le nourrisson. Feignant de s'occuper de lui, cherchant à gagner du temps, elle réajusta la couverture puis, comme incapable de s'en empêcher, caressa la crête iroquoise qui courait au milieu de la tête du bébé.

Les secondes se succédèrent alors que Bastian retenait son souffle. La forcer allait à l'encontre de tout ce en quoi il croyait, mais il avait besoin de la garder près de lui sans avoir à se battre pour ça. C'était impératif… vital pour lui comme l'eau et la nourriture l'étaient pour préserver la santé. Il la désirait d'une façon qui dépassait tous les principes de vie qu'il s'était imposés. Il ne pouvait pas plus la quitter qu'il ne pouvait cesser de respirer.

Les termes du marché, cependant… étaient-ce vraiment les meilleurs ? Bastian savait que si elle donnait sa parole, Myst la respecterait. Même si elle ne le voulait pas.

Après s'être mordillé la lèvre inférieure pendant une minute, elle croisa ses yeux. Un moment qui se transforma en une éternité tandis qu'il la regardait… et qu'elle lui rendait son regard.

— Trois jours.

La voix de Myst n'était qu'un murmure ; derrière ses yeux, son cerveau très performant évaluait la situation, disséquait chaque élément, à la recherche d'une entourloupe. Du piège dans lequel il voulait l'enfermer. Bastian se sentit presque coupable de savoir qu'elle ne le découvrirait jamais. Pas avant qu'il soit trop tard.

— Après ça, on sera quitte ?

Bastian acquiesça, l'observa pendant qu'elle réfléchissait, sa victoire ayant un goût amer.

— D'accord, mais… (l'air mécontent mais résigné, elle lui jeta son propre défi) fais attention à ce que tu souhaites, Bastian. Tu pourrais ne pas aimer ce que tu obtiendras.

— Impossible, murmura-t-il, laissant tout ce qu'il éprouvait pour elle transparaître dans ses yeux : la chaleur, le désir et la vulnérabilité qu'il dissimulait toujours aux regards.

Quand ses joues s'empourprèrent et qu'elle détourna les yeux, Bastian réprima l'envie de rugir de satisfaction. Il avait gagné. Les trois prochains jours lui appartenaient. Et qu'elle le sache ou non, Myst était désormais sienne à tout jamais.

Avec des mouvements prudents et précis, Ivar saisit l'une des nombreuses poignées en inox qui s'alignaient et tira la porte du réfrigérateur. Celle-ci résista une seconde, s'accrochant au cadre métallique, avant de s'ouvrir avec un « slurp » de succion. Les mains fermes, le cœur battant la chamade, il glissa le support de tubes à essais sur l'étagère du haut. Sept éprouvettes tremblèrent, et tintèrent quand les rebords de verre s'entrechoquèrent. La main toujours serrée sur la poignée, il retint son souffle, attendant que leur contenu volatil se stabilise.

Ce qui était plus que ridicule.

La combinaison Hazmat qu'il portait était hermétique. Une bête impénétrable constituée de plusieurs couches protectrices. Pourquoi il se donnait même la peine de la revêtir représentait un mystère qui lui restait à résoudre. Les dragons ne réagissaient pas comme les humains aux polluants. Ou aux virus.

Mieux valait prévenir que guérir, cependant. Il ne pouvait pas se permettre d'être contaminé, et pas que pour les raisons évidentes : ces microbes étaient de vrais monstres. Qu'il n'était pas certain à cent pour cent de pouvoir contrôler.

Ivar sourit derrière son masque alors qu'il laissait la porte du frigo se refermer. Oubliée la nécessité. L'expérimentation.

L'innovation. Ouais, ces deux-là étaient bien les vraies mères de l'invention.

Bientôt, cependant, son projet scientifique devrait être expérimenté, et les résultats analysés. Enfermer une poignée de ses abeilles ouvrières dans la chambre forte – une pièce blindée hermétique reliée à son labo – et accorder une sortie à un ou deux de ses monstres.

Fredonnant *Born to Be Bad*, Ivar traversa son espace de travail entièrement blanc. Immaculée, cette pièce lui plaisait plus que n'importe quelle autre dans le repaire des Razorback. C'était son sanctuaire, son lieu de solitude. Un endroit où nul autre n'osait entrer.

Et ouais… le facteur peur le bottait vraiment beaucoup. Ses guerriers ne comprenaient pas sa science, ce qui constituait la meilleure partie de toute l'opération. Il pouvait faire ce qu'il voulait, là : aucune restriction, aucune question.

Le sas siffla, les deux panneaux vitrés s'ouvrant à l'approche d'Ivar. Son cœur se gonfla de fierté alors qu'il entrait dans la chambre de décontamination. Ses petites abeilles ouvrières avaient accompli un boulot sublime. Son laboratoire était la perfection incarnée, des joujoux high-tech et plans de travail en inox aux murs lisses et brillants. Un truc, néanmoins, le contrariait.

Le sas.

Certes, il avait été livré en parfait état… mais uniquement en petit format.

Mesurant un peu plus d'un mètre carré, la chambre de décontamination le contenait à peine. Était trop étroite même pour son confort personnel peu exigeant. Seigneur, ce truc ressemblait plus à une boîte qu'à ce que c'était… une étape nécessaire entre le labo et le repaire. Dieu merci, il ne souffrait pas de claustrophobie. Sinon, entrer et sortir de son sanctuaire serait l'EN-FER. Et il avait assez de pain sur la planche sans y ajouter ça.

Laissant le silence apaisant derrière lui, il se tint au centre de la pièce. Lorsque la porte se verrouilla dans son dos, les ventilateurs s'activèrent. Les violentes rafales d'air tirèrent sur sa combinaison pendant qu'il attendait que le système sophistiqué l'autorise à partir. La lumière passa du rouge au vert au-dessus de la seconde porte. Un instant plus tard, elle se déverrouilla dans un petit bruit sec et le panneau vitré en face de lui s'ouvrit.

L'air frais s'engouffra. Putain, alléluia ! L'air confiné dans le sas l'incommodait toujours. Ça sentait trop la mort. Ou plutôt, l'absence de vie.

Inspirant profondément, Ivar fit disparaître par la pensée la combinaison de son corps. Nu dans un vestibule central qui ressemblait beaucoup à son labo – sans tous les longs plans de travail –, il fit rouler ses épaules, puis entreprit d'étirer ses muscles, un long membre à la fois.

Les nœuds qui lui enserraient la colonne vertébrale se détendirent alors qu'il faisait apparaître ses vêtements. Le jogging ample et le tee-shirt trop grand lui parurent divins, l'équivalent en coton du paradis après un après-midi passé dans la chaleur confinée de la combinaison.

Lorsque ses tennis prirent place à ses pieds, Ivar les mit au travail et traversa le vestibule. Sans ralentir, il fonça dans la porte à deux battants. Les ventouses s'écartèrent dans un petit grincement, le rejetant dans le couloir à moitié fini.

Ivar s'arrêta pour inspecter les gonds. Il plissa les yeux. Les fixations avaient été mal installées et à présent les chevilles métalliques étaient tordues. Qui avait bien pu… ?

Il sentit un frisson lui dégringoler dans le dos. Ah, bien. Les gonds foutus devraient attendre. Son bras droit avait du nouveau pour lui.

Tournant sur la droite, Ivar se dirigea vers la partie en travaux de sa demeure. Tandis qu'il marchait, le vrombissement des machines et le cliquetis du métal résonnèrent dans les profondeurs. Des voix d'hommes complétaient la symphonie, lui apprenant que les humains travaillaient dur pour creuser le dernier niveau du repaire.

Le désespoir imprégnait l'air autour d'eux. Ivar en reniflait la puanteur à travers les murs de béton. Percevait le chagrin des humains, l'affreux mal du pays qui les habitait. Tous étaient unis autour du même but : construire son repaire aussi vite que possible pour rejoindre leur famille. Chacun voulait recommencer sa vie et sentir le soleil sur son visage. C'était triste, vraiment. Ces créatures pitoyables croyaient sincèrement les mensonges qu'il leur disait. Ses abeilles affairées ne se doutaient pas le moins du monde qu'elles ne verraient jamais plus la lumière du jour.

Il se sentit presque mal pour ça. Presque, mais pas tout à fait.

Lorsqu'il quitta le couloir et entra dans son bureau, Ivar fut frappé par la vue de son bras droit. Appuyé contre le mur opposé, Lothair était illuminé comme un arbre de Noël, le regard flamboyant après s'être rassasié.

Le petit chanceux.

Ivar fit rouler sa mauvaise épaule, pour en chasser une crampe, tout en traversant le bureau. Encore au stade des murs nus, la pièce ne ressemblait à rien, les cloisons inachevées et le sol de béton colorant tout d'une teinte grise. Enfin, tout sauf son bureau. Le meuble de noyer ancien était une vraie beauté, avec des pieds massifs sculptés à la main et des fioritures élaborées sur le panneau de devant. Le fauteuil assorti n'était pas trop mal, non plus.

Contournant le coin de cette monstruosité, Ivar arqua un sourcil.

— La chasse a été bonne la nuit dernière ?

— Une étudiante.

Lothair s'écarta du mur en fredonnant, comme s'il se rappelait la femme et adorait cette vision.

— Une bouche incroyable. Et une chevauchée encore meilleure.

— Tu me files son adresse ?

— Non.

Ivar rit. Merde, il ne pouvait pas blâmer Lothair. Il n'aimait pas partager, non plus. Mais cela dit, les femmes auprès desquelles il s'alimentait finissaient en général mortes. Comme cette petite brune de la nuit dernière. Quel gâchis. Elle n'en valait pas la peine. Il avait déjà faim… moins de douze heures après l'avoir prise.

Les sourcils froncés, il tira son fauteuil et s'assit. Alors qu'il s'installait dans les coussins, il leva le menton du côté de Lothair.

— Quoi de neuf ?

— Forge arrive.

— Tu lui as bandé les yeux ?

— Ouais. Je l'ai fait tourner en rond pendant une heure, aussi. Impossible qu'il remonte jusqu'ici.

— Bien.

Ce qui était vrai. Il ne voulait pas que quiconque puisse trouver leur repaire à moins d'embrasser totalement leur cause. Forge y compris. Tout en scrutant son bras droit, Ivar ramassa un coupe-papier en ivoire poli, et en fit glisser la surface lisse sur sa paume avant de l'envoyer en l'air. Il le regarda tournoyer sur lui-même, puis tendit la main et saisit la poignée en plein vol.

— Alors… tu restes dans le coin pour assister à l'explosion ?

Il vit un sourire danser sur le visage de Lothair.

— Je me suis dit que le spectacle pourrait me plaire.

— Tu ne vas pas être déçu, affirma-t-il.

Il ne chercha pas à dissimuler son impatience. Pas plus que le fait qu'il aimait que Lothair ait envie de se joindre à eux. Son cadet le remplissait de fierté. Vraiment.

Un bruit retentit dans le couloir, des pas lourds se rapprochant à chaque seconde.

Ivar adressa un large sourire à son bras droit, puis composa son expression. Forge n'avait pas besoin de voir qu'il jubilait ; qu'il adorait qu'un retournement de situation inattendu lui ait fourni l'argument précis dont il avait besoin pour rallier ce puissant mâle à sa cause.

— Ivar ?

La basse profonde leur parvint de l'autre côté de la porte.

— Ici.

Avec force, la porte s'ouvrit brusquement, heurta le mur et… resta là, la poignée enfoncée dans le placo. Les dégâts le laissèrent indifférent. Il était plus intéressé par l'homme qui franchissait le seuil. Ses yeux améthyste flamboyant, Forge baissa la tête sous l'encadrement de la porte, puis s'arrêta net, juste à l'intérieur de la pièce. Il faisait toujours ça… entrait, mais refusait de partager le même espace qu'Ivar.

Cette indécision mit Ivar en rogne. Cette distance était comme une manifestation physique des dispositions mentales de Forge – de son incapacité à embrasser la cause des Razorback.

Toujours direct et droit au but, l'homme dit :

— C'est quoi, ce bordel ?

— J'ai du nouveau.

Soutenant le regard du guerrier, il se leva et se plaça à l'avant de son bureau. Le visage d'une gravité appropriée, il s'assit sur le bord du meuble et croisa les bras.

— Je voulais te l'annoncer moi-même.

Forge releva le menton, lui demandant sans prononcer un mot d'accoucher.

Alors, Ivar s'exécuta. Passa aux choses sérieuses et expliqua exactement ce qui était arrivé à sa femelle. Il n'omit rien, pas plus les odeurs que les sons ; relata la mort brutale de la femme dans les moindres détails. Mais le plus important n'était pas le tableau qu'il dressait mais ses causes. Et tandis qu'Ivar parlait, il dénonça un coupable sans ambages, mit Bastian sur la sellette.

— Non.

Forge secoua la tête. Les jambes chancelantes, il recula et, quand il heurta le mur des épaules, chercha frénétiquement son téléphone portable. Celui qu'il avait acheté pour rester en contact avec la femme.

— Je viens juste de la voir… on a partagé un repas…

— Je suis désolé, dit-il, étonné de sa sincérité.

La souffrance dans les yeux de Forge était trop réelle pour ne pas y être sensible. Seigneur, cet homme avait vraiment aimé Caroline Machin Chose.

— Mais on va retrouver ton fils, poursuivit-il. Lothair et moi avons déjà commencé les recherches… On va traquer les Nightfury et trouver…

Forge explosa comme une bombe, son rugissement d'atroce souffrance ne ressemblant à rien de ce qu'Ivar avait jamais entendu. Tandis que l'homme perdait la tête, la magie fusa et les meubles volèrent, tournoyèrent à travers la pièce comme si une tornade venait de la toucher.

Tant pis pour l'ameublement assorti d'Ivar. Son bureau était déjà brisé en deux, et le fauteuil ? Rien qu'un tas de petit bois. Non que ce soit important. Forge pouvait mettre la pièce sens dessus dessous pour ce que ça lui faisait, parce qu'après des mois de travail, Ivar avait cet homme exactement là où il le voulait.

Fou de chagrin, assoiffé de vengeance, Forge ferait ce dont Ivar n'avait jamais été capable… traquer Bastian et le faire souffrir avant de le tuer.

Ivar sourit alors qu'il se réfugiait avec Lothair dans le couloir.

Hip hip hip, hourra. Que le jeu commence.

Chapitre 18

Son radar sur le qui-vive, Bastian entra dans le *Gridiron* avec Wick sur les talons. La musique rugissait, les vibrations de *heavy metal* roulant à plein volume alors qu'il s'arrêtait au bord de la foule et scrutait l'intérieur de la boîte de nuit. De style gothique, tout y était noir et réfléchi par des touches en inox. Non qu'il s'en soucie. Il n'avait pas volé jusqu'au centre-ville pour suivre une leçon en décoration d'intérieur.

L'ennemi était là. Ou l'avait été. Il pouvait le sentir. Des traces de soufre lui parvenaient à travers l'odeur âcre de l'alcool et… euh. Bastian renifla encore. Un parfum classe, très chic : une huile de luxe dont certains dragons aimaient se frotter les écailles.

Bastian réprima un ricanement. Ces sacrées mauviettes et leurs horribles soins corporels. Terriblement vaniteux, eux tous.

Non qu'il se plaigne. Cette piste olfactive lui facilitait la tâche. Les traquer s'apparentait à rattraper un volant de badminton dans une partie de tennis. Néanmoins, il lui arrivait parfois d'espérer que ces imbéciles finiraient par avoir un peu d'imagination et tenteraient un truc nouveau. La scène de boîte de nuit, c'était du réchauffé. Et prévisible, c'était juste ça… prévisible. La rue principale de Seattle constituait un terrain de chasse de premier choix. Un environnement où il était aisé de se fondre dans la masse, de trouver des femmes dotées de la meilleure énergie.

Ce qui le mit en rogne.

Il détestait l'âme du centre-ville et la douceur sirupeuse des boîtes. Tous ces parfums féminins qui se répandaient dans une cuve de sueur humaine et d'alcool rance. Sans parler de la foule. Mince, c'était juste le pire, même si personne ne s'approchait jamais de lui. Les gens se bousculaient toujours pour s'écarter de son chemin.

Cette nuit-là il n'en alla pas autrement.

Dès qu'ils l'aperçurent, les humains se dispersèrent sur la droite et la gauche, lui ouvrant une voie assez large pour laisser passer un tank. Il ne s'en plaignait pas. Qu'on le touche et il exploserait comme une bombe.

Il n'avait pas envie d'être là dans cette crasse sordide. Dans tout ce frotti-frotta. De voir tout le sexe qui se déroulait dans les coins sombres. Ni de regarder les humains se verser du poison dans la gorge et s'injecter des déchets toxiques dans les veines.

Il avait envie d'être chez lui. Avec sa femelle.

Bastian grogna, dégoûté de lui-même. L'attraction qu'exerçait Myst sur lui était de la démence puissance mille. Mais cette tension – ce désir irrésistible – l'incitait à se la représenter sous lui. Elle serait incroyable, magique avec toute cette peau douce glissant contre la sienne et… merde. Il n'arrêtait pas de s'imaginer avec elle : enlacés, entortillés dans des draps de soie, sa tête sur son épaule pendant qu'ils s'aimaient et parlaient et…

Il devait se ressaisir. Sérieusement, avant qu'il perde complètement le contrôle de la situation. Et de ses fantasmes.

Ouais, sur le papier cet argument marchait bien. Dans le monde réel ? Pas tant que ça. La puissance de son attirance pour Myst était impossible à ignorer. Son emprise était trop forte. Alors il était coincé… écrasé entre ce qu'il convenait de faire et ce qu'il voulait.

Si ce n'était pas amusant ? Mouais, une pleine cargaison de rires.

Et la raison même pour laquelle il n'était pas à Black Diamond cette nuit-là.

Il avait besoin d'espace. Et, elle aussi. La brusquer ne rendrait service à aucun d'eux. Et d'autant plus qu'il refusait de la laisser partir.

Pas pour les raisons qu'il lui avait données – même si celles-ci étaient vraiment impérieuses. Non, c'était bien pire qu'Ivar et la menace des Razorback. Bastian ne pouvait pas accepter qu'elle retourne dans le monde humain parce qu'il en était littéralement incapable... comme s'il avait un handicap ou un truc du genre. Une touche « arrêt » sur laquelle on appuyait chaque fois qu'il songeait à se défiler.

Ce qui signifiait une chose. Il s'était uni à elle. Était si farouchement accro que son côté dragon s'en mêlait, érigeait des remparts pour défendre son territoire.

Mince. Était-ce même normal ?

Il l'ignorait. L'union s'était produite si vite. Il avait rencontré Myst, quoi... un jour plus tôt ? Et pourtant il avait conscience qu'elle lui appartenait et, il avait beau détester l'admettre, Bastian savait qu'il était à elle, aussi.

Ça craignait grave.

Ce qu'il vivait avec Myst était destiné à n'être que du temporaire. Il ne l'ignorait pas. La biologie le confirmait. Myst ne survivrait jamais à la naissance de son fils. Et qu'elle tombe enceinte était inévitable. Même s'il la renvoyait chez elle – bon Dieu, à l'autre bout du monde –, il ne pourrait pas s'empêcher de la rejoindre quand le Méridien s'alignerait de nouveau. Pas maintenant qu'il l'avait goûtée. Son impératif biologique le pousserait à la retrouver pour la faire sienne.

Tous les dragons perdaient un peu la tête lorsque le champ énergétique se modifiait et que le Méridien s'élevait. Bastian et ses guerriers n'y échappaient pas. Deux fois par an, aux alignements de l'automne et du printemps, Daimler les enfermait dans la crypte au niveau en dessous des installations souterraines du repaire. C'étaient douze heures d'un enfer à vous briser les couilles et à grincer des dents. Non qu'aucun d'eux se soit jamais plaint. C'était mieux que l'autre option – ou ç'avait été le cas jusqu'à ce qu'il prenne la décision de trouver une femelle pour être le premier à engendrer un enfant.

Un super plan. Jusqu'à ce qu'il rencontre Myst.

À présent il était complètement chamboulé… ne savait plus que penser de son choix et de ce qu'il impliquait pour sa femelle.

Le poing serré, Bastian roula des épaules alors qu'il se frayait un passage à travers la boîte, s'efforçant de ne pas se préoccuper de ce qu'apporteraient les trois prochains jours. Mais c'était dur. Cette souffrance refusait de partir. Un poids s'installant comme un camion à benne sur sa poitrine, Bastian s'obligea à continuer à marcher tandis qu'il scrutait la foule, à la recherche des Razorback. Et d'un combat. Il avait besoin d'une bagarre bien musclée, avec force coups de griffe, sanglante.

Bastian gronda, tout bas. Où étaient-ils ? Tapis dans des coins sombres ? Il en sentait au moins deux, mais ne pouvait pas les voir. Ne parvenait pas à déterminer où ils se trouvaient au milieu de l'épaisse chaleur et de la puanteur du *Gridiron*. Bon Dieu, si seulement ils avaient été plus de deux. Un bataillon complet de guerriers ennemis, voilà ce que prescrivait le médecin pour la nuit.

Grimpant les marches de la section VIP, il se concentra sur le couloir de derrière. Long et étroit, il passait devant les toilettes pour rejoindre la sortie de secours et la ruelle de l'autre côté.

Ses rangers cloués au sol, Bastian fixa du regard la porte en acier renforcé et tâta le terrain avec des vagues d'énergie. Déployer sa magie répondait à deux objectifs. D'une part, elle signalait sa position, une sorte de balise effrontée que l'ennemi entendrait et suivrait. Et d'autre part, l'ultrason magique rebondirait sur tous les Razorback du coin pour lui renvoyer cette information. En l'espace de quelques secondes, il connaîtrait leurs forces et leurs faiblesses. Probablement leur pointure, aussi.

Chassant d'une commande mentale un couple enlacé dans un box, Bastian se glissa sur un siège. Arborant une expression farouche, Wick saisit une chaise et la retourna pour la chevaucher. Parcourant la piste de danse de ses yeux dorés, il croisa les bras sur le dossier.

— *Ils sont ici*, dit Wick à travers la communication mentale.

— *Je sais.*

L'ultrason revint, apportant une impression à Bastian. Deux mâles. Un jeune, l'autre beaucoup plus âgé. Bien. Deux idiots inexpérimentés n'auraient pas représenté un grand défi.

— *J'en ai deux qui se rapprochent rapidement.*

— *Instructions ?*

— *Surveille le plus grand. Il joue de l'Acide.*

Bastian esquissa un sourire. Pas mal. L'Acide constituait une arme intéressante. Du napalm naturel mélangé à du venin, la toxine glissait sous les écailles. Ce produit hautement inflammable devenait mortel associé au feu. Et, devinez quoi ?

— *Le second souffle du feu*, termina-t-il.

Une lueur dure dans les yeux, Wick hocha la tête.

Une serveuse s'arrêta devant leur table, portant un plateau et pas grand-chose d'autre. Mettant sa hanche en avant, elle embrassa Bastian du regard. Il endura son inspection, se disant qu'elle était loin d'être aussi jolie que Myst.

Seigneur. Qu'est-ce qui clochait chez lui ?

Jamais il n'aurait dû penser à sa femelle en cet instant. Ce genre de petites échappées mentales nuisait à la concentration d'un homme et causait sa mort.

Comprenant qu'il n'était pas intéressé, la serveuse jeta un coup d'œil à Wick. Elle tressaillit et s'écarta sur le côté, la peur surgissant dans son odeur alors qu'elle reposait précipitamment son regard sur Bastian. Rien d'étonnant, là. Wick avait beau être un type séduisant, à moins qu'il fasse un effort en ce sens, les femmes s'enfuyaient terrifiées.

Tenant son plateau devant elle comme un bouclier, elle demanda :

— Qu'est-ce que je peux vous servir ?

— Un Johnnie Walker, Blue. Sec. (Il leva le pouce dans la direction de Wick.) Une bière pour mon ami.

Wick arqua un sourcil, manifestement interloqué. Bastian ne lui prêta pas attention. Les ennemis en avaient encore pour quelques minutes. Il voulait se fondre dans la masse, et deux types vêtus de cuir noir assis dans la section VIP sans rien consommer ne valaient rien question camouflage.

Plongeant la main dans sa poche, Bastian en sortit une liasse de billets. Il compta trois billets de cent et les posa sur la table.

— Veillez à remplir nos verres. Compris ?

— Je suis à vous toute la nuit.

Hmm, hmm. Bastian le savait avant qu'elle le dise. S'il le voulait, il pourrait lui relever la jupe ici même et la prendre sur la table. Marrant, un jour plus tôt ça aurait pu l'amuser... l'intéresser, même. Plus maintenant, néanmoins. Il ne désirait qu'une seule femme, et elle était chez lui. Assise dans sa cuisine à manger des gaufres.

Bon Dieu, il était complètement foutu.

Balançant les hanches dans sa jupe quasi inexistante, la serveuse revint du bar et posa leurs boissons. Celle de Bastian devant lui, celle de Wick sur le bord de la table. Assez près pour que l'homme puisse l'attraper, assez loin pour que la fille reste hors de sa portée. Non que Wick s'en préoccupe. Le guerrier ne touchait jamais à l'alcool. C'était contre ses principes ou un truc du genre.

Bastian sentit un frisson lui effleurer la nuque.

— *Que la fête commence.*

Wick gronda et, les yeux sur la masse de corps humains, il bougea sur son siège en quête d'une sortie facile.

La multitude des danseurs s'écarta comme la mer Rouge, ouvrant un large passage. Les lumières stroboscopiques clignotèrent. Dépassant la foule de la tête et des épaules, l'autre traversa la piste. Lorsqu'il les aperçut au fond de la boîte, le Razorback esquissa un rictus. Il resta immobile un moment, les bottes clouées au milieu des danseurs, un air de défi miroitant dans les yeux.

Bastian ne mordit pas à l'hameçon. Il ne pouvait pas commencer un combat à l'intérieur de la boîte. Certes, les souvenirs pouvaient être effacés, mais les humains étaient des créatures fuyantes. L'un d'eux pourrait échapper à son filet… avec une photo ou deux prises avec son téléphone portable. Pas le genre de truc que les siens avaient envie de voir sur CNN. Les dragons devaient rester cachés, inconnus des humains. Sinon, cette espèce inférieure prendrait les armes, comme ç'avait été le cas lors de siècles passés. Et, franchement ? Des chasseurs de dragons cautionnés par le gouvernement étaient terriblement agaçants.

Comme ni lui ni Wick ne bougèrent, le Razorback tendit la main et saisit une femme. Se servant de la blonde comme d'un bouclier, le rebelle la serra tout contre lui et, lui enveloppant la nuque, posa la bouche sur sa gorge. Wick se crispa, prêt à s'élancer alors que la femme enfouissait les mains dans les cheveux de l'ennemi, rejetait la tête en arrière et abandonnait son énergie.

Bastian empoigna Wick par le bras pour l'empêcher de se lever. Ainsi le Razorback se nourrissait. La belle affaire. Il ne viderait pas la femme… pas là. Il allait la goûter, tout au plus. Ce qui ne l'aiderait pas, au final.

Avalant d'un coup le whisky, Bastian en savoura la brûlure et bondit sur ses pieds. Seul un type était entré dans la boîte. L'autre se trouvait toujours dehors… attendait.

Ce qui constituait une excellente nouvelle. Ça faisait un moment qu'il n'avait pas affronté un mâle jouant de l'Acide. Oh, ouais. Ça promettait d'être follement amusant.

Chapitre 19

Lorsque Bastian traversa la section VIP, le Razorback s'écarta de la femme. Le regard rivé sur le type, il continua à avancer d'un pas souple et tranquille. Inutile d'effrayer ce branleur. Il n'avait pas envie de le voir filer.

Jouer à cache-cache n'était pas au menu. Pas cette nuit-là. Les hurlements et les supplications, en revanche ? Ouais, ça ferait l'affaire. Du moins, pour commencer. La mort viendrait plus tard, mais là tout de suite, il voulait leur tirer les vers du nez.

Avec Ivar dans une fièvre meurtrière et les flics qui étaient impliqués, il cherchait des informations. Un bon paquet. Du genre que seul un Razorback pouvait lui fournir... comme : où trouver le salopard sadique à cause de qui on remuait la merde des dragons. Le résultat de tout ce remuement ? Plus d'un siècle de guerre et une communauté divisée, où les mâles choisissaient leur camp et sacrifiaient leurs fils à la cause... des rebelles ou des Nightfury.

L'Archguard ménageait la chèvre et le chou, incapable de prendre position. À cause de son indécision, le conseil était à deux doigts de cautionner le pire génocide que la planète ait jamais connu.

Oublié l'holocauste. Oubliés le Congo et le Darfour. Le programme d'Ivar décimerait tout ce qui était humain.

Du moins, c'était ce que soupçonnait Bastian.

S'il en était sûr à cent pour cent ? Non. Tout ce qu'il avait pour l'instant, c'étaient des incertitudes. Quelques suppositions associées à un pressentiment qui convergeaient vers une éventualité indéniable.

À présent, il s'agissait de le prouver. Un défi de taille? Peut-être. Mais il connaissait Ivar. Avait été formé à ses côtés dans le clan de Transylvanie avant qu'il devienne un rebelle. À côté de l'obsession d'Ivar pour la science, la dépendance d'un consommateur de crack ressemblait à une sortie à Disneyland. Et comme un drogué, ce tordu prenait son pied avec les forces destructrices que la science pouvait manipuler.

Le genre humain était incroyablement frêle. Des exemples? Le cancer et le SIDA. Ces deux maladies ravageaient cette espèce alors que rien n'atteignait les dragons.

Mais peu importait le nombre de fois où il avait mis en garde l'Archguard, ces types hautains restaient assis sur leur cul à ne rien faire. Une stratégie circonspecte qui allait tous les faire tuer. Les dragons avaient besoin des humaines pour survivre. Sans elles, ils mourraient tous… dans d'atroces souffrances à côté desquelles la peste bubonique paraîtrait clémente.

Des imbéciles ignorants, tous sans exception.

Lorsqu'il atteignit les marches descendant du salon VIP, Bastian ralentit le pas. Plus il se rapprochait, plus le Razorback devenait nerveux, comme s'il regrettait de s'être porté volontaire pour servir d'appât. Eh bien, dommage. L'Andouille avait commencé la partie et Bastian avait envie de jouer.

— *Je sors par-derrière.* (Wick tourna à gauche dans son dos, en direction de l'étroit couloir fermé par l'issue de secours.) *Je vais jeter un coup d'œil.*

— *Tiens-moi au courant.*

Bastian regarda le Razorback disparaître derrière le bar. Eh bien, au moins, le petit salaud rendait les choses intéressantes.

Mettre le bar entre eux relevait manifestement d'une stratégie. Ce putain de comptoir était énorme… et agaçant comme pas possible. Le plus gros cauchemar dans un endroit qui en avait fait sa spécialité, la structure formait un cercle parfait près de la piste de danse. Sur trois rangs, les humains se pressaient autour du comptoir de tous côtés. Revêtue d'une fine pierre transparente, la façade de marbre était rétroéclairée… Une mêlée générale luisante de trois cent soixante degrés enveloppée des bruyants « boum-boum-boum » des basses. Et ce n'était pas le seul problème. De hauts tabourets se dressaient tout autour, transformant ceux qui y étaient assis en obstacles visuels.

Cet endroit fournissait la couverture parfaite. S'il ne se dépêchait pas, le Razorback aurait franchi l'autre porte de sortie avant…

Trop tard. L'Andouille courait déjà.

S'élançant à pleine vitesse, Bastian se rua à sa suite.

—*Attention. La petite merde s'est sauvée.*

—*Il te faut combien de temps?*

Bastian bondit par-dessus le cordon noir tendu en travers de l'entrée de la boîte. Les videurs jurèrent et les femmes qui faisaient la queue hurlèrent alors qu'il touchait le trottoir des pieds au bas des marches.

—*Envol estimé dans trente secondes.*

—*Parfait*, commenta Wick, et c'était ce qu'il pensait, aussi.

Génial. Juste ce dont il avait besoin. Wick sur le sentier de guerre, qui la jouait en solo.

Mais cela dit, il ne pouvait pas le blâmer. Wick et lui souffraient du même mal : la « sous-nombre-ite ». Ce type redoutable adorait quand la balance penchait franchement en faveur des Razorback. Ou du moins, il aimait avoir cette impression… et la surprise de l'ennemi quand il leur bottait leurs pauvres culs.

Les imbéciles. Ils avaient un problème avec les maths. Quand apprendraient-ils que l'avantage du nombre ne signifiait pas une victoire certaine ?

S'arrêtant au coin de la rue, Bastian scruta Yesler Way en quête d'un peu d'espace et d'intimité. Il devait prendre son envol et le quartier des boîtes de nuit de Seattle n'était pas l'endroit le plus discret. Bien sûr, il pourrait devenir invisible, se dissimuler pour faire ce qu'il avait à faire. Mais disparaître comme par magie sous les yeux d'une foule n'était pas la meilleure idée. Tous ces humains possédaient des Smartphone en mesure de tout filmer.

Pas exactement le genre d'impression qu'il souhaite laisser.

Tournant brusquement sur la gauche, il entra dans le parking. Parfait. De la solitude, de la place et une rampe de lancement, le tout en un.

Sans ralentir, Bastian sauta par-dessus une barrière en béton. Deux enjambées plus loin, il bondit sur le toit d'un SUV customisé. Le métal grinça, se creusant sous ses bottes alors qu'il s'élançait dans les airs. Se changeant en dragon en plein saut, ses ailes interceptèrent l'air et il s'éleva, volant au-dessus des bâtiments et des toits.

— *Wick... je suis en route.*

— *Prends ton temps.*

Bastian ricana. Même à bout de souffle, ce type ne s'avouait jamais vaincu. Au moins à présent, Wick lui adressait la parole. Les deux premières fois où ils étaient sortis ensemble, le guerrier n'avait pas pipé mot. Même quand il avait eu des ennuis, à un contre quatre dans un affrontement.

Dissimulé par la magie, Bastian rasa la tour Space Needle, fonçant vers les quais. Le quartier des entrepôts et de la gare de triage était l'endroit de prédilection de Wick. Aussi fou que cela puisse paraître, ce type adorait se battre à côté de gros engins. Balancer des locomotives et des pelleteuses à l'ennemi se transformait rapidement en une partie de plaisir pour lui.

Fidèle à son habitude, son guerrier était en plein corps à corps aérien au-dessus du dépôt ferroviaire. Et juste en dessous de lui ? Un camion à benne. Merde, ce n'était qu'une question de temps avant que l'engin vole.

Les deux Razorback avaient attaqué en tandem, et Wick avait les mains pleines. Dieu merci. Esquiver les griffes de l'ennemi était suffisamment compliqué sans se prendre un train de marchandises dans les dents.

Étendant son manteau d'invisibilité, il inclut Wick dans sa magie, pour s'assurer qu'ils étaient dissimulés aux regards, et vira sur la droite. Il avait besoin d'une brèche, d'une petite fenêtre pour prendre part au combat. S'il s'y engageait trop tôt, il frapperait Wick. S'il s'y mêlait trop tard ? Son guerrier se ferait blesser. Alors il tourna autour d'eux et attendit… et attendit. Et attendit que Wick le laisse entrer.

Effectuant un tonneau spectaculaire, Wick esquiva des griffes et transperça des queues. Évitant les crocs du plus petit dragon, ses écailles noir et or étincelant, il assena un violent uppercut. Le plus gros dragon chancela, la tête partant sur le côté.

Enfin. Il avait sa fenêtre.

S'engageant sans attendre, Bastian donna un coup oblique au plus grand mâle. La lame aiguisée de sa queue s'enfonça profondément, tranchant des écailles vertes. Tandis que du sang coulait sur le flanc de l'ennemi, l'Andouille montra les crocs. Génial. Le Razorback s'apprêtait à lui faire goûter à…

L'Andouille expira dans un sifflement.

L'Acide fusa d'entre ses dents. Bastian vira brusquement. Une seconde avant d'être touché par le napalm, il replia ses ailes et tourna, tournoya en une vrille supersonique. Lorsque l'écoulement venimeux tomba sous lui, il en renifla une bouffée. Terrible. Ce truc puait : comme de l'essence et des chaussettes sales mélangées à une odeur sucrée. Un peu comme du sirop pour la toux. Ce qui n'était pas idiot.

L'Acide pouvait piquer le slogan de ce produit : « Le goût est infâme. Mais ça marche. »

Le camion à benne vola, ses roues géantes tournant alors qu'il valsait dans les airs. D'un mouvement brusque, Bastian s'abrita, plongea vers les voies ferrées. Le Razorback rouge n'était pas aussi rapide et…

« Crac ! » Le métal rencontra les écailles, brisant des os dans un craquement écœurant.

Seigneur. Cette mise à terre était une merveille. Wick avait visé juste, comme d'habitude. Même si la façon dont il avait réussi à attraper le Mack au départ restait un mystère. Que Bastian avait envie de résoudre, mais…

Le moment était mal choisi.

Les ailes déployées, abrité derrière la flèche d'une grue, Bastian se retourna, corrigeant son angle de tir. Il devait prendre le dragon vert vivant. Des réponses… il en voulait avant de tuer le Razorback. Et, qui l'aurait cru ? L'Andouille semblait d'accord avec son plan. Hébété, il regarda son camarade tomber du ciel. Quand le dragon rouge heurta le sol – un camion à la place de la tête – et se réduisit en cendres, le rebelle restant rugit.

De l'Acide jaillit encore dans les airs.

Bastian roula sur le côté. L'Andouille venait juste de commettre une erreur idiote. La vitesse et l'agilité équivalaient à la maniabilité… que des avantages énormes dans une bagarre aérienne. De toute évidence le Razorback avait loupé cette info. Comptant sur l'Acide, il demeura suspendu en l'air, une cible immobile avec un gigantesque disque noir sur la poitrine.

Du napalm coula, à moins de cinq centimètres du bout de son aile. D'un mouvement brusque, Bastian s'arrêta en plein vol et…

Une pomme de terre. Deux pommes de terre. Trois pommes de terre, quatre…

Il heurta le rebelle de côté, le frappant comme le train de marchandises que Wick aurait voulu jeter, il le savait. L'impact projeta le mâle en arrière. Alors que sa tête subissait le coup du lapin, Bastian le saisit par les ailes juste au-dessus de la jointure du coude. Il enfonça profondément les griffes, creusant au-delà des écailles à la recherche de la chair tandis qu'il appuyait. L'Andouille poussa un cri rauque et se tortilla, battant l'air pour échapper à la poigne de Bastian.

Trop peu, trop tard.

Il replia en arrière les ailes du Razorback. Des os craquèrent et le bruit se répercuta, résonnant sur les entrepôts en acier, s'unissant au hurlement d'atroce souffrance du mâle. Ce dernier le laboura de ses griffes, lui déchira l'épaule et la poitrine. Bastian resserra son étreinte et, sans merci, vola vers le sol. L'Andouille heurta le béton du dos dans un craquement abominable. Ébranlé par l'impact, un tas de traverses de rails rouillées produisit un bruit de ferraille et le Razorback haleta, du sang lui remontant dans la gorge en gargouillant pour s'écouler par le coin de sa gueule.

Appliquant une pression, il effleura le seuil de la douleur du Razorback.

— Où est-il ?

Wick se posa à son côté. Ses yeux dorés plissés, le mâle qui brandissait des camions à benne était assis comme un chat, la queue enroulée autour des pattes de devant, en remuant le bout alors qu'il regardait et écoutait.

Brisé et sanglant, le dragon vert respirait bruyamment.

— Le l-labo. Toujours… au l-labo.

— À faire quoi ?

— Je ne sais… (le Razorback toussa, luttant à chaque respiration) p-pas. Je ne vais… pas… là-bas. Ça ne sent pas… b-bon.

Wick montra les crocs.

— *On a notre preuve.*

— *Ça ne suffira pas pour l'Archguard*, répondit Bastian à travers la communication mentale, la frustration transparaissant dans son ton. *Ils ne me croiront pas sur parole.*

— *Les imbéciles.*

Bastian acquiesça d'un grondement. Le Razorback gémit, un son si épouvantable que Bastian eut pitié de lui. Saisissant sa tête cornue, il tourna, brisant le cou de son ennemi d'un seul craquement net. Il devint mou dans la mort, ses écailles vertes se réduisirent en cendres alors que Bastian reculait et…

Il plissa les yeux quand un souffle, comme un picotement, fit cliqueter ses écailles.

Wick porta vivement la tête vers un passage entre deux entrepôts. L'allée entre les bâtiments était étroite, mais assez large pour qu'on aperçoive l'océan au bout.

— *Bastian…*

— *Je le sens.*

Faisant un pas de côté, il se baissa et, s'abritant derrière les traverses de rails, déploya sa magie. Il y avait quelque chose. Quelque chose de gros. Quelque chose qu'il ne parvenait pas à identifier, mais…

Du brouillard s'éleva au-dessus de la surface de l'eau. Se dispersant en volutes, la brume épaisse moussa, glissant par-dessus la digue qui bordait le littoral. D'une beauté éthérée, avec un pouvoir dissimulé en son cœur… de la magie aussi redoutable que le givre de Rikar. Les piques qui couraient sur la colonne vertébrale de Bastian vibrèrent, émirent un bruit métallique, l'avertirent.

— *Envole-toi*, dit Bastian, une seconde avant qu'une boule de feu illumine le ciel nocturne.

Comme une comète pourvue d'une longue queue, elle fila au-dessus d'un entrepôt et… Seigneur. De l'acide enflammé. Cette association mortelle rongeait les écailles, brûlait les dragons de l'intérieur.

— *Va-t'en. Va-t'en. Va-t'en.*

Déployant ses ailes, Wick s'élança.

La boule de feu percuta une paire de gigantesques cuves de carburant derrière eux. Du gazole jaillit jusqu'au ciel, puis s'enflamma, la boule de feu orange grossissant avec la violence d'une bombe nucléaire. L'onde de choc balaya Wick sur le côté. Un atroce fracas métallique retentit quand il heurta un bâtiment du crâne.

Bastian le vit se recroqueviller une seconde avant que l'explosion le projette lui-même en arrière, lui propulsant la cage thoracique dans une bonne dose d'acier. Des os craquèrent, cédèrent alors qu'une pelleteuse le percutait de plein fouet. La douleur le submergea, lui mordant la poitrine. Le souffle coupé, en manque d'oxygène, Bastian roula. Qu'il ait de l'air ou non, il devait bouger et s'éloigner de l'acide enflammé. Ce gel toxique avait tout envahi, se mélangeait au gazole, rejetait de la fumée noire et des gaz empoisonnés. Des doigts de flammes s'élevaient comme des minitornades, fonçaient sur un sol imbibé de carburant et…

Une douleur atroce lui lécha la hanche.

Bon Dieu, il était en feu. Mais pire que ça ? Il était recouvert d'acide du genou à l'épaule. Oubliée la douleur, il avait de plus gros problèmes, là. L'acide agissait vite, le déchirerait écaille par écaille pour atteindre les muscles vulnérables en dessous. Une fois que ce serait arrivé, il ne serait plus capable de se mouvoir, et deviendrait une cible que l'ennemi n'aurait aucun mal à apercevoir depuis le ciel.

Et il avait perdu son compagnon de vol.

En tas sur le sol, Wick n'avait toujours pas bougé.

Repliant son aile contre son corps, Bastian étouffa les dernières flammes. L'odeur abominable de peau brûlée roula avec la fumée, lui faisant remonter de la bile dans la gorge. Il déglutit, sans se soucier de la douleur alors qu'il scrutait le terrain. Il ne pouvait pas rester là. Wick avait besoin de temps pour récupérer, ce qui signifiait qu'il devait s'envoler.

Se retrancher et frapper l'ennemi de plein fouet quand il raserait le sol.

Les enculés ne comprendraient pas ce qui leur tombait dessus. Mais d'abord ? Il devait bouger son cul.

Déployant ses ailes, Bastian s'élança. Son aile gauche ne retint pas l'air, et l'envoya sur le côté, à s'agiter comme un aigle blessé. Seigneur. Il ne pouvait pas décoller. L'une de ses ailes était brûlée, l'acide creusant des trous dans la palmure.

De la fumée tourbillonna lorsque le salopard en embuscade surgit de l'océan telle la Faucheuse. D'un violet profond, le ventre bleu, le dragon montra les crocs. Bastian lui répondit en grondant et, se ramassant sur le sol, serra son aile abîmée tout contre lui. Ouais, il était peut-être à terre, mais il n'en était pas moins redoutable.

Le Razorback tourna au-dessus de la gare de triage : une, deux, trois fois. Bastian attendit, conservant son énergie. Il n'aurait qu'une seule occasion de toucher ce gros mâle… une unique exhalation de son impulsion électromagnétique toxique. Mais il ne lui en fallait pas plus. S'il frappait Deep Purple à la tête… la partie serait terminée.

— Dis-moi où il est et je ferai preuve de clémence.

La voix de Deep Purple roula sur la fumée. Son fort accent ne pouvait signifier qu'une chose. Le mâle venait de l'autre côté de l'Atlantique… du clan écossais. Qu'est-ce qu'il pouvait bien faire à Seattle ?

— Je te tuerai vite. Remettrai tes cendres aux tiens.

— C'est très généreux.

Tournant sur ses pattes de derrière, Bastian ne quitta pas des yeux le mâle qui décrivait un cercle au-dessus de lui.

— Où est-il ?

— Qui ?

— Le bébé.

Bastian réprima un grognement. Le rebelle voulait le petit… un mâle de plus qui deviendrait un soldat aveuglément dévoué à la cause des Razorback. Deep Purple se posa sur le faîte d'acier de l'entrepôt en face de lui. Perché à moins de quinze mètres, il attendit, tentant de gagner du temps. Avec une arme telle que l'acide enflammé, il savait exactement ce qui se produisait sous les écailles de Bastian.

Intelligent. Mortel. Deep Purple constituait un adversaire redoutable avec une patience à la hauteur. En tant que guerrier, Bastian l'admira. En tant que Nightfury ? Il avait envie de le déchiqueter. Gregor Mayhem appartenait à son clan désormais. Rien ne changerait ça.

— Tu ne peux pas l'avoir.

Deep Purple n'apprécia pas cette nouvelle.

— Dis-le moi ou…

— Ou quoi ? Tu vas me tuer ?

Les pointes sur le dos de Bastian s'entrechoquèrent, cliquetèrent alors qu'il se préparait à une attaque imminente.

— Pas le moyen le plus efficace de retrouver l'enfant, ajouta-t-il.

Ses griffes aiguisées frottant contre l'acier, le mâle s'avança.

— Je vais te découper en morceaux… comme ce que tu as fait subir à ma…

Le regard embué du mâle brilla tandis que sa poitrine se soulevait. Bastian plissa les yeux. Intéressant. La douleur de Deep Purple était sérieuse, du genre émotionnel. Il reconnut une expression dévastée, de dépression absolue, avant que le mâle la dissimule derrière de l'agressivité. Les Razorback n'avaient rien à faire là-dedans. Deep Purple était venu pour son propre compte.

— Tu l'as assassinée…, poursuivit-il, ma Caroline. Tu…

— C'est ce qu'Ivar t'a raconté ?

Levant les ailes, le Razorback gronda en montrant les crocs.

— Les Nightfury ne s'en prennent pas aux femmes, soldat, dit Bastian. On a intercepté un appel aux urgences. Elle s'est vidée de son sang avant notre arrivée.

— Tu mens !

Dans un rugissement empreint de souffrance, le mâle inhala, dévoilant son intention.

Bastian inspira, emplissant ses poumons d'air enfumé. L'impulsion électromagnétique jaillit de sa gorge, percutant en plein vol la boule de feu du Razorback. De l'acide enflammé gicla en arrière en un arc aveuglant de flammes d'un blanc bleuté. La foudre psychochimique envoyée par Bastian frappa le dragon ennemi en pleine face. Alors que Deep Purple rugissait, le gaz toxique s'enflamma.

La chaleur et le bruit atteignirent des sommets.

L'explosion d'un blanc éclatant souleva le Razorback du toit. Projeté en arrière, Bastian heurta des wagons garés, les éparpillant comme des dominos. Alors qu'il se retrouvait sous le tas de métal tordu, des éclats entaillèrent profondément ses écailles abîmées. Chaud et humide, du sang lui coula sur le flanc et…

Bon Dieu. C'était douloureux.

— Lève-toi, grogna-t-il.

Merde, même sa voix était cassée, tout juste un râle. Mais cela dit, c'était parfaitement logique. La douleur qui lui irradiait la poitrine l'empêchait de respirer.

— Lève… toi.

Battant l'air de la queue, il l'utilisa pour jeter des wagons sur sa droite et sa gauche. S'il ne se mettait pas debout, il était mort. Wick, aussi. L'incendie échappait à tout contrôle, consumait tout sur son passage. Il devait rejoindre son guerrier avant les flammes. Mais… la fumée. Il n'y voyait que dalle.

Des sirènes retentirent au loin.

Les humains. La cavalerie arrivait.

Se servant de ses griffes, il les enfonça profondément, pour se hisser de dessous le tas de wagons. Lorsqu'il roula sur ses pattes, la gauche se déroba. Génial. Ça ne pouvait pas mieux tomber. Un os cassé. Sautillant, Bastian inspira et s'effondra sur le côté. Son corps ne fonctionnait pas bien. Sa vision se rétrécissait, la pression derrière ses yeux empirait à chaque seconde. Elle s'agrippait à lui, le tirant vers le bas jusqu'à ce que sa tête retombe mollement sur ses épaules.

Non. Bon Dieu, non. Il refusait de s'évanouir. Son manteau d'invisibilité était levé. Les pompiers et la police arrivaient. S'ils le trouvaient là…

Seigneur. Il devait s'accrocher.

Mais alors qu'il luttait, se traînait à l'aide de ses griffes vers son camarade à terre, Bastian ne put empêcher l'inévitable. Ses blessures l'élançaient, minaient ses forces. Le temps et l'énergie lui manquaient.

La chance venait juste de lui tourner le dos.

Chapitre 20

Les locaux de la police scientifique étaient un lieu fascinant. Plein de gens. Plein d'activité. Un peu comme une ruche humaine remplie de rats de laboratoire.

Si ça avait le moindre sens. Ce qui n'était pas le cas mais, et après ? L'analogie tenait la route pour lui, alors Rikar s'en accommoda.

Les bras croisés, une jambe pliée, la botte appuyée contre le mur, il se pencha en arrière pour observer tout cet affairement. Il ne devrait pas être là. C'était une zone à « accès réservé au personnel ». Du moins, c'était ce qu'indiquait l'écriteau lorsqu'il était passé devant le bureau d'accueil. Les humains auraient paniqué s'ils l'avaient vu, mais avec sa magie en marche, ça ne risquait pas d'arriver. Alors il était là – invisible – dans le vaste couloir central, à tâter le terrain.

Il avait besoin d'un plan. Avec le nom des labos et une description des analyses qui se pratiquaient dans chacun d'eux. Mais avec Sloan qui s'était vexé après son petit numéro dans la cuisine un peu plus tôt – ce qu'il pouvait être susceptible –, Rikar ne recevrait aucune directive de son pote par communication mentale. Ah, eh bien. Railler leur as en informatique attitré en valait la peine. Cependant, peut-être choisirait-il mieux son heure, à l'avenir. Comme un moment où il n'aurait pas besoin de l'aide de son ami pour une mission.

Les yeux rivés sur une jolie technicienne de laboratoire, Rikar décroisa les bras et s'écarta du mur. Il était temps d'aller faire un tour. Peut-être même de se présenter à une ou deux poches d'indices sur lesquelles était marqué « cendres ». Et la femme constituait son premier arrêt. Avec son énergie supérieure à la moyenne, elle soulagerait sa migraine ; le soignerait vite et bien.

Et en bonus ? Des informations. Elle lui dirait exactement où se rendre pour trouver ce qu'il voulait.

D'une pensée, Rikar se débarrassa de ses vêtements en cuir et les remplaça par un pantalon de toile et une chemise bleue. Un Glock glissé dans son étui sur la hanche, il fixa une plaque de la police de Seattle qui semblait authentique sur le devant de sa ceinture. Et, voilà, il était prêt pour sa rencontre avec ce joli rat de laboratoire.

Et, ouais, il était un gros et vilain menteur.

Les femmes détestaient ça. Il le savait, et s'il avait tenu à elle, Rikar aurait pu se sentir coupable de ce qu'il s'apprêtait à faire. Mais tel était le mode opératoire des dragons : « aime-les et quitte-les… vite. » De préférence en ne leur laissant aucun souvenir de la partie de jambes en l'air.

Lui s'en souviendrait, cependant. Ce qui suffisait amplement pour eux deux.

Rikar se glissa derrière un groupe d'hommes qui passaient devant lui. D'une commande mentale, il leva son manteau d'invisibilité et se mêla à eux, s'abrita derrière eux. Personne ne remarqua son apparition soudaine. Mais cela dit, les humains ne s'en apercevaient jamais. Ils étaient trop occupés à se précipiter d'un endroit à l'autre, la tête baissée, à crier dans des téléphones portables qui finiraient par leur donner des tumeurs au cerveau.

Seigneur, ce genre de vie était infernal.

Mais ça n'était pas ses affaires, pas vrai ? La technicienne, en revanche ? Hmm, ouais. Dans environ trente secondes elle serait tout excitée, fermerait boutique pour avoir une entrevue avec lui.

Il eut droit à une vision d'ensemble de la femme à travers la vitre et… il remerciait le ciel pour les cloisons vitrées s'élevant du sol au plafond. Elle était encore mieux de près.

D'un regard rapide, Rikar passa de nouveau en revue les bureaux de la police scientifique, en quête d'un coin discret où l'emmener. Disposés avec précision, tous les labos qui longeaient le couloir se ressemblaient : des portes vitrées coulissantes, des plans de travail en inox, des équipements de pointe et des fauteuils pivotants à dossier bas. Mince, Sloan adorerait cet endroit… ce qui constituait encore une différence entre son pote et lui. Ce dernier aurait passé des heures à fureter un peu partout. Mais pas lui, jamais de la vie. Rikar avait hâte de partir. Ces labos étaient suffocants, confinés… c'était comme être dans un putain de bocal. Avec tous les petits poissons exposés aux yeux du monde.

Rikar inspira par le nez et expira par la bouche. Il aurait dû s'attendre à réagir ainsi à ce bâtiment humain ramassé. Les espaces exigus lui faisaient froid dans le dos. Mais la femme ? Elle le lui ferait oublier pendant un moment.

Ses cheveux bruns écartés du visage, elle était penchée sur son plan de travail, belle à croquer. Et tandis qu'elle remplissait de petites fioles avec un liquide clair, Rikar s'imagina en train de la prendre par-derrière. Il lui relèverait les hanches et… oh, ouais. Ça se passerait exactement comme ça.

Lorsqu'il parvint au niveau de la porte de son labo, Rikar se détacha du groupe et entra dans son bocal.

Sans lever les yeux, elle dit :

— Tu as quoi ?

Hmm, jolie voix… rauque mais entièrement professionnelle, avec une pointe d'accent du Sud. De la Louisiane, peut-être. S'apercevant qu'il avait les mains vides, Rikar fit apparaître un sachet à indice identique à ceux qui étaient ouverts sur la table. Il froissa le plastique.

— Un truc qui cherche la bonne adresse.

Ça éveilla son attention. S'arrachant à son expérience scientifique, elle lui donna ce qu'il voulait… un contact visuel. Et, bingo. Attirance immédiate : dilatation des pupilles, bouche entrouverte, déferlement d'hormones féminines. Elle était complètement accro à lui… ou du moins à ce à quoi il ressemblait. Quel putain de pied. Il adhérait totalement à ça.

— Salut.

Rikar sourit, son regard montrant clairement qu'il la désirait aussi. D'une main il montra sa poitrine, leva la petite poche en plastique de l'autre.

— Je suis nouveau. Je ne suis pas sûr de savoir où je dois aller… ni à qui donner ça.

— Ça arrive.

Elle lui rendit son sourire et heurta un tube à essais. Après avoir ôté ses gants en caoutchouc, elle contourna le plan de travail pour le rejoindre.

— Le labo est comme un grand labyrinthe… déroutant au début.

À moins d'un mètre à présent, elle tendit la main, et Rikar eut droit à un avant-goût. Elle sentait bon, la fraîcheur et la nouveauté.

— Laissez-moi voir ce que vous avez, et je vous indiquerai la bonne direction.

— Pourquoi ne pas prendre quelques minutes de pause plutôt ? (Il lui saisit la main, paume contre paume.) Pour apprendre à me connaître un peu mieux.

— Hmm… Je ne suis pas censée…

Elle cligna des yeux, son doux soupir de la musique à ses oreilles. Il entrelaça leurs doigts.

— Personne ne le saura jamais, murmura-t-il, mettant le paquet.

Avec une légère pression, il recula, la tirant vers la porte.

— Il est temps de faire une pause… tu ne penses pas ?

Et, voilà, il avait réussi… il la conduisait par la main dans le couloir.

Il les dissimula tous deux à l'œil dans le ciel – toutes les caméras que les humains aimaient installer partout. Il ne voulait pas qu'on voie où ils allaient. Il avait envie de sauter la femme, certes – s'apaiser en se nourrissant –, pas qu'elle se fasse virer.

Ah, n'était-il pas un amour ? Un menteur invétéré qui s'apprêtait à baiser une femme jusqu'à l'épuisement avant de l'abandonner tout aussi vite.

Rikar chassa cette pensée. C'était comme ça… il allait coucher avec elle, prendre les informations dont il avait besoin et en finir.

Trouvant un bureau vide, il l'attira à l'intérieur, verrouilla la porte et, quand elle lui offrit sa bouche, il entreprit de l'emmener au septième ciel. Il ne lui demanda pas son nom. Elle non plus. Dieu merci. Il n'était pas d'humeur à s'encombrer de politesses. Non qu'il le soit jamais, mais alors qu'il la baisait fort et bien – il la fit le supplier avant de lui permettre d'atteindre l'orgasme –, il se demanda ce que ça ferait d'avoir une femelle à lui. Quelqu'un qui l'attendrait à la fin de chaque nuit. Qu'il serrerait tout contre lui après l'avoir aimée chaque jour… sans plus jamais avoir à chasser.

Un vœu pieux.

Il ne serait jamais comme Bastian. Ce type était fort – réglo –, prêt à sacrifier son propre bonheur pour le bien des siens. Rikar était trop égoïste pour ça. Avait bien trop conscience que perdre son cœur auprès d'une femme finirait pire que mal.

Et donc, voilà. Il ne pourrait jamais espérer mieux qu'un coup rapide avec une belle inconnue dans un lieu bien trop public.

Une demi-heure plus tard – bien nourri et ayant bien joui –, il laissa la jolie technicienne recroquevillée sur son petit nuage et descendit le couloir. Il cherchait Chuck, un crack en informatique maigrichon à la coupe de cheveux originale qui occupait le dernier labo sur la gauche. Et, Dieu merci, pas de longue course-poursuite nécessaire. Le gamin se trouvait dans son labo, trahi par les mèches violettes qui parsemaient ses cheveux blonds décolorés.

Franchissant le seuil, Rikar referma la porte vitrée derrière lui.

— Salut, mon pote, dit Chuck, stéréotype du geek, en levant les yeux de son microscope. Qu'est-ce qui t'amène, mec ?

Du menton, Rikar indiqua les sachets à indice qui attendaient sur le plan de travail du technicien.

— Je cherche les résultats des échantillons de cendres.

— Désolé, mon pote. Je ne m'en suis pas encore occupé. Tout est prêt, mais on a un retard monstre. Brian est malade cette nuit.

— Pas de problème.

Rikar s'approcha, entrant dans l'espace personnel du rat de labo. Celui-ci protesta en criant quand il l'empoigna par la peau du cou. Poitrine contre poitrine à présent, il prit le contrôle de l'esprit de l'humain, l'apaisa.

— Regarde-moi, Chuck.

Le regard vide, l'humain s'exécuta.

— Tous les échantillons sont dans la boîte ? Il n'y en a aucun qui traîne ailleurs ?

Presque mou dans ses bras, Chuck se détendit en soupirant.

— Non… ils sont tous là.

— Bien, murmura Rikar, fouillant dans la tête de l'humain.

Avec douceur, il nettoya son esprit : effaça le souvenir des échantillons de cendres, lui dit qu'il ne les avait jamais vus ni n'en avait entendu parler. Si les deux flics se pointaient avant que Rikar ait eu l'occasion de s'occuper d'eux, il y aurait tout un cirque de : « Comment ça vous avez perdu nos preuves ? » Mais, hé, ce n'était pas son problème, pas vrai ?

Après avoir installé un Chuck hébété dans un fauteuil, Rikar traversa le labo. Scrutant l'intérieur de la boîte, il inspecta les échantillons un moment, lut les dates et les heures. Il haussa un sourcil. Ivar n'avait pas chômé. Au moins six sachets s'alignaient là, lui adressant le bonjour du Razorback. Rikar attrapa toute la collection. Sloan voudrait les examiner. Cela dit, Gage – l'expert en biochimie des Nightfury – aurait été un meilleur choix. Mais ça n'arriverait pas… pas alors que Gage était parti protéger les arrières de Haider à ce putain de festival de l'Archguard.

Saisissant un sac à dos, Rikar y fourra les échantillons et se dirigea vers la porte. Il était temps de se barrer de ce coin paumé. Chuck reviendrait à lui dans quelques minutes, ainsi que la femme qu'il avait fait jouir. En plus, l'effet bocal à poissons rouges commençait à lui peser. Rien n'était assez grand dans le monde humain. Tout ce qu'ils construisaient paraissait compact, anormalement petit et…

— *Rikar.*

Claire et sonore, la voix de Bastian lui parvint à travers la communication mentale. Il y avait un problème. Son meilleur ami n'avait pas l'air bien.

— *Ouais.*

— *J'ai besoin de toi.* (Bastian toussa, un son rauque qui semblait humide, comme s'il s'étouffait.) *Wick est à terre. Je suis dans… la merde… totale.*

— *Tu es où ?*

— *La gare de triage. Les humains… arrivent.*

— *Accroche-toi.*

— *Fais vite*, dit Bastian à travers les parasites.

La communication se coupa, avec un bruit sec comme du petit bois. Merde. Son meilleur ami avait vraiment de gros ennuis s'il n'était pas capable de maintenir ce lien.

Se déplaçant comme un F-18, Rikar dépassa le bureau d'accueil et franchit la porte d'entrée de la police scientifique. Alors qu'il se transformait et s'élevait dans les airs, il créa avec ses ailes une énorme rafale de vent. Celle-ci frappa le parking avec la force d'un ouragan. Les alarmes hurlèrent et des humains arrivèrent en courant, armes à la main, alors que les voitures volaient, effectuant des tours complets.

Du métal s'écrasa contre du métal et un arc électrique se forma, jeta des étincelles alors qu'un SUV arrachait un poteau de téléphone.

Sans se soucier de cette bande-son et des dégâts qu'il laissait derrière lui, Rikar grimpa. Normalement, il évitait le petit numéro de l'ouragan. Cette nuit-là, cependant, il aurait rasé le bâtiment si ça avait été nécessaire. Son meilleur ami avait besoin de lui. Les humains pouvaient aller se faire voir.

Les hurlements des sirènes se rapprochaient. Dans deux minutes les humains seraient sur lui. Ce scénario catastrophe secoua Bastian, lui donna l'impulsion de se lever pour s'enfuir. Dommage qu'il ait plus ou moins brûlé toute son adrénaline. Il n'en aurait pas refusé une décharge, là tout de suite.

Plongeant profondément en lui-même, il puisa dans ses dernières réserves, se força à continuer à avancer. La douleur resserra son étreinte, le déchira comme du fil de fer barbelé. Sa vision se troubla. Bastian cligna des yeux alors que son esprit suivait le même chemin et se bloquait, vacillait comme un circuit électrique en surcharge. C'était comme débrancher son cortex cérébral. Et tandis que son acuité mentale se faisait la malle, il atterrit à Videville. De quoi avait-il besoin déjà ? Un truc important. Ou peut-être, quelqu'un.

Cette pensée en entraîna une autre.

Ouais, définitivement quelqu'un.

Il grogna. C'était ça. Il devait rentrer chez lui… auprès d'elle.

Enfonçant les griffes, Bastian se hissa encore sur quelques mètres. La terre humide s'engouffra entre ses serres, en recouvrit les jointures. Le sol imbibé de gazole brûlait les zones de peau à vif exposées par ses écailles réduites en lambeaux. Il s'en foutait. Il devait trouver Wick et les ramener tous deux au repaire.

Le port derrière la ligne d'entrepôts était son seul choix. Et, ouais, ça allait faire mal. Surtout l'eau salée.

Bastian eut un mouvement de recul. Il détestait nager presque autant que monter dans un ascenseur. Mais avec ses réserves d'énergie épuisées, il n'était pas en mesure de se rendre invisible, et encore moins avec Wick. L'eau d'un noir d'encre ferait ce dont il n'était plus capable : les dissimuler suffisamment jusqu'à ce que Rikar arrive sur son cheval blanc.

Tirant sa patte cassée, Bastian rampa par-dessus un tas de poutres en flammes. La fumée lui piqua les yeux tandis qu'il les plissait à la recherche de Wick. Il ne devait pas être loin. Le bâtiment auquel il avait été présenté le crâne le premier se trouvait juste devant et…

Quelque chose bougea derrière lui.

Bastian fit volte-face, sa queue acérée décrivant un large arc. L'ombre se baissa vivement et s'élança, droit sur lui. Il reçut un choc à la poitrine. L'angoisse l'envahit alors qu'il perdait l'équilibre et… merde. Il tombait. Allait mourir à cause d'une erreur de débutant.

Nom de Dieu. Il savait qu'il ne fallait jamais rien prendre pour acquis dans un combat. Le Razorback n'était pas mort. Il ne s'était pas retiré devant la cargaison d'humains à un peu plus d'un kilomètre. Le rebelle avait très bien joué. Était pratiquement sur son dos, prêt à lui assener le coup fatal.

Transpercé de douleur, il suivit les mouvements du salopard. Une seconde avant que celui-ci s'avance, Bastian remplit ses poumons, s'apprêtant à frapper l'ennemi d'une autre impulsion électromagnétique. Une énorme serre l'agrippa. Le faisant basculer, le mâle l'empoigna par la peau du cou.

Bastian grogna en montrant les crocs, battant l'air des griffes.

— Merde !

Seigneur. Bastian sentit ses pattes se dérober sous lui alors qu'il optait pour la communication mentale.

— *Qu'est-ce que tu fous, Wick ?*

— *Désolé.* (Le guerrier vacilla au-dessus de lui, trébucha sur le côté.) *Je ne suis pas… merde. J'y vois rien. Mes yeux sont bousillés.*

Des phares brillèrent, le camion de pompiers derrière les halogènes entrant en rugissant dans la gare de triage.

— *Transforme-toi.*

Dans un grognement, il passa du dragon à l'humain. Ses muscles protestèrent, mais il s'accrocha. Il ne pouvait pas perdre connaissance. Wick avait besoin de lui.

— *On doit partir. Je ne peux pas voler, mais ma vision est bonne.*

Après avoir repris forme humaine, Wick mit le bras de Bastian sur ses épaules.

— *De quel côté ?*

— *À droite… six mètres jusqu'à l'entrepôt. Avance vers l'eau.*

Alors qu'ils étaient collés de l'épaule à la hanche, nus comme deux putes à 50 dollars, son guerrier le traîna vers l'angle du bâtiment. Lorsque sa peau brûlée glissa contre celle de Wick, Bastian eu un haut-le-cœur, manqua de s'évanouir sous le coup de cette atroce souffrance.

Reste éveillé. Ne tombe pas dans les pommes.

Il était dangereusement faible, au point de parvenir à peine à marcher, alors faire apparaître un pantalon en cuir, n'en parlons pas. Wick s'en fichait complètement. Il avait son lot de problèmes, et la nudité était bien le dernier d'entre eux. Son traumatisme crânien associé à sa cécité le ralentissait, le faisait trébucher sous le poids de Bastian.

Lorsqu'ils contournèrent l'angle de l'entrepôt, Wick fit un faux pas. Ils s'écroulèrent, prirent en pleine face les barils d'acier entassés contre le mur.

— Bordel de merde, grogna Wick.

Des cris retentirent, des voix masculines se joignant au rugissement des flammes. Bon Dieu, ils étaient proches, à peine une trentaine de mètres. Bastian entendit le sifflement des lances à incendie et le cliquetis de l'acier alors que les humains s'affairaient pour combattre le brasier.

— *Va-t'en. Laisse-moi et…*

Des points noirs devant les yeux, Bastian roula sur le dos. De l'asphalte rugueux lui érafla le côté, introduisant de petits cailloux dans ses brûlures.

— *Va-t'en.*

— *Moi aussi, je t'emmerde.*

Les pupilles complètement rétrécies, ses yeux dorés flamboyant comme des phares, Wick le hissa sur ses pieds.

Bastian sentit la bile lui remonter dans la gorge, mais il se laissa faire. Alors qu'il s'appuyait sur sa jambe cassée, il se maudit. Quel imbécile ! Non seulement il avait foiré ce combat, mais à présent il avait insulté Wick. Les Nightfury n'abandonnaient pas leurs frères… jamais. Aveugle, sourd, abruti, peu importait. Son guerrier préférerait se couper le bras que de le laisser.

Soutenu par Wick, Bastian les dirigea alors qu'ils avançaient en trébuchant. Une tonne de débris jonchaient le sol : des poutres pourrissantes, des barres d'acier et des morceaux de blocs de béton. Après avoir contourné la carcasse d'un vieux bateau, ils atteignirent la jetée. Du bois dur lui égratigna la plante nue des pieds. Dieu merci. Ils avaient réussi… étaient presque hors de vue.

Tordu à la suite d'années de négligence, le bout de l'appontement remontait sur un côté. Wick trébucha en parvenant au niveau de l'inclinaison, mais il continua à avancer, galvanisé comme Bastian par l'odeur salée de l'océan. Oh, merde. Ça allait faire mal.

— *Accroche-toi à moi*, dit Wick, des volutes de brouillard s'enroulant autour de leurs chevilles. *Ne me lâche pas.*

Bastian s'agrippa plus fermement à son guerrier. Il banda les muscles quand Wick s'élança, sautant la tête la première du bout de l'appontement. Bastian heurta la surface de l'eau avec violence, avant de s'enfoncer. Et alors que l'océan se refermait sur lui, lui emplissant la bouche et le nez, l'eau salée l'attaqua, envahit ses blessures. La douleur passa de handicapante à apocalyptique. Le corps secoué de spasmes, il se tortilla, hurlant en silence alors que les ténèbres l'engloutissaient tout entier.

Chapitre 21

Dans un hurlement de sirènes, les véhicules de secours dévalèrent en trombe Alaskan Way, la rue parallèle au front de mer. Alors qu'il filait dans les airs à plus de mille cinq cents mètres au-dessus du sol à la recherche de ses frères, Rikar regarda le spectacle des lumières, pare-chocs contre pare-chocs. L'air froid de Seattle glissait sur ses écailles. Dieu merci. Il avait fait une chaleur infernale dans les bureaux de la police scientifique.

Pourquoi est-ce qu'ils faisaient ça ? Monter le chauffage quand deux degrés de moins économiseraient un paquet d'énergie et leur coûteraient moins, aussi. C'était agaçant, sans parler d'absurde. Ce n'était pas pour ça qu'ils avaient inventé les pulls ? Pour ne pas avoir froid ?

Rikar secoua la tête. Voilà qu'il recommençait à laisser vagabonder son esprit pour garder la peur à distance. Bastian ne répondait pas. Il avait envoyé une dizaine d'ultrasons, pour tenter de le joindre et…

Rien. Un putain de trou de donut. Pas même des parasites dans le domaine de la communication mentale.

Ce qui ne pouvait signifier que deux trucs. Son meilleur ami était soit inconscient soit… mort.

Un frisson s'insinua sous les écailles de Rikar. Il ne pouvait pas le perdre. Pas Bastian. N'importe qui d'autre, il s'en remettrait, affronterait sa disparition et l'affliction. Mais pas son meilleur ami.

Toujours dissimulé par la magie, Rikar passa à découvert. Fendant des nuages orageux, il piqua pour aller voler au ras de l'eau et s'approcher discrètement de la gare de triage. Fouetté par le vent, le port projetait des embruns, réduisant sa visibilité. Super. Pile la bonne nuit pour avoir un putain d'orage. Ses amis étaient là quelque part – avaient besoin de lui – et comme d'habitude Mère Nature était d'humeur bougonne sur la côte Ouest, à se mettre en travers de son chemin, à le faire chier.

Humant profondément, Rikar distingua une odeur de fumées toxiques. Une seconde plus tard, il les aperçut à travers la brume, des volutes noires qui tournoyaient le long du toit de l'entrepôt le plus proche. Il tourna sur la droite – sans se soucier du cirque humain de hurlements de sirènes et de crissements de pneus qui traversait le pont en trombe – pour y regarder de plus près.

Nom de Dieu.

Illuminée comme une zone de combat, toute la gare de triage était en feu. De l'acier fondu et des poutres rongées par les flammes jonchaient le champ de décombres, autour d'un énorme cratère. Tout le secteur avait explosé, un lifting façon dragon des cuves de gazole et des wagons déchiquetés et…

Un camion à benne démoli. Ouais, Wick était donc bien passé par là.

Survolant la zone, Rikar déploya sa magie en quête de ses amis. L'ultrason se répandit comme un filet invisible, recouvrant la terre et l'océan, l'acier et le béton, tel un radar vivant. Depuis son angle de vue dégagé, il regarda les pompiers travailler et effectua un second tour, espérant un signal.

De nouveau… rien.

Il devait descendre. Son frère était peut-être coincé sous les décombres. Et les humains qui tenaient les lances à incendie ? Totalement BAISÉS. Il n'avait pas le temps d'effacer les souvenirs, ce qui laissait une seule possibilité… la mort.

Ce qui craignait à plein de niveaux.

Non que ça le dérange de tuer des humains. Même s'il évitait leur espèce dans la mesure du possible, les criminels n'étaient pas protégés. Pour une très bonne raison. Les tueurs en série et les violeurs s'en prenaient aux femmes, ce à quoi les Nightfury ne souscrivaient jamais. Alors ouais, zigouiller un de ces imbéciles transformait un meurtre en homicide justifié. Mais geler tout un groupe de policiers et de pompiers ? Mince, c'était carrément mal.

Invisible aux yeux humains, Rikar s'arrêta net. Il hésita un moment, les ailes déployées au-dessus des hommes. Un effroi pesant s'installa dans sa poitrine alors qu'il inspirait profondément. Des cristaux de glace se formèrent dans sa gueule lorsqu'il montra les crocs et…

Un ultrason faible glissa sur ses écailles, tourna autour des cornes sur sa tête.

Rikar reporta vivement son attention vers le port. Il ferma la gueule, avala la glace. Le son revint. Les parasites étaient bas, apparaissaient puis disparaissaient, à peine un signal, mais… c'était bien là.

Seigneur, ils étaient dans l'eau, le dernier endroit où un dragon avait envie de se trouver. Les dragons n'étaient pas de bons nageurs. Enfin, à part les dragons d'eau, mais Rikar écartait ce mythe. Il n'en avait jamais vu, alors risquait encore moins d'avoir parlé avec l'un d'eux.

Changeant de direction, Rikar vola vers le milieu de la baie. Les vagues s'écrasaient contre la digue, projetant des embruns à près de dix mètres dans les airs. La brume lui recouvrit le ventre, puis coula, gouttant de ses écailles comme une pluie.

— *Bastian !*

— *En bas.*

Wick ? Nom de Dieu.

— *Où es-tu ?*

—Je ne pourrai pas le tenir… encore longtemps. Les courants sont… trop puissants, souffla Wick, d'une voix faible qui ne ressemblait en rien à son ton rude habituel.

—Accroche-toi, mon pote.

Tournant la tête de tous côtés, Rikar scruta les vagues d'encre. Les secondes se succédèrent, ce qui déclencha son alarme interne. L'eau était trop sombre, cachait ses camarades sous des embruns agités et des moutons roulants. Seigneur, il ne parvenait pas à les trouver, pas dans le noir. Il avait besoin d'aide… d'une sorte de dispositif de pistage.

— Wick, mec. Parle-moi.

Le silence lui répondit, propulsant Rikar en mode panique.

— Wick?

Rien. Pas de respiration bruyante, de gémissements de douleur ni…

Une lueur jaune poussa Rikar à tourner vivement la tête sur la gauche. Comme des signaux en morse, la lumière clignotante adopta un rythme et…

Si Rikar avait été du genre à fondre en larmes, il aurait pleuré. Wick était une bénédiction, ce salopard de dur à cuire, à l'intelligence incroyable. Il clignait des yeux, se servant de son regard doré comme d'un phare dans la nuit.

Tournant en plein vol, Rikar s'élança vers eux à toute vitesse. Lorsqu'il descendit, à quelques dizaines de centimètres au-dessus des vagues, il les aperçut. Tenant Bastian par la poitrine, Wick était ballotté par les flots, luttait pour garder la tête hors de l'eau. Sans ralentir, Rikar leva les ailes et rentra ses serres de devant. Il n'aurait pas d'autre occasion. Wick pourrait couler sans refaire surface s'il ratait son coup.

Lorsque la vague suivante se forma, il fondit. Enfonça les griffes et les saisit. Dans un grognement, il grimpa, les libérant des flots agités et glacés.

Il entendit le gémissement de douleur de Wick, mais ne ralentit pas alors qu'il filait vers le repaire. Ils avaient tous deux besoin de soins, mais Bastian ? La force vitale de son meilleur ami était dangereusement basse. Une transfusion d'énergie devenait sérieusement indispensable. S'il ne l'obtenait pas vite, il ne survivrait pas.

Volant en trombe, Rikar prit de l'altitude. Coincé entre la ville en contrebas et les nuages orageux qui se rassemblaient au-dessus, il sentit les premières gouttes de pluie et commença à prier. Pour que le vent le pousse vers l'est en direction de Black Diamond. Pour que la foudre attende. Et pour que Myst survive à la boulimie d'énergie de Bastian quand Rikar le lui mettrait dans les bras.

Seigneur, sa liste de souhaits était bien trop longue. Et lorsqu'un homme devenait gourmand, il y avait toujours un truc qui tournait mal.

Trois jours. Soixante-dix-sept heures entières de Bastian et rien d'autre que Bastian, alors que Dieu lui vienne en aide. Elle n'avait pas vraiment accepté ça ?

Si.

Ce mot lui traversa l'esprit, le « S » se transformant en un long sifflement. Tandis que cette sorte spéciale de poison agissait en profondeur, Myst se frotta la tempe en décrivant de lents cercles. Elle méritait le prix de l'Idiote de l'année… et une médaille. Qui dirait : « Pour avoir battu des records en matière de stupidité. »

D'accord, elle était peut-être un peu dure. Elle avait été coincée, après tout, mise au pied du mur par Bastian et son équipe, mais quand même…

Nom de bébé ou non, elle aurait dû rester sur sa position et exiger d'être ramenée chez elle. Mais, oh non… qu'avait-elle fait à la place ? Promis de ne pas s'échapper. Conclu un pacte avec le type qui non seulement l'avait enlevée mais l'avait conduite en volant dans le repaire secret d'une unité militaire d'hommes-dragons.

Ou quel que soit le nom qu'ils se donnaient. Nightfury. Ou un truc du genre.

Mais ce n'était que la moitié du problème.

Le vrai hic – celui qui la perturbait – revenait à s'être trahie elle-même. Une trahison sur tous les plans : moral, intellectuel et émotionnel. Et même si elle avait envie de le nier, Myst n'était pas du genre à mentir, surtout pas à elle-même.

Et elle se retrouvait avec une sacrée vérité à admettre.

Elle ne regrettait qu'à moitié d'avoir été enlevée par Bastian.

Myst laissa la porte du placard se refermer en claquant. Ouais, elle méritait vraiment, absolument vraiment, ce prix de la stupidité.

Mais Bastian. Il était juste si… si fascinant et intelligent, d'une gentillesse qui lui parlait. Sans oublier qu'il était très séduisant. Qu'on y ajoute son parfum et… waouh. Elle avait de gros ennuis, et c'était avant de se rappeler la façon dont il la regardait. L'intensité incroyable de ses yeux et la tendresse qui s'y mêlait lui donnaient le sentiment d'être importante et précieuse, peut-être même un peu aimée.

Elle avait perdu la tête.

Jamais elle ne devrait fantasmer sur Bastian. Qu'est-ce qu'elle savait vraiment sur lui, de toute façon ? Pas beaucoup plus que ce qu'elle avait vu, ce qui, en grande partie, aboutissait dans la colonne « Complètement fou » de sa liste en cours.

Bon Dieu, elle avait besoin d'un verre.

Et pas d'un de ces cocktails de jus de fruits, non plus. Elle voulait quelque chose de fort, au goût trompeur qui cachait une dose d'alcool mortelle. Le problème ? Elle n'était pas une grande buveuse. Quand elle était stressée, elle se dirigeait tout droit sur du dur… du chocolat à soixante-dix pour cent de cacao.

Oh, là là. Qu'est-ce qu'elle ne donnerait pas pour une tablette, là tout de suite. Ou des M&Ms. Avec ou sans cacahouètes, elle s'en foutait. Les deux feraient l'affaire.

Dressée sur la pointe des pieds, Myst scruta l'intérieur d'un placard. Elle poussa un paquet d'amandes nature sur le côté pour apercevoir le fond. Rien. *Nada.* Et c'était le dernier de la longue série de meubles ultramodernes qu'elle avait fouillés. Toute la cuisine regorgeait d'aliments complets bio qu'aucune femme ayant toute sa raison n'aurait envie de manger. Et pourtant elle était infirmière, pour l'amour du ciel… complètement acquise à la cause de l'alimentation saine.

Qu'est-ce qui clochait chez ces types ? Ils avaient une dent contre la malbouffe ? De toute évidence, personne dans cette maison n'avait jamais ses règles.

Si ce n'était pas dommage.

Elle avait besoin de quelqu'un à qui parler… qui aurait assez d'œstrogènes pour contrebalancer la lourde dose de testostérone qui vivait là. Mais Daimler avait mis le holà à cette idée un quart d'heure plus tôt, en lui apprenant qu'elle était la seule femme à des kilomètres à la ronde. À des kilomètres ! Mince, ça ne présageait rien de bon. Cela dit, à y repenser, elle devrait probablement se réjouir de cette info. Après tout, si elle était une prisonnière solitaire, la bande des Nightfury ne détenait aucune autre victime enchaînée dans ses cachots.

Ou dans un lieu tout aussi effrayant.

Mais cela dit, la peur était une question d'opinion, non ? Une question de degrés, et sa boussole indiquait la mauvaise direction. Le nord ? Ouais, bien sûr. Elle était complètement déréglée, oui. C'était l'effet que Bastian produisait sur elle. À présent elle était incapable de savoir où était le haut, comment sortir ou même si elle en avait envie.

Trois jours.

De Bastian.

Au secours.

Les sourcils froncés, Myst renonça à sa quête de chocolat et se tourna vers la baie vitrée. Encadrés par d'énormes poutres en bois, les panneaux en verre avaient perdu leur opacité, lui permettant de voir le jardin de l'autre côté. Des fleurs automnales s'épanouissaient le long de sentiers de galets. De gigantesques arbres et des buissons bien taillés s'agitaient dans la brise nocturne, le clair de lune peignant leurs feuilles d'un éclat argenté.

Une adorable prison. Ouais, Black Diamond était exactement ça : magnifique, bien conçu, mais une prison malgré tout.

S'arrêtant près de l'îlot de la cuisine, Myst baissa les yeux sur le bébé endormi dans le creux de son bras. Gregor valait-il tout ça ? L'enlèvement, toute la peur, et à présent, sa promesse de rester en un lieu qu'elle savait dangereux ?

Dégoûtée d'elle-même, elle secoua la tête.

Bien sûr que Gregor valait le coup.

Il était plein de vie, un innocent pris dans un horrible filet. Ce qui amenait la question… pourrait-elle vraiment l'abandonner ?

La réponse était évidente. Tout en elle lui criait que non. Elle ne voulait pas quitter Black Diamond sans lui. Et pourtant elle ne pouvait pas l'emmener, non plus. Bastian avait été clair à ce sujet. Gregor n'était qu'à moitié humain ; l'autre moitié pur dragon.

Alors…

Elle ne pouvait pas l'élever seule. Il avait besoin d'être avec des gens qui le comprenaient, qui connaissaient son histoire et étaient en mesure de lui enseigner les défis que représentait sa nature.

Myst soupira, lui caressant la joue du bout des doigts. C'était tellement injuste. Le tenir dans ses bras était le paradis, mais dans trois jours, elle serait obligée de l'abandonner. Pour ne jamais plus le revoir. Cette pensée la laissa le cul entre deux chaises… à cheval entre son monde et le sien. Et dans ce petit espace, il n'existait aucun compromis ni issue simple. Tout se résumait en un mot… « choix ».

Rester ou partir. Sa vie pour la sienne.

Sa gorge se serra et, contournant l'îlot, Myst marcha vers le parc à bébé. Elle avait besoin de le poser… juste un instant. Le dorloter ne l'aidait pas. Ça ne faisait qu'aggraver sa souffrance. L'idée de le laisser n'en était que plus difficile à supporter et le garder lui semblait de moins en moins être un sacrifice. Mais ce n'était pas un chiot. L'adoption était une affaire sérieuse, et elle avait une décision à prendre.

Elle s'obligea à le poser. Tandis qu'elle ajustait la couverture autour de lui, elle suivit du doigt le pavillon de son oreille et l'écouta respirer. Un temps limité. Ils étaient destinés à avoir un temps limité ensemble, et elle voulait se souvenir de tout. De son adorable odeur de bébé et de la douceur de sa peau à la façon dont il était emmitouflé, si petit et si parfait, dans son parc.

Un poids de la taille de Seattle lui comprima la poitrine. Myst inspira et expira, pour mettre une distance nécessaire entre eux.

Il était temps d'aller prendre l'air.

Elle pourrait s'accabler de « et si » jusqu'à la mort plus tard. Là tout de suite, le jardin lui semblait constituer une échappatoire parfaite. Elle pourrait se perdre un moment parmi les hauts arbres et les buissons fleuris, pour réfléchir, élaborer des plans et… fureter discrètement.

La demeure de Bastian était gigantesque. Un monstre à la charpente de bois qui possédait plus de mètres carrés, de portes verrouillées ou munies de codes qu'elle ne pouvait en explorer en une soirée. Mais mémoriser les sorties était moins important que trouver un moyen de transport. Elle avait besoin d'une voiture pour se tirer de ce coin paumé.

Et où la plupart des gens gardaient leurs véhicules ?

Dans un garage.

Daimler – qu'il soit béni – avait laissé échapper que le garage n'était pas attenant à la maison. Et donc son plan A incluait d'aller dehors. Le jardin offrait la couverture idéale pour une exploration discrète. Dommage qu'elle n'ait aucune formation en la matière. Quelques notions issues de l'unité d'élite de la marine américaine lui auraient enlevé une énorme épine du pied, là tout de suite.

Mais même si elle aimait le traiter d'imbécile, Bastian n'en était pas un. Elle l'avait vu parler à Daimler en quittant la cuisine. Depuis, le petit elfe s'était mis en mode commando avec elle. Furtivement, il scrutait les moindres de ses mouvements, la surveillait avec un œil d'aigle et…

Surprise, surprise. Elle n'était plus seule.

Myst se retourna vers l'office. Un bruit de frottement presque imperceptible se fit de nouveau entendre. Mince. Daimler ne valait guère mieux qu'elle en matière de discrétion. Au moins, il aurait essayé.

— Daimler ?

Dans un sautillement joyeux, le majordome surgit par la porte battante et bondit dans la cuisine. Une spatule couverte de glaçage à la main, il la brandit au-dessus de sa tête, esquissant des mouvements compliqués.

— Oui, ma… Myst ? Comment puis-je vous être utile ?

Luttant pour réprimer un sourire, Myst le dévisagea. Bon Dieu. Ce type était agile… et plus amusant que n'importe quel épisode de *Queer, cinq experts dans le vent*. Heureusement qu'elle avait Daimler. Il était mieux qu'une pilule de Prozac en matière de coup de blues.

— Vous pouvez cesser de me suivre partout, vous savez. Je ne vais nulle part.

Du moins, pas cette nuit. Dans trois jours, cependant ? À voir. D'ici là, elle disposerait d'un plan en béton et des clés du véhicule le plus rapide du garage de Bastian.

— Oh, je ne vous…

— Mon œil.

Baissant la spatule, il passa d'une expression pleine d'entrain à un air penaud.

— Je n'avais pas l'intention d'envahir votre intimité, madame.

— Je sais.

— M. Bastian est inquiet… comme c'est votre première nuit à Black Diamond. Il aurait voulu rester, mais le devoir l'a appelé loin de vous.

Il aurait voulu rester… avec elle.

Six mots. Seuls, ils n'avaient rien de particulier. Ensemble ? Ils faillirent la faire fondre. Elle parvenait déjà tout juste à suivre la règle principale : ne pas tomber amoureuse de lui. Mais chaque fois qu'elle se retournait, Bastian faisait un truc qui lui plaisait. Un geste plein de prévenance et de gentillesse. Ce qui ne faisait que la scier. Pourquoi ne pouvait-il pas juste jouer son rôle et se comporter comme un meurtrier à la hache ou un truc dans le genre ? Ça lui aurait rendu la vie bien plus facile si elle avait vraiment voulu s'échapper loin de lui.

Ouais. S'enfuir. C'était ce à quoi elle devrait penser.

Prenant un instant, Myst réorganisa ses cartes – celles où était marqué « priorités » – et retourna en lice. Il était temps de s'asseoir à la table et de jouer une partie de *Que mijote Bastian ?* avec la main qu'il lui avait distribuée.

Et Daimler constituait une aide précieuse. Trop honnête pour son propre bien, l'elfe lui révélerait ce qu'elle avait besoin de savoir grâce à quelques questions apparemment innocentes bien placées.

— La maison est magnifique, dit-elle, le ton désinvolte avec juste la dose de curiosité nécessaire pour faire bonne mesure. Et énorme. Combien de mètres carrés ?

— Oh, juste ciel !

Esquissant une pirouette, Daimler se précipita vers l'office.

Myst le regarda, interloquée, alors qu'il tournoyait comme une toupie et, heurtant la porte des fesses, disparaissait dans la pièce de l'autre côté. Lorsque le battant se referma derrière lui dans un bruissement, elle soupira. Génial. Elle était pire en matière de discrétion qu'elle ne le pensait. D'une façon ou d'une autre, elle s'était trahie. À présent, elle n'obtiendrait pas de réponses à ses questions et…

L'elfe revint précipitamment dans la cuisine, un présentoir sur pied surmonté d'un gâteau dans une main, un saladier en verre rempli d'un glaçage blanc dans l'autre.

—Avec le repaire souterrain ?

Elle hocha la tête et, s'avançant jusqu'à l'îlot, se glissa sur le tabouret à haut dossier le plus proche de là où Daimler s'était installé.

—Hmm…

Armé de la spatule, il glaça les côtés du gâteau. Myst commença à saliver. Mince, ça sentait bon… un carrot cake avec un glaçage au sucre. La malbouffe des champions.

—Vingt-trois mille mètres carrés… plus ou moins.

Nom de Dieu. Cet endroit était bien plus grand que ce qu'elle avait pensé et…

Bon Dieu, ce gâteau la rendait folle. Tendant la main, Myst récupéra une goutte de glaçage qui était sur le point de tomber du rebord du saladier. Alors qu'elle la portait à sa bouche et se léchait le bout du doigt, elle poussa un soupir de plaisir. Daimler était extraordinaire… une perle comme il en existait peu sur Terre.

—Et sans le garage ?

Elle aperçut la dent en or de Daimler quand il gloussa.

—Vous en désirez un morceau ?

Oh là là. Ce type renversait totalement la situation, détournant la conversation sur elle. Myst ne se démonta pas. Ils pouvaient jouer à ce jeu-là tous les deux.

—Bon Dieu, oui. J'ai une folle envie de sucré.

— Je savais que vous étiez un bec sucré, murmura-t-il, l'air ravi.

Il s'avança vers la rangée de placards et en ouvrit un, avant de tirer une assiette blanche d'un tiroir. Des couverts et l'assiette à la main, il revint vers l'îlot de la cuisine. Il coupa une part généreuse, la recouvrit d'une épaisse couche de glaçage supplémentaire avant de poser toute cette dose de sucre devant elle.

Elle prit son premier morceau et gémit, la bouche pleine.

— Vous êtes un magicien culinaire.

Il sourit.

— Et vous êtes une femme très curieuse.

Démasquée.

Avalant sa seconde bouchée, Myst couvrit ses arrières.

— Vous ne pensez pas que j'ai toutes les raisons de l'être ? J'ai une vie en dehors d'ici, Daimler. À laquelle Bastian m'a arrachée. Comment en apprendre plus sur vous… sur eux… sans poser de questions ? Si je dois vivre ici – être heureuse ici –, je dois comprendre certaines choses… comme la façon dont ils fonctionnent, ce qui m'est interdit ou non… vous ne croyez pas ?

— M. Bastian m'a averti que vous étiez très intelligente.

— Oh, allez. Dites-m'en un peu plus sur la maison… sur eux. Quel mal peut-il y avoir à ça ?

— Aucun.

Maniant sa spatule deux fois plus vite, Daimler resta concentré sur son travail, à dessiner de jolies volutes sur le dessus du gâteau.

— Tant que vous vous adressez à l'homme qui est désormais responsable de vous, madame.

— Excusez-moi ?

Elle se figea, un morceau de carrot cake devant la bouche. L'homme responsable d'elle. Ça ne lui inspirait rien de bon. En fait, ça ressemblait beaucoup à une caricature des relations maître-esclave. Lesquelles avaient cours au, oh, disons... au XIIe siècle quoi. Eh bien, pas de bol. Jamais elle n'accepterait ça. Si Bastian se prenait pour un seigneur moyenâgeux et la traitait comme une citoyenne de seconde classe, écailles ou non, elle l'écorcherait vif.

— Vous voulez bien m'expliquer ça ? ajouta-t-elle.

Malin comme il l'était, Daimler fit marche arrière, rejetant le blâme sur son patron comme s'il s'agissait d'une bombe à retardement.

— Ce sont les ordres de M. Bastian. Si vous désirez obtenir une information, vous devez vous tourner vers lui.

Hum, hum, et ce cher M. Bastian pouvait aller se faire voir.

— Eh bien, il n'est pas là pour répondre à mes questions, si ?

— Je suis désolé. (Les oreilles pointues de Daimler, qui avait le regard rivé sur le gâteau, devinrent rouge vif.) Je sais que les heures qu'il passe loin de vous vont être éprouvantes, mais vous avez à votre disposition de nombreuses activités pour vous occuper. La salle de jeux offre des distractions variées, et en votre qualité d'invitée vous...

— Invitée, mon œil.

— Mais, madame, si seulement...

— Oubliez ça. Vous ne me convaincrez pas, Daimler.

Serrant sa fourchette à en avoir les articulations blanches, Myst regarda l'elfe droit dans les yeux. Daimler constituait sa meilleure chance de découvrir les plans de Bastian. À coup sûr, Bastian ne lui dirait jamais rien. Il était trop rapide... trop intelligent pour laisser voir sa main avant de la jouer.

— Qu'est-ce qu'il manigance ? s'enquit-elle. Pour quelle raison suis-je vraiment ici ?

— J'ignore où vous voulez en venir, madame.

— Si, vous le savez.

L'argent tinta contre la porcelaine luxueuse lorsque sa fourchette heurta le bord de son assiette.

— Vous ne pensez pas que j'ai le droit de savoir… de décider par moi-même ?

— Vous devez poser ces questions à M. Bastian, Myst, dit-il, la voix si basse qu'elle l'entendit à peine.

Dans un soupir, il la regarda de nouveau dans les yeux. Myst frémit, lisant une peine terrible dans son regard.

— Je vous en prie, madame. Ce n'est pas à moi de vous l'apprendre.

Sa tristesse lui fila les jetons. La mit en garde. Lui donna envie de fuir.

Dieu tout-puissant, qu'est-ce que Bastian avait l'intention de lui faire ? Sa gorge se serra de panique tandis qu'une pensée abominable lui traversait l'esprit. Elle ne quitterait pas Black Diamond… jamais. À moins de prendre les choses en main. Et promesse ou non, elle devait y travailler dès à présent… avant que Bastian ramène sa magnifique personne au repaire. Avant qu'avec ses manières charmantes de beau parleur, il réussisse à lui faire accepter de conclure un autre marché stupide.

Il en était capable, aussi… de l'amener à désirer rester avec lui. De la persuader de renoncer à tout ce qu'elle s'était donné tant de mal à accomplir. Et elle savait exactement comment il allait procéder.

Gregor.

Il utiliserait le bébé pour la convaincre de lui accorder plus de temps… juste assez pour la prendre au piège, pour qu'il lui soit impossible de partir.

Myst secoua la tête. Elle ne pouvait pas laisser ça se produire. Ne pouvait pas donner l'occasion à Bastian de l'embobiner. Dès qu'il l'aurait sous son emprise, il ne manquerait pas de profiter d'elle avant de la jeter comme un Kleenex.

C'était garanti.

Malgré la sollicitude et la gentillesse que semblait lui témoigner Bastian, elle n'appartenait pas à son monde.

C'était apparu comme une évidence quand ils s'étaient disputés au sujet du nom de Gregor. Du coup, elle n'avait pas d'importance pour lui. Un joujou avec une date d'expiration en bonus pour quand il en aurait assez de la voir.

Nom de Dieu. Elle devait partir. Tout de suite.

Feignant un calme qu'elle n'éprouvait pas, Myst repoussa son assiette. La porte-fenêtre était de l'autre côté du passage voûté, à moins de dix mètres. Dès qu'elle aurait atteint les étroits sentiers du jardin, l'épais feuillage lui fournirait tout le camouflage nécessaire pour revenir sur ses pas sur le côté de la maison. Le garage devait se trouver sur le devant, près de l'allée.

À la seconde où elle l'aurait découvert – ainsi qu'une voiture –, elle partirait en ville. Seattle la cacherait. Du moins, pour un petit moment. Le temps de réfléchir à ce qu'elle devait faire, à où elle devait aller… et à la façon dont elle devrait vivre pour que Bastian ne la retrouve jamais.

Elle jeta un regard à Daimler.

— Merci pour le gâteau.

— Avec plaisir.

Claquant sous ses pieds, ses tongs retentirent dans le silence quand Myst glissa de son tabouret. Elle s'éloigna de l'îlot et indiqua le parc à bébé, le cœur dans un étau.

— Vous voulez bien le surveiller un moment ? J'ai besoin d'air.

— Tout va bien, madame ? (Daimler se pencha vers elle, l'inquiétude se lisant sur les traits de son visage d'elfe.) Je n'ai pas cherché à…

— Myst !

La voix grave éclata, résonna comme un boulet de canon dans le couloir.

À ce son tonitruant, elle sursauta. Et se cogna le genou au pied en acier du tabouret. Lâchant un juron, Myst se le frotta, mais elle avançait déjà. Elle connaissait ce ton.

Avait travaillé trop d'heures aux urgences pour ne pas en identifier le caractère pressant… le désespoir frénétique de la personne qui hurlait.

Il y avait eu un problème.

Au moment même où elle contournait l'îlot, Venom entra en trombe dans la cuisine et s'arrêta devant elle.

—Il a besoin de toi.

—Qui ?

—Bastian. (La respiration bruyante, il la regarda fixement, et l'iris de ses yeux rouge rubis se voila tout en gagnant en intensité.) Il est blessé. C'est grave. Tu veux bien venir et…

—Où est-il ?

—C'est Rikar qui l'amène.

—À la clinique ?

—Ouais. Ils sont presque là, mais tu devrais savoir…

—Plus tard.

L'adrénaline la remplit comme du kérosène. Ôtant ses tongs, elle contourna Venom à toute vitesse et se rua dans le couloir, l'esprit tourné dans une seule direction. Bastian était blessé. Il avait besoin d'elle.

—Venom… dépêchez-vous ! Je dois préparer le matériel. Montrez-moi comment on descend au sous-sol.

Elle entendit le gars gigantesque bouger une seconde avant de le voir. Se déplaçant comme un ouragan organisé, Venom s'élança avec de longues foulées rapides et la dépassa dans le vaste couloir. Myst accéléra, balançant les bras, posant ses pieds nus au rythme des pas tonnants de Venom.

Surgissant d'un tournant, elle s'arrêta en dérapant derrière lui. Il devait s'agir d'une erreur. Il n'y avait qu'un mur recouvert de boiseries, rien qui…

Le lambris luxueux se retira sur le côté, dévoilant une paire de portes d'ascenseur brillantes. Les panneaux coulissants en inox s'ouvrirent. Venom entra dans la cabine d'acier. Juste dans son dos, Myst le regarda appuyer sur le bouton du bas du tranchant de la main. En douceur et en silence, l'ascenseur descendit, donnant à Myst le temps de respirer et de… réfléchir.

Bon Dieu, qu'avait mis Daimler dans ce carrot cake ? De la drogue ?

Ouais, ça expliquerait sa volte-face spectaculaire.

Deux minutes plus tôt, elle était folle de peur, prête à s'enfuir, à laisser Bastian à jamais derrière elle. Et à présent ? Elle aurait voulu que l'ascenseur aille plus vite. Elle avait besoin de poser les mains sur lui pour s'assurer qu'il allait bien.

Aucun doute là-dessus. Elle était officiellement cinglée, et ses priorités s'étaient complètement inversées.

Chapitre 22

Debout derrière la glace sans tain, Angela regardait le sosie de Jennifer Lopez faire les cent pas de l'autre côté. La salle d'interrogatoire produisait cet effet sur les gens. Exigu et étouffant, cet endroit miteux ressemblait plus à un cercueil qu'à une pièce, mais…

C'était le but.

Leçon numéro un de *L'Interrogatoire pour les nuls* : rendre les suspects fous. Leur donner envie de se mettre à table avant même qu'on leur ait posé la moindre question.

Jusque-là, cette méthode éprouvée semblait fonctionner. Sa suspecte était nerveuse. Le problème ? Angela ignorait si Tania Solares avait sa place dans le petit bout de paradis offert par la brigade criminelle. Elle devrait probablement ressentir de la culpabilité pour ça… pour tenir la petite brune sur la sellette et la faire mariner dans son jus. Et elle se sentirait coupable. Plus tard. Et seulement si Mlle Solares était innocentée.

Mais, là tout de suite ? C'était une personne impliquée dans une enquête pour meurtre. Qui s'était fait porter pâle, n'avait pas répondu aux messages qui lui avaient été laissés sur son téléphone portable et qui avait disparu toute la journée.

Ce comportement ne faisait qu'aggraver son cas sur le baromètre de la suspicion d'Angela. Qu'avait bien pu faire la meilleure amie de Myst Munroe ? L'aider à quitter la ville ?

Le hic, cependant ? Le truc qui l'avait complètement mise sur le cul ? Après qu'ils avaient ratissé en vain la ville à la recherche de Solares, leur suspecte était entrée dans l'enceinte des bureaux de la police de Seattle environ… – Angela vérifia sa montre – oh, environ une demi-heure plus tôt.

— Mais ils ont perdu la tête ou quoi ? grommela Solares.

Probablement, pensa Angela en jetant un coup d'œil à ses notes sur Solares. Elles ressemblaient à un rapport de police sans motif d'inculpation : vingt-huit ans, célibataire, paysagiste, obsédée par les chaussures.

D'accord, Angela venait d'inventer cette dernière caractéristique, mais… franchement. Pas besoin d'être Sherlock pour le deviner. Mais Solares n'était pas seulement une *fashion victim*. Cette petite brune était une force de la nature, dans une jupe crayon à fines rayures, une chemise boutonnée et des bottes noires à talons aiguilles.

Gucci, très certainement.

Angela glissa un autre regard sur ces superbes bottes. Ouais, clairement. Ce cuir semblait doux comme du beurre.

Tout comme Mac. Du moins, au niveau de la tête.

Du coin de l'œil elle aperçut l'expression de son partenaire. Aucun doute à ce sujet. Son instinct de tueur était à des lieues de « tueur » en ce moment.

Angela réprima un grognement. Le gars était à deux doigts de baver. Dans cet état depuis que la splendide Mlle Solares avait pointé son corps bien roulé dans leurs bureaux peu élégants. Dans des circonstances normales, Angela se serait amusée de la réaction que la jeune femme provoquait chez lui.

Mais pas ce jour-là.

Là tout de suite, elle voulait des réponses, pas une stupeur induite par la testostérone. Elle n'avait pas de temps à perdre. Quatre femmes étaient mortes. Un bébé porté disparu. Et avec leur suspecte numéro un qui s'était fait la malle ? Ouais, Mac devait se plier au programme. Parce que la meilleure amie leur parlerait, que ça lui plaise ou non. Elle balancerait tout ce qu'elle savait sur cette mystérieuse Myst Munroe.

Refermant dans un bruit sec son carnet relié de cuir, Angela se dirigea vers la porte. Elle heurta Mac en passant, épaule contre épaule.

— Tu vas te tenir là-dedans, l'Irlandais ? Ou je m'en occupe seule ?

— Je vais bien. (Une expression penaude sur le visage, il sortit derrière elle.) Par contre, tu mènes la danse.

Elle esquissa un sourire. Ouais, comme s'il y avait eu le moindre doute là-dessus. Avec son personnage habituel du gars cool hors service, Mac constituait plus un boulet qu'un atout pour l'interrogatoire. Néanmoins, elle voulait qu'il l'accompagne. À côté de l'aptitude de Mac à relever des indices – à interpréter des changements subtils dans le langage corporel –, les dons de médium semblaient un jeu d'enfant.

Tournant la poignée, Angela ouvrit la porte en grand et entra dans la salle d'interrogatoire. De l'air confiné, pimenté par une odeur de menthe, l'accueillit alors que Solares virevoltait sur ses talons de sept centimètres. Une expression sinistre sur le visage, la jeune femme posa lourdement son sac à main Versace sur la table rayée. Faisant claquer son chewing-gum, elle transperça Angela de ses yeux marron foncé.

— Qu'est-ce que ça veut dire ?

— Vous n'êtes pas facile à trouver, Mlle Solares. (Angela soutint son regard.) Où étiez-vous toute la journée ?

— Ici et là.

Solares croisa les bras.

Hum… son langage corporel n'était-il pas intéressant ? Nerveuse et sur la défensive. Peut-être même avec une pointe de culpabilité.

Bien.

Mal à l'aise, voilà exactement comment Angela la voulait.

Jouer les durs n'était pas vraiment son style. Mac s'occupait toujours des interrogatoires plus brutaux, mais ça ne signifiait pas qu'Angela ne savait pas s'y prendre. Mettre un suspect au supplice faisait partie du boulot. Une arme aussi nécessaire que le Glock glissé dans le creux de son dos.

— Inspecteur Keen, de la brigade criminelle.

Repoussant le bas de son manteau en cuir, elle montra la plaque fixée à sa ceinture avant d'indiquer Mac du menton.

— Mon partenaire, l'inspecteur MacCord.

Solares fronça les sourcils.

— La brigade criminelle ?

Marchant vers la table placée au centre de la pièce, Angela s'arrêta près d'une chaise en plastique. Elle jeta un coup d'œil à l'énorme sac à main qui envahissait désormais le domaine de son interrogatoire. Cet article coûteux correspondait à la femme. Solares avait un haut niveau d'études et menait un train de vie élevé. Normalement, pas un problème pour Angela. Celle-ci, néanmoins, était rudement intelligente. À l'esprit aussi aiguisé qu'un couteau. Et lorsque Solares tourna les yeux sur elle, Angela en sentit le mordant.

Ce qui la mit en rogne au point de déclencher son numéro du méchant flic.

— Asseyez-vous, Mlle Solares, dit-elle, sa voix un mélange redoutable de « je-ne-joue-pas » et « ne-me-faites-pas-chier » tandis qu'elle tirait une chaise.

Les bottes clouées au plancher piqueté, Solares plissa les yeux.

— Pourquoi ne pas me dire d'abord ce dont il est question ?

Le miroir sans tain dans le dos, Angela posa son carnet à côté du Versace et indiqua la chaise en face d'elle.

— Asseyez-vous.

— Nom de D… vous savez depuis combien de temps je suis ici, à attendre ? (Solares s'interrompit, à coup sûr pour desserrer les dents.) Bien sûr que vous le savez. C'est vous qui m'avez enfermée là.

Angela haussa un sourcil, mais resta muette. Si elle ouvrait la bouche, là tout de suite, une excuse pour son numéro de gros dur pourrait sortir. Et alors, ils en seraient où ? Jusqu'au cou à Pas-de-réponseville avec un suspect potentiel sur le siège du mort, voilà où.

Se servant de sa taille pour la soutenir, Mac bougea derrière elle, le frottement de ses bottes retentissant dans le silence.

Une bonne trentaine de secondes s'écoulèrent avant que Solares capitule.

— Oh, pour l'amour du ciel.

S'avançant de deux pas, elle saisit le dossier de la chaise et tira. Le métal grinça contre le bois avant qu'elle repose bruyamment le siège à près d'un mètre du bord de la table. Avec une grâce qui démentait son attitude, la femme se laissa tomber sur la chaise en plastique. Les bras croisés, elle s'installa, le menton relevé d'un air obstiné.

Murmurant un « merci », Angela se glissa sur la chaise en face et ouvrit son carnet. Elle commença avec les questions habituelles. Est-ce que Mlle Solares avait vu son amie ? Lui avait parlé ? Savait-elle où elle pourrait se trouver ? Quand elle obtint des « non, non, non » en réponse, Angela passa à l'étape suivante.

— Parlez-moi de Myst… ses habitudes, son histoire. Depuis combien de temps la connaissez-vous ?

— Écoutez, je suis venue ici pour signaler une disparition. (Les sourcils froncés, Solares croisa les jambes, laissant son pied pendiller.) Je racontais tout à l'autre agent quand on m'a traînée ici. Qu'est-ce qui se passe ?

— Contentez-vous de répondre aux…

— Je vous en prie, dit-elle. Dites-le-moi… c'est tout. Myst a des ennuis, c'est ça ?

— Qu'est-ce qui vous fait croire ça ?

— Eh bien, je suis là… ici !… dans une salle d'interrogatoire avec vous. (Ses yeux sombres inquiets, elle leva les mains, paumes vers le haut, en un geste d'impuissance.) J'ignore ce qui est arrivé, mais… j'ai passé toute la journée à la chercher. J'ai vérifié son appartement, appelé son chef, discuté avec les infirmières de l'hôpital. Personne ne l'a vue ni ne lui a parlé depuis… oh, bon Dieu. Je savais que ça tournerait mal. J'avais un pressentiment, vous savez ? J'ai essayé de la dissuader mais…

Mac se plaça dans son champ de vision alors que la voix de Solares s'éteignait. L'épaule appuyée contre le mur, son partenaire releva le menton, pour l'avertir qu'il était de nouveau là. Dieu merci. Elle n'aimait pas bosser en solo.

Angela arqua un sourcil.

— Mais ?

— Elle a promis de me téléphoner… après, vous savez ? Myst tient toujours parole et elle téléphone toujours… absolument toujours. J'ai attendu. Je l'ai appelée, appelée… mais je tombais toujours sur son répondeur. (Repoussant ses cheveux derrière ses oreilles, Solares secoua la tête.) C'est absurde. Si elle pouvait me joindre, elle le ferait. Il y a vraiment un problème. Elle ne me laisserait jamais me ronger les sangs si elle pouvait…

La voix de la femme se brisa, et Angela la prit en pitié.

— Écoutez, Tania, on…

— Vous n'avez pas la moindre piste, n'est-ce pas ?

Ses yeux marron foncé se remplirent de larmes.

Angela serra son stylo plus fort pour s'empêcher de toucher la main de la femme. C'était dur. Elle comprenait ce genre de panique… était bien trop familière avec la mort pour ne pas identifier les bouleversements que provoquait la disparition d'un être cher. Et alors que Solares détournait le regard – croisait les bras, décroisait les jambes, remuait sur son siège, puis recroisait le tout pour garder la douleur à distance –, Angela se sentit craquer. La femme en face d'elle n'était coupable de rien d'autre que de s'inquiéter pour son amie.

— Bon Dieu, chuchota Solares, s'essuyant le dessous des yeux. Je lui ai dit de ne pas aller là-bas… de juste rentrer chez elle et qu'elle se débrouillerait très bien toute seule.

— À la maison des Van Owen ?

— Ouais. Mais Myst a refusé de m'écouter. Elle se faisait tellement de souci pour Caroline.

— Pourquoi ?

— Un truc au sujet des résultats d'un examen et de rendez-vous manqués. (Elle leva les yeux, et son regard se fit plus perçant quand elle croisa celui d'Angela.) Et cet abruti de petit ami.

— Le petit ami de Caroline ?

— Il était ignoble avec Caroline, vous savez ? Violent. Myst n'est pas entrée dans les détails, mais ça avait l'air grave et maintenant…

— Quoi ?

— Myst est morte, c'est ça ? Ce connard l'a tuée.

— Il n'y a aucune preuve en ce sens, Mlle Solares, dit Mac, s'immisçant dans la conversation. Vous connaissez le nom du petit ami ?

— Mmm… Ryan Machin Chose. (Les sourcils froncés, elle se mordilla la lèvre inférieure.) Brady, peut-être ?

Angela gribouilla ce nom, l'espoir s'épanouissant en elle. Un petit ami brutal égalait une piste solide. Ce type avait un passé violent et un motif : le bébé. Alors, comment s'emboîtait l'infirmière portée disparue ? Était-ce un scénario du genre « au mauvais endroit, au mauvais moment » ? Était-elle retenue en otage ou la prochaine victime ? Peut-être. Peut-être pas. Mais ce qui était sûr ? Ils devaient retrouver Myst Munroe.

— C'est un vrai cauchemar. (Solares se frotta le haut des bras.) Exactement comme avant.

Avant ? Angela adressa un regard lourd de sous-entendus à son partenaire.

— Vous pouvez répéter ?

Le sosie de Jennifer Lopez expulsa une respiration tremblante.

— C'est comme ce qui est arrivé à sa mère… sauf que, eh bien, Myst n'est pas morte dans sa cuisine.

— Quoi ? s'écrièrent Mac et elle, se répondant l'un l'autre.

— Ouais. (Elle posa les yeux tour à tour sur Angela et Mac.) Vous l'ignoriez ?

Mac se déplaça. S'écartant du mur, il traversa la pièce, tira une chaise et les rejoignit à la table. Le regard rivé sur Solares, il murmura :

— Racontez-nous.

— Sa mère a été assassinée il y a trois ans, dit-elle. Les flics ont déclaré qu'il s'agissait d'un cambriolage. Un paquet de papiers personnels importants, son ordinateur et des disques de sauvegarde ont été volés. Des travaux de recherche. Pour son travail au centre de biotechnologie.

Une scientifique. Waouh. Une autre pièce qui s'ajoutait au mystère Myst Munroe.

— Sur quoi portaient les recherches de sa mère ?

— La génétique, je crois. Un truc en lien avec la manipulation de l'ADN et le genre. Je n'y comprenais rien. Je suis paysagiste… Mon monde tourne autour des plantes, pas de la science. (Solares joua avec sa bague, qu'elle fit glisser autour de son majeur.) Myst est rentrée du travail et l'a trouvée. Dana avait été… découpée… torturée, a dit l'inspecteur.

Examinant cette nouvelle information, Angela se laissa aller contre le dossier de sa chaise. Était-ce important pour leur enquête ? Dieu seul le savait, mais franchement ? Chaque miette comptait. Tôt ou tard, toutes les pièces s'assembleraient pour lui fournir ce dont elle avait besoin, une série d'éléments qui conduisaient à un meurtrier.

— Le tueur a été pris ?

Elle secoua la tête.

— Je crois que c'est ce qui a été le plus dur pour Myst… le fait de ne pas savoir. Impossible de tourner la page. Les interrogations constantes. Vous pensez que le meurtre de sa mère aurait un rapport avec sa… disparition ?

— On examine toutes les pistes. (Repoussant sa chaise, Mac se leva, un signe évident que l'interrogatoire était terminé.) Merci d'être venue, Tania.

Solares ricana et se mit debout.

— Comme si j'avais eu le choix ?

Angela se pinça les lèvres en les rejoignant. Quelles que soient les lacunes de la jeune femme, le courage n'en faisait pas partie. Prenant une carte dans son carnet, elle la lui tendit.

— Si vous pensez à quoi que ce soit d'autre, appelez-moi.

Solares hocha la tête en l'acceptant.

— Vous me ferez savoir si…

— Ne quittez pas la ville. (Mac lui indiqua la porte.) On vous tiendra au courant.

Glissant la carte dans son sac, Solares en saisit les anses et, faisant claquer ses talons aiguilles, contourna la table pour se diriger vers la sortie. Lorsqu'elle ouvrit la porte, elle regarda par-dessus son épaule.

— Quoi que vous pensiez qu'elle ait fait, inspecteurs, vous vous trompez. Myst ne ferait jamais de mal à personne. Elle en est tout bonnement incapable. Elle fait encore des cauchemars à cause de la mort de sa mère.

Hum-hum. Eh bien, ça restait à voir, mais au moins parler à Solares n'avait pas été une perte de temps. Quand la petite brune disparut, Angela donna libre cours à ses super instincts. Elle disposait de nouvelles pistes… deux qu'il serait intéressant d'explorer.

Le petit ami constituait la priorité numéro un, mais réunir des informations sur lui serait rapide. Et après ? Le truc des biotechnologies. Des recherches génétiques, des manipulations de l'ADN associées à un bébé porté disparu. Une coïncidence ? Angela avait le pressentiment que non. Tant de choses dans cette affaire clochaient : les meurtres ou les cendres. Si on y ajoutait l'approche scientifique… ouais.

Ces pièces prenaient du sens. Il ne lui restait plus qu'à trouver le lien, le fil qui reliait le tout.

Elle lança un regard vers Mac.

— Ça te dit de descendre aux archives après avoir pris des renseignements sur Ryan Brady ?

— Tu me connais… je prends mon pied avec les affaires classées.

— Pas avec les petites brunes bien roulées ?

— Aussi, dit-il, avec un large sourire.

Angela leva les yeux au ciel et, saisissant son carnet sur la table, lui donna un coup au bras. Alors qu'il reculait en poussant des « aïe ! » et feignait d'avoir mal, elle se dirigea vers la porte. Ce grand nigaud n'avait aucune honte. Mais cela dit, c'était le cas de la plupart des hommes.

Des grattements de guitares explosèrent, hurlant depuis la poche arrière de Mac. Sortant son iPhone, il le porta à son oreille.

— MacCord.

Elle franchit le seuil. Mac grogna :

— Comment ça, perdus ?

Ho-ho. Ça ne présageait rien de bon.

S'arrêtant net, Angela revint dans la pièce.

— Eh bien, retrouvez-les. Ou j'arrive.

Mac raccrocha et fourra le téléphone dans sa poche.

Mince. À présent, ils avaient une menace et demie. Personne ne voulait une visite de Mac, surtout en rogne.

— Qu'est-ce qui se passe ?

— J'ai appelé le labo… pour les résultats des échantillons de cendres.

Ses yeux bleus débordant de frustration, Mac enfouit la main dans ses cheveux. Angela sentit un pressentiment lui nouer le ventre. Elle hocha la tête malgré tout, ayant besoin d'entendre la nouvelle.

— Ils ont disparu. Ces connards du labo n'arrivent pas à les trouver.

— Nom de Dieu.

Chaque fois qu'ils respiraient un peu, l'enquête connaissait un rebondissement qui ne faisait qu'aggraver une situation déjà catastrophique.

Angela se pinça l'arête du nez. Une migraine se pointait.

CHAPITRE 23

L'air glacial cingla Bastian. Sa tête partit en arrière, et une crampe lui bloqua tout le corps. Le spasme le traversa, courut le long de son dos alors qu'il oscillait au bord de l'inconscience. Merde. Il était en surcharge sensorielle, un domaine déchiqueté qu'aucun dragon n'aurait voulu occuper.

Un déplacement brutal tira sur ses chaînes. Sous le coup d'une atroce souffrance, il se tortilla, s'étira de tout son long, entravé jusqu'au pieu dans son esprit. La douleur cinglante arriva en trombe, avec fureur et, dans un gémissement, il tendit les bras à la recherche de quelque chose de solide. Il referma les doigts sur des écailles chaudes. Bastian resserra son étreinte sur la serre enroulée autour de sa cage thoracique. Ce n'était pas la sienne. Au moins, ça il le savait, mais…

Bon Dieu. Il ne parvenait pas à respirer.

Déchirant la brume qui lui embrouillait l'esprit, Bastian s'obligea à soulever la poitrine. De l'oxygène. Il en avait besoin. Tout de suite.

Avalant de l'air, il lutta pour garder prise, bougea dans la serre et tenta d'ouvrir les yeux. Seigneur. Qu'est-ce qui clochait, putain, avec ses yeux ? Ils refusaient de s'ouvrir.

Il essaya encore. Souleva les paupières, mais n'y vit que du brouillard.

— Merde.

— *On est presque arrivés, Bastian*, lui dit une voix familière à travers la communication mentale.

— *Rikar ?*

— *Je te tiens.*

La voix de son meilleur ami l'apaisa. Les souvenirs affluèrent, surfant sur une vague d'informations. La gare de triage, l'explosion… et ce connard violet. Bastian grogna. Ce salopard avait eu l'avantage sur eux. Cette pensée en entraîna une autre. Ils s'étaient précipités. Lui et…

— *Wick ?*

— *Ici.*

Le grondement grave provenait de sa droite.

Luttant contre l'envie de vomir, Bastian s'obligea à ouvrir les yeux. Il volait. Correction… Rikar volait. Wick et lui pendaient, des passagers dans un défilé composé d'un unique dragon.

La vision de Bastian vacilla, des points noirs jouant à se relier entre eux.

— *Toi… ça va ?*

— *Pas du tout. Et toi, tu es une putain d'épave.*

Ça tenait la route. Il s'était pris un parc de wagons sur la tête.

Et une cargaison d'acide enflammé.

Ses ailes blanches déployées au-dessus d'eux, Rikar changea de direction, descendit à travers d'épais nuages. Cette inclinaison secoua Bastian, stimula ses récepteurs de la douleur. Il réprima un gémissement. Sa jambe cassée n'avait vraiment pas apprécié, mais… bon Dieu. Les brûlures étaient pires. À chaque changement de direction, son flanc hurlait, consumant plus d'énergie encore.

Non qu'il lui en reste beaucoup.

Il était dangereusement faible, si près de sombrer que ça l'effrayait. Il n'avait pas envie de le reconnaître, mais il n'avait jamais vécu ça avant : être blessé et dépendant d'un autre. Peu importait qu'il s'agisse de Rikar. Meilleur ami ou non, Bastian prenait toujours soin de lui-même.

Son abattement l'épuisait et lui pesait. Sans aide, il n'aurait jamais réussi à rentrer au repaire… où l'attendait un autre problème.

Myst.

Il avait soif d'elle. Besoin de la toucher. De sentir ses mains sur lui et d'entendre le réconfort de sa voix apaisante à son oreille. Mmmh, il la goûtait déjà. Bastian déglutit, une réaction compulsive, comme un drogué qui s'imaginait sa prochaine dose. Et il était drogué. Tellement en manque de l'énergie de sa femelle qu'il en deviendrait glouton.

Merde. Il était bien trop affamé. Avait basculé dans l'avidité d'énergie.

Son état était plus que dangereux. D'un genre que redoutaient tous les siens. Et qu'aucune femelle ne souhaitait rencontrer. Pas si elle espérait continuer à respirer.

—*Rikar.*

—*Accroche-toi bien, Bastian. Chute d'eau dans trente secondes.*

—*Non… pas…*

Bastian frémit, cherchant désespérément à se faire comprendre de son ami. Il ne voulait pas faire de mal à Myst, mais s'il la touchait… Seigneur. Il la viderait jusqu'à la dernière goutte, lui prendrait sa force vitale pour préserver la sienne. C'était juste une question de biologie, de la survie du meilleur mâle parmi tous les dragons.

—*Ne me laisse pas… ne me laisse…*

Son meilleur ami vira sur la droite. Ce mouvement balança Bastian et il sentit la morsure de l'angoisse, qui lui coupa le souffle. Il eut un haut-le-cœur, lutta contre les soulèvements de son estomac pour parvenir à se reconcentrer. Mais ce vol agité n'arrangeait rien et, alors que les cimes des arbres laissaient place à la rivière et que Rikar tournait vers le nord en direction de la cascade et de Black Diamond, Bastian sut qu'il avait des ennuis.

Il la sentait à présent. Percevait son essence avec autant de force que la sienne. Assoiffé, son dragon s'éleva tout au fond de lui et se focalisa sur sa proie. Bastian lutta contre cette réaction instinctive, tenta d'entraver ce besoin. La bête l'emporta sur la raison – se cabra, gronda en montrant les crocs, déclarant ses intentions.

Bastian ferma les yeux et, pour la première fois de sa vie, commença à prier. Il demanda de la force et, maudissant sa nature, plongea profondément en lui-même pour trouver son humanité. Myst avait besoin de sa protection. Méritait de la légèreté et des plaisirs, pas les ténèbres qu'il lui avait données.

Ni les souffrances qu'il s'apprêtait à lui infliger.

Bastian pouvait aller se faire voir s'il s'imaginait que Rikar épargnerait une femme plutôt que lui. Jamais il ne laisserait mourir son meilleur ami. Peu importait qu'aucun d'eux ne soit emballé par ce plan d'action. Ou qu'il se sente mal pour Myst. La réalité était une chieuse qui se la pétait.

Bastian avait besoin d'elle. Alors, ouais. Myst était dans la merde.

Virant à la façon d'un F-18, Rikar franchit le dernier coude de la rivière. Les rugissements de la cascade l'accueillirent, un nuage de brume imprégnant l'air nocturne. Sans ralentir, il fendit la chute d'eau et entra dans le passage derrière. De l'eau dégouttant du bout de ses ailes, son sonar allumé comme le jour de la fête nationale, rebondissant contre les parois de roche, il progressa dans l'étroit tunnel. La ZA se trouvait juste devant. Et au-delà ? Le repaire souterrain… et le salut de son ami.

Surgissant en trombe, il s'arrêta net, flotta au-dessus de la zone d'atterrissage une seconde, puis se posa avec douceur. Il gratta le granit de ses pattes de derrière, projetant de la poussière. Wick jura quand ses pieds nus rencontrèrent la roche. Et trébucha sur le côté contre la voiture. Les jambes de Bastian se dérobèrent sous lui, et il s'écroula sur le sol de la caverne.

Rikar se transforma, passant du dragon à l'humain. Submergé d'inquiétude, il s'accroupit près de Bastian. Celui-ci gémit et, prenant appui sur ses mains, s'efforça de se relever. Soucieux des blessures de son ami, Rikar se plaça du bon côté et l'aida à se mettre debout.

Dans une explosion d'étincelles électriques, Venom surgit de la paroi de la caverne. De ses yeux rubis flamboyants, il balaya la scène et, proférant ses meilleures injures, courut vers Wick.

Rikar jeta le bras de Bastian autour de ses épaules et se tourna vers l'entrée du repaire.

— Où est-elle ?

— À la clinique. (Wick dans les bras, Venom croisa son regard par-dessus la tête de son pote.) Je ne l'ai pas prévenue.

— Non… (Souffrant manifestement, Bastian gémit.) Rikar… non…

— Tu as besoin d'elle.

— Je suis trop… affamé. (Il eut un mouvement de recul, et se débattit alors que Rikar tout à la fois le portait et le traînait à travers la ZA.) Ne… s'il te plaît. Je vais la… tuer… je ne peux pas…

— Je resterai avec toi. Si la situation devient critique, je la libérerai.

— Conneries… Tu ne seras pas capable…

— Ferme-la.

Dans un grondement, Rikar poussa son meilleur ami à travers la barrière invisible. L'électricité statique explosa, lui faisant dresser les cheveux sur la tête. Un nouveau pas et il fut de l'autre côté, les bottes posées sur le béton poli du couloir. Dieu merci. Il n'était qu'à quelques secondes de procurer à Bastian ce dont il avait besoin. La clinique se trouvait au bout du passage. Myst y était, à attendre son mâle.

— Je ne te laisserai pas mourir.

Le menton reposant sur la poitrine, Bastian secoua la tête.

— Rikar, s'il te plaît. S'il te plaît.

Rikar ne tint aucun compte de ses supplications. En cet instant, il s'en foutait. Il donnerait à son meilleur ami le nécessaire… au risque de tuer une femme.

La porte vitrée à deux battants de la clinique s'ouvrit, et…

— Oh, mon Dieu ! (Les yeux écarquillés, Myst resta le souffle coupé une seconde, puis s'élança pieds nus.) Rikar, on doit l'installer dans la clinique. J'ai…

— Non ! N'approche pas !

Ce refus désespéré résonna contre le béton, mais Myst ne ralentit pas. Comme un ouragan féminin, elle se précipita dans le couloir, les yeux rivés sur Bastian. Dieu merci. Plus vite elle l'aurait rejoint, plus vite il aurait perdu son combat et cesserait de lutter. Néanmoins, lorsqu'elle s'approcha, Bastian eut un mouvement de recul, tenta de s'écarter. Rikar le tint avec fermeté, plaçant de force son meilleur ami sur le chemin de la femme.

Sa proximité anéantit Bastian.

Un instinct profondément enraciné s'éleva, poussant Bastian vers sa femelle. Dans un grondement, il s'élança sur elle. Rikar le laissa partir, regarda son ami la soulever dans ses bras. Lorsque sa jambe cassée se déroba sous lui et les envoya sur le côté, Myst poussa un petit cri. Un son surpris qui dura moins d'une seconde avant que Bastian l'enferme dans son étreinte, la colle dos au mur, la bouche sur sa gorge, les mains glissées sous son débardeur. Lorsque leurs peaux se rencontrèrent, elle se cambra et son énergie jaillit. Une chaleur sauvage explosa, faisant reculer Rikar d'un pas et…

Seigneur. La femme, elle… elle…

Irradiait une énergie blanche et torride.

Se trémoussant, elle attira Bastian à elle, se colla plus étroitement à lui, accueillant le mâle qui la tenait.

— *Bellmia…*

— Oui.

Ses petites mains dans ses cheveux bruns, elle entrouvrit la bouche quand Bastian glissa sa cuisse entre les siennes. Avec un murmure de plaisir, elle lui fit de la place, enroulant les jambes autour de ses hanches.

Sans se soucier de ses blessures, Bastian grogna contre sa gorge, aspirant son énergie avec force.

— *Bellmia…* mienne.

Ils formaient un couple extraordinaire. Magnifique. Rikar n'avait jamais rien vu de semblable. Et, Seigneur. Il restait juste là, à les observer… comme une sorte de voyeur pervers. Mais, il ne pouvait pas partir. Devait encore les amener dans la clinique.

Dieu savait que Bastian n'y parviendrait pas seul. Et Myst ? Mince, elle était déjà ailleurs : sur un petit nuage de surcharge énergétique et de plaisir paralysant.

Mais alors qu'il aidait Bastian à tenir debout – veillant à ne pas toucher ses blessures ni Myst – et conduisait le couple dans le couloir, Rikar sentit sa poitrine se serrer. Il avait menti à son meilleur ami. L'avait regardé dans les yeux et…

Bastian ne lui pardonnerait jamais.

Et Rikar ne l'en blâmerait pas. Il ne méritait pas de s'en tirer indemne cette fois-ci… avait tort à tant de niveaux : pour ne pas avoir respecté la volonté de Bastian en le poussant dans les bras de Myst, pour avoir menti, pour ne pas avoir mis la femme en sûreté avant que Bastian lui prenne trop d'énergie.

Elle devrait être en train de faire un truc. Non ? Myst fronça les sourcils alors que son tourbillon mental tournait et tournait encore, l'entraînant d'une pensée à l'autre. Elle aurait juré qu'il y avait bien un truc. Une liste qu'elle voulait vérifier. Une tâche qu'elle avait commencée et devait terminer, mais…

Son cerveau s'était fait la malle. Une ardoise vide qui basculait sur elle-même, tournait en rond dans sa tête. Cette boucle sans fin l'attirait, lui embrumait les idées, la poussait à s'abandonner à ce mouvement chaud et grisant. Alors que ce courant l'entraînait, elle se laissa emporter par la vague, le souffle coupé quand une autre montée de plaisir la traversa.

Bon Dieu, c'était si bon : ce flottement, cette brûlure, la confusion de l'oubli.

Elle en redemandait, de cette sensation de volupté paralysante. Et encore après, mais elle ne pouvait pas s'y adonner. Pas pour l'instant. Pas sans résoudre le problème d'abord. C'était sa mission numéro un, capitale pour… eh bien, quelque chose. Ou quelqu'un.

Ouais, c'était ça.

Une personne avait besoin d'elle. Quelqu'un de très important.

Elle bougea, coupa le flot interne. L'écoulement impétueux se réduisit, bloquant toute sensation jusqu'à ce que seul un mince filet demeure.

— *Bellmia*… non. Ouvre. J'ai besoin…

Lorsque la voix rauque s'éleva au-dessus de son plaisir ténébreux, la pression à sa gorge augmenta. Haletante, elle s'abandonna au rythme de succion et à la présence dure entre ses cuisses. Bon Dieu, voilà qui était incroyable : délicieux, indéniable, magnifiquement intense. Si bon qu'elle dut lutter pour suivre le cours de ses pensées – et les garder sensées. Sa jouissance combla le fossé, l'attirant de nouveau dans un plaisir oublieux. Dans un soupir, elle céda et se laissa aller, se rapprochant de la chaleur ferme qui l'entourait.

— Oui, ma belle… oui.

Hmm… quelle voix : grave, coquine, chargée de la promesse d'une extase garante d'une folle chevauchée. Et bon Dieu, elle voulait s'embarquer dans cette aventure, mais… avec qui ?

Cette question était probablement importante. Elle devrait assurément en chercher la réponse, mais… bon Dieu. Cette houle de sensations était juste trop agréable. Ainsi que ce grognement. Délicieux et désespéré, ce son était profondément viril et, oh… waouh.

Bastian.

Oh, oui. Elle était avec lui. Il était avec elle. Elle le sentait à présent : ses mains dans son dos nu, sa bouche sur sa peau, son corps fort contre le sien et…

Myst fronça les sourcils. N'était-il pas… elle semblait se rappeler…

Il avait besoin d'aide, et elle était prête, avec le matériel pour traiter les traumatismes dans la clinique. Elle resserra les mains dans ses cheveux.

— Bastian…

— Doucement, dit un type alors que le monde se mettait sens dessus dessous.

La tête lui tournait et Myst sentit qu'on la posait, son dos entrant en contact avec une matière douce. Un lit ? Une civière ? Elle l'ignorait… s'en foutait. Tout ce qu'elle savait, c'était que Bastian avait besoin d'aide… du genre prodiguée dans un hôpital spécialisé en traumatologie.

— À l'aide… blessé… besoin d'un médecin.

— Chhhut… tout va bien.

Oh, bon Dieu, l'inconnu ne comprenait pas. Myst secoua la tête, le désespoir prenant racine en elle. Il devait obtenir de l'aide. Elle n'avait pas la force de laisser partir Bastian… d'appeler ses amis. Elle avait un souci. Elle était vidée, les muscles et l'esprit dépourvus de ressort au point de devoir lutter pour aligner deux pensées.

Elle ouvrit péniblement les yeux.

— Non… aidez-le. Il est blessé… brûlé.

— Détends-toi, femme. Tu es en train de l'aider, dit le type, tout en ton apaisant et rythme lent.

Entrouvrant les yeux, Myst aperçut vaguement un visage flou. Des yeux pâles brillaient sur des traits masculins, miroitant comme des étoiles bleues.

— Il a besoin de toi. Accroche-toi à lui.

Elle ferma irrésistiblement les yeux. D'accord, elle pouvait faire ça… pour le bien que ça ferait à la fin. Elle avait vu les blessures de Bastian. Il avait besoin de soins médicaux, pas des siens. Mais tandis qu'il s'affaissait comme une masse contre elle, lui aspirant la gorge avec force, son esprit s'envola, battant des ailes, la laissant avec une seule pensée. L'inconnu avait raison. Elle devait s'accrocher… garder Bastian près d'elle.

Elle pouvait le sauver si elle le tenait assez fort.

Chapitre 24

Sa conscience hésitait à quelques centimètres. Ou étaient-ce des kilomètres ? Bastian n'aurait su le dire. Ne savait pas grand-chose au-delà du fait qu'il était allongé. Sur le dos dans un endroit froid et sombre où il ne se rappelait pas avoir atterri.

Pas bon du tout. Un dragon à terre était un dragon mort.

Changeant de position, il examina ce qui l'entourait, s'efforçant de rassembler les morceaux. Un plus un n'était pas égal à deux. Il avait l'impression que rien n'était à sa place, qu'une brume recouvrait tout. Son sonar interne était faussé, recevait plus de parasites que d'informations viables. Merde. Il devait bouger, le savait avec une urgence qui perça le brouillard, le galvanisa.

Il plongea plus profondément en lui, interrogeant ses sens. Ses muscles se contractèrent, et de violents spasmes le torturèrent. Réprimant un gémissement, Bastian inspira un peu d'air et, rassuré, en avala une autre gorgée. Le va-et-vient familier de la respiration trompa la douleur, qui passa d'insupportable à presque soutenable.

Dieu merci.

Il n'avait pas de temps à perdre. Il devait se mettre en mouvement pour se barrer de l'endroit où il avait atterri – ou était tombé la tête la première, ce qui n'était pas trop s'avancer, étant donné à quel point son crâne l'élançait – et rejoindre…

Quoi… le repaire ?

Il fronça les sourcils. Non. Pas Black Diamond. Il devait aider quelqu'un.

Sans se soucier de la souffrance mortelle entre ses tempes, Bastian rassembla sa magie. La chaleur crépita comme de l'électricité, lui coulant dans les veines jusqu'à ce qu'il ait des picotements dans le bout des doigts. Un moment durant il contrôla avec soin cet afflux débridé, laissant le pouvoir ébranler sa maîtrise interne, avant de le libérer. Comme un puissant contre-courant, l'écoulement magique recouvrit tout ce qui l'entourait, rebondit contre les obstacles, chaque ultrason lui rapportant des informations.

Une pièce. Un lit. Le faible « bip » d'appareils tout proches.

Bastian desserra les poings. Avec une précision pleine de lenteur, il appuya les mains contre le matelas. La douleur l'envahit, mais le coton s'enfonça, frotta contre ses paumes. Il replia les doigts, empoigna l'étoffe pour se soutenir.

En sécurité. Seigneur. Il était en sécurité et...

Un grattement s'éleva sur sa gauche.

Malgré sa bouche sèche, Bastian croassa :

— Rikar ?

— Hé.

— Où... ?

Il entrouvrit les yeux.

— La salle de réveil de la clinique.

Silhouette indistincte, son ami réajusta ses couvertures, les remonta sur sa poitrine nue.

Lorsqu'il termina de s'affairer autour de lui, Rikar s'écarta de son chevet, ses pas retentissant dans le silence. Un bruit d'eau qui coulait emplit l'espace. Bastian déglutit. Il pouvait presque la goûter, sentir le froid mouillé qui lui glissait dans le fond de la gorge. Le caractère désespéré de sa soif lui rappela un autre moment en un autre lieu. Auquel il n'avait jamais plus songé, et dans lequel il refusait de se plonger.

Mais alors que le robinet continuait de couler, ce bruit réveilla des mémoires viscérales. Seigneur. Il ne supportait pas d'y repenser. À l'époque qui avait suivi la mort de son père et précédé sa prise de fonctions. Il avait été si vulnérable, à la merci des autres mâles et de la cruauté du nouveau chef de clan, toujours affamé, assoiffé, et coincé entre des mâles puissants qui n'en avaient rien eu à faire de lui.

Ayant besoin d'oublier, Bastian bougea sur le matelas, et accueillit la douleur. Lorsque la brûlure le traversa dans un bruit de draps froissés, ce souvenir s'estompa, arrachant son attention au passé pour la reporter sur ses blessures. Le poids de ses membres le rassura. Il était entièrement là, rien de vital ne manquait. Dieu merci. Il pouvait supporter son côté gauche qui le tiraillait et la légère douleur sous le genou. Mais un membre en moins ?

Ouais, pas tant que ça.

À présent, il devait juste récupérer son cerveau. Il avait l'impression d'être un patient lobotomisé, sans oublier le trou de mémoire. Rien ne cadrait. Il avait l'esprit embrumé, rempli de pensées fractionnées et confuses qui n'allaient pas ensemble.

Espérant que le fait de bouger l'aiderait à remettre de l'ordre dans ses idées, Bastian se souleva sur un coude. Le drap lui glissa sur les hanches tandis qu'il inspirait profondément et ouvrait les yeux. Les néons le transpercèrent, l'atteignirent en plein cerveau.

— Merde.

Dans un bruit sec, les lumières s'éteignirent. Ce bon vieux Rikar. Ce type avait toujours été rapide à comprendre et encore plus prompt à agir.

Se frottant le front, Bastian essaya encore. À la seconde où il ouvrit les yeux, sa vue se fit perçante, épaulée par sa vision nocturne. De l'autre côté de la pièce, Rikar se retourna, s'éloignant de la rangée de meubles en inox. Les sourcils froncés, son ami croisa son regard. Bastian se mit sur le qui-vive. Il y avait un problème, plus grave que les incidents normaux de tous les jours.

Une tasse à la main, ses yeux pâles intenses, son ami revint à son chevet.

— Tu as soif?

Cette demande ne fit qu'augmenter l'inquiétude de Bastian. Rikar n'était jamais aussi prévenant. Direct comme un coup de marteau au front? Ouais, d'accord, mais il ne tournait jamais autour du pot. Là, cependant? Son meilleur ami ruminait quelque chose et, à en croire son expression, ça n'était pas bon.

Les yeux rivés sur son visage, Bastian prit la tasse. Quoi, encore? Il avait la main qui tremblait. Et son bras était en plomb, lourd et refusant de coopérer. Malgré ses tremblements, il but à grandes gorgées, et vida la tasse jusqu'à la dernière goutte avant de la redonner à Rikar. Lorsque son lieutenant la saisit, Bastian resserra son étreinte en le transperçant du regard.

— Vas-y, balance.

— Je suis désolé... (Les sourcils froncés, Rikar avait le visage tendu, empreint de remords.) Je suis désolé. Elle est... elle est...

— Nom de Dieu.

Bastian retrouva brusquement ses esprits, et les pièces du puzzle s'assemblèrent. L'adrénaline le frappa avec une violence inouïe. Il se redressa vivement, sauta hors du lit dans le même élan.

— Myst!

Quand il toucha le sol de ses pieds nus, sa jambe gauche se déroba. Bastian le remarqua à peine, se rattrapant au bord du lit, scrutant la pièce. Vide, à part lui, Rikar et le grand lit. Où pouvait donc bien être Myst? Elle devrait être avec lui, pas toute seule dans le repaire.

Bastian s'élança, sans se soucier de la douleur. Il devait la trouver. Et si... oh, bon Dieu. S'il lui avait pris trop d'énergie, elle devait se sentir mal. Était-ce ce que Rikar refusait de lui dire ? Souffrait-elle et…

— Oh, Seigneur, chuchota-t-il, la gorge si serrée qu'il parvenait tout juste à respirer.

Et alors que la peur lui envahissait le cœur et l'envoyait tambouriner contre ses côtes, il se détesta pour ce qu'il était… pour ce dont il avait besoin de la part de la femelle qu'il voulait si désespérément protéger.

— Où est-elle ?

Tendant le bras, Rikar l'aida à rester debout quand il contourna le pied du lit.

— Bastian… écoute-moi. Juste…

— Dis-le-moi.

Bastian se jeta sur son ami et l'empoigna par la gorge. D'un mouvement brutal, il le poussa jusqu'à ce qu'il heurte le mur des épaules. L'immobilisant, Bastian le regarda droit dans les yeux.

— Dis-moi où elle est ou t'es mort, putain. Putain je vais…

— Elle est dans la pièce à côté, mais Bastian… tu dois être préparé. (Rikar détourna le regard.) Elle ne va pas bien… ses fonctions vitales sont en chute libre. Tous ses organes principaux s'éteignent peu à peu.

— Espèce de sale fils de pute… tu avais promis de l'écarter. (La voix de Bastian se brisa alors que le chagrin et le dégoût de lui-même le submergeaient.) Tu avais promis !

— Seigneur !

Ses yeux pâles brillant de douleur et de rage, Rikar saisit Bastian par le poignet, diminuant la pression sur sa trachée.

— Ouais, j'ai choisi de te sauver la vie. Et tu sais quoi ? Si c'était à refaire, je le referais, putain.

Bastian serra et desserra les doigts autour de la gorge de Rikar. En cet instant, peu lui importait qu'il aime cet homme comme un frère. La souffrance de perdre Myst était plus qu'il n'en pouvait supporter. Il était cassé, déchiré, un homme diminué en raison de ce qu'il lui avait fait et... il voulait le faire payer à quelqu'un. Lui faire mal autant qu'il souffrait.

— Ouais... vas-y, dit Rikar, devinant son intention. Mets le paquet. Je ne lutterai pas... mais ça ne changera rien, putain.

Nez à nez avec son meilleur ami, Bastian gronda.

Les yeux pleins de larmes, Rikar leva les mains en montrant les paumes, le corps soumis... un agneau offert en sacrifice à la fureur de Bastian.

— Tu es plus important qu'elle, Bastian. Sans toi, toute notre espèce s'éteindra. Tu crois que ce putain d'Archguard va tenir si tu n'es plus là ? Seigneur ! Les clans européens te suivent. Une femme vaut-elle la vie de tes guerriers... l'avenir de tous les dragons ?

La réponse raisonnable ? Non. Personne ne justifiait la destruction des siens. Mais son cœur n'était pas de cet avis. Myst était plus importante que n'importe qui ou quoi. Il avait besoin d'elle comme d'air, et à présent, il ne pouvait plus respirer. Et c'était sa faute... tout ça. S'il avait fait ce qu'elle avait demandé, Myst serait en sécurité dans son monde à elle. Mais il s'était montré égoïste – avait cru pouvoir prendre sans donner en retour –, et à cause de ses péchés, elle perdrait la vie.

Dans un grognement rauque, il repoussa son ami. Rikar protesta, la voix pleine d'angoisse, et, se frottant les yeux de la main, le laissa partir. Sans un regard en arrière, Bastian traversa la pièce en boitant, pour rejoindre la salle de réveil à côté. Il entendait les alarmes à présent, le « bip... bip... bip... » du moniteur cardiaque qui l'avait arraché à son rêve.

Myst se trouvait là-bas, reliée à cette machine. Hors de question qu'il la laisse mourir seule.

— Bastian. Pour ce que ça vaut, je suis désolé.

Bastian ne prêta pas attention à cette excuse étranglée. Il ne pouvait pas pardonner à son meilleur ami. Pas pour l'instant. Peut-être jamais.

Le bois lisse glissa entre le bout de ses doigts quand Rikar recula la queue de billard et frappa. Les billes s'entrechoquèrent, ce bruit s'élevant au-dessus du morceau de Def Leppard qui jouait en fond sonore. La numéro cinq dévala le feutre vert et disparut dans l'angle. Il se redressa et lança un regard vers le comptoir.

Ouais, la rousse était toujours là, juchée sur un tabouret, à siroter son verre. Pur jus de canneberge sans une goutte de vodka. Ce cocktail sans alcool en disait long sur elle. Premièrement ? C'était une maniaque de la santé, qui bichonnait ses reins avec un verre de jus rouge acidulé. Et deuxièmement ? Elle aimait trop tout contrôler pour verser de l'alcool dans sa gorge.

Dommage. Une femme bourrée aurait été plus facile à gérer.

Surtout celle-ci.

Angela Keen, avec ses splendides yeux noisette, n'était pas idiote. D'une intelligence cinglante, c'était une dure, un flic de la brigade criminelle qui ne s'en laissait pas compter. Alors qu'il se déplaçait autour de la table de billard, Rikar le devinait à la ligne de ses épaules, à la façon dont elle scrutait le bar. Elle observait, attendait, fouillait les ombres à la recherche de problèmes. Même l'endroit où elle s'était installée était révélateur : dos au mur, visage tourné vers la porte, le corps posé au bord du tabouret. Détendue, mais prête. Une guerrière avec les armes physiques et intellectuelles pour faire payer un homme.

Et bon Dieu, il trouvait ça terriblement excitant.

Prenant sa bière sur le bord de la table, Rikar en but une longue gorgée. Comme ça ne l'aidait pas, il ajusta sa casquette de base-ball et tira sur sa jambe de pantalon, pour faire de la place derrière sa braguette. Ce jean constituait sa tenue favorite hors combat. Avec son étoffe sombre usée à la perfection, il lui allait à merveille, le style et le confort en un.

Cette nuit-là, cependant, il lui semblait trop serré à tous les mauvais endroits.

Mince, il était mal barré. Il avait vu sur la photo dans le dossier de Sloan qu'elle était mignonne, mais…

Il ne s'était pas attendu à être attiré par elle. Pas comme ça. Seigneur. Elle cochait toutes les cases de sa longue liste. Celle intitulée « Baisable ». Il n'avait jamais rien vécu de pareil. Ce besoin de posséder et de contrôler – de dominer – le tenait à la gorge. Et jusqu'à présent, il n'avait fait que la regarder.

La regarder et la convoiter.

Elle incarnait le pouvoir. Était branchée sur le Méridien comme Myst, mais d'une façon différente. L'énergie de la rousse ressemblait à un joyau. Dur et brillant, son courant traversait une intelligence froide et une résolution glaciale. Cette association attirait Rikar. Il avait envie d'y goûter. De nourrir son côté gelé avec la brûlure brute de toute cette énergie glacée.

Génial, putain.

La dernière chose dont il avait besoin, c'était d'une autre complication. Et Angela Keen représentait des ennuis sous ses courbes athlétiques.

Rikar serra et desserra la main autour de la queue de billard et tira un autre coup. Lorsque la bille rentra dans le trou, il soupira. En dehors de ça, rien cette nuit-là ne lui réussissait. Traquer la femme flic. La trouver. Et lui effacer la mémoire encore moins. Il n'avait même pas encore accompli la moitié du chemin pour ça. Seigneur, il était à l'autre bout du bar, à se servir de la table de billard comme couverture, à tenter de décider comment l'aborder. Sans perdre son sang-froid.

Secouant la tête, Rikar attrapa la bière par le goulot. Merde. Rien ne valait le moment présent. Elle avait presque terminé son verre. S'il attendait encore, elle filerait, sauterait au bas de ce tabouret et se dirigerait vers la porte.

Rikar devait l'approcher avant. La suivre chez elle n'était pas une bonne idée.

À moins de vouloir finir comme Bastian. Enchaîné à une femelle à laquelle il ne pouvait pas résister.

À cette pensée, il tressaillit. Et la souffrance qu'il avait profondément enfouie un peu plus tôt dans la soirée remonta soudain à la surface. Bon Dieu, ça faisait mal. Toute cette situation était prise de tête, mais c'était la haine de Bastian le pire.

Il sentit sa poitrine se serrer en se repassant la réaction de Bastian. Lâchant ses plus beaux jurons, Rikar se maudit ainsi que l'épouvantable choix qu'il avait été obligé de faire. La vie de son meilleur ami contre celle de la femme.

Seigneur. Si seulement il avait existé une autre solution. Si seulement il pouvait revenir en arrière, mais…

Y réfléchir de nouveau n'y changerait rien. Il avait pris une décision. Avait sacrifié une femme pour sauver son meilleur ami et… merde. Il se détestait pour ça. Supportait à peine d'être dans son propre corps. Mais les conséquences étaient vaches. Et donc il resterait sur la sellette et accepterait tous les coups jusqu'au dernier. Il le méritait… tout le sang et la souffrance. La rage de Bastian était justifiée. Il espérait juste que son meilleur ami trouverait suffisamment de clémence en lui pour lui pardonner un jour.

Rikar ricana et avala une nouvelle gorgée de bière. Ouais, bien sûr. Il pouvait toujours rêver. Il avait vu la dévastation. L'épouvantable vide dans les yeux de Bastian quand il s'était dirigé vers la porte, vers la femme allongée sur le lit d'hôpital de l'autre côté.

Bastian l'aimait. S'agissant de Myst, tourner la page n'aurait rien de facile pour son meilleur ami.

Concentré sur la jolie femme flic, Rikar secoua la tête en glissant sa queue de billard dans le râtelier encastré dans le mur. Comment son ami avait-il bien pu tomber dans ce piège ?

Et si vite. Bastian était le mâle le plus fort qu'il connaissait. Ferme dans sa tête, solide dans son cœur, son ami ne laissait jamais la partie émotionnelle de sa nature – autrement dit sa partie humaine – le gouverner. D'accord, ils partageaient certains marqueurs génétiques avec les humains – et Dieu savait que ceux-ci raffolaient de conneries sentimentales –, mais ça n'expliquait pas la réaction de son ami. Ce qui était à l'œuvre était bien plus gros qu'un appariement chromosomique.

Et Rikar mourait d'envie d'en connaître les tenants et les aboutissants. Peut-être que s'il obtenait des réponses à ces questions il serait capable de libérer Bastian. Peut-être qu'alors il récupérerait son meilleur ami. Mais il ne trouverait aucune réponse cette nuit-là. Sa visite aux Archives pour étudier les textes devrait attendre. Là tout de suite, il devait s'occuper d'une autre femme. Rikar soupira, ayant envie de se pendre.

Assume. Bien sûr. Il préférait le terme « traumatisé ». Ça semblait plus en accord avec son mode opératoire ces derniers temps.

Ouais, il était une putain de merveille. Un vrai pilier parmi les mâles.

Chapitre 25

Faisant tourner les glaçons dans son verre presque vide, Angela regarda du coin de l'œil le grand type approcher. Elle s'était demandé quand il passerait à l'action. Ça faisait au moins quinze minutes qu'il la dévisageait, la matait depuis l'autre bout du bar.

Elle aurait été flattée. Vraiment. Si elle avait été une cruche dépourvue de jugeote.

Ce type avait un truc qui était, eh bien… bizarre. Non que ce soit mal, pas exactement, juste différent d'une façon qui mit son radar en marche, le fit biper comme un tir de semonce. À moins que ce soit plus météorologique. Comme un orage qui se préparait, M. Rude-et-Impétueux roula vers elle, son sex-appeal affolant ses hormones.

Bon Dieu, était-ce ce qu'elle ressentait ? Une attirance à la faire fondre ? L'envie irrésistible d'ouvrir la cage de sa libido trop longtemps négligée pour la laisser sortir s'amuser ? C'était bien l'impression qu'elle avait.

Angela but une gorgée de son cocktail. Mélangé à de la glace, le liquide froid lui descendit dans la gorge en lui procurant une sensation agréable. Gardant un bout de glaçon, elle le cassa entre ses dents. Ce bruit sec la calma, l'aida à respirer et à maîtriser son cœur. Ces « boum-boum-boum » réguliers étaient ridicules. Surtout étant donné qu'elle ne connaissait pas ce type.

Mais, zut ! il valait le coup d'œil. Force et beauté viriles, le tout en un unique paquet follement sexy.

Contournant deux chaises, il se dirigea droit sur elle. Plus il s'approchait, plus elle était intriguée. M. Rude-et-Impétueux était une contradiction ambulante. Grand, et pourtant gracieux. Séduisant sans être mignon. Un langage corporel décontracté qui masquait des aptitudes redoutables et une volonté de fer. Comment le savait-elle ? Elle le voyait à sa façon de se déplacer. Reconnaissait l'agressivité – et la brutalité potentielle – dans la force retenue de son corps. Dans le balancement des bras, l'angle des épaules et dans chaque enjambée maîtrisée. Un homme de main, peut-être. Ou un militaire.

Ouais, définitivement. Les SEALS ou la Delta Force. Peut-être même une autre unité d'élite comme les Bérets verts. Ce type avait vu de l'action… et pas qu'un peu.

Ça n'expliquait pas ce qu'il faisait là, néanmoins. Au *McGovern's*, un bar de flics à la périphérie de la ville.

Il se glissa près d'elle, envahissant son espace. Et… merci, mon Dieu, il avait une odeur divine, mélange de parfum épicé et de mâle à l'état brut. Une bouffée de lui et sa libido s'emballa : la main levée, tortillant du popotin sur son siège alors que ses hormones hurlaient : « Choisis-moi ! Choisis-moi ! » Ce qui était juste complètement fou. Jamais elle n'aurait dû réagir ainsi. De toute évidence elle avait eu le cerveau court-circuité par une poignée de cacahouètes de trop.

Angela repoussa le bol et, jetant un regard à M. Rude-et-Impétueux, arqua un sourcil.

— On cherche les ennuis ?

Il esquissa un sourire ; prit une poignée de cacahouètes.

— Non, juste une partie de billard. Vous jouez ?

— Ça dépend.

— De quoi ?

— Si vous aimez ou non perdre.

Il rit, montrant des dents blanches et régulières.

— Vous êtes à ce point douée ?

— Vous voulez le découvrir ?

— Ouais, dit-il, le regard intense alors qu'il portait les cacahouètes à sa bouche.

Angela déglutit pendant qu'il mâchait, bridant des désirs coupables – dont un corps à corps complet alors qu'elle lécherait le sel sur sa lèvre inférieure.

— J'en ai très envie, ajouta-t-il.

Sa voix était grave, presque comme un ronronnement, et Angela frissonna alors que sa vibration lui remontait le long du dos. Waouh, il était un fantasme incarné avec le physique assorti. Inutile d'être un génie pour comprendre que c'était un bon coup… si incroyablement sexy et…

Nom de Dieu, qu'est-ce qu'elle faisait ?

S'imaginer avec ce type constituait une grosse erreur… qu'elle ne devrait pas commettre. Mac lui botterait le cul s'il le découvrait. Ce qui était pratiquement garanti. Ouais, *McGovern's* n'était peut-être pas bondé ce soir, mais ce bar avait ses habitués. Elle reconnaissait les flics dans le box d'angle. Et manque de bol, ils faisaient partie de la vieille école, nostalgiques des jours glorieux où les femmes étaient réceptionnistes, pas inspecteurs.

Pour une raison indéterminée, elle s'en foutait. En tout cas cette nuit-là. Juste en cet instant, elle avait envie de marcher sur le fil du rasoir – de se lâcher et de vivre dangereusement pour changer. Le blond assis près d'elle l'y aiderait. Elle le savait comme elle sentait le contact glacé de son verre. Il incarnait une opportunité de chair et de sang. Qu'elle ne pouvait laisser passer sans l'avoir au moins explorée… ne serait-ce qu'une heure ou deux.

Posant son verre sur la serviette humide, Angela se tourna sur le tabouret. Leurs genoux se frôlant à présent, elle l'examina, remarquant les plans ciselés de son visage et le bleu pâle de son regard. Mmm, il avait des yeux incroyables, de la couleur de la glace… des glaciers préservés qu'elle voyait sur la chaîne du

National Geographic. Glacés, et pourtant chaleureux. Un autre paradoxe. Qui ne fit qu'attiser son intérêt pour lui.

Elle tendit la main.

— Angela.

— Rikar.

Il regarda fixement sa main.

Un battement de cœur passa avant qu'il lève la sienne. Lorsque leurs paumes se rencontrèrent, un picotement la traversa, embrasant son attirance sexuelle, chassant son bon sens. Le souffle coupé, il éloigna sa main, la lâcha. À la seconde où leurs peaux se séparèrent, elle ressentit l'envie d'éprouver de nouveau ce contact.

Un peu essoufflée, elle demanda :

— Pas de nom de famille ?

— Pas ce soir. (Il glissa au bas de son tabouret et indiqua du menton les tables de billard.) Peut-être demain, cela dit.

Angela réprima un sourire. C'était un dragueur. Qui cherchait à l'embobiner pour non seulement attiser sa curiosité mais la garder en orbite. Elle n'était pas surprise. Rikar était un joueur, un type qui comprenait les subtilités du jeu. Elle n'y voyait rien à redire. Elle tenait la balle et contrôlait le terrain. Un « non » était un « non », après tout, et son instinct lui assurait que Rikar respecterait sa décision… quelle qu'elle soit.

Descendant du tabouret, elle le suivit, savourant la vue qui s'offrait à elle. Mince, il bougeait bien, un pouvoir viril contenu, qui se libérait à chaque pas, la poussant à imaginer quel effet il lui ferait sa bouche contre la sienne et peau contre peau.

Et, oh, là là. Est-ce qu'elle pensait vraiment à ça ? Envisageait de ramener Rikar chez elle ? Après un pauvre quart d'heure à l'observer et trente secondes de conversation ? Mince. Elle devrait se faire examiner. Mais alors même qu'elle se disait ça, elle ressentit l'appel de la tentation, qui l'incitait à y répondre. Elle n'avait pas été avec un mec depuis… quoi ? Près de deux ans. Pas par manque d'envie, mais de temps… et de confiance. À part Mac, la confiance et les hommes ne cohabitaient pas bien. Et bon, jamais elle ne coucherait avec son partenaire. Elle ne désirait pas Mac de cette façon.

Mais Rikar ?

Angela expira longuement. Ouais, il était parfait. Avec ses yeux pâles, ses cheveux blonds rasés et son corps musclé, il occupait la première place sur sa liste de trucs stupides à faire un vendredi soir.

Essuyant ses mains moites sur son jean foncé, Angela examina les queues de billard suspendues au râtelier. Elle en fit toute une histoire, gagnant du temps pour se reprendre. Le type qui attendait en silence dans son ombre la troublait plus qu'elle ne souhaitait l'admettre et, franchement ? Se comporter comme une idiote venait à moins deux mille sur son échelle de Richter personnelle.

Les billes s'entrechoquèrent en roulant sur la table quand elle choisit son arme, une magnifique pièce sombre avec de légères incrustations de bois. Lorsqu'elle se retourna, Rikar disposa les billes sur la mouche blanche et souleva le cadre, laissant un triangle parfait.

Il inclina le menton vers elle.

— À toi l'honneur.

— C'est généreux de ta part.

Après avoir frotté de craie l'extrémité de sa queue, elle se plaça en bout de table.

— Peut-être que j'ai juste envie de te regarder te pencher. Tu as un très joli cul.

— Bien tenté, beau parleur, mais il en faut plus pour me distraire.

Du moins, dans des circonstances normales. Le compliment de Rikar, néanmoins, l'ébranla. Elle aimait qu'il la voie comme une femme, avec des courbes et un désir torride.

Après des années dans la police, les flics avec qui elle travaillait la considéraient comme l'une des leurs et la traitaient comme telle. Dieu merci... à plein de niveaux. Son boulot était déjà assez difficile sans y ajouter une problématique sexuelle.

Souriant comme le diable qu'elle le soupçonnait d'être, Rikar marcha vers le bout de la table.

— Reste où tu es.

Elle pointa l'extrémité de sa queue vers lui. Ouais, il aimait peut-être la mater dans son jean, ça ne signifiait pas qu'elle allait lui offrir un spectacle gratuit.

Les yeux intenses dans l'éclairage tamisé, il gonfla la poitrine puis l'abaissa en expirant. Juste assez fort pour être entendu par-dessus la musique rétro, il dit :

— Je vais devoir le mériter ?

— Tu n'imagines même pas.

S'appuyant de la main sur la table, Angela recula la queue et l'avança. Quand le bout enduit de craie frappa, la bille blanche dévala le tapis, et fit voler en éclats le triangle coloré. Les rayées et les pleines ricochèrent, rebondirent contre les rebords de feutre, se dirigèrent vers les trous et...

La bille bleue roula dans le trou du milieu.

Ok, elle aurait les pleines.

Tandis qu'elle se déplaçait autour de la table, faisant rentrer les billes comme une pro, Rikar resta près d'elle, le bout de sa queue appuyé contre le plancher, à la regarder, à attendre qu'elle commette une erreur. Mais elle n'avait pas menti. Le billard était son truc. Une tradition familiale apprise sur les genoux de son père.

Les minutes se changèrent en heure et, alors qu'elle battait Rikar systématiquement, il la raillait, la faisait rire, entretenait sa curiosité. Et, bon Dieu, elle en savoura chaque seconde. Se délecta de l'attention dont il l'entourait. Adora qu'il la désire et n'ait pas peur de le montrer. Même quand ça impliquait de perdre une partie après l'autre.

Ouais, il était bon joueur : charmant, intelligent et… attentif.

Cette dernière qualité réveilla le flic en elle. Il la regardait de la façon dont elle observait les suspects. En un mot : inquisiteur. Bon, d'accord, son examen était mêlé de désir, mais…

Comme tout le reste chez lui, son regard était un peu bizarre. Dégageait même quelque chose de mal.

Pourquoi ? Elle l'ignorait, mais sa découverte changea ses plans. Peu importait à quel point il lui plaisait, elle ne pouvait pas faire fi de toute prudence. D'autres femmes ne s'en seraient pas privées, mais elle en avait trop vu – s'était rendue sur de trop nombreuses scènes de crime – pour faire confiance à un inconnu. Alors, non. Ramener Rikar chez elle était hors de question. Pas ce soir-là. Pas tant qu'elle n'aurait pas appris à mieux le connaître.

Il cassa.

Angela appuya sa queue de billard contre le bord de la table.

— Écoute, je dois y aller. Tu veux qu'on se garde la deuxième partie pour un autre soir ?

— Je n'aurai pas d'autre soir, mon ange.

Les sourcils froncés, elle le dévisagea.

— Qu'est-ce que tu…

Il frappa si vite qu'Angela ne le vit pas se déplacer. À un moment il se tenait au bout de la table. Et la seconde d'après ? Il avait les mains sur elle, l'une enroulée autour de son poignet, l'autre sur sa nuque. Sa formation vint à son secours, et elle se mit en mode défensif. Mais il était trop tard.

La maîtrisant de force, Rikar la souleva et l'emporta dans l'obscurité. Elle se débattit, plia les genoux, le visa à l'entrejambe. Il bougea, se servit de sa jambe pour emprisonner les siennes. Elle hurla pour alerter les flics de l'autre côté du bar. Ils l'entendraient. Vieille école ou non, ils viendraient et…

— Ils ne peuvent pas t'entendre, mon ange. (Rikar lui frôla l'oreille de la bouche et, le ton empreint de regret, chuchota.) Ni te voir. On est seuls.

— Ne…

Un sentiment d'impuissance s'éleva en elle et la peur l'étouffa tandis qu'elle luttait pour se libérer. Rikar la tint avec fermeté, lui coinça les bras et les jambes, lui cloua les omoplates au mur dans son dos. Oh, bon Dieu. Il était trop fort. Elle ne pouvait pas s'échapper et…

Il allait la violer, là dans l'obscurité, aux yeux de tous, dans un bar rempli de flics. Pourquoi ne la voyaient-ils pas ? Pourquoi ne volaient-ils pas à son secours ?

Les larmes lui brouillèrent la vue. Elle hurla encore.

— Lâche-moi… lâche-moi…

— Du calme. Je te désire, oui… mais il n'est pas question de sexe. Je ne vais pas te toucher comme ça. Je ne te ferai aucun mal.

— Va te faire foutre, s'écria-t-elle, persuadée qu'il mentait. Enlève tes sales pattes.

Un type ne clouait pas une femme au mur pour avoir une conversation amicale.

— Je suis désolé, dit-il d'une façon qui semblait sincère.

Angela ne crut pas une seconde à son excuse lamentable. On ne l'y prendrait pas. Ce malade était un prédateur. Le genre d'ordure qu'elle traquait et mettait en tôle chaque jour. Elle aurait dû écouter son instinct. Rikar avait eu un truc qui clochait depuis le début. Si seulement elle avait été plus attentive.

Ses yeux commencèrent à chatoyer.

Angela eut le souffle coupé quand la lueur argentée s'étendit jusqu'à ce que l'iris entier brille. Cette vague bleue illumina la pénombre et… oh, bon Dieu. Rikar n'était pas juste un criminel. Il n'était pas normal. Il était… autre chose.

Elle sentit un frisson lui glisser dans le dos.

— Qu'est-ce que tu es ?

— Détends-toi, mon ange. Laisse-moi entrer et je l'enlèverai… je te ferai oublier.

Transférant ses deux poignets dans l'une de ses grandes mains, il lui prit la joue et lui souleva le menton. Angela se tendit, se tortilla contre lui. Il baissa la tête. Lui effleura le pouls de la bouche. Elle secoua la tête, une protestation coincée dans la gorge alors que quelque chose se déverrouillait tout au fond d'elle. Une porte s'ouvrit, l'inondant de sensations. Ce tourbillon passionné se logea dans son ventre tandis que le plaisir explosait, se répandait à travers ses membres.

— C'est ça, ma chérie… aide-moi à te faire oublier.

Elle voulait lui dire d'aller se faire voir, mais ne parvenait pas à trouver les mots. Ils avaient disparu, emportés par la volupté sur une vague chaude. Ayant l'impression de devenir légère comme l'air dans un brouillard mental, Angela flottait, écoutait gémir Rikar. Le sentait se serrer tout contre elle alors qu'il se nichait dans la courbe de sa gorge.

Le courant surcomprimé s'intensifia jusqu'à ce qu'elle éprouve des picotements dans le bout des doigts. Angela s'en foutait. Avoir Rikar contre elle était si bon et…

C'était mal, non ?

Ne devrait-elle pas le repousser ?

Elle fronça les sourcils, s'efforça de retenir cette pensée. Ouais, sans l'ombre d'un doute. Elle ne laissait jamais un type s'approcher autant. Mais elle n'arrivait pas à bouger. Ne parvenait pas à se souvenir de quoi que ce soit alors qu'elle fermait les yeux, rejetait la tête en arrière et laissait Rikar faire ce qu'il voulait.

Chapitre 26

Bastian ne sentait absolument rien alors qu'il ouvrait la porte. Que ce soit le bord dur de la poignée dans sa main. Ou le sol froid sous ses pieds nus. Il était engourdi, gelé de l'intérieur, incapable de ressentir autre chose que l'angoisse.

Cette turbulence fit remonter toutes sortes de déchets, remua les débris de son tiroir mental à bazar. Des choses désagréables émergèrent, dont son désir pour Myst. Il ne s'était pas imaginé être capable d'avoir besoin d'une femelle au point d'éclipser tout le reste. Mais la pensée de la perdre…

Cette douleur appuya contre sa cage thoracique. Poussa à l'intérieur de lui jusqu'à ce qu'il ne puisse plus respirer. Lui rappela ce qu'il avait fait. Le damna avec la vérité.

Oubliés les Razorback. Il était son propre pire ennemi.

La preuve reposait inconsciente à l'autre bout de la pièce.

N'osant pas la regarder, Bastian resta sur le seuil, la tête baissée, s'agrippant avec force au montant de la porte tandis qu'il transférait son poids sur sa jambe valide. Celle cassée pendant le combat lui faisait un mal de chien, mais l'os se ressoudait déjà. Il serait comme neuf dans moins de vingt-quatre heures. Son cœur, en revanche ? Seigneur, ce n'était pas si simple. Aucune quantité d'ADN de dragon ne guérirait la blessure béante qui lui déchirait l'âme.

Un « bip » brisa le silence. Ce son bas et répétitif flotta, portant une odeur de draps propres et de… lavande. La pièce était empreinte de la senteur de Myst : la douceur de sa peau et le parfum de son shampoing. Celui qu'il avait utilisé quand il l'avait douchée.

À ce souvenir, il releva la tête. Elle avait besoin de lui à présent comme ç'avait été le cas alors. Il ne pouvait pas l'abandonner. Ouais, ça aurait été plus facile de partir... pour se protéger et éviter la douleur. Une partie de lui en avait envie, mais il n'était pas lâche. Elle avait besoin de lui, alors il resterait le temps nécessaire.

Inspirant profondément, Bastian ouvrit les yeux. Même dans la pénombre, sa vision était parfaite, lui dévoilant les détails, des instantanés rapides qu'il aurait souhaité ne pas voir. Putain de vision de nuit. Il aurait pu se passer de cette perfection ce jour-là, parce que... que Dieu lui pardonne. Elle était si pâle. Si petite et immobile au milieu du grand lit.

Recouverte d'un drap, elle était allongée sur le côté, les bras repliés sur la poitrine, ses cils blonds comme des croissants de lune sur ses joues d'un blanc de craie. Bastian sentit sa gorge se serrer. Elle ne devrait pas être ainsi : vidée de toute vie, à attendre la mort.

Il avait envie de revenir en arrière. De remonter le temps pour modifier les douze dernières heures. Le Razorback l'aurait tué rapidement, ne laissant que des cendres dans la gare de triage, juste un grossier tas de plus que la police humaine aurait eu à nettoyer. Si on lui donnait une seconde chance, il prendrait ce chemin et protégerait Myst. Mais il était trop tard à présent, et aucun souhait ne pouvait altérer les faits.

Sa femelle était en train de mourir.

Le besoin de blâmer Rikar l'enflamma de l'intérieur. Lui donna envie de buter ce salopard égoïste. Mais mettre le poids de sa perte sur le dos de son meilleur ami ne changerait rien. Myst serait toujours là, inconsciente et paraissant trop petite au milieu de ce grand lit.

Ses yeux le piquèrent tandis que, moitié boitant, moitié sautillant, il traversa la pièce. Du dos de la main il s'essuya les yeux. Il ne pleurait jamais, mais en cet instant, à la faible et épouvantable lueur des halogènes, un désespoir noir s'empara de lui. C'était lui qui avait fait ça… qui l'avait tuée aussi sûrement que s'il lui avait planté un couteau jusqu'au manche dans le cœur.

Bastian s'essuya encore les yeux et, la respiration saccadée, s'arrêta à son chevet. Il regarda sa poitrine se soulever et s'abaisser, reconnaissant pour chaque bouffée d'air qu'elle inspirait. Chacune lui accordait plus de temps avec elle. Pas assez pour lui dire adieu – les jours ne contiendraient jamais assez d'heures pour ça –, mais il pourrait peut-être la soulager. Lui apporter un peu de paix à la fin.

Le bruit d'un choc et d'une chaise qu'on tirait résonna dans le silence. Brandissant les poings, Bastian fit volte-face, prêt à affronter la menace.

— Désolé. (Sloan se leva, les mains tendues sur le côté.) Je ne voulais pas…

Quand il s'interrompit, Bastian quitta sa position de combat et esquissa un geste du menton.

— Tu étais assis avec elle ?

Sloan détourna le regard, et ses joues se colorèrent légèrement.

— Je ne voulais pas qu'elle reste seule.

À la fin.

Il n'avait pas besoin d'entendre ces mots pour deviner que Sloan les pensait. Cet homme à la peau foncée en savait plus que beaucoup sur la perte… et la douleur. Onze ans, et il pleurait encore sa femelle et son fils. Et à présent ? Bastian comprenait enfin. Vivait déjà cet enfer, et Myst n'était même pas encore partie.

— Merci, dit-il, la voix rauque de gratitude. D'être resté.

Les sourcils froncés, son guerrier hocha la tête. Debout de l'autre côté du lit, il se frotta la nuque.

— Je sais que tu es en rogne, Bastian, mais… ne t'en prends pas à Rikar.

Génial. Il ne lui manquait plus que ça : un pacificateur. Merde. À présent il avait juste envie de frapper un truc. Rikar constituait son premier choix, mais l'homme en face de lui ferait l'affaire, faute de mieux.

— On a besoin de toi. J'aurais fait la même chose à sa place. (Ses yeux sombres pleins de regret, il soutint le regard de Bastian.) J'aurais détesté ça. Mais, comme Rikar, je l'aurais quand même fait.

Bastian secoua la tête. Il ne pouvait pas supporter ça. Pas en ce moment.

Comme il ne répondait pas, Sloan se dirigea vers la porte. Parvenu au pied du lit, il hésita, ses bottes grinçant sur le linoléum, et changea de direction. Bastian se crispa quand son guerrier s'avança vers lui. Il n'avait pas envie qu'on le touche. Ne méritait pas ce réconfort. Mais lorsque Sloan lui heurta l'épaule de la sienne en signe de soutien, il craqua, prit une respiration tremblante, les larmes lui brouillant la vue.

Levant une main massive, Sloan la posa sur la nuque de Bastian. Puisant de la force dans ce contact, Bastian tendit le bras vers Myst. Du bout des doigts il lui effleura la joue, lui caressa la peau, suivit le nuage de taches de rousseur sur l'arête de son nez. Si belle. Sa femelle était sans conteste ce qu'il avait vu ou avait eu le privilège de toucher de plus magnifique.

Il lui caressa la joue, écarta de sa tempe des mèches de cheveux humides.

— Je suis désolé. Je ne voulais pas te faire de mal.

— Euh… Bastian ?

Sloan recula d'un pas, laissant retomber sa main.

Concentré sur sa femelle, Bastian ne remarqua pas son interruption. Il était trop occupé à mémoriser son visage : la courbe de ses joues, la douceur de sa peau, la forme de sa bouche.

Tous les petits détails qui le nourriraient… qui devraient lui durer une éternité.

Son ami lui tapota le bras.

— Bastian.

Dans un grognement, il lui lança par-dessus l'épaule un regard signifiant « Laisse-moi tranquille, putain ».

— Quoi ?

— Putain, mec. Regarde-la.

La main toujours sur sa joue, Bastian avec douceur dessina un cercle sur sa tempe. Il dévisagea Sloan. Celui-ci lui indiqua Myst. Les sourcils froncés, il détourna les yeux, scruta son visage et… son cœur s'arrêta au milieu d'un battement. Qu'est-ce que… ? Était-elle… ?

— Oh, mon… nom de Dieu, Bastian. Allonge-toi. Allonge-toi dans le lit avec elle.

Il se figea quand Myst prit une profonde inspiration et tourna son visage contre sa main.

— *Bellmia ?* Ma belle… tu m'entends ?

— On s'en fout… bouge ton cul !

Sloan le poussa.

La jambe blessée de Bastian se déroba sous lui, le faisant basculer en avant. D'un rapide tour de poignet, il glissa le bras sous Myst, la serra étroitement et roula, la protégeant du plus gros de son poids. Les fils qui la reliaient à la machine s'emmêlèrent, donnant à l'épaule de Myst une position peu naturelle.

Lâchant ses meilleurs jurons, il démêla tout ce bazar et, apercevant les marques sur sa peau, gronda :

— C'est quoi ce bordel, mec ?

Les yeux rivés sur le moniteur, Sloan ne lui prêta pas attention.

Myst gémit, colla les jambes contre les siennes et enfouit la tête sous son menton. Bastian murmura, se servit de sa voix pour l'apaiser, et glissa les mains sous son débardeur.

Lorsque ses paumes entrèrent en contact avec sa peau nue, elle émit un son de plaisir, et tourna le visage contre la base de sa gorge. Il l'attira tout contre lui, de la bouche lui effleura la courbe de l'épaule en chuchotant son nom.

— Sloan… qu'est-ce qui se passe ?

— Je l'ignore, mais… elle réagit à ta présence. Elle reprend des couleurs et… ôte-lui ses vêtements. Je crois que tu dois te mettre en peau à peau avec elle.

Les yeux plissés, Sloan observa Myst un instant avant de reporter son attention sur le moniteur près du lit. Il tapota le verre, suivant le signal vert sur le petit écran.

— Son rythme cardiaque est plus régulier, aussi. Qu'est-ce que tu fais… tu la nourris ?

Bastian n'en avait pas la moindre idée. Peu lui importait, aussi, mais…

Un électrochoc le prit par surprise, le frappa au niveau de la poitrine. Bastian sursauta et resserra son étreinte sur Myst alors que le courant coulait en un tourbillon enflammé autour de son torse.

Seigneur. Le Méridien.

Comme si on avait appuyé sur un interrupteur, l'énergie surgit, déferla en lui toute seule. D'accord. C'était différent. D'habitude, il en contrôlait le flot, ouvrait le lien entre le Méridien et la femme, et puisait ce dont il avait besoin. En cet instant, cependant, son propre puits était fermé. Il ne se nourrissait pas. C'était Myst qui y était reliée, qui créait le lien entre eux.

Se déplaçant un peu, il s'abandonna à cette sensation. Le courant s'installa tout au fond de lui, se calma alors que son dragon y réagissait en s'élevant, pour canaliser la circulation d'énergie entre lui et Myst.

Une main à plat contre son dos nu, Bastian repoussa le drap entre eux. Il jura quand il s'emmêla encore dans les fils.

— Sloan… enlève-lui tout ce bazar. Je ne peux pas la déshabiller si…

— Tout de suite. (Avec des gestes rapides, Sloan débarrassa la peau de Myst des électrodes.) Voilà. Tu as besoin…

— Retourne-toi.

À la seconde où cet ordre sortit de sa bouche, Bastian sut que c'était idiot. Et terriblement possessif. Ça aurait dû lui être égal qu'on la voie nue. Alors que sa vie ne tenait qu'à un fil. Mais il était incapable de maîtriser son besoin de la garder pour lui. Il ne voulait pas qu'un autre mâle l'approche, et encore moins qu'il la regarde.

Lorsque Sloan se retourna vers le mur, Bastian commença à la déshabiller. Le débardeur blanc d'abord. Après l'avoir fait passer par-dessus sa tête, il le jeta de côté. S'efforçant de ne pas poser les yeux sur sa poitrine dénudée, il glissa les mains sous sa ceinture. Ses paumes rencontrèrent de la peau douce. Bon Dieu, elle ne portait rien là non plus. Pas de culotte, pas de barrière entre eux alors qu'il roulait le pantalon noir sur ses cuisses, puis jusqu'à ses pieds avant de le repousser au bout du lit.

D'un mouvement brusque, il les recouvrit tous deux du drap et passa les bras autour d'elle. Il l'attira tout contre lui, torse contre poitrine, jambes entrelacées. Elle gémit, et Bastian l'étreignit encore plus fort, enfouit le visage dans ses cheveux. Tandis qu'il en embrassait les vagues soyeuses, le courant entre eux s'intensifia, puisant dans son centre énergétique. Il se laissa faire, l'autorisa à se relier à lui.

Bon Dieu, c'était extraordinaire. Et un peu bizarre.

Il la nourrissait, lui apportait ce qu'il avait l'habitude de prendre. Même si c'était différent, quelque part. Une sorte d'alimentation plus douce, du mâle vers la femelle, au lieu de l'inverse. Il n'en avait jamais entendu parler… ignorait que les siens étaient capables de nourrir une autre personne.

Était-ce une sorte de rite ancien, que les dragons auraient oublié ?

Il n'en avait pas la moindre idée, mais alors qu'il déplaçait les mains dans le dos de Myst, lui caressait la colonne vertébrale, il se promit de le découvrir. Il devait se rendre aux Archives pour lire ce que ses ancêtres avaient écrit. Et il le ferait. Dès que sa femelle serait de nouveau sur pied.

Un magnifique stylo à la main, son carnet relié de cuir rouge sur les genoux, Ivar s'adossa dans son nouveau fauteuil et posa les pieds sur son bureau de fortune. La table pliante branla, menaça de s'effondrer sous le poids de ses bottes. Il ne se soucia pas des tremblements, trop occupé à gribouiller dans les marges, à ajouter des notes détaillées à la formule compliquée.

Il devait tomber juste, cette fois.

Ivar ricana, regrettant que les solutions ne soient pas comme les chiens. Ces enculés à quatre pattes venaient toujours quand on les appelait. La science ? Pas vraiment.

Chaque expérience suivait son propre protocole, des étapes précises dont le développement et la mise en œuvre prenaient du temps. Le succès était la conséquence de résultats mesurés et d'appréciations, pas le contraire. Bientôt, cela dit, il résoudrait le mystère. Déchiffrerait le code et découvrirait la carte génétique du cycle de fertilité des dragons. Une fois qu'il aurait accompli ça ? Il serait béni… aurait tout le nécessaire pour commencer la phase deux de son projet.

La phase un était déjà en cours.

— Seigneur… en cours. Tout juste, grommela Ivar en reconstituant les codes génétiques, se laissant envahir par la frustration.

La patience ne faisait pas partie de ses qualités. Il aimait les résultats tangibles : plus vite ça allait, mieux c'était. Mais même en ayant la chance de son côté, la rapidité n'était pas au programme. Ce qui représentait le problème numéro… oh, il l'ignorait. Peut-être deux cent sept ? Le numéro un sur sa liste impliquait Bastian. Les Nightfury le faisaient chier. Cette bande traquait les Razorback sans relâche, tuait ses guerriers, le cherchait. Pendant ce temps, il faisait quoi ? Assis sur son cul, à attendre le début des essais cliniques, que ses guerriers trouvent les bons pensionnaires pour le bloc A.

Très bien. Ce n'était pas exactement leur faute s'ils stagnaient. Les femelles à haute énergie étaient rares, plus difficiles à dénicher que des trèfles à quatre feuilles.

Gribouillant dans les marges, Ivar soupira. Il lui en fallait six – juste six, même s'il se contenterait de cinq, faute de mieux – pour lancer son programme de reproduction. Après ça ? Il en chercherait d'autres pour augmenter ses effectifs, mais jusque-là…

Il refusait de précipiter les choses ou d'anticiper sur les données. C'était comme ça que se produisaient les erreurs. Et, là tout de suite ? Il ne pouvait pas se permettre d'en commettre.

Ivar jeta son stylo sur le carnet sur ses genoux. Alors qu'il roulait dans la pliure, il tendit le bras pour prendre le journal ouvert sur son bureau. Ce livre relié de cuir était sa bible ; cent soixante-dix-neuf pages de formules et de notes gribouillées qui renfermaient des secrets qui lui restaient encore à découvrir. Un rictus aux lèvres, il lissa les feuilles écornées, adorant le grain du papier et… les éclaboussures de sang.

Hmm, oui. Ce sang vieux de trois ans le ravissait chaque fois qu'il le touchait. Chaque goutte lui rappelait la bataille. Il s'était méchamment battu cette nuit-là – avait commis l'innommable d'après les cercles de dragons – pour obtenir les journaux. Celui qu'il tenait ainsi que les six autres à l'abri dans son coffre.

Cela dit, si c'était à refaire, il aurait enlevé la scientifique plutôt que de l'éventrer dans sa cuisine. S'il s'était douté des difficultés du génotypage... l'effort absolu que ça exigerait de déchiffrer ses notes pour créer le sérum ? Bon Dieu. Il l'aurait enfermée avant de jeter la clé. L'aurait obligée à travailler dans son labo jusqu'à ce qu'elle trouve un moyen pour que les dragons engendrent des femelles.

Avec ses compétences, elle aurait pu réussir. Mais elle était partie depuis longtemps, le contraignant à découvrir les réponses seul. Il devait parvenir à déverrouiller et modifier l'ADN des dragons. Le problème ? C'était une vraie galère pour franchir la magie, et avec des tentacules enroulés autour de la quadruple hélice de chromosomes ? Il s'attelait à une tâche ardue.

Mais pas pour longtemps. Sa dernière formule semblait prometteuse ; possédait le potentiel pour percer les marqueurs génétiques et permettre aux mâles de son espèce d'engendrer des filles. Les dragons avaient besoin de leurs propres femelles. Sans elles, son espèce continuerait à dépendre des humains. Ce qui signifiait qu'il ne pourrait pas tous les éliminer. Du moins, pas sans affamer les siens jusqu'à la mort.

Alors, voilà où il en était... de retour au point de départ. À tout recommencer.

Tout n'était qu'affaire de patience. Ouais, ça et un plan d'action qui déchirait.

La première étape ? Développer les centres de reproduction, tant dans son repaire qu'en Europe. S'il ne pouvait pas exterminer les humains d'un seul coup, il les utiliserait... les élèverait pour nourrir les siens pendant qu'il cartographierait les génomes et trouverait des réponses. Seuls les spécimens les plus robustes seraient emprisonnés dans ses centres, pour s'assurer des lignées pures et que chaque femelle née possédait la meilleure énergie possible. Lorsque ses centres seraient remplis et productifs, il libérerait son super virus, et effacerait les humains les plus faibles de la surface de la Terre.

Hmm. Il adorait ce genre de bons plans, et en parlant de ça, son labo l'attendait. Le moment était venu de mettre la première phase en action.

Posant le stylo, Ivar referma les deux carnets d'une chiquenaude. Les journaux à la main, il se pencha en avant et ouvrit la boîte en bois qui trônait au milieu du bureau. Un petit tube en inox brilla sous les lumières du plafond. Ivar poussa un murmure satisfait en le saisissant. Le faisant rouler entre le pouce et l'index, il examina le récipient courbe. Il était si ordinaire. Sans rien de remarquable, à part la nature mortelle de son contenu.

Avec un sourire, il serra le tube dans son poing. Mince, il pouvait à peine attendre pour voir ce dont était capable son petit monstre.

Il ôta ses bottes du bureau et, sans se soucier du grincement de son nouveau fauteuil, se leva. Ses pas résonnèrent sur le sol de béton, brisant le silence alors qu'il contournait le bord de la table pour se diriger vers la porte.

Tournant dans le couloir, il contacta son bras droit par communication mentale.

— *Lothair… état de la situation ?*

— *Cinq dans la chambre forte. On est prêts à commencer*, dit-il, avec en fond sonore le petit « bip » des ordinateurs. *Tu nous rejoins dans combien de temps ?*

— *Cinq minutes. Verrouille tout.*

Son plaisir anticipé lui donnant des ailes, Ivar marcha à grandes enjambées vers la crypte hermétique. Le terme « appartement », cependant, conviendrait probablement mieux. Capable d'accueillir neuf personnes, cet endroit n'était équipé que du meilleur : des lits moelleux, trois salles de bains spacieuses, et une cuisine équipée et bien approvisionnée ouverte sur un somptueux salon. Ouais, rien que le meilleur pour ses rats de laboratoire. Il s'était dit que ce n'était que justice. Inutile de leur faire endurer l'indignité de conditions sordides en plus des atroces souffrances d'une mort lente.

Ou pas.

Qui savait ? Ses abeilles ouvrières pourraient ne mettre que quelques minutes – et non pas les hypothétiques jours – à mourir.

Humant l'odeur de peinture fraîche dans l'air, Ivar franchit le dernier coude. Sept enjambées plus tard, il tourna à droite, et surgit dans la salle de contrôle de la chambre forte. Une épaule appuyée contre le mur opposé, Lothair se tenait près de la fenêtre d'observation, le regard rivé sur les humains enfermés de l'autre côté.

Sans détourner les yeux des cobayes, il secoua la tête.

— Ils croient rentrer chez eux. Une zone de décontamination, je leur ai dit… avant qu'on les ramène à la surface.

— Tu es un bon menteur.

Jetant à son bras droit un regard amusé, Ivar se dirigea vers le système informatique de pointe.

— Meilleur que toi.

Sans déc'. Lothair pourrait arracher les sabots d'une chèvre grâce à son charme s'il le souhaitait. Ivar arbora un large sourire, et posa ses journaux sur la surface en granit qui entourait l'écran tactile du pupitre de commande. Tout en le scrutant, il se mit au travail, effectuant les tests habituels.

Tous les niveaux dans la chambre forte semblaient normaux. Sas hermétiquement fermé… ok. Température douce de vingt-quatre degrés et système de ventilation en circuit fermé opérationnel… ok. Caméras et micros allumés… ok.

Très bien. La première prise de « Expérimenter le super virus » était prête.

Les doigts volant sur le pavé numérique, Ivar tapa son code de sécurité personnel. Le mécanisme robotisé tourna dans un sifflement et un panneau d'un noir brillant s'ouvrit dans le mur sur sa gauche. La main tendue, il considéra longuement le tube dans sa paume. Il respira profondément, savourant l'instant avant de se séparer de son bébé. Chuchotant un « bon vent ! », il déposa la bête virale dans la main robotisée et la regarda se retirer dans le mur.

Le pupitre de commande s'alluma, attendant son dernier feu vert.

S'écartant de son perchoir, Lothair vint le rejoindre, épaule contre épaule. Ivar croisa le regard de son second et releva le menton. Son ami hocha la tête, allongea le bras et appuya sur le bouton vert, mettant le processus en marche.

Les ordinateurs s'ébranlèrent, le tournoiement des mécanismes un doux accompagnement tandis que le piston descendait, libérant le virus dans l'appartement.

Ne restait plus qu'à attendre.

— J'ai un cadeau pour toi.

Fouillant dans son pantalon en cuir, Lothair sortit un bout de papier de sa poche de derrière et le lui tendit.

— C'est Noël avant l'heure ?

— Aujourd'hui est un grand jour. Je me suis dit que je rayerais le souhait numéro deux sur ta liste d'envies.

Il déballa son cadeau en froissant le papier. Il vit d'abord la photo de la femme et… bon Dieu. N'était-elle pas jolie ? Myst Munroe, une femme à l'énergie surpuissante. Une superbe petite blonde aux yeux violets et à la bouche de suceuse. Miam. Il adorait les blondes. Surtout quand toute cette blondeur descendait jusqu'au sud, jusqu'au triangle bien dessiné entre les cuisses.

Il lut la liste sous l'adresse indiquée sur sa carte grise. Une infirmière. Hum. Comme par hasard. Bastian choisissait toujours les BCBG bien propres sur elles. Pas de femme gothique avec des colliers à piques et des bas résille pour lui.

— Elle est où ?

Ivar déplaça le papier dans sa main et suivit du bout du doigt le visage de la femme.

— Denzeil explore toutes les pistes. Jusqu'ici, elle est introuvable.

— Bastian la surveille de près.

— On dirait. Mais d'après toutes les sources, elle ne manque pas de détermination. Il ne sera pas capable de la retenir éternellement.

Une lueur dans ses yeux noirs, Lothair sourit, et pas d'une façon plaisante. Ivar se sentit presque désolé pour la femme. Son bras droit adorait les défis et, quand il se mettait en chasse, il en faisait une obsession. D'ici peu, la femme de Bastian, ce concentré d'énergie, se trouverait exactement où Ivar la voulait… derrière les barreaux du bloc A.

— On a placé des caméras dans son appartement. Denzeil garde un œil sur les forces de police et leurs données. À la seconde où elle montrera le bout de son nez, on l'attrapera.

Ivar replia le papier et le rangea. Il regarderait sa jolie photo plus tard. Là tout de suite, il devait planifier. Prévoir tous les détails, imaginer tout ce qu'il ferait quand il mettrait enfin la main sur Myst Munroe.

Seigneur, il avait trop hâte de la goûter.

Chapitre 27

Myst émergea du sommeil comme un sous-marin, avec aisance et en douceur, mais avec une conscience aiguisée qui l'interpella. Ses membres tressaillirent, se rappelèrent à elle alors que son cerveau se rallumait d'un coup. Lorsqu'elle ouvrit les yeux, elle fronça les sourcils.

Waouh. C'était bizarre. Complètement sens dessus dessous et à l'envers.

D'habitude, elle se réveillait la vue trouble. Dans un brouillard incohérent qui l'obligeait à tâtonner pendant que son cerveau connectait toutes les mauvaises synapses. Le résultat était loin d'être amusant. Sa solution infaillible ? Le café. Et des litres.

Mais ce matin-là ? Ou ce soir. Mince, elle ignorait l'heure qu'il était, mais…

Parfaitement réveillée ne suffisait pas à la décrire. Elle était sous amphétamines sans avoir avalé de drogue. Euphorique sans raison apparente. C'était un peu flippant, en fait. Si étrange que des sonneries d'alarme retentirent dans sa tête.

Elle se frotta les yeux et bougea, remarquant la douceur sous elle et qu'elle était pelotonnée sur le côté. De pair avec cet entrain qui voulait la faire bondir du lit, sa vision s'aiguisa. Des meubles d'un blanc vif et un plan de travail en inox luisaient dans la pénombre. Une table ronde occupait l'espace, placée entre la rangée de placards et le lit. Deux chaises de métal se dressaient à des angles bizarres de part et d'autre de celui-ci, comme si on les avait repoussées hors du chemin à la hâte.

Elle remarqua l'équipement ensuite.

Alignées comme des soldats, une collection de machines se suivaient de près contre le mur et… waouh. Le top du top pour cette unité. L'équipement médical était dernier cri, les modèles les plus chers sur le marché. Non que la personne qui s'en servait s'en soucie. Le moniteur cardiaque était un vrai désastre. Des fils et des électrodes pendaient vers le sol, complètement enchevêtrés, ce qui la rendit juste folle. On devrait botter les fesses de cette infirmière – ou interne. Cette machine aidait à sauver la vie des gens et…

Un instant.

Qu'est-ce qu'elle faisait dans un hôpital ? D'accord. Question idiote. Son travail impliquait entre autres de passer du temps dans des hôpitaux, mais elle n'y avait jamais été une patiente. Jusqu'à présent.

Myst scruta les murs pâles, à la recherche d'un indice : une photo, un diplôme, n'importe quel signe. *Nada*. Le néant complet. Exactement comme sa mémoire.

Mince, ça devenait rebattu. Elle pourrait se passer de l'habituel trou-noir-du-lendemain. Surtout quand chaque fois que ça se produisait, elle finissait dans les draps de quelqu'un d'autre. Myst soupira en s'étirant, cambra le dos pour chasser les…

Elle était nue. Pas de chemise de nuit d'hôpital. Juste la peau contre le coton. Encore.

Son esprit revint à son secours précipitamment. Nom de Dieu. Bastian. Ce devait être lui. Chaque fois qu'elle fermait les yeux à proximité de ce type, elle se réveillait en tenue d'Ève. Ce qui n'aurait pas été si gênant que ça s'il restait dans les parages après l'avoir mise dans cet état.

Holà. Mauvaise pensée. Ah… non ?

Se mordillant la lèvre inférieure, Myst tenta de décider. Elle le désirait – inutile de le nier – mais était-ce une bonne idée de coucher avec lui ? Elle se connaissait, sentait la chute arriver. Les relations sans lendemain, ce n'était pas son truc. Du moins, elle n'était pas douée pour ça. La seule fois où elle avait essayé, elle avait fini par être blessée, à vouloir quelque chose que le type n'avait pas été prêt à lui donner.

Elle soupira, consciente d'être dans la merde.

Mais le pire, c'était d'être consciente que Bastian la désirait, lui aussi. Elle le voyait chaque fois qu'il la regardait. Et quand il la regardait, elle oubliait où elle était, ce qu'elle était censée faire… à savoir, dire « non ».

Dans un grognement, Myst repoussa le drap. Il était temps de se lever.

— *Bellmia ?*

La voix endormie flotta par-dessus son épaule. Un bras fort suivit, s'enroula autour d'elle par-derrière. Elle sursauta, eut le souffle coupé quand il l'attira tout contre lui. Son torse la toucha en premier, se collant à son dos une seconde avant le reste de son corps. Oh, bon Dieu. Elle l'avait entièrement contre elle ; sa respiration qui lui réchauffait le cou, son corps vigoureux contre le sien.

Elle ferma les yeux et se laissa aller, se détendit dans son étreinte. Pas le truc à faire, elle le savait. Elle devrait s'arracher à ses bras, lui dire de la lâcher… de dégager. Après tout, il tenait beaucoup trop de choses pour acquises. Mais tandis qu'il l'enveloppait dans la courbe de son corps, elle perdit la volonté de résister et l'usage de la voix. C'était trop bon, même la menace de souffrances à venir ne supplantait pas son désir de proximité.

Il avait besoin d'elle. Et c'était ce qu'elle voulait.

Se déplaçant contre son épaule, Myst tourna la tête vers lui.

Des yeux verts ensommeillés rencontrèrent les siens et… oh, mince. Un homme sexy, nu, ébouriffé et alerte.

— Salut.

La voix de Myst n'était qu'un murmure rauque.

— Salut toi. Comment tu te sens ?

Bastian releva les coins de la bouche. Que Dieu lui vienne en aide. Ce type était dangereux quand il souriait.

— Humm… bien. Je vais bien.

Détachant son regard de ses lèvres, elle croisa ses yeux. Hmm. Il avait des iris de la couleur la plus incroyable : vert vif et bleu moucheté de noisette en un mélange unique, celui de Bastian.

Il expira longuement en fermant les yeux. Il murmura tout bas, dans une langue qu'elle n'avait jamais entendue avant, au rythme magnifique. Et tandis que les « R » roulés et les « S » allongés occupaient le silence, elle comprit qu'il priait. Ou remerciait quelqu'un.

Elle se déplaça sur le côté, se tourna dans ses bras pour lui faire face. Mauvaise idée si elle prévoyait de s'échapper, mais elle n'avait pas trop le cœur à se libérer pour le moment. Et lorsqu'elle lui prit la joue dans la main, elle ne se soucia pas de se faire brûler. Ici et maintenant ? Ouais, c'était ce qui comptait, et être avec lui de cette façon était trop bon pour s'en priver.

Du bout des doigts elle suivit l'arête de sa pommette.

— Hé… ça va ?

— Très bien.

La voix de Bastian gronda, et elle frissonna quand il ouvrit les yeux. Son regard chatoya dans la pénombre, enflammant Myst, la remplissant de désir. Dans un grognement sourd, il lui embrassa la paume de la main.

Du calme, ma fille. Vas-y doucement… respire.

Elle appliqua ce conseil, inspira et expira. Mais elle laissa son regard dévier, pour l'admirer à la dérobée. Et avec le drap qui avait glissé sur ses hanches ? Oh là là, il était superbe : tout en peau lisse et muscles bien dessinés. Passant sa main libre sur son épaule, elle recula juste un peu. Elle en voulait plus, une meilleure vue de son torse et des tablettes de chocolat fermes en dessous.

Myst se figea au beau milieu de sa contemplation. Elle fronça les sourcils. Il avait la peau rose autour de la cage thoracique. Pas exactement à vif. Plus comme une brûlure, comme si on avait versé de l'eau bouillante sur lui et…

— Oh… mon… Dieu.

Posant la main sur son épaule, elle poussa. Sous la pression, il roula sur le dos. Elle se redressa sur les genoux, et scruta des yeux son torse et son ventre. Bon Dieu, une bande de peau rose s'étendait de la cage thoracique au haut de la cuisse. Il avait été brûlé. Elle se rappelait à présent, et ce souvenir la rendit frénétique tandis qu'elle faisait courir son regard sur lui.

— Tu as été blessé. Je suis sortie de la clinique et… bon Dieu… Rikar t'a ramené et…

— Je vais bien, Myst.

Elle secoua la tête, arracha complètement le drap. Bastian tenta de lui saisir les mains. Elle l'évita, lui examina la cuisse et le genou. Il grimaça, contractant les muscles avec force quand elle lui toucha la peau.

— Ta jambe. Elle est cassée et…

Toujours agenouillée, elle oublia qu'elle était nue et se mit à califourchon sur sa cuisse indemne. Regardant autour d'elle, elle passa en revue la salle de réveil.

— Où est ma sacoche ? Je dois…

— Ma belle, regarde-moi.

Se soulevant sur un coude, il lui prit le visage de sa main libre. À son contact elle s'arrêta net et resta plantée au milieu du lit. Lorsqu'il croisa son regard, il lui caressa la joue, pour l'apaiser.

— L'os se ressoude. Les brûlures ont presque disparu. D'ici à ce soir, je serai comme neuf.

— Mais… comment ? (Les sourcils froncés, elle le dévisagea.) Comment est-ce possible ? Je t'ai vu. Tes blessures… oh, mon Dieu, Bastian. Elles étaient terribles.

— Je suis moitié dragon, ma chérie. Mon espèce guérit vite.

Ce rappel de ce qu'il était aurait dû la faire fuir. Ou au minimum hésiter. Ç'avait beau être fou, ce ne fut pas le cas. Tout ce qu'elle voyait, c'était l'homme et la façon dont il la traitait. Avec respect, affection et passion. Le fait qu'il n'était pas entièrement humain était moins important… un peu comme une arrière-pensée. Qui ne méritait même pas son attention.

Et, waouh. Allez, Myst. Ou comment penser en dehors des sentiers battus.

— Tu es sûr ? (Encore inquiète, elle lui inspecta de nouveau le flanc.) Je crois que je devrais t'examiner quand même. Juste pour être certaine et…

— Que dirais-tu si je te faisais jouir plutôt ?

Myst resta interdite. Eh bien, d'accord. Ça lui coupa effectivement le clapet. Et la fit réfléchir, parce que… nom de Dieu. C'était la meilleure offre qu'on lui avait faite depuis des années. Elle se mordit la lèvre inférieure, un peu indécise, mais surtout ? Elle adorait l'idée de lui faire l'amour.

Ça faisait si longtemps. Une éternité qu'elle n'avait autorisé personne à la toucher. Et puis la voilà, nue au lit avec Bastian qui la désirait. Elle était vraiment tentée, et il était… un putain de dieu du sexe ou un truc du genre. Jamais il n'aurait pu être si beau et sentir si bon s'il n'avait pas eu une sorte de sex-appeal puissant qui œuvrait à son avantage.

Myst déglutit lorsqu'il baissa les yeux sur ses lèvres. Il s'immobilisa, entrouvrit la bouche, et sa respiration s'accéléra tandis qu'il faisait descendre encore ses yeux : d'abord sur ses seins, puis son ventre et enfin les boucles entre ses cuisses. Une chaleur l'envahit, se répandit dans son sexe alors qu'il se léchait la lèvre inférieure comme s'il s'imaginait le goût qu'elle aurait à cet endroit.

Le désir la propulsa sur le chemin du plaisir anticipé quand il replongea son regard dans le sien. Elle frissonna, à la vue de son côté sauvage – de tous les délices qu'il promettait sans prononcer un mot. Et lorsqu'il tendit la main pour l'enrouler à son poignet, elle se pencha vers lui au lieu de s'écarter. Le laissa la déséquilibrer, jusqu'à se retrouver à quatre pattes au-dessus de lui.

Toujours appuyé sur le coude, la bouche à un cheveu de la sienne, il la tortura sans la toucher.

— Dis oui.

Le désir lui fit perdre la tête. C'était la seule explication. L'unique raison pour laquelle elle combla la distance qui les séparait. Tant de questions restaient sans réponse. Elle avait encore tant à apprendre sur lui. Sur les dragons. Mais tout bon sens s'était envolé, et tandis qu'elle lui effleurait les lèvres des siennes, Myst chuchota le mot qu'elle n'aurait jamais dû prononcer :

— Oui.

Lorsque Myst se pencha, le cœur de Bastian s'affola, martela dans sa poitrine. La confiance de la jeune femme le laissa sans voix. La douce caresse de sa bouche l'acheva. Et le désir sexuel ? Bon Dieu, ce salopard l'embrasa puis déversa de l'essence sur les flammes.

Le résultat ? L'équivalent passionné d'un cocktail Molotov. « Boum ! » Extinction des feux. Bonne nuit.

Ce qui n'avait absolument rien à voir avec son mode opératoire. Il se contrôlait toujours avec chaque femme qu'il allongeait sous lui. Mais pas avec Myst. Elle était différente. Spéciale d'une façon qu'il avait du mal à décrire, mais qui n'en était pas moins vraie.

Les mains de Myst sur sa peau. La douceur de sa bouche contre la sienne. Son parfum qui imprégnait chaque bouffée d'air qu'il respirait. Seigneur. Il n'en aurait jamais assez.

Inspirant profondément, il l'aspira dans ses poumons, luttant pour se contenir. Pour la laisser le toucher. Pour lui accorder tout le temps qu'elle voudrait pour l'explorer.

Mais… oh, mince.

Chaque caresse l'emportait plus loin jusqu'à ce que plus rien n'existe que lui, elle et le plaisir coupable qu'elle lui procurait. Ce qui était rétrograde à plus d'un titre. Il devrait être celui qui la caressait, qui prenait l'initiative – qui la faisait grimper aux rideaux, la poussait à le supplier –, et pas l'inverse.

Sauf que… il ne devrait pas lui faire l'amour du tout.

Pas avant de lui avoir dit la vérité sur les siens. Mais il ne pouvait pas cesser de l'embrasser. Ne pouvait pas ralentir assez longtemps pour la prévenir qu'il avait quelque chose d'important à lui révéler. Dominé par son envie de lui faire plaisir, il avait dépassé le point de non-retour. Ce qui était tellement injuste – pour elle, pas pour lui. Elle méritait d'entendre la vérité avant qu'il l'allonge et l'aime avec fougue. Devrait savoir à quel point elle comptait pour lui.

Il avait omis tant de choses. Elle avait le droit d'être informée de l'échange d'énergie. Sur la manière dont les dragons s'alimentaient. Sur ce qu'il prenait chaque fois qu'il la touchait.

Nom de Dieu. Elle avait une saveur trop délicieuse. Semblait trop bien au-dessus de lui. Et le courant d'énergie qui coulait entre eux ? Le Méridien s'était embrasé, s'ouvrant un chemin de feu dans ses propres veines. Et alors que Myst l'enflammait, elle s'y relia, achevant le lien jusqu'à ce que l'énergie se déverse en une boucle continuelle, de elle à lui et vice versa.

Accro au pouvoir qu'elle exerçait, Bastian gémit et, les coudes posés sur le lit, releva le visage, assoiffé d'elle. Dans un murmure de plaisir, elle l'embrassa avec douceur et, en cet instant, il se défila. Sut qu'il ne lui dirait pas la vérité sur lui. Pas tout de suite, alors qu'elle était nue dans ses bras.

Merde. Et n'était-il pas un vrai connard ?

Probablement. Mais c'était la peur de la perdre qui le rendait comme ça. Le rejet était une salope ambitieuse sans freins. Une fois lâché, la douleur suivait de près. Jamais il ne s'y risquerait sans lui avoir d'abord fait l'amour. Plus tard. Ils parleraient plus tard... après qu'il aurait eu son goût sur la langue et son parfum sur la peau.

Un après-midi avec elle ne suffirait jamais. Il le savait, mais s'en foutait. Quelques heures valaient mieux qu'aucune. Alors, que ce soit égoïste ou non, il prendrait Myst. Rangerait les souvenirs dans un coin pour s'y replonger une autre fois, juste au cas où elle ne le laisserait plus jamais la retoucher.

Reportant son poids sur un coude, il glissa l'autre bras autour d'elle. Il l'attira à lui, passa la main dans son dos, puis la fit remonter, l'explora des hanches aux épaules. Bon Dieu, elle était exquise. Si belle avec ses courbes souples et sa peau pâle. De l'esprit et de la beauté. De la douceur et de la force. La perfection absolue réunie en une femelle.

Sienne. Chaque magnifique parcelle qui la constituait.

Bastian grogna lorsqu'elle inclina la tête et que son baiser se fit plus profond. Une caresse lente, consciencieuse, plus exploratrice que réellement conquérante. Pour le moment. Mais ce n'était qu'une question de temps. Elle le posséderait corps et âme après ça. Peut-être était-ce déjà le cas. Il avait perdu la bataille la première fois qu'il avait posé les yeux sur elle. Dans cette petite maison merdique au milieu de nulle part.

Ironique, non ?

Malgré toute sa force physique, il était le plus faible des deux. Le plus demandeur, celui qui suppliait sans un mot pour qu'on le prenne... qu'on l'utilise avec fougue et l'aime longtemps. Il voulait être dominé – à la merci de sa femelle pendant qu'elle exigeait tout de lui. Hmm, il avait déjà soif de ces chaînes. Avait ouvert grand la bouche, devenu l'esclave de sa conquérante lorsqu'elle lui passa la langue sur la lèvre inférieure, lui faisant l'honneur d'un avant-goût et d'une pleine cargaison de tortures.

— Tu aimes ça ?

Elle le mordilla de la pointe aiguisée de ses dents.

Bastian contracta les muscles avec force, soulevant les hanches au-dessus du matelas.

— Encore.

— À quel point ?

— Tout… tout ce que tu veux.

— Exactement la réponse que j'attendais.

Souriant contre sa bouche, elle enroula la main sur son bras. D'une poussée légère, elle fit glisser son coude.

— Allonge-toi pour moi.

À l'instant où ses omoplates touchèrent le lit, dans un bruissement de coton, elle s'enfonça en lui, lui envahit la bouche, le récompensa avec sa douceur et… oh, mince. Elle avait une saveur décadente – comme un orage estival, propre, promesse de pluie et d'éclairs de chaleur –, mais ça ne suffisait pas. Il avait besoin de sentir son odeur partout sur lui, et la sienne sur elle. La possession ne suffisait pas. Seule la domination le contenterait… celle de Myst sur lui, la sienne sur elle. Peu lui importait tant qu'il finissait enfoui profondément en elle.

Dans les trente prochaines secondes.

Dans un grognement, il enfonça les doigts dans ses cheveux. La main posée derrière sa tête, il but goulûment, lui dévora la bouche. Ses petites mains appuyées sur ses épaules, elle se déplaça, jeta une jambe sur le côté pour le chevaucher. Son membre tressaillit quand elle s'installa : les genoux de part et d'autre de ses hanches, la pointe de ses seins fermes et haut placés lui frôlant le torse, la langue tout au fond de sa bouche.

Écartant davantage les cuisses, elle se balança contre lui. Sa chaleur glissante lui baigna la peau, le poussa à se cambrer, à soulever le bassin. La volupté le mordit puis le frappa, le cloua comme un corps touché à la poitrine. Luttant pour se maîtriser, il serra et desserra les doigts dans ses cheveux. Elle roula encore des hanches.

Seigneur. Il n'y parviendrait pas. Perdait le contrôle. Elle était trop sexy. Si excitée qu'il la sentait glisser, moite, contre son ventre.

— Myst… ma belle.

Son érection vibrait. Il se cambra, à un cheveu de l'orgasme.

— Je ne vais plus pouvoir tenir. Je ne peux pas… Seigneur… Je vais… oh, merde.

— Chhhut… calme-toi.

Désespéré, il inspira, tout tremblant, sur le fil du rasoir, puis…

Un miracle se produisit.

Son corps s'apaisa, obéit à sa femelle sans poser de questions.

Bastian frissonna. Nom de Dieu. Comment avait-elle fait ça… d'un simple ordre chuchoté ? Un instant plus tôt, il avait été à une nanoseconde de craquer. À présent ? L'impatience ne le gouvernait plus. Son feu était couvert mais brûlait… le laissant excité et prêt, mais de nouveau sous contrôle.

Impressionné par Myst, Bastian murmura son nom.

Elle lui répondit dans un souffle, le félicita, et lui éloigna les mains de ses cheveux. Il sentit ses doigts le démanger, et il grogna quand il ne fut plus en contact avec ses mèches soyeuses. De la pulpe du pouce, elle lui caressa l'intérieur des poignets et lui leva les bras au-dessus de la tête.

— Garde-les là. Tu ne me touches pas jusqu'à ce que je t'y autorise… compris ?

Jamais. C'était injuste. Il secoua la tête.

— J'ai besoin…

— Compris ?

Elle entrelaça leurs doigts. Lui déposant un baiser au coin de la bouche, elle lui enfonça le dos des mains dans le matelas.

— Tu me tues.

Elle sourit.

— Plus on donne, plus on reçoit. À ma façon en premier… à la tienne en second.

En second? Hors de question. Plutôt en troisième… peut-être même quatrième. Lui faire l'amour deux fois ne serait jamais assez. Il lui mordilla la lèvre inférieure, pour protester contre ces conditions. Mais… si elle souhaitait s'y prendre à sa façon d'abord, qu'il en soit ainsi. Il obtiendrait ce qu'il voulait avant de la laisser partir.

— Marché conclu ?

— Le pacte du diable.

Il roula des hanches contre ses fesses. Le souffle coupé, elle rejeta la tête en arrière, accompagna l'ondulation.

— Je te le ferai payer plus tard, *bellmia*.

— Des promesses, toujours des promesses.

Avec un murmure de satisfaction, elle le lâcha et s'écarta, arrachant sa bouche à la sienne. Ce qui le rendit fou. En cet instant, tout ce qu'il souhaitait, c'était la goûter encore, entrelacer leurs langues et glisser entre ses cuisses.

Oh, ouais. C'était exactement ce qu'il souhaitait. Elle sous lui. Lui tout au fond d'elle.

Oubliant sa promesse, Bastian la suivit dans sa retraite.

Elle le repoussa contre le matelas.

— Un marché est un marché, Bastian.

— Merde.

— Hum-hum.

Les yeux pleins de malice, elle balança son cul exquis contre son ventre, lui offrant une vue magnifique de ses seins aux tétons roses tandis qu'elle le chevauchait.

— Nous y viendrons, ajouta-t-elle.

Je t'en prie, mon Dieu. Il ne tiendrait plus très longtemps. Pas si elle continuait…

Il contracta les muscles quand elle fit courir ses doigts sur l'intérieur de ses bras. Les doigts écartés, elle poursuivit plus bas, lui caressa le torse, tourna autour des pointes dures de ses tétons. Bastian referma les poings sur les draps. La petite chipie. Elle le tourmentait, testait sa résolution… le poussait au-delà de ses limites dans des territoires inexplorés.

Il ne se soumettait jamais. Jamais. Mais avec Myst, il acceptait d'être dominé. Se forçait à endurer son exploration pendant qu'elle découvrait là où il était le plus sensible, le faisait se cambrer et grogner… et jurer. Mais quand elle s'aventura plus bas, lui frôlant l'extérieur des cuisses de l'intérieur des siennes, se pencha et…

Oh… Seigneur.

Elle lui toucha le torse des lèvres, juste au niveau du cœur. Il ondula sous elle, pour l'encourager, savourant la chaleur de sa bouche sur sa peau. Chaque caresse était une source de délice, le jetait dans un plaisir si intense qu'il parvenait à peine à respirer. C'était une torture, et il en adorait chaque seconde. Elle était une femelle digne d'être vénérée, et tandis qu'elle le baignait de chaleur, il lui parla en dragonais, la couvrit d'éloges dans la langue de son espèce.

— Tu es si beau, Bastian.

Il chuchota son nom comme une bénédiction.

Elle lui répondit avec fougue et, lui donnant un petit coup de langue, glissa la main entre ses cuisses. Elle le trouva d'emblée, enroula les doigts autour de son érection. Dans un grognement, il lâcha ses meilleurs jurons et se souleva sous elle.

Ne faisant preuve d'aucune clémence, elle le caressa, chaque traction une aspiration rythmique à déchirer l'âme. Elle s'interrompit pour accorder une attention toute particulière au bout de son membre, prolongeant son plaisir. Ses testicules se contractèrent, et il gémit, un son bas et long, palpitant dans sa main, luttant pour s'accrocher et… l'attendre.

Mais… meeeerde. Il s'en fallait de peu.

Se tortillant sous elle, il murmura :

— *Bellmia*, s'il te plaît… laisse-moi te toucher.

Après une dernière caresse, elle releva la tête. Lorsqu'elle croisa son regard, elle colla la bouche à la sienne et chuchota :

— Feu vert.

Dans un grondement féroce, il lâcha les draps. Il passa les bras autour d'elle si vite, inversant leurs positions, qu'elle en eut le souffle coupé. En plein basculement, il lui saisit un sein et, en tétant la pointe gonflée, l'allongea sous lui. Lui coinçant les mains dans l'une des siennes, il lui leva les bras au-dessus de la tête et la retint prisonnière.

— La revanche est chienne, *bellmia*.

— Bastian…

Son murmure rauque le nourrit, et sans perdre une seconde, il s'installa profondément, les hanches entre ses cuisses, son érection contre sa chaleur. Toujours concentré sur son sein, il la mordilla avec douceur. Dans un gémissement, elle se cambra, en demandant plus. Il le lui donna, suça son téton sensible avant de relever la tête pour accorder la même attention à son camarade.

Il sentit sa peau douce glisser contre la sienne et son désir se décupla, grimpa en flèche en une sensation explosive. Tandis qu'il faisait rage, Bastian brûlait pour elle, écoutait les bruits sexy qui lui échappaient, se délectait de la façon dont elle s'agrippait à lui, adorait la manière dont elle le suppliait pour obtenir un baiser. Incapable de le lui refuser, il revint à ses lèvres, entrelaça leurs langues, la goûta goulûment.

Hmm… belle femelle. Si accueillante et chaude… si incroyablement exigeante.

Enserrant le mollet sur sa hanche, Myst ondula, ouvrit grand la bouche, donnant autant qu'il donnait. Elle accompagna son mouvement de va-et-vient en soulevant le bassin et… oh, ouais. Il se retrouva baigné d'une chaleur glissante et crémeuse.

L'appel de la tentation se fit sentir. Bastian se déplaça, lui libéra les poignets pour s'aventurer plus bas.

— Oh, oui… s'il te plaît, murmura-t-elle quand il posa la bouche sur le doux renflement de son ventre. Bastian… oui.

— Où ça, ma belle ?

Lui léchant l'os de la hanche, il descendit vers le sud et, lui saisissant le genou, lui écarta les cuisses. Et… oh, bon Dieu. Elle était magnifique là, aussi. Si rose et lisse.

Du bout du doigt il effleura ses boucles humides.

— Ici ?

— S'il te plaît.

— Les doigts ou la bouche ?

Il lui embrassa l'intérieur de la cuisse, lui laissant le temps de décider – parce que… merde. Impossible d'y échapper. Il aurait les deux avant d'en avoir fini : sa saveur sur la langue et les doigts tout au fond d'elle. La question était… qu'est-ce qu'elle préférait en premier ?

Il lui donna un coup de langue, chaque caresse le rapprochant de son sexe.

— Dis-moi, ma chérie.

— Seigneur… (Elle haleta, ses seins tendus se levant et s'abaissant à chaque respiration frénétique.) Peu importe… s'il te plaît, juste…

Il pencha la tête, écarta ses lèvres glissantes et la lécha. Il grogna en goûtant sa saveur. Hmm… ouais. Un festin pour un mâle affamé.

Avec insistance, il enfonça la langue plus profondément : explorant sa douceur, tapissant le fond de sa gorge de sa crème. Avec un cri farouche, elle se crispa sous lui, serra et desserra les mains dans ses cheveux, le suppliant pour qu'il continue à lui prodiguer ce plaisir. Il tapota la petite boule en haut de son sexe. Jouant avec, lui faisant frôler le septième ciel, sans cesse il recommença, en faisant le tour du bout de la langue.

— Bastian !

Il la lécha encore puis entra en elle – la maintint en place pendant qu'il la caressait, stimulait sa chair sensible. Dans un gémissement, elle adopta son rythme, se balança contre lui, en demandant plus. Attiré par son odeur, perdu dans sa saveur, il passa à la vitesse supérieure et glissa un doigt loin en elle. Elle palpita à l'intérieur, se resserrant sur son doigt, et gémit quand il instaura un rythme qui la rendit folle. Il l'étira avec douceur, introduisit un autre doigt, et suça plus fort avec la bouche.

Les cuisses écartées, plongée dans le plaisir, elle rejeta la tête en arrière. Soulevant les hanches, le dos cambré au-dessus du lit, elle jouit dans une vague hurlante d'énergie. Tandis qu'elle tremblait autour de ses doigts, l'explosion frappa Bastian de plein fouet, ébranlant son sang-froid. Un désir féroce s'immisça dans la fissure, écrasant toute douceur d'un seul coup magistral.

Bastian tenta de se maîtriser, de brider son besoin indéniable de la posséder avec fougue et vite… sans merci ni sentiment. Il voulait entrer en elle avec une telle violence que… Seigneur. Il ne pouvait pas garantir qu'il ne lui ferait pas de mal. Ne pouvait pas contrôler la pulsion bestiale et…

Elle jouit encore, s'agrippant à lui, soufflant son nom dans un sanglot. Le désir de Myst pulvérisa sa retenue, et il craqua dans un grondement féroce. L'allongeant à plat sous lui, il se dressa au-dessus d'elle. Tandis qu'elle haletait, emportée par une autre vague de volupté, elle enroula les jambes autour de lui, l'invitant en elle. Il s'enfonça profondément, s'enfouit d'un puissant coup de reins, puis rugit d'extase lorsqu'elle se contracta avec force et le retint.

Chez lui.

Merde, ouais. Il était enfin rentré chez lui.

Chapitre 28

Déplaçant le précieux paquet dans ses bras, Rikar ouvrit les verrous de la porte d'une pensée. Lorsqu'ils émirent un double petit bruit sec, il secoua la tête. Il avait perdu son putain d'esprit. Ramener Angela chez elle constituait une très, très, vraiment très mauvaise idée. Mais la laisser au bar – entourée d'hommes qui descendaient des bières – lui avait semblé impensable.

Pas dans cet état. Profondément endormie après qu'il lui avait effacé la mémoire… et s'était nourri.

Merde, il n'avait pas prévu ça. Prendre son énergie n'avait pas fait partie du plan. Pour ce qu'il en savait, son programme disait : Angela Keen, effacement de mémoire rapide ; Ian MacCord, laver, rincer, recommencer si nécessaire. Pas rester dehors toute la nuit à se faire botter le cul par une superbe rousse avec de sacrés dons pour le billard.

Rikar ricana. On pouvait faire confiance à une femme pour foutre en l'air un plan qui roulait.

Il baissa les yeux sur elle, s'efforçant de ne pas lui effleurer la tête de la bouche. Mais, mince… c'était dur. Elle avait des cheveux si doux. Il était bien placé pour le savoir, ayant plongé les doigts dans leurs mèches flamboyantes, la cuisse appuyée entre ses jambes alors qu'elle avait le dos au mur et qu'il buvait goulûment, jusqu'à être rassasié.

À présent, elle reposait, comblée, dans ses bras, pelotonnée comme un chaton, la tête sur son torse, les mains enfoncées dans sa veste en cuir, son odeur partout sur lui.

Putain, elle était jolie.

Il soupira, tourna la poignée et poussa la porte. Le système de sécurité se mit en route, lançant un avertissement à coups de « bip-bip-biiiip ». Il le désactiva d'une pensée, mais ses bottes restèrent plantées sur la moquette à motif cachemire dans le couloir. Il scruta le trou noir de son appartement, incapable de faire demi-tour, mais refusant d'entrer. Un lit se cachait incontestablement là. Et il devrait s'en approcher pour y allonger Angela. Un territoire dangereux pour lui en ce moment.

Il expira longuement. Il pourrait peut-être la laisser assise dans un fauteuil ou sur le canapé, évitant la chambre du même coup ?

À présent, c'était qui le pauvre type ?

Lui, bingo.

Seigneur, la laisser assise, pour qu'elle attrape un torticolis ? Qu'est-ce qui ne tournait pas rond chez lui, putain ?

Débloquant ses jambes, Rikar franchit le seuil. Il poussa la porte du pied derrière lui, obstruant la lumière du couloir. Sa vision nocturne prit le relais lorsque les ténèbres se refermèrent autour de lui. Hé bien. Plutôt austère… pas grand-chose à voir dans cet appartement de standing exigu.

Il passa devant une cuisine tout en longueur sur sa gauche et entra dans le petit salon. Un long canapé, deux fauteuils en rotin, un écran plat fixé au mur. Pas de tapis, pas de photos accrochées aux parois délavées, rien que des surfaces vides et des baies vitrées encadrées d'acier qui s'ouvraient du sol au plafond, équipées de volets roulants. Rien qui puisse lui apprendre qui elle était ou ce qu'elle aimait faire de son temps libre. Mais cela dit, peut-être qu'elle n'en avait pas. Les flics étaient des bourreaux de travail notoires, à passer plus de temps au boulot que dans leur vraie vie.

L'endroit était délicieusement froid, cependant, comme si elle avait baissé le chauffage un maximum. Angela Keen marquait un autre point. Son score ne faisait que grimper sur son échelle glaciale.

Jetant un regard sur la droite, il découvrit un étroit couloir. La chambre se trouvait par là. Il posa les yeux sur le canapé. Jamais il ne la laisserait là. Elle se réveillerait en ayant froid et…

Ouais. Il avait vraiiiiment besoin de se tirer de là.

Réprimant ses désirs d'une main de fer, il s'engagea dans le couloir en se tournant de côté pour que les pieds d'Angela ne heurtent pas le mur. Deux portes se faisaient face. Une vérification rapide par la numéro un et il dénicha la salle de bains. Il prit à droite, poussa la porte de l'épaule, son cœur s'emballant, le faisant chier alors qu'il s'introduisait sur son domaine personnel.

Son odeur était plus forte dans cette pièce, comme si elle passait tout son temps dans cette petite boîte de douze mètres carrés. Rikar déglutit, respira par le nez, expira par la bouche, et contourna le pied du lit. Un meuble compact, tout comme elle. Un grand sommier à cadre d'acier avec des draps soyeux et sans autre fioriture. Pas de coussins. Pas de jolie courtepointe ou autre couvre-pieds brodé. Pas de futilité… exactement comme elle.

Mince, il aimait ça chez elle. Propre, simple, directe à l'extérieur, d'une magnifique complexité à l'intérieur.

D'accord. Assez de conneries.

C'était une mission qui se résumait à entrer et sortir. Pas de place pour le sexe.

Elle soupira lorsqu'il la posa. Il la regarda se pelotonner, et il sentit les muscles du ventre le tirer sur les hanches, et ses testicules se contractèrent. Ouais. Aucun doute là-dessus. Il était temps de se barrer de ce trou perdu, mais…

Dans un juron, il saisit le talon de sa bottine et l'arracha à son petit pied. Il s'attaqua à l'autre, la laissant tomber près de sa compagne sur le sol, avant de s'occuper de la couette. Tirant la couverture sous Angela, il la ramena ensuite sur elle, l'enveloppa dans la chaleur de la soie et des plumes.

Elle ouvrit les yeux.

Rikar se figea, les mains dans la couette sous son menton, cloué par son regard noisette. Un impact qui le terrassa presque.

— Salut, dit-elle, d'une voix endormie, indistincte à cause de l'énergie qu'il lui avait prise.

Elle cligna des yeux, avec lenteur.

— Tu restes ?

— Non.

Mais, zut ! il en avait envie. Il lui repoussa les cheveux de la tempe, attardant le bout des doigts sur sa peau douce.

— Rendors-toi, mon ange.

Elle ferma les yeux, ses cils noirs sur ses joues pâles.

— Demain ?

— Ouais, demain, dit-il, mentant entre ses dents, s'efforçant de ne pas se réjouir qu'elle souhaite le revoir.

Alors que le sommeil l'emportait, Rikar se redressa et se tourna vers la porte de la chambre. S'échapper constituait sa priorité numéro un. Il ne pouvait rien faire d'autre. Inutile de commettre une autre erreur. Il en avait assez fait pour une éternité. À présent il devait retourner au repaire. À la réalité avant que le jour se lève et qu'il se fasse cramer par le soleil.

Trente secondes plus tard, il était sorti de l'appartement et se trouvait dans le couloir, la porte fermée à double tour derrière lui, le système de sécurité émettant des « bip-bip-biiip ». Il respira un peu mieux. Sa femme flic ne risquait rien, bien enfermée derrière des portes d'acier et des murs de béton.

« Sa ». Ouais. Il avait vraiment besoin de se faire examiner. Une putain de réinitialisation totale. Qu'il risquait d'ailleurs de subir quand il rentrerait au repaire et qu'il se ferait recâbler la machine par Bastian dans son vilain mélange d'affliction et de vengeance.

Mince, la revanche était vraiment une chienne.

— N'y pense pas, ronchonna-t-il, poussant la porte de l'escalier.

Il monta au lieu de descendre, grimpant les marches quatre à quatre. Le garage souterrain où il avait garé la Jeep d'Angela ne l'emmènerait nulle part si ce n'était… eh bien sous terre. Pas exactement là où il avait envie de se trouver, là tout de suite. Il avait besoin d'air et d'un maximum de hauteur pour libérer son dragon intérieur.

La bête brûlait de sortir. Voulait déployer ses ailes, se débarrasser de sa frustration et oublier la femelle. À quel point elle aimait sa saveur. Et où il l'avait laissée.

Se déplaçant comme s'il avait des fusées aux talons de ses rangers, il atteignit le toit. Balançant les bras, il traversa le bitume à toutes jambes et, les pieds posés sur le rebord surélevé, il rejoignit la liberté en effectuant un saut de l'ange. Il se laissa tomber, l'air froid lui cinglant le visage et le cou. À mi-descente, il se transforma. Ses écailles blanches scintillant à la lueur de la lune, les muscles contractés au maximum, l'asphalte approchant à toute vitesse. À quinze mètres du sol, le vent le rattrapa, souleva son corps tandis qu'il virait de toutes ses forces, évitant de justesse le coin d'un gratte-ciel.

Un vol en trombe et quinze minutes plus tard, il s'ouvrit un chemin à travers le passage souterrain de Black Diamond. De l'eau dégouttant de la pointe de ses ailes, il s'arrêta net et se posa sur la ZA. Lorsque ses griffes grattèrent la roche, il jeta un regard à la voiture de Myst.

Putain, il devrait s'occuper de la Honda. En l'occurrence, se débarrasser de l'engin. Il ne voulait pas la voir chaque fois qu'il rentrerait au repaire. Ce rappel du petit séjour de Myst avec eux – de l'histoire d'amour de son meilleur ami avec la femelle et du fait que c'était à cause de lui que Bastian l'avait perdue – était plus qu'il ne pouvait supporter.

Dans un grognement, Rikar battit des ailes. Les piques qui couraient sur son dos s'entrechoquèrent et des gouttes d'eau volèrent, chatoyant comme des diamants à la lueur des globes flottants. Ou comme des larmes. Rikar secoua la tête, et se dit de se ressaisir… que tourner en rond et s'enfuir n'étaient pas une solution.

Hors de question qu'il leur fasse le coup de disparaître. Il devait plus que ça à Bastian.

Reprenant forme humaine, Rikar marcha à grandes enjambées vers l'entrée magique du repaire, enveloppant son corps de cuir. Les vêtements de combat correspondaient à son humeur, et s'il devait se faire botter le cul, autant être prêt.

Les sensations le submergèrent, lui picotant la peau quand il traversa la paroi de roche pleine et sortit dans le couloir de l'autre côté. Il resta là un moment, le néant sonnant à ses oreilles. Ce qui était carrément sinistre.

Normalement, Sloan montait le volume, martelant des morceaux dans les heures qui précédaient l'aube. Un peu de Jay-Z ou de Tupac. Parfois Nine Inch Nails ou, s'il se sentait d'humeur vieille école, Led Zeppelin. N'importe quoi – même cette midinette de Neil Young – aurait mieux valu que ce silence à casser les couilles. Mais pas de bol. Le repaire était aussi silencieux qu'une tombe… ou qu'un salon funéraire.

Trop… parfait.

Les poings serrés, Rikar baissa la tête et s'obligea à marcher vers la porte de la clinique. Contrastant avec les hurlements qui lui emplissaient la tête, les panneaux vitrés s'ouvrirent sans un bruit, et se refermèrent de même derrière lui. Se déplaçant avec détermination à présent, il dépassa la table d'examen et franchit la porte à deux battants au fond de la salle d'accueil.

Un long couloir s'étendait devant lui, sur ce qui semblait être des kilomètres. Des portes, tels des visages vides fixés au mur, se succédaient sur la paroi de droite. Bastian était allongé derrière la première, sur le dos dans le grand lit, se remettant de ses blessures sévères. Mince, il ne l'avait jamais vu comme ça, et ça l'effrayait.

Ce qui fit pencher son humeur du mauvais côté.

Il ne pouvait pas imaginer le repaire sans ce grand gaillard. Ne le voulait pas, non plus. Mais il n'avait pas perdu son meilleur ami. Il avait tout fait pour. Non ?

Il sentit sa gorge se serrer, sous la morsure de la culpabilité et d'un sentiment de perte.

Bon Dieu, il n'avait pas cherché à faire du mal à Myst. S'il avait eu le choix, il aurait sauvé son ami autrement. Mais tous ses désirs ne changeraient rien. Les choses étaient ce qu'elles étaient. Fin de l'histoire.

Se durcissant pour affronter la réaction de Bastian, Rikar poussa la porte de la salle de réveil et…

Ne trouva rien à part des draps froissés au milieu d'un lit vide.

Qu'est-ce que… ? Ouais, Bastian se rétablissait vite. Comme eux tous, mais il ne devrait pas déjà être sur pied. Devrait encore dormir, récupérer… guérir. Mais cela dit, l'énergie de Myst était incroyablement puissante. Autant que celle de la femme flic et…

Holà. Il n'irait pas de ce côté. Pas pour le moment. Jamais. Il avait bien agi envers Angela en la mettant au lit. Seule. Hors de question qu'il la laisse s'attarder dans ses pensées.

Un bruit sourd dans la pièce attenante lui fit tourner la tête. Sans réfléchir, il avança à grandes enjambées vers la porte et l'entrebâilla.

Bouche bée, Rikar vit le couple dans le lit. Son esprit prit un rapide cliché : nus, bouches unies, les mains de Myst dans les cheveux de Bastian, lui entre ses cuisses, les jambes de Myst enroulées autour de ses hanches. Les gémissements de plaisir de Myst. Les ondulations du dos de son meilleur ami alors qu'il montait sa femelle avec fougue.

Nom de Dieu. Nom de Dieu. Nom de nom de Dieu.

Refermant la porte d'un coup sec, Rikar arracha sa main à la poignée comme si le truc était en feu et recula en trébuchant. Il esquissa encore un pas. Puis un autre. Ayant l'impression que son cerveau venait d'exploser dans son crâne. Quand il heurta le bord du lit des jambes, il s'assit, la respiration bruyante, l'image du couple creusant un trou dans son cortex cérébral.

De la main il frotta ses cheveux courts.

— Seigneur.

— C'est quoi ton problème ?

Accompagnant ce mouvement de tout le corps, Rikar tourna vivement la tête sur la gauche.

Sloan se tenait sur le seuil, bloquant la porte du couloir, un plateau débordant de nourriture dans les mains.

— On croirait que tu as été assommé.

C'était l'impression qu'il avait, aussi. Un coup de pioche dans la tête ne l'aurait pas mieux terrassé.

— N'entre pas là-dedans.

— Ils sont réveillés ?

— Ouais… et occupés.

Il vit les coins de la bouche de son ami remonter.

— Tu t'es rincé l'œil ?

— Bordel, grommela-t-il, s'efforçant d'exorciser l'image de Bastian et… merde, comme s'il pouvait y arriver. Qu'est-ce qui se passe, putain ?

— Je l'ignore, mais…

Secouant la tête, Sloan entra dans la pièce, ses pas silencieux sur le linoléum. Accompagné de l'odeur de pain maison et de la note sucrée de la confiture de framboises de Daimler, il glissa le plateau sur la table, puis se retourna, croisa les bras et posa le cul contre le plan de travail en inox.

— Il l'a nourrie, Rikar. À la seconde où il l'a touchée… mince, je n'avais jamais rien vu de pareil.

Rikar fronça les sourcils. Bastian avait fait quoi ? La tête résonnant encore à la suite de ce qu'il venait d'entrevoir, il lança tout un tas de « Qu'est-ce que tu racontes, putain ? » à Sloan.

— Ouais, je sais. C'était bizarre... l'énergie qui coulait de Bastian à elle, dit Sloan, d'un ton confus empreint de respect. Elle va parfaitement bien maintenant. Je suis passé il y a une heure. Ils dormaient tous deux à poings fermés.

— Plus maintenant.

Rikar se frotta la nuque. Seigneur, Bastian l'avait nourrie. *Nourri une femelle.* Ça ne s'était jamais vu, alors, eh bien... de la folie. Il ignorait comment le qualifier autrement. Ça dépassait l'entendement... entrait largement dans le domaine de « Qui aurait pu s'en douter ? »

Les sourcils froncés, Rikar se leva et se dirigea vers la porte.

— Bien.

S'écartant de la table, Sloan lui emboîta le pas. Il était directement sur ses talons, un grand type imposant, lorsqu'ils sortirent dans le couloir.

— Bastian mérite un peu de repos, dit Sloan.

Rikar ricana. *Du repos ?* Pas exactement le terme qu'il aurait employé.

— Daimler prépare du rosbif pour le petit déjeuner. Ça te dit ?

Le suivant comme son ombre, Sloan s'engouffra par la porte à deux battants de la clinique une seconde après lui.

Il secoua la tête.

— Plus tard.

— Où tu vas ?

— Aux Archives.

Il était temps d'effectuer quelques recherches. Il avait besoin de savoir ce qui se passait entre Bastian et sa femelle. Et ce truc fou sur un dragon qui nourrissait une femelle ? Ouais, il voulait vraiment obtenir des réponses, et les ouvrages – écrits par les ancêtres des dragons – constituaient sa meilleure option. Qui sait ? Peut-être qu'il aurait de la chance, trouverait la clé et résoudrait le mystère.

Le corps secoué d'un dernier tremblement, Myst s'écroula sur le torse de Bastian. L'oreille collée sur son cœur, elle écouta ses « boum-boum-boum ». Un sourire aux lèvres, elle se pelotonna, envahie par un contentement qui n'avait rien à voir avec le plaisir physique mais avec une satisfaction émotionnelle. Elle l'avait chevauché avec fougue, et c'était lui qui l'avait suppliée cette fois plutôt que l'inverse.

Hmm… qu'est-ce qu'on disait au sujet de la revanche ?

Son bien-être se manifesta par un sourire jusqu'aux oreilles.

Bastian glissa les bras autour d'elle et, dans un soupir, Myst se laissa aller dans son étreinte, et s'interrogea sur le score. Était-ce quatre ou cinq à présent ? Elle avait perdu le compte après la deuxième fois où ils avaient fait l'amour. Elle avait une bonne excuse, cependant. Il la distrayait complètement. Ouais, non seulement avec des parties de jambes en l'air époustouflantes, mais aussi avec le temps qu'ils avaient passé à parler pendant les pauses.

Cet homme avait un faible pour les questions. Il voulait tout savoir sur elle : ce qu'elle aimait ou pas, ses intérêts, ses peurs, son travail, où elle habitait… absolument tout. Jusqu'au parfum de glace qu'elle choisissait au glacier du coin. Myst se pelotonna un peu plus près de lui, et le serra avec affection. Ce type était d'une curiosité incorrigible. Mais cela dit, elle ne valait pas beaucoup mieux, à lui poser toutes sortes de questions en retour.

Et il ne l'avait pas déçue.

Elle savait désormais que sa couleur préférée était le violet, qu'il adorait les plats épicés, que le rugby était son sport de prédilection et que les films de gangsters étaient ses favoris. Entre autres choses. Et plus elle en apprenait sur lui, plus elle glissait sur la pente du « Je craque pour toi ».

Ce qui signifiait ? Des taches d'herbe et un fouillis de crasse émotionnelle.

Mais, bon Dieu, il était chaud. Oh là là, si farouche au lit qu'elle l'avait supplié. Et elle en voulait encore. Beaucoup plus. Mais… peut-être pas tout de suite. Elle souffrait d'un sérieux épuisement physique et seule une bonne dose de glucides pourrait la requinquer. Ouais, ça et une sieste.

Myst bâilla alors que Bastian traçait des cercles sur son dos avec nonchalance. Faisant glisser ses mains sur ses hanches, il leur fit épouser ses fesses et, avec un murmure de plaisir, elle se cambra. Hum, elle était sensible. La peau en feu après tout ce temps passé sous et au-dessus de lui, avec la pression exquise de l'avoir tout au fond d'elle.

— Mon Dieu…

Elle se tortilla, nicha la tête sous son menton quand il posa les mains sur l'arrière de ses cuisses. Il appuya les doigts vers l'intérieur et elle eut le souffle coupé, ses muscles tressaillirent tandis qu'il la caressait avec de légers coups aguicheurs.

— Tu es toujours comme ça ? chuchota-t-elle.

— Comme quoi ?

— Insatiable.

Son rire gronda dans sa poitrine, et Myst sourit.

— Avec toi ? Toujours, ma chérie.

Et voilà… le compliment qu'elle brûlait d'entendre. Stupide. Bien trop avide. Mais elle ne pouvait pas s'en empêcher. Elle avait besoin de savoir qu'elle le comblait. Qu'il la désirait même à présent… avec la passion débridée qui s'apaisait et le calme qui s'installait.

Dangereux. Des instants comme ceux-ci étaient dangereux. Ce moment de battement quand tout pouvait – et c'était en général ce qui se produisait – tourner mal.

Glissant sur le côté, Myst se retira, se dégagea de son corps pour s'allonger près de lui. La tête sur son épaule, le bras jeté en travers de son torse, la jambe enroulée autour de sa cuisse, elle tenta de changer de point de vue. Elle ne voulait pas douter de lui ni nourrir d'attentes autour des dernières heures. Le désastre l'attendait de ce côté, plein d'excuses et de promesses en l'air. L'inévitable « Je t'appellerai demain, ma chérie. On mangera ensemble ».

Elle n'avait pas besoin de ce genre de conneries – ou de mensonges – et les intentions de Bastian ne devraient pas compter. Il s'était montré d'une générosité inimaginable. Il lui avait donné tant d'orgasmes que son adresse lui coupait le souffle. Mais alors même qu'elle se disait que le plaisir physique suffisait, elle n'y croyait pas. Elle en voulait plus. Les relations sans lendemain n'étaient pas son truc, et ne la combleraient jamais.

Pas quand il s'agissait de Bastian.

Son instinct de conservation la poussait à le nier, mais quel bien ça lui ferait ? Ce qui se passait entre eux était puissant. De son côté, du moins. Myst ressentait leur lien, l'attraction globale qui l'attirait dans l'orbite de Bastian. Attachée là, elle tournait autour de lui, ayant soif d'engagement tout en le redoutant.

C'était de la folie puissance mille. Une roulette russe émotionnelle avec toutes les chambres chargées. Impossible d'y échapper. Elle prendrait une balle sur ce coup-là.

— *Bellmia ?*

Myst déglutit pour chasser la boule dans sa gorge.

— Ouais ?

— Prépare-toi.

— À quoi ?

Elle cria quand Bastian la fit basculer et que la pièce tourna. Une roulade complète. Puis une seconde plus rapide. La vision éclair du plafond-matelas, plafond-matelas était tout ce qu'elle apercevait par-dessus son épaule. Comme un saltimbanque, il s'écarta, retomba par terre sur ses pieds, les bras refermés autour d'elle.

Elle inspira brusquement.

— Nom de Dieu, tu…

Il l'interrompit en la soulevant soudain. Elle eut le souffle coupé quand son ventre entra en contact avec son épaule. Suspendue la tête en bas, les fesses en l'air et ses cheveux emmêlés dans le visage, elle protesta.

— L'heure de la douche, ma chérie.

Le bras enroulé sur ses cuisses, il lui caressa les fesses de sa main libre, puis lui donna une petite tape.

— Hé !

Elle se tortilla pour arriver à voir vers où il allait. Elle aperçut la porte fermée de l'autre côté de la pièce.

— Et quoi ? Tu n'aurais pas pu juste me le proposer ? ronchonna-t-elle.

— C'est plus drôle comme ça.

— Homme des cavernes.

— Ma belle, tu n'imagines pas.

Tournant la tête, il lui mordilla la hanche.

Oh, et puis zut ! Longue vie aux néandertaliens.

Elle distingua des carreaux blancs quand la porte de la salle de bains s'ouvrit. Sans ralentir, il franchit le seuil. L'eau jaillit sans qu'il ait rien touché, mais elle s'en foutait. De la magie. Pas de magie. Quelle importance ? Tout ce qu'elle voulait, c'était qu'il libère son homme des cavernes intérieur et…

Oh, bon Dieu, c'était bon.

Elle écarta les cuisses un peu plus, et gémit quand il la caressa des doigts. Il les enfonça profondément, appuya exactement… au bon… endroit… et entra dans la cabine de douche. Alors qu'un jet chaud lui coulait sur le dos, il retira les doigts et la fit glisser au bas de son épaule. Elle ne toucha pas le sol des pieds, cependant. Entre une respiration et la suivante, il lui avait enroulé les jambes autour de ses hanches, collé le dos au carrelage mural et…

— Oh, oui… s'il te plaîîît, chuchota-t-elle, inclinant le bassin vers lui, accueillant sa possession.

S'enfouissant loin en elle, il s'empara de sa bouche, la titilla de la langue, adoptant un rythme qui la rendit folle. Mais malgré l'impatience de Myst, il prit son temps, tournant en profondeur, augmentant son plaisir à chaque coup de reins, lui communiquant sa saveur, la faisant haleter. Elle serra les mains dans ses cheveux, sur le point de le supplier, elle lui aspira la langue. Mmmh. Il avait le goût que devrait avoir un homme : épices ténébreuses, chaleur érotique, domination absolue dans chaque va-et-vient. Et tandis que sa peau glissait contre la sienne, Myst sentit que le physique ne lui suffisait pas. Elle voulait tout, le meilleur des « pour toujours » avec l'homme dans ses bras.

L'orgasme arriva vite, la propulsant dans l'extase. Elle prononça son nom en sanglotant, trembla autour de lui, savoura la douleur tout au fond d'elle. Il accéléra le rythme, roulant des hanches contre les siennes. Elle s'accrocha à lui, se laissa emporter par la vague, et lui chuchota des choses, lui disant qu'il était beau, qu'elle n'en aurait jamais assez, à quel point elle avait besoin de lui. Le souffle coupé, il contracta les muscles sous ses mains, laissa retomber sa tête sur son épaule et palpita tout au fond d'elle.

Un moment après, il releva la tête. Ses yeux verts brillant, il l'embrassa avec douceur et se retira, la posant sur le carrelage. Elle vacilla. Il sourit, passa un bras autour d'elle pour l'aider à rester debout et attrapa le savon. Un dernier baiser, et il commença à la laver. Avec un soupir satisfait, elle le laissa faire, savourant le glissement savonneux de ses mains et le parfum frais qui flottait dans l'air. Consciencieux comme toujours, il n'oublia aucun endroit, massant ses muscles douloureux, s'approchant de son sexe jusqu'à toucher la chair sensible entre ses cuisses.

Quand elle tressaillit, Bastian fronça les sourcils.

— Tu as mal.

— Juste un peu.

Descendant les mains dans le dos de Bastian, elle lécha une goutte d'eau sur sa peau.

Il lui mordilla le lobe de l'oreille.

— Pardonne-moi. J'ai été trop brutal avec toi.

— Non… tu as été parfait.

Il afficha un large sourire.

— Et toi… exquise. Mais ça suffit pour aujourd'hui. Tu as besoin de temps pour te remettre.

Avec de doux mouvements circulaires des doigts, il la rinça puis recula pour se savonner à son tour. Incapable de s'en empêcher, elle le regarda, suivit des yeux l'eau savonneuse qui coulait vers le sud sur son torse et ses tablettes de chocolat jusqu'à… oh, mince. Il avait un corps magnifique, si fort partout où il le fallait.

— Ce n'est pas juste, *bellmia*. Si tu continues à me dévorer des yeux comme ça, je…

Le regard brillant, il la regarda l'admirer. Le lien entre eux crépita, faisant monter leur désir jusqu'à ce qu'elle ne puisse presque plus respirer. De la folie. Complètement cinglé, mais chair à vif ou non, elle avait encore envie de lui. Devinant ses intentions, il secoua la tête et se pencha vers elle pour couper l'eau.

— Et maintenant c'est qui, l'insatiable ?

— C'est plus fort que moi, dit-elle, voulant chasser de la langue les gouttes d'eau sur son torse. Tu es tellement sexy.

Il rit.

— Plus tard. Repose-toi et rétablis-toi, *bellmia*. Tu auras besoin de toutes tes forces cette nuit.

La soulevant, il ouvrit la porte vitrée et sortit sur un tapis de bain. L'air frais couvrit Myst de chair de poule et, avec un frisson – et absolument aucune honte – elle se pelotonna contre le torse de Bastian. Il prit une serviette sur le porte-serviettes mural en métal et l'en enveloppa avant d'en saisir une autre et de commencer à lui frotter les cheveux. Et comme une gamine de quatre ans, elle le laissa faire. C'était si bon qu'on prenne soin d'elle… d'être celle qui recevait au lieu de celle qui donnait, pour changer.

— Bastian ? (Luttant contre la pression envoûtante de ses doigts dans ses cheveux, elle réprima un bâillement.) Qu'est-ce qui se passe cette nuit ?

Il lui lança un regard de surprise perçant.

— Rien.

Myst se figea, son démenti rapide alarmant son radar. Le « rien » d'un homme était l'équivalent du « ça va » d'une femme. Ça ne présageait rien de bon, et tandis qu'elle le dévisageait, le lien qu'elle percevait entre eux s'intensifia, lui donnant une grande perspicacité, lui disant qu'il n'était pas honnête, qu'il voulait enfouir sa question six pieds sous terre. Cette sensation qui la submergeait se transforma en avertissement. Elle tira sur sa serviette, serrant le tissu-éponge pelucheux sous ses bras et sur sa poitrine comme une armure.

Que faire ? Laisser passer ou lui demander des précisions ?

Elle n'avait pas envie d'insister, mais ce n'était pas dans sa nature de ne pas régler les problèmes importants. Elle était le genre de fille à prendre le taureau par les cornes, et si elle voulait une histoire sérieuse avec Bastian, elle ne devait pas se trahir. Ne rien cacher – ni elle, ni lui.

Tendant la main, elle écarta les doigts sur la peau humide au-dessus de son cœur.

— Bastian… s'il te plaît, dis-le-moi.

Il dansa d'un pied sur l'autre, comme s'il se sentait soudain mal à l'aise dans sa propre peau. Un muscle tressaillit sur sa joue.

— Le Méridien s'aligne.

— Qu'est-ce que c'est ?

— Un événement semestriel. Il est… important pour les miens.

Il serra les doigts dans ses cheveux une seconde avant de la lâcher pour reculer et attraper une autre serviette.

Elle l'observa, s'efforçant de deviner son humeur.

— Comme une célébration ?

— Je t'expliquerai tout plus tard. (La serviette autour de la taille, il se tourna vers la porte.) J'ai appelé Daimler. Il arrive avec des vêtements propres pour toi.

Hum-hum. Et voilà… il se dégonflait. Effectuant un tour à cent quatre-vingts degrés dans le territoire de la distraction. Mais mince, c'était efficace. Ce changement de sujet fonctionna, et elle en resta à se demander comment il s'y était pris.

Comment donc avait-il appelé Daimler ? Où qu'elle pose les yeux, elle ne voyait aucun téléphone, et elle était restée tout le temps avec Bastian. D'accord… certes, elle avait été plongée dans une bulle de plaisir proche d'un état comateux pratiquement tout l'après-midi, mais quand même, elle aurait remarqué un appareil aussi important qu'un portable.

— On ne se sert pas de téléphones, Myst, dit-il par-dessus son épaule. Tu n'en trouveras aucun dans le repaire.

Pas de téléphones ? Merde. Et voilà son plan B anéanti. Elle n'appellerait pas Tania de sitôt.

Pieds nus, elle ajusta sa serviette et le suivit dans la chambre à pas feutrés.

— D'accord. Alors, comment as-tu… ?

— Ça porte le nom de communication mentale.

Il laissa glisser la serviette et elle eut droit à une vision superbe de ses fesses avant…

Elle en resta bouche bée. En l'espace d'une respiration, il était habillé : pantalon en cuir, débardeur noir, grosses bottes aux pieds.

Il roula des épaules, l'expression si sérieuse qu'elle eut l'impression que sa réaction l'inquiétait.

— On a quelques tours de ce genre en réserve, *bellmia*.

Sans déc'. L'aptitude à se vêtir d'une pensée était… plutôt cool. Et étrange. Mais elle devait s'habituer à toutes ces bizarreries. Ce pouvoir ne la perturbait pas plus que ça. Elle savait qu'il était différent, avait accepté la magie comme faisant partie de lui.

— Tu peux le faire pour moi ? Histoire d'éviter à Daimler de se déplacer ?

Il sourit alors que la tension quittait ses épaules. Il la rejoignit pour la prendre dans ses bras. La serrant avec douceur, il murmura :

— Tu es une femme remarquable.

Elle sentit son cœur s'emballer, marteler dans sa poitrine. Myst l'obligea à se calmer. Elle avait déjà assez de problèmes comme ça. Inutile d'aggraver son cas en interprétant bêtement son compliment comme un « je t'aime ».

— Je dois y aller. (Inclinant le menton, il lui embrassa le sommet de la tête.) Attends Daimler ici. Mange un peu. Tu as besoin de tes forces. Je te verrai au dîner. D'accord ?

Non. Pas d'accord.

Elle voulait qu'il reste avec elle. Ce qui la poussa à ne rien dire. S'accrocher à lui n'était pas une bonne idée. N'était même pas réaliste. Il ne pouvait pas passer tout son temps avec elle, mais alors qu'il se dirigeait vers la porte, son cœur n'écouta pas la raison et s'agrippa à lui. Myst le laissa partir, consciente qu'elle ne le récupérerait jamais.

Un vide abominable s'étendit dans sa poitrine. Ça ne lui ressemblait pas. Tomber amoureuse, être demandeuse, collante, toutes ces conneries correspondaient au mode opératoire d'une autre. Elle était la fille intelligente et rationnelle : forte, indépendante, dure. Écartant ses cheveux humides de son visage, Myst sentit la pression monter en elle. Repousser ses limites, menaçant de jaillir en une explosion émotionnelle.

Elle avait besoin d'espace. Et d'y voir clair. Un peu d'air frais – un moment dans le jardin – constituait assurément une priorité. Sinon, elle perdrait la tête comme elle avait déjà perdu son cœur auprès d'un homme qui ne l'aimait pas en retour.

Chapitre 29

Dans un grognement, Bastian referma avec violence l'épais volume, résistant à l'envie de balancer cette saloperie à l'autre bout de la salle. Il frappa la table, laissant un creux de la taille de son poing dans l'acier. Alors que le bruit métallique retentissait, résonnait contre les bibliothèques qui s'élevaient jusqu'au plafond et le sol de béton poli, il repoussa sa chaise et se leva.

Les jambes écartées et les pieds bien plantés, il émit un grondement menaçant en regardant les ouvrages reliés de cuir. Inutiles. Tous autant les uns que les autres.

Aucun ne renfermait l'information qu'il cherchait. Seigneur. Il avait laissé Myst – couverte seulement d'une serviette – pour ça ? Il avait abandonné sa compagne, qui était restée seule dans le repaire pendant qu'il s'était rendu aux Archives, pour une mission de la dernière chance à la recherche de réponses qu'il n'obtiendrait jamais.

Il avait nourri de si grands espoirs, mais n'était tombé que sur des impasses. Et le temps filait.

La tête baissée, il se passa les mains dans les cheveux. Il enroula les mèches à ses doigts et appuya sur le haut de la nuque, tentant de garder son sang-froid. Il avait les muscles du cou tendus, et ils hurlèrent lorsqu'il tira sur les nœuds qui lui enserraient le dos. Bastian accueillit cette douleur. Elle constituait une distraction, qui maintenait à distance la pression en train de lui transformer le crâne en Cocotte-Minute.

Une explosion imminente. Il était à une nanoseconde de craquer complètement.

Il ne pouvait pas prévenir l'inévitable. Le changer en un avenir dans lequel il ne ferait pas de mal à Myst. Les réponses qui lui étaient nécessaires pour la protéger n'existaient pas, et le Méridien s'alignerait dans…

Éloignant la main de sa nuque, il jeta un coup d'œil à la pendule de l'autre côté de la salle.

Dans moins de six heures.

— Seigneur.

Sa voix rebondit contre le béton et l'acier, jouant au ping-pong dans le silence.

Il se sentait déjà nerveux, son désir pour sa femelle comme du poison dans ses veines : omniprésent. Incurable. Catastrophique. Il regardait droit dans le canon d'un pistolet chargé sans aucun moyen d'échapper à la balle. Mais le pire ? C'était lui qui avait le doigt sur la détente.

Le ressentiment bouillonna en lui jusqu'à ce que Bastian le goûte sur le fond de la langue. Il n'existait aucune négociation possible. Le Méridien constituait une force de la nature, un phénomène que sa magie ne pouvait pas atteindre, et comme tous les dragons, son instinct d'union le submergerait à l'instant où les bandes d'énergie se réuniraient. Cet événement semestriel créait une fenêtre de douze heures au cours de laquelle son corps fonctionnait à plein régime dans un seul but.

Engendrer la prochaine génération de fils robustes.

Une nécessité pour perpétuer leur espèce dans l'avenir. Un enfer pour un mâle uni amoureux de sa femelle.

Bastian serra les poings.

— Putain de merde.

La vie n'était-elle pas magnifique ?

Ces appétits débridés constituaient la raison pour laquelle ses guerriers et lui demandaient à Daimler de les enfermer dans la crypte deux fois par an – pendant les alignements du printemps et de l'automne. À plus de deux cents mètres sous la surface, la grotte était un chef-d'œuvre. Une cage d'acier aux verrous électroniques et entourée de kilomètres de pur granit. Et à l'intérieur ? Des quartiers d'habitation équipés de tout ce qui se faisait de mieux.

D'habitude, la crypte fonctionnait à merveille. Maîtrisait les Nightfury, en leur procurant l'espace dont ils avaient besoin pour contrôler leurs appétits pendant que l'explosion d'énergie appuyait sur le bouton de la fertilité et que le compte à rebours commençait.

Pas lors de cet alignement, cependant.

La crypte avait beau constituer un bastion impressionnant, Bastian doutait qu'elle le retienne. Il désirait trop Myst et déchiquetterait l'acier renforcé pour la rejoindre.

Alors, quelles options lui restait-il ?

Pouvait-il lutter contre cette pression – son ADN même ? Trouver un moyen d'amoindrir sa soif, pour la rendre gérable ?

Pendant que l'agitation lui enflammait les neurones, Bastian faisait les cent pas. Ses bottes martelaient le sol, résonnaient dans le silence, lui apportant un peu de réconfort, mais pas de soulagement. Sans cesse il tournait en rond, contournant la table au centre de la salle, à la recherche d'une solution.

Peut-être que si on l'assommait… S'il demandait à Daimler de lui injecter une dose de tranquillisant pour le transformer en bête de zoo…

Ouais, ça pourrait fonctionner. Sans garantie, cependant. Il était robuste – sa magie puissante tant sous sa forme de dragon que d'humain –, mais un mauvais plan était mieux que rien du tout. Ça valait le coup d'essayer pour protéger Myst et…

— Toc toc.

Sans ralentir, Bastian jeta un regard vers la porte.

Rikar se tenait sur le seuil, les épaules occupant l'espace entre les montants, un mince livre relié de cuir dans les mains.

— Quoi… tu n'es pas d'humeur à jouer ?

Bastian plissa les yeux.

— Qui l'est, franchement ?

— Ton meilleur ami sincèrement désolé.

Ses yeux pâles rivés sur le visage de Bastian, Rikar se dressait de toute sa hauteur – les bottes plantées sur le sol, le dos droit, les épaules en arrière – comme s'il se préparait à quelque expérience désagréable. Bien vu, étant donné à quel point Bastian était à cran.

Tournant sur la gauche, Bastian dépassa à grandes enjambées d'imposantes bibliothèques chargées d'épais volumes, s'éloignant de Rikar. Marcher vers son ami n'était pas une bonne idée. Il avait tellement envie de le frapper qu'il en avait mal aux articulations des doigts.

— Écoute, Bastian. Je te demande juste de m'écouter.

L'expression grave, Rikar entra dans la bibliothèque. Posant le journal sur la table, il dit :

— Je t'offre le *grevaiz*, mon commandant.

— Ici ?

— On peut aller sur la ZA si tu préfères. On aura plus de place.

Bastian serra les poings. Génial. Exactement ce dont il avait besoin. Un *grevaiz*.

C'était un rituel ancien, une tradition de guerriers. Offrir le premier coup quand un mâle avait fait du tort à un autre. Une façon pour l'offensé d'être apaisé, et pour l'offenseur, d'être pardonné. Ce rituel était censé permettre la guérison, mais tandis qu'il fixait Rikar du regard, sa colère disparut. Il n'avait pas envie de faire du mal à son meilleur ami. Ouais, un jour plus tôt il aurait saisi l'occasion de l'écorcher vif. En cet instant ? Il avait un besoin vital de son pote.

— Elle va bien, Rikar, dit-il, serrant et desserrant le poing pour en chasser la tension. Complètement remise.

Ça ne marcha pas. Il souffrait toujours, à l'intérieur comme à l'extérieur.

— J'ai entendu et… j'en suis heureux. Mais… (les sourcils froncés, Rikar baissa les yeux sur le sol, et offrit ce qu'il pensait devoir) je te propose toujours le premier coup.

— Je n'en veux pas.

Ç'avait beau le tuer de le reconnaître, Bastian poursuivit :

— J'en aurais fait autant pour te sauver. Maintenant, assez avec ces conneries. J'ai besoin de ton aide.

Rikar releva le menton.

— Balance.

— Ce soir… quand le Méridien s'alignera, je veux que tu me foutes sous tranquillisant. Daimler s'en procure toute une cargaison et…

— Hors de question.

Bastian le foudroya du regard.

— Tu me le dois. Je ne veux pas lui faire de mal, mais je ne serai pas capable de rester loin d'elle.

— Et après ? Tu crois que la crypte va te retenir ?

— Ça va marcher. J'ai juste besoin…

— Même complètement bourré de tranquillisants, Bastian, tu t'échapperas. (Rikar croisa les bras et secoua la tête.) Et tu nous libéreras du même coup.

Bon Dieu. Il n'y avait pas pensé. S'il ouvrait un trou dans la crypte, il permettrait à ses guerriers de s'échapper. Et où iraient-ils ? En ville – gonflés de désir et assoiffés comme jamais – pour prendre la première femme qu'ils trouveraient. Dans un juron, Bastian écarta d'un coup de pied une chaise qui lui bloquait le passage et effectua un autre tour de la salle.

— Tu ne peux pas l'éviter, Bastian. Elle est ici. Tu t'es uni à elle. Il n'y a pas d'échappatoire pour toi, dit-il avec sa franchise caractéristique.

S'arrêtant devant une bibliothèque, Bastian s'agrippa à l'étagère située à son niveau et se pencha, déchiré par la douleur.

— Qu'est-ce que je vais faire ? Comment la protéger ?

Dans son dos une chaise qu'on tirait racla le sol.

— Viens t'asseoir, Bastian. Je crois avoir découvert quelque chose qui devrait nous aider.

Prenant une inspiration tremblante, Bastian s'écarta de la bibliothèque et s'approcha de son meilleur ami.

— Qu'est-ce que tu as découvert ?

Rikar lui indiqua le journal qu'il avait placé sur la table.

— Je l'ai déniché dans la crypte… perdu à côté de ce bon vieux Charles Dickens. Il contient une histoire intéressante au sujet d'une Reine Dragon.

— Une quoi ?

— Ouais, un récit vraiment sympa.

Tapotant de la jointure des doigts la couverture rouge, Rikar posa son cul sur la chaise en face de lui.

— J'ignore qui a écrit ça… ou si c'est vrai, mais ça pourrait expliquer le lien que tu partages avec Myst. Pourquoi tu as été capable de la nourrir.

— Sloan, murmura Bastian.

Son meilleur ami hocha la tête.

— Il m'a tout raconté. En ce moment, il parcourt les annales informatisées, en quête d'autres infos. Peut-être qu'il aura de la chance et trouvera quelque chose, mais le journal ? Seigneur, je vais botter le cul du clan écossais pour nous avoir caché un truc pareil.

Le clan écossais ? Ces salopards formaient un groupe uni. Fermés au monde extérieur, ils n'aimaient pas les étrangers – dragons ou humains – et ne partageaient certainement pas leurs connaissances.

Bastian empoigna la chaise qu'il avait poussée hors de son chemin et s'assit. Il dirigea le menton du côté de son pote.

— Mets-moi au jus.

— L'une de leurs femelles a donné naissance à trois fils. Tous engendrés par le même mâle… le commandant du clan.

Trois. Les jumeaux étaient rares, mais…

— Des triplés ?

Rikar secoua la tête.

— Les deux premiers sont nés avec sept ans d'écart. Le cadet et le benjamin… dix ans d'intervalle entre eux.

Les sourcils froncés, Bastian regarda fixement son ami, sans comprendre. Il avait entendu ses mots, mais leur sens lui échappait. Toutes les femelles sans exception mouraient en couches. La patiente de Myst – et l'horreur sanglante sur laquelle elle était tombée – en était une preuve catégorique.

— Ce n'est pas… comment… Seigneur, la femelle a survécu ?

— Ouais. Et d'après ce journal ? Elle a vécu près de trois cents ans, et est morte en même temps que son compagnon… un truc instantané. Il a été tué au combat. Elle s'est éteinte quelques minutes après lui. Dans leur repaire à quatre-vingts kilomètres de là. (Son ami se pencha en avant, rapprochant sa tête de la sienne.) Bon Dieu, Bastian. Je crois que leur énergie à tous les deux fusionnait… comme avec toi et Myst.

Il secoua la tête.

— C'est un mythe.

— Ah oui ? (Les yeux pareils à des flammes bleues, Rikar le mesura du regard.) Les mythes se fondent sur une part de vérité. Tu es relié à elle… Tu l'es depuis l'instant où tu l'as vue dans cette cuisine. (Il tapota de nouveau le livre et poursuivit.) Comment saurions-nous si c'est vrai ou non ? Notre espèce est notoire pour ses coups d'un soir… pour aimer et se barrer en vitesse. On ne reste jamais assez longtemps pour créer un lien durable. Je crois que ce que tu as trouvé avec Myst est si rare qu'on en a oublié jusqu'à l'existence avec le temps. La poignée à avoir été au courant a omis de transmettre cette connaissance.

— Putains d'Écossais, gronda-t-il, ayant l'impression d'être rentré dans un mur de béton, le crâne le premier.

Poussant une pile de livres, Bastian posa les coudes sur la table et plongea les poings dans ses cheveux. Il tira sur ses mèches, aux prises avec la douleur et l'inconnu. Si ce que disait son ami était vrai… si cette théorie tenait… Bon Dieu. Ça leur ouvrirait les portes d'un monde complètement nouveau – la possibilité de garder Myst dans sa vie.

— Tu es certain de ce que tu avances ? Tu as intérêt…

— Merde, Bastian.

Tendant le bras, Rikar referma la main sur le poignet de Bastian et serra jusqu'à ce qu'il relève la tête et croise son regard.

— Tu peux lui transmettre de l'énergie… de l'énergie de guérison. Tu sais ce que ça signifie ? Si tu es présent, elle a de grandes chances de survivre à la naissance de ton fils.

De grandes chances. Pas cent pour cent.

— Quand est-ce que ça s'est passé ? La Reine Dragon est morte depuis combien de temps ?

— Le journal date de plus d'un siècle.

— Ses fils sont toujours vivants ?

— Les deux aînés ont péri au combat avec leur père, mais le troisième pourrait encore être en vie.

— Son nom ?

Lui lâchant le poignet, Rikar saisit le livre sur le bord de la table. Le cuir de la reliure craqua quand il l'ouvrit et le feuilleta. Vers la fin, il sortit un long morceau de papier plié en quatre parts égales. Il le déplia comme un accordéon, et Bastian aperçut de l'encre noire qui dessinait les branches d'un arbre généalogique.

Rikar passa le doigt sur la moitié inférieure. Il s'arrêta sur un nom.

— Forge.

Bastian se laissa aller contre le dossier de sa chaise, concevant un plan.

— À quoi tu penses ? demanda Rikar. Le clan écossais ne répondra pas à une convocation. Et impossible de nous rendre en Écosse sans…

— Inutile de traverser l'Atlantique.

L'épais accent des Highlands lui résonnant dans la tête, il rejoua une conversation récente.

— Tu te rappelles cet enculé dans la gare de triage… le Razorback qui crachait de l'acide enflammé ?

— Ouais.

— Il est du clan écossais.

Rikar esquissa un sourire.

— On doit l'enfermer. Découvrir ce qu'il sait.

— Hmm-hmm.

Bastian regarda fixement la rangée de livres par-dessus l'épaule de son ami ; il les voyait, mais pas vraiment. Il avait l'esprit trop occupé, à examiner son plan, à le considérer sous tous les angles. Il devait couper les ailes de Deep Purple. La seule façon d'y parvenir ? L'attirer dans un piège… assez près pour lui envoyer une bonne dose d'électricité et l'enfermer.

Une tâche pas facile. Ce mâle ennemi était intelligent. Le mettre en cage nécessiterait des efforts importants et des tonnes de préparation. Ouais, ça et du temps. Ce dont il ne disposait pas. Du moins, pas avant la nuit suivante lorsque l'alignement serait derrière eux.

— Alors, on l'appâte. (Affalé sur sa chaise, Rikar posa la cheville sur son genou et retourna le journal dans ses mains.) Tu vas réussir à le coincer ? Tu crois qu'il viendra ?

— Il viendra. (Bastian frotta ses omoplates qui le démangeaient contre le dossier, sa stratégie prenant forme.) Il ne sera pas capable de résister. On possède quelque chose qu'il veut.

— Quoi ?

— Son fils.

Non qu'il songe à remettre Gregor Mayhem à ce mâle – à un putain de Razorback. Jamais. Pas parce que le code de l'honneur des Nightfury l'interdisait. Il était plus préoccupé par sa compagne. Myst l'écorcherait vif, et… *tiens, tiens, regardez-le.* Soudain il se souciait de plaire à une femme. Et d'autant plus qu'il pourrait avoir la chance de la garder toute une vie.

Ouais. L'espoir était éternel et tout le tintouin.

Mais alors même que Bastian le prenait à la légère – craignait de croire qu'elle survivrait à la naissance de son fils –, il priait pour que ce soit vrai. *S'il te plaît, mon Dieu, sois miséricordieux.* Il ne demandait pas beaucoup. Une chose toute simple. C'était tout ce qu'il voulait. Une famille : une compagne pour lui, une mère pour son fils.

S'accrochant à cet espoir, Bastian se leva. Il devait voir Myst. Il ne disposait pas de beaucoup de temps, et elle méritait tout le sien avant l'alignement. Un vrai rendez-vous. Un repas partagé… ou un truc dans le genre. N'importe quoi pour qu'elle se sente spéciale.

Alors qu'il contournait le bout de la table, Rikar lui tendit le journal. Le cuir rouge lisse lui glissa sur la paume. Il le regarda fixement un moment, conscient qu'il l'aurait lu du début à la fin – en quête de davantage d'espoir encore – avant de coucher avec Myst cette nuit-là. Saisissant l'ouvrage peu épais, il jeta un regard en coin à son meilleur ami, et haussa un sourcil interrogateur.

Sans se laisser distancer, Rikar l'accompagna vers la porte.

— Quant à nous, on sera enfermés dans une heure. Tu auras le repaire pour toi tout seul. Amuse-toi bien ce soir.

— Connard.

— Tu m'étonnes. (Lui donnant une tape sur l'épaule, Rikar le suivit dans le couloir.) Détends-toi, Bastian. Même si tu ne te contrôles plus sous l'emprise de tes appétits, tu ne lui feras pas de mal.

Bastian hocha la tête, priant pour que son ami ait raison, mais sans vraiment y croire. Il avait des problèmes de maîtrise de soi quand il s'agissait de Myst. Et c'était avant d'être submergé par ses appétits. Il n'avait jamais été avec une femme au moment de l'élévation du Méridien. N'avait pas la moindre idée de ce qu'il ferait… ni de la brutalité dont il ferait preuve quand le désir le tiendrait par les couilles.

Chapitre 30

Son plan fut tué dans l'œuf. Myst secoua la tête, émerveillée par l'intelligence de Daimler. L'elfe était un magicien dans l'art de détourner l'attention des gens… un spécialiste chevronné des « Oh, j'ai besoin de votre aide pour une dernière petite chose ». Et elle était tombée dans le panneau. Avait passé des heures à consulter des sites Web, à chercher sur Internet des affaires pour bébés.

À présent, Gregor possédait un tel attirail que c'en était honteux.

Enfin, très bien. Elle avait adoré procurer à son ange ce qui se faisait de mieux, mais la conséquence malheureuse de toute cette histoire ? Pas de temps pour elle. Elle n'en avait pas encore eu, mais la situation semblait s'améliorer. Daimler avait disparu depuis cinq minutes.

Alléluia.

Le moment était venu de partir en reconnaissance.

Veillant à ne pas faire de mouvements brusques, elle déplaça Gregor dans ses bras. S'étant vite endormi après son biberon, il renifla puis se pelotonna, la joue contre son épaule tandis qu'elle traversait la chambre d'enfant. Avec douceur, elle le déposa dans son berceau et ajusta la couverture sous son menton.

— Dors bien, mon ange, murmura-t-elle avant de prendre l'écoute-bébé sur la table de nuit.

Après avoir traversé la pièce sur la pointe des pieds, elle se précipita dans le couloir. Elle ne disposait pas de beaucoup de temps. Le jour déclinait et les Nightfury tomberaient bientôt du lit pour marcher bruyamment vers la cuisine et le carré d'agneau de Daimler. L'elfe avait passé la plus grande partie de la matinée à tenter de décider quelles épices mettre sur cette maudite pièce de viande. À présent elle les sentait, et le délicieux mélange de saveurs la fit saliver.

Ne souhaitant pas tomber sur ce chef hors du commun, elle se dirigea dans la direction opposée. Hors de question de se trouver aux abords de la cuisine. Bastian allait à coup sûr s'y pointer avec sa bande, et là tout de suite ? elle n'avait pas envie de le voir.

Il lui avait menti.

Très bien. Peut-être que le traiter de menteur serait exagéré. Mais merde, pas tant que ça. Elle n'arrêtait pas de se repasser leurs moments ensemble – en évitant les scènes de sexe, parce que… bon Dieu… se rappeler la façon dont il la caressait la propulsait aussitôt au septième ciel – et elle avait pris conscience qu'il avait passé beaucoup de choses sous silence. Un exemple ? Le Méridien. Qu'est-ce que c'était exactement ? Qu'est-ce que ça faisait, comment ça agissait, pourquoi les dragons en avaient-ils besoin ? Mais le plus gros, la question qui supplantait toutes les autres ? En quoi le Méridien la concernait-il ?

Tout au fond d'elle, elle savait qu'elle était mêlée à tout ça.

C'était la réaction de Bastian qui lui avait d'abord mis la puce à l'oreille. Il avait évité le sujet, en lui donnant des réponses bateau. Et alors qu'il s'était défilé comme un pro, son radar à conneries lui avait envoyé toutes sortes de drapeaux rouges. À présent sa thèse du complot était enfoncée jusqu'au cou au pays des « et si », lui sortant des hypothèses qui la poussaient à douter de tout.

Étrange, mais quand elle était avec Bastian la voix dans sa tête restait silencieuse. À la seconde où il la laissait seule ? « Vlan ! » L'incertitude revenait de plus belle.

Passant la main dans ses cheveux, Myst grimpa en courant une série de petites marches. Ses tongs claquèrent sur le marbre, résonnant dans le silence alors qu'elle s'arrêtait sous une énorme voûte. Elle eut le souffle coupé, surprise par la magnificence des lieux. Parfaitement ronde, la salle était surmontée d'une coupole ornée d'une fresque. Des guerriers dragons s'envolaient de son centre, l'étalage coloré de force et de pouvoir brillant au-dessus de la lumière vive de la rotonde. Les murs circulaires étaient pareillement décorés, chaque panneau entre les demi-colonnes de marbre présentant un unique dragon. Elle reconnut Bastian aussitôt, trahi par ses écailles bleu nuit et ses yeux verts. Un dragon blanc moucheté d'or occupait la place près de lui, ses yeux d'un bleu pâle lui apprenant qu'il s'agissait de Rikar.

Remarquable.

Elle frissonna d'admiration et, couverte de chair de poule, traversa les lieux en examinant la mosaïque du sol. Le motif élaboré tournoyait, dessinant des sortes d'armoiries. Une inscription dans une langue étrangère s'enroulait autour des bords extérieurs de l'emblème. Myst s'accroupit pour toucher l'une des lettres du bout du doigt. Après en avoir suivi la courbe, elle contempla la fresque qui représentait Bastian.

Bon Dieu, il était beau – que ce soit ou non dans sa forme de dragon –, et peu importait à quel point elle tentait de le nier, il lui manquait. Complètement fou. Absolument stupide. Mais vrai de toutes les façons qui comptaient.

Dans un soupir, Myst se releva et se remit en route. Trois voûtes – identiques à celle par laquelle elle était entrée – se tenaient prêtes à la conduire plus avant dans les profondeurs de Black Diamond. Elle choisit celle en face d'elle et, après avoir descendu une autre série de marches, arriva dans un vaste salon.

Le plafond s'élevait à six mètres au-dessus du sol, surplombant des regroupements de meubles. Des fenêtres occupaient un mur entier, l'éclat du soleil couchant atténué par le verre fortement teinté. Myst contourna le bout de la table de billard et passa devant le râtelier à queues pour faire courir sa main sur le dos du canapé. Un cuir doux comme du beurre glissant contre sa paume, elle s'approcha de la cheminée. À double face, le foyer montait en tournant vers le plafond. L'espace était ouvert de part et d'autre de sa structure massive, créant deux passages identiques vers la salle à manger.

Bingo. La porte-fenêtre donnant sur le jardin. Elle avait effectué un tour complet, échappant à la vigilance de Daimler.

Dépassant la cheminée sur la pointe des pieds, elle se cacha derrière sa façade de pierre et jeta un regard furtif dans la salle à manger. De son point d'observation, elle avait une vue dégagée sur le passage voûté conduisant à la cuisine. Pas d'elfe en vue. Dieu merci. Jusque-là, tout allait bien.

Alors que l'odeur d'agneau rôti flottait dans l'air, Myst pria pour que le plancher reste silencieux et, contournant l'énorme table, se dirigea tout droit vers la porte vitrée à deux battants. Dehors, les arbres se balançaient, l'entraînant avec eux, et Myst s'imagina que les feuilles colorées jouaient le rôle de guetteuses dans son film d'évasion personnel.

Sauf que… elle ne tentait pas de s'échapper.

Elle avait donné sa parole à Bastian. Trois jours. Il lui avait demandé trois jours, et que ce soit stupide ou non, elle avait l'intention de les lui accorder. Mais lorsqu'elle ouvrit la porte et sortit sur la terrasse, l'angoisse lui noua le ventre. Il n'était pas question de trahison. Elle ne trahissait pas la confiance de Bastian – ni sa promesse – en sortant du repaire.

Myst fronça les sourcils. Non ?

Les pieds rivés aux galets, Myst se frotta le haut des bras, luttant contre l'envie de retourner à l'intérieur pour avouer ses péchés. Ce qui était complètement fou. Elle voulait juste prendre l'air, passer un peu de temps seule pour réfléchir et… pour trouver le garage.

Et voilà, enfin une pensée sincère.

Ouais, et elle avait accusé Bastian de mentir. Sa conscience lui disait qu'elle ne valait pas mieux. Malgré sa promesse, elle avait exploré la maison, en quête du meilleur moyen de s'enfuir. Ses actes étaient davantage révélateurs de préparatifs que de curiosité et, debout dans l'ombre de Black Diamond, elle affronta une vérité à laquelle elle ne pouvait se soustraire.

Elle avait un pied dedans et l'autre dehors.

Une part d'elle-même voulait s'engager et rester avec Bastian tandis que l'autre brûlait presque de fuir. Se cacher serait plus facile mais plus douloureux. Peu importait comment elle le tournait, Myst savait que Bastian lui manquerait – elle le désirait trop pour ne pas en tenir compte. Presque malgré elle, elle était vraiment accro, s'était trop attachée pour jamais espérer s'en sortir indemne.

Une rafale la fouetta, jouant avec ses cheveux, pendant qu'elle regardait le ciel. Un orage se préparait. D'une rage qui ne l'étonnait pas. À peu près à la même période chaque année, Seattle subissait une tempête et le nettoyage consécutif. Des chutes d'arbres et des lignes électriques coupées étaient fréquentes, et le dernier des problèmes. Elle se sentait toujours survoltée pendant le tonitruant spectacle de Mère Nature : incapable de rester en place, comme si elle avait une surabondance d'énergie sans exutoire valable.

D'habitude, elle faisait un truc idiot.

L'année dernière, Tania et elle étaient allées courir, dévalant à toutes jambes les rues trempées. Descendant d'un bon pas les marches de la terrasse, elle déambula dans le jardin, et prit le chemin sur sa droite, se demandant ce que ferait Tania sans elle cette année. Sa meilleure amie était très nerveuse, un peu névrosée dans le meilleur des cas. Mais pendant ce qu'elles en étaient venues à appeler « l'orage automnal », Tania était tellement à cran qu'elle avait tendance à faire des trucs débiles.

Elle avait besoin de téléphoner à son amie, ne serait-ce que pour entendre sa voix et s'assurer qu'elle allait bien. Mais Bastian lui avait dit la vérité au sujet des téléphones. Durant l'heure qu'elle avait passée à en chercher, elle n'en avait pas déniché un seul.

Suivant le chemin de terre qui courait parallèlement à la demeure, elle effleura des mains des fougères luxuriantes. Black Diamond était un monstre, une construction à la charpente de bois qui semblait s'étendre à l'infini. L'aile qu'elle voyait s'étalait, occupant l'espace avec une majesté rustique. Elle garda un œil dessus, en quête d'un moyen de la contourner, d'accéder à la façade. Elle avait déjà essayé la porte d'entrée. On n'était pas loin de la réserve d'or de Fort Knox... Cette chose possédait plus de verrous qu'une prison de haute sécurité. Et qui ne bougeaient pas, malgré tous ses efforts.

Quelques minutes plus tard, elle trouva ce qu'elle cherchait : une percée dans les arbustes et un étroit sentier qui disparaissait sur le côté du repaire. Elle examina la couverture végétale épineuse puis baissa les yeux sur ses tongs. Des bottes de travail auraient été plus adaptées, mais la nécessité faisait loi. Allez, pieds nus.

Tenant ses sandales d'une main, elle avança avec précaution, et s'aventura dans le roncier sur la pointe des pieds, sans prêter attention aux égratignures sur sa peau. D'un dernier petit saut, elle retomba sur le sentier et jeta un coup d'œil furtif sur le côté de la maison.

Bingo. Un bâtiment extérieur droit devant.

L'odeur de pluie lui parvint alors que le tonnerre grondait et que le vent se levait, agitant ses vêtements. Myst ne tint pas compte de cet avertissement et, remettant ses tongs, courut vers le bâtiment. *S'il vous plaît, faites que ce soit le garage.* Elle devait savoir où il se trouvait... et le genre de véhicules qu'il abritait.

Alors qu'elle arrivait au niveau de la façade, un éclair déchira le ciel au-dessus d'elle. Elle eut la chair de poule et un frisson lui descendit dans le dos tandis que le gravier craquait sous ses pieds. Elle courut vers la droite, traversant l'allée et…

Dieu merci. De gigantesques portes industrielles.

Disposées à intervalles rapprochés, sept portes de garage s'alignaient, attendant patiemment d'être ouvertes et, alors qu'une seconde faisait place à une autre, Myst goûta la liberté. Celle-ci était juste à sa portée : il lui suffirait d'appuyer sur un bouton, de chercher rapidement les clés. Et debout dans l'obscurité grandissante, elle s'imagina le volant entre les mains, avec le vrombissement du moteur tandis qu'elle s'éloignait du repaire de Bastian. Un lourd poids s'installa sur sa poitrine, une pression douloureuse, comme celle d'un étau.

Ses yeux la piquèrent. Comment cela avait-il bien pu arriver ? Elle avait enfin trouvé le bon, l'homme parfait pour elle et… nom de Dieu. Le destin la mettait face à un choix terrible. Renoncer à lui pour retrouver sa vie. Ou rester et tout perdre.

Myst baissa la tête. *Je suppose qu'il n'était pas si parfait, après tout.*

Un léger frottement de pas retentit derrière elle.

Avec un soupir, Myst releva la tête pour regarder le ciel orageux et les nuages furieux qui roulaient. Elle aurait dû se montrer plus attentive. Le frisson qu'elle avait ressenti plus tôt n'était pas lié à l'orage. Mais à Bastian, et au fait qu'elle percevait sa présence quand il était à proximité.

Elle jeta un coup d'œil par-dessus son épaule. Des yeux verts graves croisèrent les siens, la mirent à nu couche après couche.

— Qu'est-ce que tu fais ici, Myst ?

Son ton était doux, montant tout juste au-dessus du vent.

— J'explore.

— Tu as fini ?

Quand elle hocha la tête, il tendit la main, paume sur le dessus, l'invitant à venir à lui. Elle resta immobile un instant, soutenant son regard – hésitant –, puis céda. Elle le désirait trop. Mais alors qu'elle glissait la main dans la sienne bien plus grande, elle se traita d'idiote. Son histoire d'amour avec Bastian se terminerait mal et pourtant, comme un agneau que l'on menait à l'abattoir, elle le rejoignit sans lutter.

Debout sur le seuil de la porte-fenêtre, Bastian parcourut des yeux la salle à manger. La pièce était illuminée, la lueur des bougies rebondissant contre l'argent poli et le cristal taillé à la main. Un contraste frappant avec les parties de poker accompagnées de bières et d'échanges de vannes que la table accueillait tous les samedis après-midi. D'habitude, cet endroit avait l'odeur d'un vestiaire et des biscuits d'apéritif que Wick aimait croquer pendant qu'il leur bottait le cul au poker.

Daimler s'était surpassé. Encore. Mais cela dit, plaire à ceux qu'il servait était le truc du Numbai. Enfin, ça et la cuisine.

Ce type ne perdait jamais une seconde quand il était aux fourneaux. Ne cessait jamais d'expérimenter, leur proposant de nouveaux plats, toujours gastronomiques. Ce qui était bien. Daimler veillait à satisfaire les mâles du repaire en ce qui concernait les plaisirs de la table, tout en s'assurant que chacun recevait les nutriments dont il avait besoin pour rester en pleine forme. Même si Bastian aurait pu se passer de toutes ces fioritures. Un steak était un steak. Toutes ces autres conneries ne servaient qu'à épater la galerie.

Cette nuit, cependant, Bastian apprécia les talents de mise en scène de Daimler. Ce type avait beau le rendre fou avec ses fleurs de pâte d'amande sur ses cupcakes, il savait comment créer une atmosphère intime pour une soirée à deux.

Les doigts toujours entrelacés avec ceux de Myst, il lui serra la main avec douceur.

— Tu as faim ?

— Un peu. (Elle eut le souffle coupé en apercevant la table.) Waouh.

Retirant sa main, elle s'avança devant lui. Alors qu'il regrettait la perte de sa chaleur, elle effleura du regard les candélabres, les serviettes de lin pâle et les deux couverts disposés au bout de la longue table. Elle s'arrêta pour poser la main sur le dossier d'une chaise rembourrée. Le silence s'étendit, le rendant tendu, avant qu'elle se retourne pour le regarder.

Le regard méfiant, elle dit :

— Tu comptes me soûler pour me séduire ?

— J'ai pensé qu'on pourrait partager un dîner.

— Tu veux un scoop ?

— Bien sûr, murmura-t-il en l'observant attentivement, tentant d'évaluer son humeur.

Pensive. Trop calme. Sur les nerfs. Pas exactement la réaction qu'il s'était imaginée lorsqu'il avait demandé à Daimler de leur organiser une soirée romantique.

— Tout ça ? (Une main serrant le haut du dossier sculpté, elle lui indiqua la table de l'autre.) Tu n'en as pas besoin, Bastian. Je t'appartiens.

Son aveu aurait dû le rendre heureux. Mais Bastian sentit l'inquiétude l'envahir. La confusion de Myst obscurcissait l'air autour d'elle, l'avertissant mieux que des mots. Elle songeait à fuir. Il ne l'en blâmait pas. Le monde dans lequel il vivait ne serait jamais simple pour elle. C'était isolé pour une femme, un endroit inconnu régi par des règles différentes – et Myst y était essentiellement seule. Sans autres femmes à qui parler ou avec qui passer du temps… personne pour la guider de son ancienne vie à la nouvelle.

Il sentit sa poitrine se serrer.

— Et ça t'effraie… de m'appartenir ?

— Oui… non… je ne sais pas, dit-elle d'une petite voix, semblant perdue.

— C'est normal de douter, Myst, déclara-t-il, éprouvant le besoin de la rassurer.

Ce qu'ils partageaient était bel et bien étrange, et alors qu'il s'éloignait de la porte pour la rejoindre, Bastian s'efforça de trouver les mots justes pour lui dire qu'il comprenait.

— Les sentiments qui sont nés entre nous sont inattendus. Un peu accablants. Pour moi, aussi.

Elle resserra la main sur la chaise quand il s'arrêta derrière elle, tout près mais sans la toucher. Lorsqu'elle frissonna, il perdit la bataille. Son besoin de la réconforter était trop fort. Il voulait la tenir dans ses bras. Lui parlant en dragonais, se servant de sa voix pour l'apaiser et l'attirer à lui, il l'enveloppa dans ses bras, le dos de Myst contre son torse.

Un frisson roula d'elle à lui.

— Tu n'as jamais…

— Non… (Baissant la tête, il enfouit le visage dans ses cheveux, emplissant ses poumons de son odeur.) Il n'y en a jamais eu une autre pour moi. Juste toi.

— D'accord. C'est bien. Vraiment bien, mais… et maintenant ? Je veux dire… bon Dieu.

Sa voix sortit en tremblant, trahissant sa panique. Comme un être vivant, elle vibra, sur le point de disparaître.

— Ça ne fait que trois jours. Trois jours !

— Je sais.

— Je veux dire… mince. Si peu de temps et je suis…

D'un mouvement brusque, elle se retourna dans ses bras. Elle secoua la tête, les yeux empreints d'un malaise tandis qu'elle fouillait les siens.

— À moitié folle, poursuivit-elle. Totalement éprise de toi. Complètement accro. Ça ne peut pas…

— Être normal ? Non, ma chérie, ça ne l'est pas.

Dieu merci. Il adorait l'effet qu'il lui faisait, et ce qu'il éprouvait pour elle en retour. La puissance absolue de leur lien le rendait plus fort, faisant naître l'espoir là où il n'en existait aucun auparavant. Et tandis qu'il la serrait contre lui, il avait envie de le savourer. Il devait lui montrer que ce qu'ils vivaient était bien et réel… prédestiné à une échelle cosmique qui traversait les frontières et les espèces.

— Ce qu'on partage… le lien qu'on a ? (Gardant un bras autour d'elle, il lui prit le visage, lui caressa la peau de ses doigts légers comme des plumes.) C'est puissant et très rare.

Les sourcils froncés, elle leva les yeux vers lui. Dans son regard, il vit tout ce qu'il avait ressenti au cours des derniers jours : la confusion, la curiosité, la peur de l'inconnu. Et pourtant, même si elle était effrayée, elle acceptait son contact, attendait qu'il continue. Elle voulait la vérité. Il devait la lui avouer, mais…

Par où commencer ?

Au début ? Vers la fin ?

Les émotions n'étaient pas son fort. Ouais, il les éprouvait mais il les avait toujours gardées enfermées, évitant la vulnérabilité comme un coup de hache à la tête. Mais avec elle dans ses bras, une lueur implorante dans les yeux, il ne pouvait pas la lui refuser. Elle méritait le meilleur de lui.

Inspirant profondément, Bastian se tourna vers sa magie. Celle-ci répondit à son appel, lui explosant le long du dos et dans le bout des doigts. Soutenant son regard, il puisa dans l'énergie de Myst, pour les relier à un niveau émotionnel. Là, il se mit à nu, lui donnant accès à tout : son amour et son respect pour elle, tous ses désirs, besoins et espoirs pour leur avenir.

Elle eut le souffle coupé, les yeux baignés de larmes.

— Je te vois.

Le cœur de Bastian s'arrêta en plein battement, resta suspendu dans sa poitrine. « *Je te vois.* » Des mots humains mais une signification propre à l'espèce des dragons. Dans leur tradition, les mots portaient un poids ancien : ils étaient une marque de valeur, de respect et de dévotion éternelle.

« *Je te vois.* »

Le compliment le plus juste qu'on puisse faire à quelqu'un.

La question était… comment l'avait-elle su ? Les relier émotionnellement était une chose, la faculté de Myst à lire dans ses pensées une tout autre. Mais la reconnaissance de Myst n'était pas le fruit du hasard. Il voyait la compréhension dans ses yeux et… Seigneur. La fusion de leurs énergies était-elle si forte ?

Cette possibilité lui coupa le souffle, le propulsa dans des directions qu'il n'avait jamais envisagées.

— *Kalim, bellmia*, dit-il, lui parlant dans sa propre langue, lui rendant le compliment sans hésiter. Je te vois, moi aussi.

Elle hocha la tête, et relâcha sa tension en expirant longuement.

— Bastian, tu veux faire quelque chose pour moi ?

— Quoi ?

— Sois honnête avec moi. Dis-moi tout ce que je dois savoir pour te comprendre. Pour comprendre les tiens. Le monde dans lequel tu vis.

Une expression inquiète sur le visage, elle se mordilla la lèvre inférieure. Il baissa le regard sur sa bouche, et… oh, zut ! Quelle distraction. Qui détourna ses pensées, lui remémorant à quel point elle avait une saveur délicieuse. À quel point il voulait se retrouver de nouveau en elle, alors qu'elle poursuivait :

— Je ne peux pas rester ici sans comprendre ce que ça signifiera pour moi. Il ne doit pas subsister de secrets entre nous.

Bastian fronça les sourcils. Pas de secrets ? Tu parles d'un concept étranger. Les dragons étaient secrets par nature… Une nécessité pour survivre dans un monde où les humains les dépassaient en nombre par milliers. Mais Myst était sa compagne. Il souhaitait lui faire confiance. Lui ouvrir son cœur sans peur ni réserve.

La question était… voudrait-elle toujours de lui après qu'il lui aurait parlé des appétits débridés ? Du cycle de fertilité, du désir incontrôlable et des risques qu'elle encourrait ?

Que Rikar et sa théorie aillent se faire voir.

Rien n'était certain. À part un truc. Myst s'enfuirait loin de lui si elle connaissait toute la vérité.

Alors, où il en était ? Il était cuit. Ouais, ça résumait bien les choses.

— Bastian ?

— Partage un repas avec moi, *bellmia*, dit-il, pour gagner du temps. Laisse-moi te nourrir comme un homme le devrait et… je t'expliquerai.

Du moins, en partie. Presque tout, mais… une vérité partielle valait mieux que rien du tout. Non ?

Les yeux fermés, Bastian enfouit le visage dans ses cheveux et, humant son parfum, la serra fort. Que Dieu lui pardonne. Il était égoïste. Le plus minable des minables pour prendre ce qui n'appartenait qu'à Myst de donner.

Mais une honnêteté absolue était un luxe qu'il ne pouvait pas se permettre.

Pas cette nuit.

Pas avant que les appétits débridés soient passés et qu'il recouvre la maîtrise de lui-même.

Le soufflé au chocolat paraissait délicieux. Dommage. Myst n'avait envie de rien.

Malgré les talents de Daimler et ce repas gastronomique, tout avait un goût de sciure. Ses papilles gustatives s'étaient mises en grève, plantant des piquets à l'entrée de sa bouche : brandissant de petites pancartes, se bousculant pour être écoutées, faisant pression pour obtenir un tout autre plat. Et un qui commençait par un « B ». Et se terminait par un « N ».

Myst aurait juré entendre les petites pestes psalmodier… « Donne-nous un B. A. S. T. I. A. et N ! »

Elle remua sur son siège, cherchant à se soulager de sa gêne physique, et bloqua le brouhaha mental. Pour la putain de cinquième fois. La voix insistante qui occupait une moitié de son cerveau hurla plus fort. Son cœur accéléra encore, faisant « boum-boum-boum » contre le mur de sa cage thoracique. Elle gigota de nouveau et tourna sa fourchette entre ses doigts, regardant l'argent scintiller à la lueur des bougies.

Bon Dieu, qu'est-ce qui clochait chez elle ? Se sentir survoltée à cause de l'orage automnal était une chose. Son agitation, c'était un truc qu'elle comprenait. Mais son désir sexuel de malade ?

Elle n'avait jamais rien éprouvé de semblable. Et ça empirait.

Chaque instant la rapprochait du désastre. Cet élan plein d'urgence vibrait dans ses veines, la rendant hypersensible, l'enfermant entre les bords acérés du désir sexuel. Elle tenta de le bloquer et de se montrer raisonnable. Mais ses fantasmes refusaient de la laisser tranquille. Était-ce normal de s'imaginer sauter par-dessus la porcelaine fine pour se jeter sur Bastian ?

Les yeux à moitié fermés, Myst gémit presque quand cette image lui envahit l'esprit. Hmm, ce serait si bon : assise sur ses genoux, lui tout au fond d'elle pendant qu'elle lui caresserait la langue de la sienne.

Une chaleur se répandit entre ses cuisses. Elle se tortilla encore, s'accusa de nymphomanie. Mais, mince, il y avait juste un truc avec Bastian. Elle avait les sens d'une acuité extrême, avait une conscience de Bastian sur un plan qu'elle n'avait jamais connu avant et…

Ouais, tant pis pour la retenue. Elle était officiellement pathétique. Remplissait tous les critères de l'idiote amoureuse. À présent, elle dégringolait dans le trou du lapin sans aucun moyen de pouvoir jamais remonter.

Génial. Vraiment… super.

Gigotant encore discrètement, elle piqua son soufflé. Elle imagina que c'était sa libido. Cette chose avait besoin de dégonfler avant qu'elle se ridiculise. Attaquer Bastian ne se passerait pas bien. M. Amidonné-et-Repassé tournerait de l'œil si elle gâchait son chef-d'œuvre culinaire. Ouais. Ça lui vaudrait un sermon… ou cinq. Daimler péterait les plombs puis l'enverrait à l'école des bonnes manières pour qu'elle apprenne à se tenir.

N'empêche, elle l'envisagea. Au risque de se faire passer un savon par l'elfe. De la crème Chantilly accompagnait leur dessert et…

Elle se mordit la lèvre inférieure. Bon Dieu, il serait délicieux tartiné de chantilly. La bouche soudain sèche, elle déglutit puis jeta un regard en coin à Bastian. Les yeux fixés sur son assiette, il s'éclaircit la voix et remua sur sa chaise.

Les muscles de son torse roulèrent, ce qui monopolisa l'attention du poulailler dans la tête de Myst. Cela l'encouragea. Elle se déroba, traça des cercles dans le sucre glace avec les dents de sa fourchette. Voyant que ça ne fonctionnait pas, elle changea de tactique.

— Alors, une fusion d'énergie, hein ? demanda-t-elle, cherchant désespérément à détourner ses pensées.

Serrant sa fourchette à en avoir les jointures des doigts blanches, Bastian regarda fixement son soufflé et hocha la tête.

— L'union constitue un événement rare pour les miens. Je croyais qu'il s'agissait d'un mythe. Jusqu'à ce que je te rencontre.

Ce compliment la détendit un peu, et elle sourit. Il se montrait honnête avec elle, même si c'était difficile. Elle comprenait, savait que parler de son espèce, révéler des secrets longtemps gardés, lui faire assez confiance pour lui confier la vérité, tout cela était compliqué pour lui. Il avait hésité au début, ne lâchant la vérité que dans des bouts de conversation guindés. Mais fidèle à sa parole, il lui avait tout expliqué pendant le repas, ne s'interrompant que pour laisser Daimler déposer plat après plat devant eux.

Elle avait tant de questions.

Il avait répondu à chacune, lui avait raconté le Méridien, comment ses bandes énergétiques entouraient la planète et maintenaient tout en place. C'était fascinant, vraiment. Ces rubans verticaux couraient du nord au sud, et se rejoignaient aux pôles. De minces fils se répandaient sur le globe en formant un filet magique, qui reliait tous les êtres vivants en une boucle continuelle. Et, surprise, surprise... elle comprenait ce tableau communicant. L'avait ressenti toute sa vie, percevant plus que croyant que chaque organisme – grand ou petit – affectait le suivant. Cette approche du cycle de la vie – l'idée que toute chose rentrait en elle-même, pour se renouveler à chaque saison – lui parlait.

Et les dragons ? Leur histoire et leurs origines étaient captivantes.

Issue de la déesse Mère Terre et du dieu Dragon, cette espèce avait connu des débuts sortis tout droit d'un film sentimental.

Bastian l'avait parfaitement raconté : comme un conte pour enfants, plein de retournements et de rebondissements, de tromperies et de trahisons. Il avait fait monter le suspens aux bons moments, lui révélant la liaison du dieu Dragon avec une nymphe des bois... et la réaction de la déesse. Son arme de prédilection ? Une malédiction qui avait attaché les dragons à son monde – au plan terrestre et à son énergie. Mais le pire – du moins du point de vue du dieu Dragon –, c'était la façon dont elle s'y était prise. Elle avait enlevé aux dragons l'aptitude à engendrer des femelles, obligeant les mâles à dépendre des humaines, non seulement pour survivre, mais pour se reproduire.

Brillant. La vengeance dans toute sa splendeur. Une déesse ancienne avec la mentalité d'une femme moderne et les couilles qui allaient avec. Et vraiment, quelle femme ne soutiendrait pas ce genre de justice qui bottait des culs ?

Rassemblant toutes ces anecdotes, Myst rangea ces informations, les glissant dans les dossiers mentaux appropriés.

— Et je suis à haute énergie ?

— Et pas qu'un peu. L'énergie la plus puissante que j'aie jamais vue. (Bastian chassa une myrtille sur le bord de son assiette.) J'ignorais ce qu'être rassasié signifiait avant de te toucher.

D'accord. Elle devait reconnaître que toute cette histoire d'alimentation la déconcertait. Ne sachant pas trop qu'en penser, elle se mordilla l'intérieur de la lèvre et examina ce terrain miné mental. Quand rien n'explosa dans la sphère psychologique, elle fronça les sourcils. Peut-être qu'elle pourrait accepter ses appétits et la façon dont il les comblait si elle en apprenait un peu plus.

Plongeant la fourchette dans son dessert, Myst creusa un trou au milieu, réduisant le gâteau en bouillie sans aucune intention de le manger.

— Tu pourrais me faire du mal en te nourrissant, n'est-ce pas ?

— Je ne veux pas te faire de mal, dit-il, écrasant la pauvre myrtille avec sa fourchette.

— Je sais.

Et c'était vrai… tout au fond d'elle, là où l'instinct tenait le volant et où le bon sens était assis sur la banquette arrière. Malgré les risques, elle lui faisait confiance : pour la garder en sécurité, pour ne prendre que le nécessaire et…

Qui l'aurait cru ? Ses doutes s'envolèrent et, tout à coup, le fait qu'il consomme son énergie ne lui posa plus le moindre problème. C'était même érotique, d'une façon qui la fit gigoter de nouveau sur son siège. Bastian avait besoin d'elle, et elle réagit à cette vérité. Elle se mit à vibrer tout au fond d'elle, et son envie de lui procurer tout ce qu'il lui fallait se mua en une nécessité désespérée. Elle voulait être l'unique… l'unique femme à l'aimer, à le nourrir, à le tenir dans ses bras.

— Bastian, chuchota-t-elle, son désir pour lui la jetant dans un gouffre d'incertitude. S'il te plaît, regarde-moi.

Elle vit un muscle de sa mâchoire tressaillir. Il secoua la tête.

— Mauvaise idée.

— Pourquoi ?

— Je suis trop tendu, dit-il, d'une voix si basse qu'elle l'entendit à peine. Je pose les yeux sur toi… et je saute par-dessus la table pour te rejoindre.

À cette info elle se figea sur-le-champ. Puis s'embrasa.

Alors que le brasier ronflait, elle le dévisagea, bouche bée. Qu'est-ce qui clochait chez elle ? Elle avait été tellement occupée à dissimuler sa propre réaction qu'elle n'avait pas remarqué la sienne. Mais ce n'était plus le cas à présent et… nom de Dieu. Il était une grosse boule d'énergie sexuelle. Émettant tant de chaleur qu'elle humait son excitation.

Et soudain, sa distance – sa règle stricte du « pas-de-contact-physique-ni-visuel » – au cours du repas lui parut limpide. Myst déglutit tandis qu'elle laissait courir son regard sur lui, relevant de petits détails et indices corporels. Les couleurs qui lui rehaussaient les pommettes, la tension qui vibrait en lui. La main posée sur le bras de la chaise, il le serrait comme un étau, menaçant de l'arracher du côté rembourré. Et pendant que Myst l'observait, la poitrine de Bastian se soulevait et s'abaissait, à un rythme si rapide qu'elle ne le supporta pas.

Au diable les bonnes manières. Elle avait besoin de lui. Putain… tout de suite.

Dans un grognement sourd, elle écarta son dessert. Il leva les yeux, et ils brillaient de désir dans la lumière tamisée. Le tonnerre roula, faisant trembler les vitres, et elle bondit de son siège. Elle grimpa sur la table, envoyant valser les assiettes et les couverts. La porcelaine fine percuta le cristal taillé, ils glissèrent sur la surface en bois.

Bastian gronda et repoussa sa chaise. Le siège heurta le mur dans un bruit sourd, et il se dressa, l'attrapa en plein saut. Une vague de soulagement aveugla Myst quand elle le toucha. Elle passa les mains dans ses cheveux. Leurs mèches douces résistèrent entre ses doigts, la jetant la tête la première dans la passion. Avec un gémissement désespéré, elle s'empara de sa bouche, introduisit la langue tout au fond pour le dévorer.

Il ne se refusa pas à elle, lui donna tout ce qu'elle demandait, la contenta une caresse humide à la fois. Il murmura entre les baisers, pour la couvrir d'éloges tout en passant les mains sous sa ceinture. Lorsque les paumes de Bastian rencontrèrent sa peau, elle se cambra, le suppliant sans un mot de la déshabiller. Il lui mordilla la lèvre inférieure et s'exécuta, faisant glisser son pantalon au bas de ses hanches.

L'étoffe noire tomba le long de ses jambes et toucha le sol. Une seconde après, il avait la cuisse appuyée contre les siennes et…

Oh, oui. Quel magnifique homme nu.

Il avait eu recours à son tour de disparition des vêtements. À présent, ils étaient peau à peau, avec rien entre eux que la chaleur et un désir désespéré.

— Bastian, maintenant ! Je ne peux plus attendre… maintenant, s'il te plaît.

— *Bellmia*… ma beauté.

Les yeux luisant comme des émeraudes jumelles, il balaya les assiettes. Elles s'écrasèrent par terre, volèrent en éclats alors qu'il l'asseyait sur le rebord de la table.

— Écarte les cuisses… encore, ma chérie. Laisse-moi entrer.

S'allongeant en arrière, elle cambra le dos, se tortilla et laissa pendre ses jambes. Il grogna, la pénétra et, lui suspendant les jambes sur ses avant-bras, lui empoigna les hanches.

Elle prononça son nom dans un sanglot alors qu'il s'enfonçait loin en elle, profondément. Le cri de Myst résonna d'extase, sortit en une vague convulsive qui se poursuivit à l'infini. Elle gémit quand il se retira pour revenir.

Sans discontinuer : donnant, prenant, la possédant si entièrement qu'elle ne savait plus où il finissait et où elle commençait.

Il adopta un rythme rapide, et elle le supplia de continuer. Défaisant la fermeture Éclair de son sweat à capuche, il remonta son débardeur, lui dénudant les seins. Le dos cambré, elle s'offrit à lui. La chaleur de sa bouche se referma sur son téton, et elle brûla pour lui : l'incitant à poursuivre tandis qu'il la suçait, roulait des hanches, s'enfonçant tout au fond d'elle. La volupté arriva et Myst l'accueillit totalement – adorant la férocité de Bastian, ayant soif de chaque partie de lui, consciente qu'elle n'en aurait jamais assez.

Chapitre 31

L'orage s'apaisa lorsque le Méridien retourna à la normale juste avant l'aube. L'avidité de Bastian se calma en même temps, le faisant passer d'un désir obsessionnel à un mode affectueux. Myst était épuisée, sur le point de s'endormir dans ses bras, ayant besoin d'un lit et d'environ douze heures de sommeil paradoxal pour se remettre de leur nuit ensemble. Mais il ne pouvait pas se résoudre à bouger. Il voulait continuer à camper devant la cheminée dans le nid de couvertures qu'il leur avait aménagé sur le sol du salon.

Il devrait se sentir mal. Au sujet des heures passées sur le plancher et le tapis oriental : à l'aimer, à la faire jouir et à jouir en retour. Ce qui aurait été le cas si Myst n'avait pas été aussi demandeuse que lui – à tel point qu'il n'avait pas eu le temps de les déplacer sur le canapé, et encore moins dans sa chambre.

— C'est trop loin, avait-elle dit. J'ai besoin de toi. S'il te plaît, ne t'arrête pas.

Et bon Dieu. Impossible de lui résister. Ou de se refuser.

Il en avait complètement profité, avait perdu tout contrôle, s'était noyé dans son désir pour elle. Avec le soleil du matin, cependant, venait l'addition. Et tandis que les fenêtres se teintaient pour le protéger des rayons ultraviolets de ce nouveau jour, le regret le tirailla.

Il devrait lui dire. Tout.

Cette pensée l'effrayait. Il ne lui avait pas révélé l'entière vérité, et la réaction de Myst à cette omission n'aurait rien d'amusant. Mais il n'était pas lâche. Il avait créé ce bordel.

Le moment était venu de se conduire comme un homme et d'assumer.

— Myst ? *Bellmia ?*

Pour ne pas la faire sursauter, il lui effleura les épaules des mains, puis les bras, savourant bien trop le contact de sa peau douce.

Elle poussa un murmure de plaisir, s'éveillant en s'étirant de façon séduisante. Il déglutit, observant sa poitrine se soulever et s'abaisser, les tétons tendus alors qu'elle se tournait sur le dos. Se relevant sur le côté, il lui enveloppa la joue, passa la pulpe du pouce sur des lèvres gonflées par sa passion. Hmm… il l'avait tellement embrassée cette nuit. Des baisers profonds et fougueux. Aucun doux ou affectueux comme elle le méritait. Baissant la tête, il lui frôla la bouche de la sienne.

Elle entrouvrit les lèvres pour l'accueillir.

— Encore ?

— Non. Tu as besoin de dormir et… on doit partir.

— Hum-hum. Restons ici. Pour jouer encore un peu.

— Insatiable. (Dissimulant un sourire, il secoua la tête et l'embrassa encore.) Et « non » devra faire l'affaire. On doit y aller.

Elle s'étira encore, gémit et grogna tout à la fois avant d'ouvrir les yeux. Son regard violet ensommeillé qui le transperça lui coupa le souffle. Incapable de s'en empêcher, il l'embrassa encore, glissa en elle, la goûta de la langue. Elle passa les mains dans ses cheveux, lui enveloppa la nuque, pour l'attirer vers elle, l'acceptant comme elle l'avait fait toute la nuit.

Incroyable.

Terriblement belle.

Myst était plus qu'il ne méritait.

En s'écartant, il lui donna un petit coup de langue au coin de la bouche. Il devrait le lui dire tout de suite. Révéler son péché comme on arrachait un pansement. La laisser se mettre en colère. Tout lui expliquer… la théorie de Rikar sur la fusion d'énergie et le fait que Bastian pourrait être capable de la protéger tout au long de sa grossesse – et quand elle accoucherait de son fils.

Bastian ferma les yeux. « Pourrait ». C'était un putain de mot, pas vrai ?

— Bastian ? (Myst lui passa les doigts dans les cheveux.) Qu'est-ce qui ne va pas ?

Sa confession lui restant en travers de la gorge, il secoua la tête.

— Ne me mens pas, insista-t-elle. Je sens ta tristesse. Tu souffres. Dis-moi pourquoi.

— Je… cette nuit…, commença-t-il avant de s'interrompre quand sa gorge se serra. Ce n'est rien.

Elle se figea près de lui, son regard perçant rivé sur son visage.

Merde. Elle lisait en lui, se servant de leur lien pour découvrir la vérité. Il ferma avec violence ses portes mentales, tentant de lui en interdire l'accès, de les protéger tous les deux jusqu'à ce qu'il trouve le meilleur moyen de tout lui avouer. Mais c'était un paquet de conneries. Il n'existait pas de meilleur moyen.

Il s'éclaircit la voix et bougea pour se lever. Elle resserra son étreinte, l'immobilisant. Pris de panique, il chercha une excuse.

— Daimler sera bientôt là… pour préparer le petit déjeuner. Mes guerriers vont venir, aussi. On devrait partir.

Elle ne broncha pas, le tenant avec fermeté.

— Pas de secrets, tu te souviens ? Parle-moi.

— Merde, dit-il. Je suis désolé. Je ne veux pas te faire de mal.

— Tu ne m'en as jamais fait.

— Si, cette nuit. Je t'en…

— Non, tu ne m'as fait aucun mal.

Il inspira, ayant l'impression d'étouffer.

— Je ne veux pas que tu me détestes. Mais, le mal est fait et je ne peux pas revenir en arrière. Je ne peux pas…

— Bastian. (Le regard inquiet, elle lui caressa la joue, s'efforçant de l'apaiser.) Parle-moi, tout simplement.

— Je ne t'ai pas révélé toute la vérité au sujet de l'alignement. Que Dieu me pardonne, ma chérie… tu es enceinte, souffla-t-il.

Du poing il serra la couverture près d'elle, ayant du mal à respirer. Mais son effondrement physique n'était rien comparé à son traumatisme émotionnel et, alors que Myst écarquillait les yeux, il sut qu'il ne se le pardonnerait jamais.

— Je t'ai mise enceinte. Je suis désolé… Seigneur… je suis désolé.

— Mon amour, écoute-moi, dit-elle, la voix douce. Je suis sous contraceptif. Mes cycles ont toujours été anarchiques. On me fait une injection de temps en temps pour les réguler. Alors je ne peux pas…

— Tu l'es. (Il posa la main à plat sur son ventre, occupant l'espace entre les os de ses hanches.) Je le sens déjà… qui grandit dans ton utérus.

Elle secoua la tête.

— C'est impossible. Je suis…

Elle s'interrompit et s'assit. Les mains appuyées sur le sol, elle recula, loin de lui.

— Non. Ce n'est pas possible, ajouta-t-elle.

Il tendit la main vers elle.

Elle s'écarta plus vite. Saisissant une couverture, elle la maintint devant elle comme un bouclier, pour le garder à distance.

Cherchant désespérément à l'empêcher de partir, il tenta d'expliquer.

— Je peux t'aider, Myst. Grâce à notre lien… la fusion d'énergie… tu as de grandes chances de survivre à…

— Survivre ?

Il vit la stupéfaction flamboyer dans ses yeux.

— *Bellmia*, s'il te plaît. Écoute-moi. Je crois…

— Tu crois ? Tu « crois » ?

Elle bondit sur ses pieds. Trébucha contre le bord du tapis, puis recouvra l'équilibre.

— Tu as fait ça sans m'en parler ? En sachant que je pouvais mourir, carrément ?

Seigneur, il gâchait tout… la faisait paniquer, la chassait avec chacun de ses mots. Le cœur dans un état lamentable, Bastian se leva et lui fit face.

— Je sais, et je suis déso…

— Répète encore que tu es désolé et je vais…

Les mots moururent sur ses lèvres, se muèrent en silence alors qu'elle enroulait la couverture sur sa poitrine.

L'impuissance le submergea. Il la perdait.

— J'ignorais quoi faire d'autre. Avec le Méridien et… Seigneur. Si je t'avais avoué que je ne suis fertile que pendant l'alignement et que tu tomberais enceinte, tu te serais enfuie. Et… merde, mais je ne pouvais pas te laisser partir et… je ne voulais pas te forcer. Mais c'est ce qui serait arrivé.

Elle recula encore d'un pas.

— Myst, tu m'as vu cette nuit. À quel point je ne me contrôlais plus… combien de fois tu as dû me faire ralentir, prendre les choses en main pour que je ne sois pas trop brutal. Si je t'avais poursuivie, je t'aurais fait du mal. Sans le vouloir, mais je t'en aurais fait et…

— Tu n'en sais rien, Bastian, chuchota-t-elle, le visage blême, les yeux creux tandis qu'elle le regardait fixement. Je serais peut-être restée, mais tu as choisi de ne pas tout me dire. Alors que je t'avais demandé de ne rien me cacher, et que tu avais juré… oh, mon Dieu. Tu m'avais promis. Tu m'avais promis, putain.

— Je sais. (Il tendit les mains sur le côté, l'implorant par ses mots et son attitude.) Laisse-moi me faire pardonner.

— Impossible.

— S'il te plaît. Je ferai n'importe quoi… je te donnerai…

— Ça suffit. (Elle avait les yeux baignés de larmes, son odeur rehaussée par celles du désespoir et de la trahison.) Je ne peux pas… rester ici.

Dans un sanglot, elle détourna les yeux et virevolta. Contournant la cheminée, elle s'enfuit dans la salle à manger, la couverture flottant comme une cape dans son dos. Elle était en pleine crise d'angoisse : la poitrine qui se soulevait rapidement, les pieds qui volaient, l'esprit embrouillé au point de la mettre en danger. Et c'était la faute de Bastian. Il aurait dû trouver un meilleur moyen de lui dire, lui laisser le temps de se reposer et de récupérer de leur nuit.

Étouffé par la haine qu'il se vouait à lui-même, Bastian s'élança dans son sillage. Il devait la rattraper avant…

— Myst… non !

— Ne t'approche pas de moi, hurla-t-elle, déjà à l'autre bout de la table.

Il bondit par-dessus le meuble ancien, cherchant désespérément à atteindre la porte avant elle. Mais elle fut plus rapide. Saisissant la poignée, elle l'ouvrit d'un coup sec. Le soleil inonda la pièce, frappant Bastian de ses rayons UV. La douleur l'aveugla quand il eut les rétines brûlées. S'abritant les yeux, il se jeta sur le côté, dans le coin le plus sombre, loin du chemin mortel du soleil.

Ne voyant rien que des taches noires, ne ressentant qu'une atroce souffrance, Bastian rugit son nom. Mais alors même qu'il la suppliait de revenir, il savait que c'était inutile. Il lui avait fait plus de mal qu'elle ne pouvait en supporter. Elle était déjà partie. Il sentait la distance s'agrandir entre eux.

Le gravier mordit la plante de ses pieds nus alors que Myst traversait l'allée en courant. La douleur la transperça, lui remonta le long des mollets. Elle ne ralentit pas. La liberté l'attendait à moins de trois mètres… Un phare d'espoir avec des portes de garage industrielles et un revêtement en cèdre.

Bon Dieu, tout semblait tellement normal. Sans danger. Le bâtiment n'avait rien d'inhabituel en dehors des circonstances qui l'avaient poussée à courir vers lui.

Enceinte.

Sa tête l'élança alors que les mots résonnaient en elle, la panique la submergeant totalement. *Cours plus vite.* Elle devait courir plus vite. Peut-être qu'alors la réalité disparaîtrait et la laisserait juste avec une bonne dose de déni. Elle en voulait une couche épaisse, comme des taches sur une vitre, pour qu'elle ne puisse pas voir la lumière à travers. Une vision claire et l'acceptation ne lui apporteraient que davantage de larmes encore.

La respiration rauque, elle jeta un coup d'œil par-dessus son épaule. Bastian n'était pas là. Dieu merci. S'il mettait la main sur elle, elle était cuite. Il la traînerait jusqu'au repaire pour l'enfermer. Elle vérifia encore dans son dos, craignant qu'il soit sur ses talons. La partie rationnelle en elle savait que ce n'était pas possible. Le jour l'empêchait de la suivre. Elle l'avait appris cette nuit pendant qu'ils parlaient… quand elle croyait qu'il se montrait honnête envers elle.

Elle était idiote. Il lui avait menti… encore. Cette fois avec des conséquences catastrophiques.

Un sanglot se coinça dans le fond de sa gorge. Elle ne pouvait pas être enceinte. Ce n'était pas vrai. Elle utilisait le meilleur moyen de contraception que l'argent pouvait offrir. Mais avec la magie et Bastian, et…

Oh, bon Dieu. Tout était possible.

Comment… d'accord, pas « comment ». Elle savait comment. La question suivante était « pourquoi ? » Mais elle connaissait la réponse à celle-là, aussi. Il n'avait pas voulu la forcer, et aussi fou que ça puisse paraître, elle comprenait son raisonnement. Le Méridien leur avait fait perdre la tête à tous les deux, mais Bastian avait échappé à tout contrôle. Si sauvage au plus fort de l'orage qu'elle avait dû recourir à des mots apaisants et à de douces caresses pour le ramener auprès d'elle. Il l'avait toujours écoutée, bridant son désir avant de se montrer trop brutal avec elle.

Mais ils n'avaient pas été loin à plusieurs reprises. Alors, ouais, à un certain niveau elle acceptait la raison pour laquelle il avait menti. Pouvait même trouver son comportement honorable.

Bon Dieu, qu'est-ce que ça disait sur elle ? Qu'elle avait le cerveau dérangé ? Qu'elle avait des crises de délire ? Ou était-ce l'amour ? L'amour, après tout, poussait les gens à faire des trucs idiots. Comme pardonner à un homme quand il avait délibérément omis de révéler une information cruciale – et qui était une question de vie ou de mort !

Ouais, aucun doute là-dessus. La stupidité faisait définitivement partie de son bagage mental. Mais au moins elle était assez lucide pour diagnostiquer le problème et administrer l'antidote psychologique : une bonne dose d'instinct de conservation sous forme de fuite. Ce qui signifiait qu'elle devait continuer à courir. Le temps n'était pas de son côté.

L'agencement de Black Diamond non plus.

Le repaire était un labyrinthe, un système de souterrains reliés entre eux qui s'étalaient comme une toile d'araignée sous la demeure. Elle était prête à parier n'importe quoi que l'un d'eux conduisait au garage. Et que Bastian le remontait à toute vitesse en ce moment même.

À cette pensée, elle accéléra. Elle se rua droit sur la porte placée à côté des plus grandes, et ralentit. Elle tendit la main vers la poignée.

S'il te plaît, mon Dieu, fais qu'elle…

La porte s'ouvrit du premier coup, tournant sur des gonds bien huilés. Elle franchit le seuil à toute allure, ses pieds nus claquant sur le béton lisse, ses yeux s'adaptant à l'obscurité. Elle s'immobilisa un moment, frissonnante, la couverture en laine ne la protégeant guère du froid, et scruta l'intérieur. Une armoire à clés. Elle devait trouver où ils gardaient toutes les clés, mais…

Tu parles d'une *Mission impossible*. Elle n'y voyait rien, et cet endroit était immense, bien plus vaste que ne le laissaient présager les portes.

Se retournant, elle chercha un interrupteur. Bingo. Une rangée de cinq. Elle les actionna tous, le bourdonnement de l'électricité crépitant dans le silence. Tandis que des néons de style industriel s'allumaient en clignotant, elle aperçut les boutons d'ouverture des portes du garage installés un peu plus bas sur le mur. Elle appuya dessus du tranchant de la main. Des mécanismes se mirent en marche, des chaînes cliquetèrent, soulevant les énormes portes métalliques au-dessus du sol de béton. Le soleil inonda les lieux.

— Merde.

Eh bien, ça répondait à cette question, non ? Des souterrains secrets qui conduisaient au garage ? OK.

Bastian jura encore alors que les portes continuaient à s'élever. Scrutant le fond du bâtiment, elle s'avança dans une zone de lumière vive. Tandis que le soleil lui réchauffait les omoplates, ses yeux s'adaptèrent à la luminosité, et elle vit Bastian plonger derrière une haute armoire à outils, s'abritant les yeux du bras. Elle porta la main à sa bouche, le cœur si lourd qu'il tomba dans sa poitrine.

Bon Dieu, elle lui faisait mal, à se servir de sa faiblesse comme d'une arme, à le repousser un rayon UV à la fois. N'empêche, elle resta au soleil, refusant de renoncer à sa position défensive. Elle devait partir. Les mensonges de Bastian la blessaient trop pour qu'elle lui pardonne si facilement. Et alors que sa souffrance émotionnelle s'étendait au point qu'elle la ressentait physiquement, elle ignorait si elle serait jamais capable d'accepter ses excuses.

Alors, où en étaient-ils ?

Elle ne pouvait pas rester et il refusait de la voir partir. Cette impasse les laissait campés chacun sur une position opposée, son besoin d'espace s'opposant au désir de rapprochement de Bastian. Cependant, elle refusait de discuter son droit à la liberté. C'était à elle de prendre cette décision, pas à lui.

— Bastian, je suis désolée. S'il te plaît… ne bouge pas.

Mince, quelle ironie. C'était lui qui lui avait fait du mal, et elle se retrouvait à s'excuser.

— Ne pars pas. *Bellmia*, ne pars pas. (Sa voix flotta depuis l'obscurité, empreinte d'une souffrance indéniable.) On va trouver une solution.

— J'ai besoin d'espace. (Sa gorge se serra, se refermant autour de chaque mot jusqu'à ce qu'elle parvienne à peine à les prononcer.) Je rentre chez moi.

— Tu es chez toi.

— Pour combien de temps ? (La respiration haletante, elle perdit la bataille et des larmes lui échappèrent, roulant sur ses joues.) Jusqu'à ce que le travail commence et que je meure ?

— Tu ne vas pas mourir !

Le cri de Bastian retentit, rebondissant contre la construction d'acier alors qu'elle s'essuyait les joues. Se frotter les yeux l'aida à s'éclaircir la vue. Elle scruta les murs et trouva… les clés.

Dieu merci.

Elle examina les crochets métalliques sur le panneau de bois. Il y en avait onze, et autant de clés y étaient suspendues. Elle analysa rapidement la situation, balayant du regard les voitures de collection jusqu'à tomber sur un SUV. La Denali était garée à la troisième place, alors la logique – et le goût extrême pour l'organisation de Daimler – lui disait que les clés du véhicule se trouvaient sur le crochet numéro trois.

Prenant soin de rester au soleil, elle garda les yeux sur le fond du garage et se précipita vers les clés. Bastian était rapide. Il était capable de l'attraper et de repartir en un éclair – de la traîner dans le souterrain et le repaire avant qu'elle comprenne ce qui lui arrivait. Avec une lenteur délibérée, elle tendit le bras et saisit le jeu dont elle avait besoin. Le métal cliqueta puis s'immobilisa dans la paume de sa main.

— Je ne te laisserai pas mourir, répéta-t-il, d'un ton aussi désespéré que Myst l'était.

— C'est des conneries et tu le sais. Tu ne peux pas me protéger… pas de ça.

— Ce n'est pas ce que pense Rikar, grâce à notre lien, et…

— Combien de femmes ont survécu ? (D'un pas rapide, elle se dirigea vers la portière du conducteur du SUV.) Dis-le-moi ! Combien ?

Alors que son hurlement retentissait, Bastian se releva. S'abritant les yeux de la main, il resta plongé dans l'obscurité, suivant ses mouvements, marchant avec elle, soulignant sa progression alors qu'elle parvenait au niveau de la Denali. Elle referma la main sur la poignée.

— Myst…

— Elles meurent toutes, c'est ça ?

Elle resserra les doigts. Bon Dieu, elle avait terriblement envie de le frapper. Peut-être qu'alors il souffrirait autant qu'elle en cet instant.

— Exactement comme…, ajouta-t-elle.

Caroline.

Bouche bée, Myst se figea.

— Oh, mon Dieu.

Les résultats d'analyse. Ceux avec toutes les anomalies. Les analyses sanguines de Caroline avaient été impeccables jusqu'à sa vingt-huitième semaine de grossesse. Alors, un processus étrange avait commencé… Une augmentation brutale de l'ADN de dragon peut-être ? Un changement hormonal d'une nature quelconque – peut-être même magique – qui protégeait le bébé, mais nuisait à la mère ?

Son esprit tourbillonnait tandis qu'elle dévisageait Bastian. Un objectif prit forme, lui redonnant espoir. D'accord, c'était une tentative de la dernière chance, mais…

Elle devait se rendre à l'hôpital et consulter le dossier médical de Caroline. Son instinct lui disait que la clé se cachait dans ses analyses sanguines. Peut-être que les techniciens avaient identifié le problème de plaquettes. Peut-être que le légiste avait noté un élément étrange dans son rapport d'autopsie. Un petit détail. Un minuscule indice. C'était tout ce qu'il lui fallait pour l'orienter dans la bonne direction. Celle qui l'aiderait à découvrir la réponse qui pourrait lui sauver la vie.

Myst ouvrit la portière du SUV.

— Je dois y aller.

— Reste… donne-moi une autre chance.

— Non, chuchota-t-elle, luttant contre l'envie de se laisser convaincre. Bastian, s'il te plaît. Ne me retiens pas.

Même à présent – en rogne et blessée –, elle voulait le toucher… le serrer tout contre elle et qu'il la prenne aussi dans ses bras.

— Non, dit-il, les yeux miroitant dans l'obscurité. Je t'aime, Myst. Je ne peux pas te laisser partir en sachant que tu ne seras pas en sécurité là-bas.

D'autres larmes encore coulèrent. Il l'aimait. Ce n'était pas juste. C'était tout ce qu'elle avait jamais désiré et pourtant elle ne pouvait pas rester. Découvrir la vérité – ce qui avait tué Caroline – était plus important que faire plaisir à Bastian pour l'instant.

— Tu n'as pas le choix, répliqua-t-elle, la voix rauque de regret. Et moi non plus.

Avec un hoquet pitoyable, elle se glissa sur le siège et claqua la portière derrière elle. Enfonçant la clé dans le contact, elle alluma le moteur. Elle entendit Bastian rugir, le vit se jeter vers elle dans le rétroviseur latéral et, poussée plus par le désespoir que la volonté, elle passa la première. Avant que Bastian ait pu l'arrêter, elle appuya sur l'accélérateur, et quitta le garage dans un crissement de pneus et un bon paquet de souffrance.

Alors qu'elle s'élançait dans le soleil où il ne pourrait jamais la rejoindre, elle chuchota :

— Moi aussi, je t'aime.

Mais elle savait avec certitude que c'était trop peu, trop tard.

Le plastique craqua lorsque Ivar enfonça la main dans le paquet et en sortit deux tranches de pain. Son ventre gronda, tournant à vide depuis l'alignement et une longue nuit remplie de plaisir. Enfin, du moins, pour lui. La femme n'avait pas été aussi chanceuse.

Il s'était débarrassé d'elle une heure avant l'aube. Dans une ruelle à l'autre bout de la ville. Un autre cadavre pour les flics. Oh, chic.

Avec des mains rapides, il monta son sandwich. Il étala la moutarde d'abord. Ensuite ce fut le tour des fines tranches de jambon et de cheddar, puis de la salade et de la tomate. Il aimait avoir un peu de croquant avec le jambon et le fromage. Appuyant sur ce festin de protéines, il attrapa un couteau et trancha le tout en deux.

Il gémit à la première bouchée, le kaléidoscope de saveurs frappant ses papilles juste comme il le fallait. S'éloignant de l'îlot de cuisine, la moitié de sandwich dans une main, il ouvrit le frigo de l'autre. Il choisit le lait entier et, dévissant le bouchon, but directement au carton. Pendant qu'il le descendait d'un trait, Lothair entra dans la pièce en courant, un ordinateur portable sous le bras.

Intéressant.

D'habitude son bras droit était plutôt nonchalant : la démarche toujours calme, le genre de gars jamais pressé. Ivar prit une autre bouchée. La salade craqua entre ses molaires, lui retentissant dans les oreilles. La bouche à moitié pleine, il dit :

— Quoi de neuf ?

Les yeux noirs de Lothair brillèrent.

— Je voudrais te montrer quelque chose.

— Ah, ouais ?

Il releva le menton pendant que Lothair posait le Mac sur le plan de travail de granit. D'un mouvement brusque, son bras droit ouvrit l'ordinateur, attendit une seconde que la machine s'allume, puis entra son mot de passe. L'intérieur d'un appartement s'afficha sur l'écran. Dans le style d'un loft, l'espace était ouvert : cuisine, salon, salle à manger et chambre sur le même plan. Trois fenêtres arquées percées dans un mur de briques s'alignaient à l'autre extrémité de la pièce. Un vieil entrepôt, probablement. Avec une bonne structure et assez chanceux pour avoir été converti en appartements plutôt qu'en décharge.

Cette idée séduisait Ivar. Recycler. Réutiliser. Réaménager plutôt que démolir. Bonne initiative de la part du promoteur. Bien mieux que les tours d'habitation moches avec lesquelles les humains gâtaient la ligne d'horizon.

— Donc, commença Lothair, les doigts volant sur le clavier, les caméras que j'ai installées se sont enclenchées il y a une minute. Je me suis dit que tu devrais voir…

— La femelle de Bastian.

Il resserra la main sur son sandwich, le vidant de tout son contenu. Du jus de tomate lui coula sur la paume, et Ivar eut le souffle coupé, les yeux rivés sur la femme blonde qui apparut sur l'écran. Elle parla à quelqu'un dans le couloir puis se retourna et ferma la porte. Le verrou se remit en place et elle s'appuya contre le panneau en bois, se couvrant le visage des deux mains.

— Elle pleure, observa Ivar.

— Des ennuis au paradis ?

À coup sûr. Sa meilleure supposition ? Bastian l'avait baisée quand le Méridien s'était aligné. Les jeux violents n'étaient jamais au goût des femmes puissantes. Enfin, la plupart du temps. Certaines faisaient dans le BDSM. Ce qui ne dérangeait pas certains mâles, mais lui si. Ouais, il aimait tuer, mais prendre l'énergie d'une femme ne signifiait pas la malmener. Quand il les vidait, elles mouraient toujours paisiblement… en éprouvant du plaisir, même.

Se rapprochant de l'écran, il la regarda se frotter les yeux et ajuster la…

— Qu'est-ce qu'elle porte ? Une couverture ?

— C'est ce qui semblerait.

Lothair se pencha, et ensemble ils observèrent Myst Munroe qui se dirigeait tout droit vers la chambre. Quand elle disparut par l'unique porte intérieure, son bras droit murmura :

— Bastian s'est amusé cette nuit.

— Merde.

Tant pis pour son plan A. Planter son propre enfant tout au fond de son utérus ne fonctionnerait plus désormais. Pas si elle portait déjà le fils de Bastian. Mais Ivar savait avant tout s'adapter. Une femelle pleine était utile… surtout comme appât.

Dix minutes plus tard, Myst sortit de la salle de bains, une serviette enroulée autour du corps, ses cheveux humides écartés de son joli visage. Elle se dirigea vers une commode et…

— Qu'est-ce qu'elle… ?

— Sa tenue d'infirmière, dit Ivar quand elle laissa retomber la serviette.

Le tissu-éponge s'affala à ses pieds, et Ivar eut le souffle coupé. Hmm… c'était une beauté : toute en peau pâle, courbes délicates et petits seins haut placés. Il posa son sandwich sur l'assiette, durcissant derrière sa braguette.

— Elle travaille où déjà ? s'enquit-il.

— Au Swedish Medical.

Ivar jeta un coup d'œil à la pendule de l'autre côté de la cuisine. Encore sept heures avant la nuit. Avant qu'il mette la main sur Myst Munroe.

— Rassemble tout le monde. Je veux qu'ils soient tous prêts à partir dès que le soleil sera couché.

— Forge est toujours porté disparu.

— Je vais continuer à essayer de le joindre.

Non qu'il pense que ce grand type lui répondrait. Forge avait pété les plombs, s'était complètement volatilisé.

— Tu crois qu'il va revenir ? demanda Lothair, lorgnant son sandwich jambon-fromage.

— Aucune idée.

Prenant la partie entamée de son sandwich, il poussa l'autre moitié vers son bras droit. Tandis qu'ils partageaient son en-cas, il se retira en lui-même, l'esprit tourné vers son plan, loin de Forge. Inutile de s'appesantir sur le passé. Le guerrier ne lui était d'aucune utilité dans son état d'esprit actuel. Le plan de la nuit prochaine nécessitait de la précision et de la maîtrise, pas un mâle avec des tendances suicidaires lancé dans une mission paternelle.

Et s'il devait en arriver là ? Il éliminerait le guerrier en même temps que Bastian. Au moins alors il posséderait une paire d'urnes assorties pour son manteau de cheminée.

Ivar sourit. Il adorait quand un plan prenait forme.

Chapitre 32

L'odeur du centre médical n'avait pas changé… soupe chimique et après-rasage de mauvaise qualité. Ce mélange nauséabond s'accrochait, tapissant le fond de la gorge de Myst. Elle déglutit pour chasser ce goût infect ; elle aurait voulu être n'importe où plutôt que là – de retour en un lieu où tout semblait normal, mais où tout était différent.

Blessée à l'intérieur, elle aurait aimé se recroqueviller un moment. Trouver un endroit tranquille et, eh bien… pleurer encore un peu. Mais sa fierté l'en empêchait, refusait de la laisser s'apitoyer sur son propre sort. Dommage, vraiment. Elle n'aurait pas dit non à une pause dans le manège infernal dans lequel sa colère contre Bastian l'avait embarquée.

Bon Dieu, elle en avait marre. Était lasse d'elle-même et de lui… de tout et de tout le monde.

Même les palmiers dans le hall l'agaçaient. Elle les foudroya du regard en passant. Et si un regard pouvait tuer ? Ces maudits arbustes seraient tout ce qu'il y a de plus mort… avec une enquête horticole en instance.

Jetant aux palmiers un dernier regard noir, elle contourna le plan rétroéclairé et traversa le hall. Ses chaussures d'infirmière grinçaient sur le sol poli, paraissant plus bruyantes que d'habitude, et son pouls s'accéléra, elle se mit à transpirer.

— Détends-toi.

Essuyant ses paumes moites sur sa blouse d'hôpital, elle regarda autour d'elle, s'efforçant d'avoir l'air calme.

— Comporte-toi normalement. C'est juste une autre journée de travail.

Hum-hum. Bien sûr. Comme si chaque jour commençait avec une grossesse surprise et une quête pour voler un dossier médical. Tout était la faute de Bastian.

— Pauvre type.

« Je t'aime, Myst. »

Ses mots flottèrent dans son esprit et, contre sa volonté, elle se rappela le timbre de sa voix, l'expression de son visage… la souffrance dans ses yeux. Nom de Dieu.

— Concentre-toi, se cracha-t-elle, s'énervant sur son sac alors qu'elle ajustait la lanière sur son épaule. Arrête de penser à lui.

La femme assise au bureau d'accueil lui jeta un regard bizarre.

Contournant le poste de commande de la réceptionniste, Myst haussa les épaules en guise d'explication et dit :

— Problèmes de cœur.

Faisant claquer son chewing-gum, la femme hocha la tête.

— Je vois ce que tu veux dire, chérie. Les hommes sont souvent des bons à rien.

Son accent texan arracha un sourire à Myst et, étrangement, l'apaisa. Pas de raison d'être nerveuse. Elle avait pris sa décision. Cette flagrante violation de la loi mise à part, elle avait besoin du dossier médical de Caroline, et le meilleur endroit pour le trouver était le troisième étage… où les médecins se réunissaient dans leurs beaux bureaux.

Son plan ? En trouver un avec un ordinateur.

Quinze minutes grand max – elle n'avait qu'à laisser ses doigts pianoter sur le clavier, lancer une impression rapide et… voilà. Information instantanée.

Déformant la frange de son sac, elle enroula la fine lanière de cuir autour de son doigt et scruta le couloir principal. Elle ne voulait pas tomber sur quelqu'un qu'elle connaissait.

Étant donné les nombreux déplacements impliqués par son métier, les risques étaient minces, mais les infirmières avaient des horaires décalés, faisaient les trois-huit. Un changement d'emploi du temps pourrait la mettre nez à nez avec l'une de ses collègues.

Il y aurait de quoi rire, non ?

Au mieux, ceux avec qui elle travaillait régulièrement sauraient qu'elle était portée disparue. Au pire ? La police la rechercherait, aurait interrogé les autres infirmières sur ses habitudes, aurait fouillé dans sa vie pour résoudre le mystère du décès de Caroline et de la disparition de Gregor.

Dans tous les cas, elle était coincée.

Un rire s'éleva dans son dos, résonnant contre le haut plafond du hall. Elle regarda par-dessus son épaule et…

Parfait.

Une bande d'infirmières, leur déjeuner à la main, quittaient le soleil pour entrer dans le bâtiment. À leur passage, Myst se glissa discrètement derrière elles pour se mêler à leur groupe. Le meilleur genre de camouflage.

Les écoutant bavarder, elle s'immergea dans le rythme ordinaire de leur journée. Moins d'une semaine plus tôt, ceci avait constitué sa vie. À présent, ça lui semblait vide, empreint d'une vacuité qu'elle ne parvenait pas à décrire. Étrange comme une personne pouvait changer à ce point en si peu de temps, mais la réalité n'y allait pas de main morte. Ce qui lui laissait un seul choix, pas vrai ? Aller de l'avant. Mettre un pied devant l'autre et reprendre le cours de sa vie. Une question se posait à présent : avançait-elle vers Bastian ou s'éloignait-elle de lui ?

Secouant la tête, Myst repoussa cette décision. Un bébé… pas de bébé… elle ne pouvait pas gérer toutes ces complications pour l'instant. Pas alors qu'elle se sentait tellement à vif à l'intérieur que respirer lui faisait mal.

Le groupe s'arrêta devant une rangée d'ascenseurs. Myst s'en éloigna, contourna l'angle et trouva l'escalier. Alors qu'elle grimpait les marches, elle s'obligea à se concentrer : à se représenter le troisième étage, à se souvenir des bureaux, ceux qui avaient ou non une réceptionniste avec qui elle avait travaillé.

L'écriteau mural du troisième étage apparut avant qu'elle soit prête. Sur le palier, Myst roula ses épaules pour détendre ses muscles crispés. Elle pouvait le faire. Une entrée rapide. Une sortie encore plus rapide, et elle détiendrait les informations dont elle avait besoin.

Saisissant la poignée en métal, elle ouvrit la porte et s'avança dans le couloir. Le verrou émit un déclic dans son dos, qui retentit bruyamment dans le silence. Elle se tourna vers la droite, balayant du regard les murs jaune pâle et les portes bleues. Comme des livres sur des étagères, elles s'alignaient avec une symétrie parfaite, encadrant le couloir des deux côtés. Des voix étouffées lui parvenaient de derrière certaines : des patients qui attendaient d'être reçus par les médecins, des infirmières qui leur posaient des questions, les sonneries de téléphone qui se mêlaient au bourdonnement des néons.

Plus elle marchait, plus tout devenait silencieux. La gynécologie-obstétrique se trouvait tout au bout. Et constituait sa meilleure cible. Les appels de l'hôpital étaient fréquents, obligeant les médecins à quitter leur bureau pour rejoindre la nursery. Si on y ajoutait le fait que c'était l'heure du déjeuner et…

Bingo.

Exactement ce qu'il lui fallait : une ventouse collée à une porte avec un écriteau en plastique suspendu à son crochet. Avec ses nombres noirs et ses aiguilles rouges, la pendule indiquait 12 h 30, et la note en dessous ? « Bientôt de retour. »

Myst vérifia sa montre. Elle disposait de vingt minutes avant le retour de la réceptionniste.

Regardant des deux côtés, elle s'assura que le couloir était vide, puis tendit la main vers la poignée, priant…

La porte s'ouvrit du premier coup. Dieu merci. Elle l'avait souhaité de toutes ses forces, mais les réceptionnistes étaient des créatures retorses. Certaines verrouillaient leur bureau comme si elles cachaient un seau rempli d'or à l'intérieur. D'autres étaient plus décontractées, supposant que les patients jetteraient un regard à l'écriteau et se dirigeraient vers la cafétéria pour attendre l'heure indiquée.

Avec un dernier coup d'œil pour s'assurer qu'elle était seule, Myst se glissa à l'intérieur. Toutes les lumières étaient allumées, exposant les fauteuils en tissu avec leurs bras en bois usés ainsi que les magazines sur les tables basses. Derrière une demi-cloison en face de la salle d'attente trônait le bureau de la réceptionniste. Des chemises blanches aux étiquettes colorées étaient posées dans la boîte des dossiers traités. Une plus grosse pile formait une tour de guingois dans la boîte de ceux à traiter, ce qui confirmait l'image de la secrétaire médicale sous-payée et surchargée de travail.

Certaines choses ne changeaient jamais.

Le sac sur l'épaule, elle courut dans le bureau du médecin. Un vieil ordinateur occupait un coin de la table encombrée. Se tournant pour faire face à l'écran, Myst saisit la souris sans s'asseoir. Les étoiles de l'écran de veille s'envolèrent, laissant place à un fond noir uni qui l'invitait à entrer un nom d'utilisateur et un mot de passe.

Le moment de vérité. L'hôpital avait-il bloqué son accès ? L'administration savait-elle seulement qu'elle avait disparu ?

Se mordillant la lèvre inférieure, elle s'assit dans le fauteuil pivotant. Les mains tremblantes elle pianota, craignant à moitié que l'ordinateur sonne l'alarme et hurle « voleuse, voleuse, voleuse ! » Elle dut s'y reprendre à deux fois, s'emmêlant les doigts sur le clavier, effaça son mot de passe avant de le rentrer de nouveau, l'esprit hanté de visions de l'intérieur d'une cellule de prison.

Lorsqu'elle le tapa enfin correctement, elle attendit, le doigt posé sur la touche « Entrée ». Avec un « s'il te plaît mon Dieu », elle appuya. L'ordinateur réfléchit un instant, puis… « vlan ». Elle avait réussi.

Juchée sur le bord du fauteuil, Myst tapa le prénom et le nom de famille de sa patiente. Le dossier de Caroline s'afficha à l'écran. Elle double-cliqua dessus, l'espoir talonnant la peur vers la ligne d'arrivée alors qu'elle lançait l'impression, avant de faire défiler les notes.

— S'il te plaît, fais que ça y soit. J'ai juste besoin de… nom de Dieu.

Elle resta bouche bée lorsque les résultats du labo apparurent. Elle se pencha plus près de l'écran et relut le rapport. Ses yeux ne la convainquant pas, elle secoua la tête et chuchota :

— Hémophilie.

Était-ce même possible ?

Cette maladie du sang était considérée comme affectant principalement les hommes, une anomalie génétique transmise de mère en fils. Ce n'était pas évolutif. Un patient naissait avec, ça avait à voir avec le chromosome X et…

— Oh, mon Dieu.

Elle porta la main à sa bouche pour étouffer un gémissement. Oh, non… non, non, non. L'hémophilie était curable. Avec les soins appropriés… si les résultats des analyses lui étaient parvenus… si seulement elle avait su, elle aurait pu sauver la vie de Caroline.

Les coudes appuyés sur le bord du bureau, elle se prit la tête entre les mains et regarda fixement l'écran, parcourant le dossier une nouvelle fois. Satanés techniciens de labo. Ils auraient dû lui communiquer les résultats plus vite. Si seulement ils…

Mais ce n'était pas juste.

Elle le savait alors même qu'elle les maudissait. Comme tout un chacun dans le système médical, les gens qui s'occupaient des échantillons étaient inondés de demandes… Trop d'analyses à effectuer et pas assez de temps. Connaître ces raisons, cependant, ne l'aida pas à aller mieux. Toute la compréhension du monde ne parviendrait pas à effacer l'horreur des faits.

Sa patiente était décédée d'une maladie curable, laissant un petit garçon sans sa mère.

Se sentant vide à l'intérieur, elle resta assise dans le bureau désert et écouta les frottements de la vieille imprimante qui crachait page après page. Lorsque l'écran de veille apparut, elle s'essuya les joues et remonta la manche de sa veste pour vérifier sa montre. Dix minutes et des poussières. Elle devait partir, ne pouvait pas rester assise à attendre que son état de choc passe et que son cerveau se remette en marche. La réceptionniste serait bientôt de retour. Autant prendre les feuilles imprimées et…

Un rire retentit dans le couloir.

Myst se figea, entendit le cliquetis métallique de la poignée et le sifflement des gonds alors que la porte s'ouvrait et que le bruit des voix s'intensifiait. Elle aperçut une blouse blanche de médecin. Bondissant sur ses pieds, elle saisit le dossier de Caroline sur le bac de sortie de l'imprimante. Tandis qu'elle fourrait les pages dans son sac, elle contourna le bord du bureau à toute vitesse.

Que Dieu lui vienne en aide. Elles étaient en avance, et elle était dans la merde jusqu'au cou.

Le poste avait une odeur de café brûlé et de mauvaise humeur. La première retourna l'estomac d'Angela. La seconde, elle la comprenait, parce que… hé. Elle était la plus grosse source d'ondes négatives dans l'*open space* qu'elle partageait avec les autres inspecteurs du département de police de Seattle.

Percevant le message, personne ne lui adressa la parole. Même si deux des plus courageux arquèrent les sourcils et lui jetèrent des regards inquisiteurs. Ouais, les esprits curieux voulaient savoir. Y compris le sien. Elle n'avait aucun souvenir de la nuit précédente, putain.

D'accord. Pas entièrement vrai. Sa mémoire lui envoyait quelques petits détails croustillants : des yeux bleu pâle et la lettre « R ».

« R ». Angela fronça les sourcils. Était-ce l'initiale d'un nom ? Une adresse ?

Affalée dans son fauteuil, elle se frotta le front et observa à travers ses cils l'agitation qui régnait autour d'elle. Comme d'habitude, le bureau était animé : des types qui parlaient au téléphone, rangeaient des dossiers ou en créaient de nouveaux, buvaient la boue qu'ils appelaient café. Elle attendrait, merci beaucoup. Hors de question que ce truc atteigne le fond de son estomac. Pas si elle voulait le garder là où il était.

Elle perçut la présence de Mac avant de le voir. Comme toujours, il surgit comme un ouragan, effrayant leurs collègues, les poussant à rassembler leurs affaires pour prendre la tangente. Un sourire aux lèvres, elle regarda l'exode de masse, appréciant la réduction sonore alors que les autres inspecteurs se découvraient soudain des tâches plus importantes à faire ailleurs.

Son partenaire posa un gobelet de chez *Starbucks* sur le sous-main de son bureau.

— Merci mon Dieu, murmura-t-elle en saisissant son café.

— La nuit a été longue ?

Juché sur le coin de son bureau, il but une gorgée de son gobelet.

Homme de routine, il commandait toujours la même chose : grand café noir, pas de lait, pas de sucre. Angela aimait son caractère prévisible. De jour comme de nuit. Peu importait. Leur rituel d'ingestion de caféine lui apportait du réconfort, et elle ne changeait jamais elle non plus, choisissait toujours un crème, avec une belle couche de mousse.

Prenant une gorgée, elle soupira et s'adossa de nouveau dans son fauteuil.

— Ouais.

Il afficha un large sourire.

— Il était temps que tu t'amuses un peu. Quelqu'un que je connais ?

Bonne question. Une à laquelle elle était incapable de répondre, et étant donné que le reconnaître n'était pas envisageable, elle mentit.

— Y avait pas de mec.

— Hum-hum.

Elle le foudroya du regard.

— Tu crois que je serais d'humeur aussi merdique si j'avais baisé ?

— Ça dépend du type. (Savourant ses propres railleries, Mac haussa les épaules, les yeux pétillants.) S'il n'était pas doué…

— Oh, ferme-la. (Posant son café sur son bureau, elle saisit une chemise cartonnée.) Donne-moi le programme pour aujourd'hui.

En un clin d'œil, Mac retrouva une expression grave.

— Je reviens juste du labo.

— Nombre de morts ?

— Je n'ai tué aucun de ces imbéciles, grogna-t-il d'une voix presque animale.

— Bravo, Mac. Bienvenue dans le monde civilisé.

Quand il ricana, elle sourit. Un point pour Angela en matière de revanche. Il était gonflé… lui demander si elle s'était amusée la nuit dernière.

— Ils ont perdu les échantillons de cendres, Ange.

Elle le regarda sans comprendre. Quels échantillons de cendres ? Ils avaient… nom de Dieu. Son cerveau avait de sérieux problèmes de connexion si elle ne pouvait pas tenir le compte de leurs indices en cours. Qu'était-il arrivé la nuit dernière ? Un truc bizarre. Un truc…

Bon Dieu. Pourquoi ne parvenait-elle pas à se rappeler ?

Passant la main dans ses cheveux bruns, Mac s'écarta du bord de son bureau et se dirigea vers le sien, collé contre celui d'Angela. Leurs espaces de travail se faisaient face, et quand il s'assit, elle croisa son regard.

— Les échantillons n'y sont pas. C'est comme…

— Si quelqu'un les avait pris ?

— Exactement, mais il n'y a aucune preuve de ça. (Il secoua la tête, la frustration le rendant nerveux.) J'ai examiné plan par plan les enregistrements numériques des caméras. Rien qui sorte de l'ordinaire.

Angela fronça les sourcils.

— Un coup monté de l'intérieur ?

— Ouais… peut-être. La division des Affaires internes s'en occupe, interroge les techniciens, mais ça ne nous aide pas.

Non, en effet, pas plus que les trous dans sa mémoire. Ouvrant le dossier d'une chiquenaude, elle dit :

— Très bien. Repassons tout en revue. Peut-être…

Le portable de Mac hurla, et elle grimaça. Mince, elle espérait vraiment qu'il changerait cette sonnerie. C'était un enfer quand elle avait mal au crâne.

— MacCord.

Alors qu'un bruit de conversation lui parvenait par l'écouteur, Mac se figea sur son siège. Angela eut la chair de poule quand son partenaire plissa les yeux.

— Ouais… bon travail. Gardez-la à l'œil jusqu'à notre arrivée.

Mac referma son téléphone dans un claquement. Elle releva le menton, un « dis-moi, dis-moi, dis-moi » inscrit partout sur le visage.

— Devine qui vient juste de se pointer au centre médical ?

Inutile d'être un génie pour trouver la réponse. Leur suspecte principale. Mlle Munroe était de retour.

— Le service de sécurité l'a enfermée ?

Quand Mac hocha la tête, elle saisit sa veste en cuir sur le dossier du fauteuil et se dirigea vers la porte.

— Allons-y. Je conduis.

Chapitre 33

Les globes flottants de la ZA vacillaient, se heurtaient les uns aux autres, menaçant de s'éteindre alors que Bastian faisait les cent pas sous eux. La magie crépitait dans le bout de ses doigts, le long de sa colonne vertébrale, l'enflammant de l'intérieur. Il perdait la tête. Avait besoin de sortir du repaire comme un type enterré vivant avait besoin de sortir de son cercueil.

L'odeur suffocante de la grotte l'accablait, le moisi, la terre et la poussière de roche lui oppressant les poumons. Il respira profondément. Serrant et desserrant les poings. Ses articulations craquèrent sous la pression tandis qu'il traversait la caverne à grandes enjambées : allant de tous côtés, se rapprochant à quelques centimètres du bord de granit, ses pas résonnant dans l'immensité.

Quatre paires d'yeux s'entrecroisaient, suivaient sa progression. Bastian n'en tint pas compte. Il n'en avait rien à foutre de ce que pensaient ses guerriers. Tout ce qu'il voulait, c'était partir.

— Combien de temps encore ? gronda-t-il, à quelques centimètres du bout de la botte de Sloan.

Appuyé contre la roue de secours fixée à l'arrière de la Honda, Sloan fit voler ses doigts sur le clavier du MacBook.

— Cinquante-trois minutes et des broutilles.

— Merde.

Au diable le soleil. Il devait trouver sa femelle tout de suite avant…

— Oublie ça, Bastian.

Installé sur le capot de la voiture, les jambes pendant dans le vide, Rikar le transperça d'un regard qui signifiait « Assieds-toi bordel ». Bastian détestait cet air-là. C'était comme recevoir dans la poitrine une cartouche de .44 Magnum.

— Tu te fais brûler par le soleil, et elle se retrouve toute seule. C'est ce que tu veux ?

Encore merde.

— Les Razorback…

— Ne peuvent pas sortir en plein jour non plus, dit Rikar. Il n'y a rien d'autre à faire qu'attendre.

— Pose ton cul, mon commandant. On patiente.

Les yeux rubis de Venom brillèrent dans la lumière tamisée. Soutenant Rikar de ses muscles, le grand type s'écarta de la paroi de la caverne.

Wick, comme d'habitude, ne pipa mot. Se contentant d'observer, ses yeux dorés fixés sur lui, prêt à bondir si Bastian se transformait et s'élançait vers la rampe de la ZA.

Seigneur. Il était entouré par une bande d'enfoirés. Des vrais, qui n'hésiteraient pas à mettre leur menace à exécution en l'attachant pendant encore cinquante-trois putains de minutes. Et franchement ? Il appréciait leur loyauté, mais…

Sa femelle était dehors, seule et vulnérable. Tellement remontée contre lui qu'elle risquait de commettre une bêtise.

Rikar soupira et, soulevant les jambes, sauta au bas de la voiture. Quand ses pieds touchèrent le sol, Bastian se tendit. Rikar et lui étaient proches, mais là tout de suite ? Il n'avait pas envie de voir son ami près de lui.

Écartant les pieds, Bastian serra les poings et roula des mécaniques, hurlant « ne t'approche pas » de la seule façon dont il en était capable… à grand renfort de langage corporel.

— Détends-toi, mon ami.

Rikar effleura des bottes le sol de granit raboteux, le pas lent et posé. Bastian le regarda du coin de l'œil, réprimant l'envie de se détourner. Ouais, il était trop crispé et ne voulait pas qu'on le touche, mais il n'était pas lâche, non plus. Et lorsque Rikar parvint à son niveau, il le lui autorisa, accepta le réconfort de son ami quand il lui posa la main sur la nuque.

— Écoute, je sais que tu as peur pour elle. Je le comprends parfaitement. Mais elle ne risque rien pour l'instant… parmi les siens en plein jour. Les Razorback ne peuvent rien lui faire.

Bastian frémit, imaginant le pire.

— S'ils la rejoignent avant nous… s'ils posent la main sur elle… Rikar, je ne crois pas que je pourrai…

— Tu vas y arriver. Demain matin, elle sera de nouveau dans tes bras. (Rikar lui serra la nuque.) Tu peux traquer son énergie, et on est plus intelligents que ces enculés. On va la ramener, Bastian.

Le menton contre la poitrine, Bastian ferma les yeux et se représenta Myst. Vit ses yeux violets et son magnifique visage. Sentit sa chaleur. Entendit son rire. Rikar avait raison. S'il se faisait brûler – comme ça lui était presque arrivé dans le garage ce matin –, Myst deviendrait une cible facile. Vulnérable dans un monde qu'elle ne comprenait pas.

— On est d'accord ?

Bastian acquiesça et, relevant la tête, regarda son meilleur ami dans les yeux. Leurs regards s'accrochèrent un instant, une compréhension silencieuse passant entre eux, comme toujours.

Rikar lui donna une tape sur l'épaule.

— Maintenant… parlons stratégie. On a deux cibles cette nuit : Myst et l'Écossais.

— Je m'occupe de ma femelle, dit Bastian, recommençant à faire les cent pas. Je m'assurerai qu'elle est en sécurité, puis on se lancera à la poursuite de Deep Purple.

Les bras croisés, Venom ricana.

— Un nom de mauviette, mais ça lui va bien. J'aime bien.

Rikar râla et jeta un coup d'œil à Wick.

— Tu es prêt ?

Hochant la tête, Wick tapota la valise militaire posée au sol près de lui.

Noire avec de grosses serrures en acier, la chose abritait la dernière invention de Gage – l'équivalent chez les dragons d'un Taser. L'arme faisait deux en un – une association d'électricité à haute tension et de neuro-inhibiteurs susceptibles de mettre un dragon KO. Dès qu'ils auraient touché Deep Purple, ils disposeraient d'une heure pour l'enfermer dans une cage.

— Oh, merde, dit Sloan.

— Quoi ? demandèrent Rikar et Bastian, leurs voix résonnant ensemble à travers la caverne.

— On a un petit problème. (Le doigt appuyé sur l'écouteur, les sourcils froncés, leur informaticien écoutait avec attention.) Je surveille les fréquences de la police, au cas où il y aurait d'autres meurtres, et les inspecteurs…

Rikar dressa l'oreille.

— La femme flic ?

— Ouais, dit Sloan, levant les yeux du MacBook pour croiser le regard de Bastian. Le type a reçu un appel. Ils avaient lancé un avis de recherche sur Myst, et ils viennent de la trouver.

Bastian plissa les yeux.

— Ils l'emmènent où ?

— Au poste du comté de King.

Il serra les poings. Alors que ses articulations blanchissaient, une image se forma, et Bastian s'imagina tabasser à mort l'inspecteur. Tirant un réconfort de cette vision, il ralentit le pas et s'obligea plutôt à réfléchir. Les flics ne lui feraient aucun mal. Ouais, ils pourraient l'effrayer un peu, mais la police suivait certaines règles : les droits de l'homme, un traitement non discriminatoire, pas de châtiments corporels. N'empêche, à l'idée qu'ils l'avaient enfermée dans une pièce et menacée…

Rien que d'y penser, il avait envie de leur arracher la tête.

— Combien de temps ?

— Quarante-trois minutes.

Seigneur. Le temps se foutait-il de sa gueule, à avancer plus lentement que d'habitude ? C'était l'impression qu'il avait, mais alors que Bastian marchait avec raideur jusqu'à l'autre bout de la caverne, il reprit le contrôle, et se représenta le chemin le plus rapide jusqu'au poste de police. Sloan n'était pas le seul à fouiller les banques de données des humains en quête d'infos. Et il mettrait ses griffes au feu que Myst était désormais sur le radar des Razorback, et qu'Ivar savait exactement où la trouver.

L'acier claqua dans son dos, enfermant Myst du mauvais côté de la porte verrouillée. L'air frais la mordit, et ses bras nus se couvrirent de chair de poule. Elle se frotta les biceps, se demandant si le froid constituait une sorte de technique d'interrogatoire : lui prendre sa veste, la jeter dans ce qui ressemblait à un frigo et attendre qu'elle craque.

Ça semblait être le genre de l'inspecteur MacCord. Ce type était inébranlable, un mélange redoutable de talent et d'intensité avec en bonus… des tendances violentes. Un peu comme Bastian et son équipe à Black Diamond, mais différent – une version atténuée du gros dur avec ses cheveux bruns et ses yeux d'un bleu orageux. La seule consolation ? L'inspecteur Keen paraissait sincère ; inquiète, même. Mais cela dit, ce n'était peut-être qu'une mise en scène – le numéro du mauvais et du bon flic conçu pour la déstabiliser.

Myst râla. Comme si la pièce ne lui faisait pas déjà cet effet.

Mince, cet endroit sortait tout droit de *New York, police judiciaire*.

Debout juste devant la porte, elle serra les bras un peu plus contre elle, luttant contre ses frissons et son envie de pleurer. Bon Dieu, comment en était-elle arrivée là ? Emprisonnée dans une boîte de dix mètres carrés avec des murs beiges et un miroir sans tain ? Quoique, ça aurait pu être pire. Au moins, la salle d'interrogatoire possédait une fenêtre. D'accord, des barreaux s'entrecroisaient devant la vitre, ce qui créait une atmosphère criminelle, mais elle laissait entrer la lumière, atténuant son impression de claustrophobie.

Contournant la table et les chaises au centre de la pièce, Myst gagna la fenêtre. La vue craignait, mais elle n'était pas intéressée par le parking d'asphalte avec les véhicules de police garés entre des lignes jaunes ni par les bâtiments au-delà du grillage de l'autre côté de la rue.

L'embrasement orangé la réchauffa, et alors qu'elle le contemplait, elle vit les angles durs du beau visage de Bastian et ses yeux verts miroitants. Malgré toute sa confusion mêlée d'indécision, elle voulait retourner à cet endroit, quand il la tenait dans ses bras et qu'elle se sentait tellement en sécurité. Pour l'instant, il était enfermé à Black Diamond – probablement fou d'inquiétude pour elle –, mais plus pour très longtemps.

L'épaule appuyée contre le mur de parpaings, Myst regarda le soleil se coucher et chuchota :

— Bastian, je suis ici. S'il te plaît, trouve-moi. S'il te plaît... trouve-moi.

Elle répéta ce S.O.S., ayant le sentiment d'être égoïste, consciente de n'avoir aucun droit de s'attendre à être sauvée, et encore moins de le demander. Pas après la façon dont elle l'avait traité dans le garage. Bon Dieu, l'expression de son visage quand elle avait démarré la Denali et...

Myst ferma les yeux.

Ouais, il ne lui devait rien, mais elle demanda malgré tout. Envoya son message de détresse sans discontinuer – espérant que le lien qu'ils partageaient le conduirait à elle. L'envoya jusqu'à ce que ses tempes soient douloureuses et qu'il devienne une litanie continue de « s'il te plaît » dans sa tête.

Et ça la fit chier plus qu'autre chose.

Elle devrait être capable de se sauver elle-même, nom d'un chien. Compter sur quelqu'un d'autre pour s'élancer – ou plutôt, voler – à son secours semblait, eh bien… vieille école. Complètement médiéval ou dans le genre. Le problème ? Elle ne voyait pas de solution pour la sortir de ce bordel. Du poste de police. De sous la mainmise de la loi et de deux inspecteurs très déterminés.

La porte cliqueta dans son dos.

Elle inspira profondément, se préparant à l'interrogatoire alors qu'un parfum épicé flottait dans la pièce exiguë. Une eau de toilette pour hommes. L'inspecteur MacCord était de retour.

La compassion n'était pas bien placée sur la liste des priorités concernant un suspect. Du moins, ça ne devrait pas l'être, mais ce jour-là ? Angela eut du mal à ne pas grimacer quand elle entra dans la salle d'interrogatoire derrière son partenaire. Myst Munroe avait l'air épuisée, et pas juste en apparence. Son abattement était plus profond, remontait au-delà du physique jusqu'à un endroit dominé par une lassitude de l'âme.

Angela pouvait comprendre.

Elle se sentait un peu dans le même état, là tout de suite, avec son esprit qui lui jouait des tours, lui montrait des pièces du puzzle tout en en cachant d'autres derrière un mur impénétrable de brouillard mental. Les autres flics pensaient qu'elle avait la gueule de bois, était un peu à côté de la plaque, luttait contre un mal de crâne « postcuite ». Si seulement c'était vrai, alors elle n'aurait pas à affronter le véritable problème. Quelque chose avait très mal tourné la nuit précédente.

Ce qui lui mettait la puce à l'oreille ? Elle voyait les trous dans sa mémoire. Vraiment, elle les voyait réellement… pouvait identifier là où il manquait un truc ; était capable de contourner les manques, mais pas de les toucher. Son cerveau avait rangé ces informations dans une boîte soigneusement scellée. Et ce « R ». Il ne cessait de la tourmenter, de l'envoyer tourner à l'infini sur le manège du mystère.

Bon Dieu, elle avait mal au crâne.

Se frottant l'arête du nez, elle dépassa Mac et plaça son bloc-notes sur la table. Comme prévu, le tas de papier claqua, résonnant un peu dans la petite pièce. D'habitude, ça suffisait pour obtenir l'attention du suspect. Myst ne broncha même pas. Elle était ailleurs, à regarder fixement par la fenêtre, comme si elle venait juste de faire dix rounds avec une paire de gants de boxe mentaux.

La compassion l'envahit de nouveau. Angela la réprima avec violence. Elle n'avait pas le temps de jouer les gentilles. Pas avec un bébé porté disparu.

Les yeux plissés, elle observa la femme qu'elle soupçonnait d'avoir arraché un bébé à l'utérus de sa mère pour de l'argent. Angela fronça les sourcils. Myst ne correspondait pas au profil. Aux dires de tous, elle était gentille, attentionnée, toujours prête à parcourir quelques kilomètres de plus pour ses patients. Les appels tardifs, les visites à domicile et les conversations autour d'un café, tout corroborait ces faits. Alors, qu'est-ce qui avait bien pu se passer là-bas ? Comment Caroline Van Owen avait-elle fini morte sur le sol de sa cuisine ?

Saisissant le dossier d'une chaise, Angela l'éloigna du bord de la table. Les pieds métalliques crissèrent contre le carrelage. Mac grimaça, mais elle n'obtint rien de Myst. Pas la moindre réaction. Elle resta d'une immobilité silencieuse, totalement concentrée… comme si elle cherchait quelque chose du regard.

— Mlle Munroe, dit-elle, haussant la voix.

— Je suis désolée, répondit-elle, les yeux rivés sur le soleil couchant.

Intéressant. Si ça continuait comme ça, Mac et elle auraient leur aveu bouclé en cinq minutes chrono.

— Pour quoi ?

Les sourcils froncés, Myst s'écarta de la fenêtre. Elle se frotta le haut des bras, et Angela serra les dents. Ouais, il faisait froid dans la pièce. Ils utilisaient souvent cette tactique d'interrogatoire : mieux valait garder un suspect mal à l'aise et nerveux qu'à l'aise et bien nourri. N'empêche, elle détestait augmenter la pression sur cette fille, et quand Myst se retourna pour leur faire face, elle faillit s'excuser pour la politique de connards des flics.

— Les problèmes que je suis sur le point de vous causer. (Le menton levé, Myst croisa son regard, puis celui de Mac, avant de revenir au sien.) Je me suis juste dit que j'allais vous adresser mes excuses par avance, vous voyez ?

« Sur le point de vous causer. » Pas qu'elle avait déjà causés. Son radar de flic se mit en marche, effectua une rotation complète sur sa grille de la suspicion. Examinant leur suspecte, Angela tapota le dossier de la chaise.

— Asseyez-vous, Mlle Munroe.

Elle hocha la tête et s'avança vers la table. Trois enjambées plus tard, portant la lassitude comme un gilet pare-balles, Myst se laissa tomber sur la chaise.

— Quelle heure est-il ?

Toujours devant le seuil, Mac fronça vivement les sourcils. Il lui jeta un regard interrogateur. Quand elle haussa les épaules, il baissa les yeux sur sa montre militaire.

— 19 h 31.

— Vous feriez probablement mieux de partir.

Enroulant ses cheveux blonds en un chignon de fortune sur sa nuque, Myst lança un regard vers la fenêtre.

— Il sera bientôt là.

— Qui ?

Bizarre. La conversation sortait tout droit d'un manuel du malade mental. Le problème ? Angela ne pensait pas que Myst entrait dans la catégorie des cinglés. Cette femme était fatiguée, d'accord, mais pas folle.

— Peu importe. Vous ne vous en souviendrez pas de toute façon.

Les coudes posés sur la table, Myst se pencha et laissa tomber la tête entre ses mains.

— Dans ce cas, il n'y a pas de mal à nous dire qui il est, insista Mac, la voix enjôleuse alors qu'il s'approchait de la table.

Angela décocha à son partenaire un regard interloqué. Elle n'avait jamais entendu ce ton avant. Du moins, pas dans une salle d'interrogatoire. D'habitude, il accablait les suspects avec la dure réalité des faits ; il frappait vite et avec une brutalité délibérée. Mais alors qu'il tirait une autre chaise, elle eut le sentiment que sa stratégie venait juste de s'étendre pour s'adapter aux demoiselles en détresse.

D'un mouvement brusque, il retourna la chaise, s'installa à califourchon, puis tendit la main pour la poser sur le poignet de Myst. Ce qui laissa Angela sur le cul, et alors qu'elle arquait les sourcils malgré elle, elle regarda son partenaire éloigner de son visage les mains de leur principale suspecte. D'accord, il s'aventurait officiellement en dehors des sentiers battus, entrant en trombe en territoire dangereux. Mais les instincts de Mac tombaient toujours juste, alors elle se tint à l'écart, attendant de voir si Myst réagirait bien au numéro du « type sympa ».

Penché en avant, il enveloppa de ses deux grosses mains celles de Myst.

— Où est le bébé ?

— Je suis tellement désolée, chuchota-t-elle, s'accrochant à Mac comme si sa vie en dépendait. J'ai tout essayé pour la sauver, mais… je ne pouvais pas et…

Lorsque les mots moururent sur les lèvres de Myst, Angela sentit sa gorge se serrer. Hantée. La femme était hantée par ce souvenir, et le revivait image par image. Elle le lisait sur son visage – dans son regard –, avec une telle force qu'Angela eut mal pour elle.

Alors que les émotions menaçaient de la submerger, elle se glissa sur la dernière chaise.

— Que s'est-il passé cette nuit-là, Myst ?

Les yeux fermés, Myst s'agrippa à la main de Mac, puis inspira et releva le menton pour regarder Angela droit dans les yeux.

— Caroline était déjà par terre… dans une mare de sang… quand je suis arrivée. Bon Dieu, il y en avait tellement, et j'ai appelé les secours, mais…

Myst secoua la tête et prit une respiration tremblante. Angela inspira avec elle, l'empathie montrant de nouveau le bout de son vilain nez.

— Elle a fait un arrêt cardiaque et je… je n'ai pas eu le choix. L'ambulance était trop loin. Il serait mort si je n'avais pas…

— Il ? murmura Mac.

Leur suspecte hocha la tête.

— Écoutez-moi, Myst. Vous devez nous dire où il est.

L'avant-bras posé sur la table, Angela se pencha vers elle. Bon Dieu, ils n'étaient pas loin… pas loin du tout d'obtenir les réponses dont ils avaient besoin. De ramener le bébé en lieu sûr.

— Il est en sécurité.

Elle secoua la tête.

— Vous allez devoir faire mieux que ça.

— J'aurais aimé pouvoir vous en dire plus, inspecteur Keen, mais je ne peux pas. Il est avec des personnes qui tiennent à lui… qui l'élèveront bien. C'est tout ce que vous avez besoin de…

Elle tressaillit et s'interrompit net en reculant vivement. Repoussant la main de Mac sans ménagement, elle tourna brusquement la tête vers la fenêtre.

— Oh, mon Dieu, souffla-t-elle.

Mac se leva, réagissant à la terreur dans la voix de Myst. Les yeux plissés, il regarda par la fenêtre.

— Qu'est-ce qu'il y a ?

— On doit partir d'ici.

Bondissant sur ses pieds, Myst contourna le bord de la table.

Angela s'élança après elle. Hors de question qu'elle laisse cette femme filer. Pas avec un bébé dans la nature et plus d'interrogations que de réponses. Tendant la main, elle saisit leur principale suspecte par son tee-shirt et tira, lui faisant perdre l'équilibre.

Alors qu'elle trébuchait en arrière, Myst hurla :

— Vous ne comprenez pas ! Je les sens. Ce n'est pas Bastian, et je sens, carrément… oh, bon Dieu… non.

Le bâtiment trembla sur ses fondations.

Angela vacilla, recula d'un pas et… nom de Dieu. Une ombre noire s'installa devant la fenêtre, bloquant le ciel nocturne. Un sifflement retentit et le verre se brisa, explosant dans la pièce comme des éclats d'obus, lui déchirant le haut du bras. Elle remarqua à peine la douleur avant d'être soulevée par la déflagration. Elle retomba avec violence sur ses fesses, entraînant Myst dans sa chute. Elles s'affalèrent l'une sur l'autre, et Angela se mordit l'intérieur de la bouche. Sans se préoccuper du goût de sang, elle appela Mac en criant.

— Ange, attention, rugit-il alors que les flammes léchaient l'intérieur de la fenêtre brisée. Fais-la sortir !

Suffoquant dans les exhalaisons toxiques, Angela arracha son Glock au scratch. Elle n'en avait rien à foutre de ses instructions. Hors de question qu'elle abandonne son partenaire. Pas alors qu'ils se faisaient attaquer.

Hurlant à Mac de s'écarter de la fenêtre, elle traîna Myst vers la porte. Elle pousserait l'infirmière dans les bureaux avec les autres inspecteurs puis…

De gigantesques serres noires s'enroulèrent autour du cadre d'acier de la fenêtre.

Le temps vacilla, se mit à avancer au ralenti. Plan après plan, Angela regarda l'impossible se dérouler sous ses yeux. Sentit les battements de son cœur et la montée d'adrénaline. Respira la fumée. Entendit Myst hurler et le grognement animal alors que les parpaings cédaient et s'effritaient comme de la terre sèche sous des serres couvertes d'écailles et des griffes acérées. La chose gronda en montrant les crocs, les yeux noirs brillant, et souffla. Comme du gaz sous pression, un air âcre s'engouffra par le trou dans le mur. La rafale souleva Mac et le jeta à travers le miroir sans tain.

Alors que le verre se brisait et que son partenaire disparaissait, Angela resserra les doigts sur son Glock. Avec un cri de guerre, elle appuya sur la détente et vida tout le chargeur sur le monstre qui se frayait un chemin à coups de griffe à travers le mur du poste de police.

Chapitre 34

Le bruit de pas lourds rebondissait contre le métal, résonnant le long des couloirs sans fin créés par les autorités portuaires de Seattle. Empilés à ciel ouvert tels des Lego, des conteneurs maritimes formaient comme un labyrinthe, oppressant Myst par leurs tours et détours jusqu'à ce qu'elle ne sache plus de quel côté elle allait. L'horrible trio qui la guidait entre les hautes parois des boîtes renforçait cette impression : la faisant suffoquer, refermant la cage, les emmenant tambour battant Angela et elle vers un homme-dragon qu'aucune d'elles ne souhaitait rencontrer.

Ivar.

Le chef des Razorback se trouvait quelque part dans le chantier naval. À attendre.

Réprimant un frisson, Myst se tordit les mains, tentant de desserrer les menottes en plastique souple à ses poignets. Leur bride épaisse la comprimait, son frottement lui mettait la peau à vif. Elle s'en foutait. Le temps lui manquait. Le salopard aux yeux noirs qui les conduisait au cœur du chantier naval ne ralentissait pas, et à une allure si rapide ? elle ne tarderait pas à se retrouver nez à nez avec le psychopathe en chef.

Angela la heurta par-derrière. Perdant l'équilibre, elle trébucha et lança à la femme flic son meilleur regard noir. L'inspecteur s'approcha encore, lui donna un petit coup de l'épaule, feignant de chanceler, et Myst comprit. Du cinéma. Angela jouait la comédie, s'efforçant de rester près d'elle.

Les bras croisés devant la poitrine, Myst joua le jeu et trébucha encore, priant pour qu'Angela ait un plan.

Cette dernière était intelligente… avait été bien formée. Peut-être qu'elle avait trouvé comment les faire échapper toutes les deux aux salopards qui les gardaient prisonnières.

L'inspecteur chancela et, la heurtant de nouveau, chuchota :

— Tenez-vous prête à partir.

Merde. C'était ça, son plan ?

Dans des circonstances normales, ça aurait été un bon plan. Excellent, même. Le seul problème ? Myst ignorait de quel côté aller. Ils avaient tourné si souvent qu'elle était désespérément perdue. Le plan avait un autre défaut qui ne la fit pas se sentir mieux, non plus. Les types qui les encadraient étaient rapides, capables de se transformer en dragons en un battement de cœur. Jamais elles ne parviendraient à les distancer.

Mais, bon Dieu… quel autre choix avaient-elles ? Rencontrer Ivar n'était pas une éventualité qu'elle caressait. Pas après tout ce que lui avait raconté Bastian sur ce salopard.

La bouche sèche, Myst déglutit, s'efforçant d'oublier ce dont étaient capables ses ravisseurs, mais la dernière demi-heure repassait dans sa tête comme un mauvais film. La salle d'interrogatoire, l'explosion et la fumée. Les hurlements et les coups de feu. Des griffes acérées qui détruisaient le mur du poste de police. Être traînée par les jambes à travers le trou. Angela qui avait été tirée sur le ventre, elle aussi. Le vol terrifiant au-dessus de la ville et… le traitement brutal qu'elles avaient reçu à l'atterrissage.

Angela la bouscula de nouveau.

— De quel côté ? demanda Myst, coulant un regard vers le connard devant elles pour s'assurer qu'il n'écoutait pas.

— La prochaine allée entre les conteneurs… vous prendrez à gauche.

Les yeux perçants, Angela scruta l'étroit couloir. Entassés sur trois niveaux, les conteneurs bloquaient toute tentative de fuite. Et avec les Razorback devant et derrière elles ? Ouais, toute la situation ressemblait à une passe de la dernière chance sur un terrain de jeu impossible.

— J'irai à droite, termina Angela.

Myst secoua la tête.

— On reste ensemble.

— On aura de meilleures chances si on se sépare. L'une de nous pourrait s'en sortir.

— Mais...

— Trouvez Mac, chuchota Angela, jetant un coup d'œil aux deux Razorback qui les suivaient. Allez voir mon partenaire, il va...

Un grondement s'éleva dans leur dos.

— On mijote quelque chose, femelles ?

— Myst ne se sent pas bien. (Retombant vite sur ses pieds, Angela haussa les épaules, mentant comme une pro.) J'essaie juste de la calmer.

Connard numéro un ricana.

— Quelle femelle faible. Je ne sais pas pourquoi Ivar la veut.

— Elle est à haute énergie, Denzeil, répondit le connard du devant, regardant par-dessus son épaule.

Il posa ses yeux glacés sur Myst, la paralysant de peur avant de les glisser sur Angela.

— Elles le sont toutes les deux..., ajouta-t-il, de bonnes reproductrices.

— Alors quoi, Lothair... ? (Le troisième Razorback s'interrompit, une expression songeuse sur le visage.) Ce sont des rats de labo ?

— Avec des avantages annexes.

Denzeil gonfla les narines.

— Qui prend la rousse ?

— Moi. (Lothair releva les coins de la bouche en dévisageant Angela.) Je suis impatient, aussi. Peut-être que je te baiserai avant que Bastian et sa bande de salopards se pointent. On a le temps avant qu'il capte le signal et vienne chercher sa femelle.

Un appât. Myst sentit son estomac se soulever. Elle servait d'appât, et Ivar l'utiliserait, comme on utilisait des petits poissons jetés dans des eaux infestées de requins, pour attirer Bastian dans un piège. Et malgré le danger, il viendrait. Tenterait de la sauver plutôt que de la laisser partir… comme il le devrait, comme elle le méritait. Elle l'avait abandonné et pourtant…

Que Dieu lui pardonne.

Il viendrait, démantèlerait le chantier naval pour la retrouver. Elle en était consciente comme de ses propres battements de cœur et, alors que celui-ci tambourinait contre sa poitrine, deux pensées la déchirèrent, la divisèrent en deux.

La première ressemblait à l'espoir, une supplication et une prière pour être sauvée. La seconde la frappa de deux coups en un, moitié culpabilité moitié effroi. Sa décision de fuir au lieu de parler avec Bastian d'une réalité qu'elle ne comprenait pas pourrait bien entraîner la mort de l'homme qu'elle aimait. Et l'espace d'une fraction de seconde, elle regretta que cet amour ait jamais existé, parce que sans lui Bastian ne se sentirait pas obligé de se lancer à sa recherche… serait resté en sécurité, bien loin des griffes des Razorback.

Les conséquences de son comportement la transpercèrent. La douleur se répandit, l'envahissant si complètement qu'elle regarda Lothair d'un air féroce, un « Va te faire foutre » sur le bout de la langue. Angela lui donna un coup de pied dans la cheville et secoua la tête, son message clair. « Ne réagissez pas. Plus vous en direz, plus vous leur fournirez d'armes pour vous blesser. »

D'un hochement de tête imperceptible, Myst reconnut sa sagesse, mais elle en mourut presque. Elle avait envie de se jeter sur le dos de Lothair et de lui briser le cou. Ouais, ça allait à l'encontre de tout ce qu'elle croyait sur elle et sa nature mais… elle en était capable. Sa connaissance du corps humain constituait un atout. Toutes ces jolies vertèbres bien nettes étaient faciles à casser quand on savait s'y prendre.

Le passage entre les conteneurs apparut à la vue.

Elle entendit Angela inspirer profondément puis expirer, se préparant à s'échapper. Myst en fit autant, remplit ses poumons et les vida, enrichissant ses muscles en oxygène. À la seconde où elle commencerait à courir, elle ne pourrait plus s'arrêter. Regarder derrière elle. Ni ralentir.

Le bruit de ses pas retentissant, Lothair continuait à avancer dans le couloir.

Et Myst se tint prête.

À l'instant où ils parvinrent au niveau de l'espace entre les conteneurs, elles s'élancèrent dans des directions opposées : Angela à droite, Myst à gauche. Les Razorback dans leur dos crièrent, donnant l'alarme. L'adrénaline lui hurlant dans les veines, Myst vola à toutes jambes. Le bruit sourd de lourdes bottes résonna derrière elle. Un souffle chaud lui baigna la nuque, et elle se baissa brusquement, zigzagua pour éviter la capture. Une énorme main apparut dans sa vision périphérique. Elle changea de direction en dérapant, et se rua dans un passage étroit.

— Merde, dit une voix énervée dans son dos.

Un bruit de glissade s'éleva alors que le Razorback s'arrêtait net. Un sentiment de triomphe envahit Myst lorsqu'il percuta un conteneur. Un autre juron accompagna un fracas métallique, rebondissant contre les boîtes en acier, retentissant dans la nuit.

Sans regarder en arrière, elle courut à toute allure vers le bout du passage et la liberté : chaque pas claquant contre l'asphalte, la poitrine se soulevant si fort qu'elle n'entendait rien d'autre que sa propre respiration rauque. Elle hasarda un regard derrière elle. Se frottant l'arrondi de l'épaule, Denzeil était debout entre les parois d'acier – jambes écartées, pieds fermement plantés – et bloquait l'extrémité du passage, mais…

Il ne bougeait pas. Restait juste là, les yeux brillant dans l'obscurité, un horrible sourire sur le visage.

La terreur la submergea, s'immisça dans ses veines. Oh, bon Dieu… non. La communication mentale. Le psychopathe était en contact avec quelqu'un. Elle distinguait l'élévation de son énergie. Alors que son aura rouge flamboyait, elle arriva au bout du conteneur et…

Une énorme main surgit de l'angle.

Le souffle coupé, Myst s'élança sur le côté et se baissa vivement. Elle entendit un grognement. Sentit la main se refermer sur l'arrière de sa blouse et tirer. D'une rotation du poignet, quelqu'un la jeta dans une impasse. Elle se retourna en trébuchant, s'efforçant de recouvrer l'équilibre. Elle devait trouver un moyen de le contourner, mais alors qu'il avançait, ombre massive sur la lune qui se levait, Myst sut qu'elle ne faisait pas le poids.

Serrant les poings, elle brandit ses mains liées.

— N'approche pas !

— Aucune chance, femelle. (Ses cheveux roux foncé lui dégageant le visage, des lunettes noires couvrantes lui masquant les yeux, il retroussa les coins de la bouche.) Mais j'aime ton style.

— Il ne te plaira plus quand je t'aurai brisé le cou.

— Une battante.

Il lui adressa un large sourire, montrant des dents blanches et régulières. Serrant et desserrant les poings, il s'avança à sa portée, la défiant de le frapper.

— Ça me plaît, aussi. Te mater sera d'autant plus intéressant, tu ne crois pas ?

En matière de railleries, celle-ci n'était pas mauvaise. Surtout dans la mesure où ce salopard joignit l'action à la parole. Un pas après l'autre, il s'approcha pour la mise à mort, envahissant son espace, l'obligeant à reculer dans un coin d'où elle n'aurait aucun espoir de sortir.

— Ça n'arrivera pas. J'appartiens à Bastian.

— Je sais, murmura-t-il, le ton empreint d'une excitation sourde.

Il gonfla les narines, et Myst comprit qu'elle avait dit exactement ce qu'il ne fallait pas dire.

— Mais la possession constitue neuf dixièmes de la règle, et c'est moi qui t'ai maintenant. Tu penses qu'il voudra encore de toi quand j'en aurai fini avec toi ? Après que je t'aurai montée bien comme il faut… que j'aurai pris tout ce qu'une femelle peut offrir à un mâle ?

Dansant sur la plante des pieds, à l'affût de la moindre occasion, Myst suivit ses mouvements, ne le quittant jamais des yeux alors qu'il tournait autour d'elle. Le cartilage délicat du nez. Lui griffer les yeux des ongles. Un coup de pied dans les couilles. Que des possibilités viables. La dernière, cependant, était sa préférée.

— Je ne te donnerai jamais cette satisfaction… Ivar.

— C'est déjà fait. (Il marcha encore autour d'elle, juste hors de sa portée.) Te posséder, te baiser, que tu me nourrisses… te voir enfermée dans le bloc A avec ma fille qui grandit dans ton utérus ? C'est toute la satisfaction dont j'ai besoin.

Sa fille ? Myst fronça les sourcils. De quoi il parlait, putain ?

Restant sur ses gardes, elle le scruta à travers ses poings, l'esprit travaillant à plein régime. Les dragons n'engendraient pas de filles alors…

La réponse la frappa avec force.

Ivar était un scientifique et, comme sa mère l'avait toujours fait, se souciait plus des résultats que de la réalité. « *Toute chose est réalisable à travers l'expérimentation scientifique.* » Combien de fois avait-elle entendu ça dans son enfance ? Elle avait vécu cette obsession – savait exactement ce qui avait poussé sa mère – et distingua la même passion dans l'homme qui l'acculait dans un coin.

Elle croisa son regard à travers les verres noirs qui lui cachaient les yeux.

— Tu manipules l'ADN chromosomique.

— Une femelle intelligente, murmura-t-il, une sorte d'approbation répugnante sur le visage.

— Ça ne marchera pas. Tu chasses…

Il l'attaqua si vite qu'elle ne le vit pas bouger. L'empoignant par la nuque, il enfouit les doigts dans ses cheveux. La peur l'embrasa, la rendant mauvaise. Se retournant, elle lui assena un coup de ses poings liés. Elle le toucha : une fois, deux. La troisième fois il jura alors que ses lunettes de soleil volaient, heurtaient dans un bruit métallique le conteneur maritime. Myst hurla et le frappa encore. La violence miroita dans les yeux d'Ivar qui flamboyèrent, illuminant les ténèbres d'une lueur rose.

— Espèce de fils de pute.

L'agressant de nouveau, elle souleva le genou, visant l'entrejambe. Il se déplaça et, impitoyable, lui rejeta la tête en arrière et la hissa sur la pointe des orteils. Un juron lui échappant, elle retint ses larmes, refusant de dévoiler sa faiblesse ou de reconnaître la douleur, et le tapa encore. Il reçut le coup sur la cuisse et la poussa contre la paroi du conteneur.

L'acier froid lui mordit le dos et la réalité la frappa sans ménagement. Elle ne pouvait pas gagner. Il était trop fort.

— Lâche-moi… lâche-moi !

— Leçon numéro un : ne me dis pas ce que je dois faire, déclara-t-il, se plaçant face à elle.

Il se colla contre elle jusqu'à ce qu'elle soit clouée à la paroi.

Incapable de bouger, elle détourna la tête, prise d'un haut-le-cœur quand il approcha le visage. Le souffle chaud de sa respiration la toucha une seconde avant qu'il lui effleure la pommette de la bouche.

— Leçon numéro deux ? Donne-moi ce que je veux, et tu vivras.

— Je ne te donnerai rien.

Il esquissa un sourire contre sa peau.

— Hmm… femelle. Tu sens si bon. Je parie que ta saveur est encore meilleure. Laisse-moi en prendre une gorgée, ma douce… un petit avant-goût de toute cette énergie.

Son estomac se souleva. Elle déglutit, luttant pour empêcher la bile de remonter.

— Va te faire foutre.

Ivar ricana, un son qui siffla près de son oreille. La peur la traversa, gagnant de la vitesse, insufflant à son énergie la force d'un ouragan. Pour une fois, elle n'intervint pas, embrassa la violence qu'elle avait toujours ressentie, se laissa emporter par le vent cinglant en elle, s'installa dans l'œil du cyclone. Depuis son centre, elle contrôla la tempête, en définit les limites alors qu'Ivar lui inclinait la tête en arrière et approchait le visage.

Nourrir Bastian lui avait beaucoup appris. Elle savait l'effet produit par ce lien, et comment il l'ouvrait. À présent, elle voulait juste le fermer. Son énergie appartenait à l'homme qu'elle aimait et à personne d'autre. Hors de question qu'elle permette à Ivar de prendre ce qui ne lui revenait pas.

Ivar colla sa bouche ouverte à sa gorge. Il aspira fort, lui tirant la peau, à la recherche du conduit qui lui donnerait accès à ce qu'il désirait. Myst resserra son emprise sur le courant énergétique qui affluait derrière sa barrière mentale. Une pause. Un changement momentané en elle, et le Méridien se retira, respectant son droit à le contrôler.

— C'est quoi ce bordel ?

Ivar sursauta puis s'écarta, la stupéfaction se lisant dans ses yeux roses.

— C'est mon énergie. Et la possession constitue les neuf dixièmes de la règle, connard.

Croisant son regard sans sourciller, elle vit la surprise se transformer en fureur alors qu'elle lui renvoyait ses propres mots.

Montrant les dents, il déplaça la main, pour la refermer sur sa gorge, lui bloquant la respiration. Alors qu'elle s'étouffait, luttant contre son étreinte, il gronda :

— Tu vas me donner ce que je veux, femelle. Je te battrai à mort pour l'obtenir.

Cette menace aurait dû l'effrayer, mais ce ne fut pas le cas. Peu importait à quel point il était brutal, elle ne céderait pas. Bastian arrivait. Elle le sentait à présent. Ce n'était qu'une vague impression – lointaine, mais se rapprochant vite. Ça lui donna de la force. Assez pour lutter alors qu'Ivar la traînait vers un conteneur maritime ouvert au bout du passage. Et alors que les portes métalliques claquaient derrière elle, elle ouvrit ses sens et envoya un appel destiné uniquement à Bastian, priant pour qu'il la rejoigne à temps.

À la tête des guerriers Nightfury, Bastian traversa les nuages. De la condensation s'écoulant du bout de ses ailes, il plana au-dessus du sud de Seattle, les lumières de la ville réduites à de petits points sous lui. Se déplaçant vite, il déploya son signal sur un périmètre étendu. Chaque ultrason lui revint, le guidant alors que les odeurs, les bruits et son sonar lui fournissaient des informations.

Le tour au poste de police s'était révélé un fiasco. Trente secondes à voler au-dessus des lieux lui avaient appris tout ce qu'il avait eu besoin de savoir. Un trou avait été percé dans le mur sur le côté du bâtiment, et les flics étaient complètement perdus.

Mais pas lui.

Ivar. Ce con de rebelle.

Bastian grogna, montrant les crocs dans l'air froid nocturne. Ce type avait enlevé Myst. À présent elle se trouvait aux mains d'un psychopathe complètement barré.

Inspirant profondément, Bastian expira longuement, avec lenteur. Il devait garder son sang-froid. Perdre l'esprit n'aiderait en rien sa femelle, mais si Ivar touchait un cheveu de sa précieuse tête… si ce connard…

Merde non. Il ne pouvait pas aller de ce côté. La peur n'était utile que quand elle était dirigée vers un but, alors il la façonna, l'affina en une arme redoutable dont il se servirait contre l'ennemi.

Aucune pitié. Il n'y aurait aucune pitié cette nuit.

Se laissant tomber, il frôla les gratte-ciel, utilisant les bandes électrostatiques pour retrouver Myst. Son énergie était comme une onde hertzienne, une bande passante magique à la signature unique à laquelle il pouvait se raccrocher et…

Il tourna brusquement la tête sur la droite. Au sud. Il devait voler plus vers le sud. Elle était près des quais, au milieu des cargos et des embarcadères de béton. Bastian vira plein pot et gronda de triomphe. Il humait son odeur à présent. Percevait sa présence alors qu'elle projetait son énergie pour l'unir à la sienne. Il murmura dans son esprit, la félicita à travers leur lien, espérant qu'elle l'entendrait. Le sentirait. Et saurait qu'il venait la sauver.

— *Je l'ai trouvée*, dit-il, entrant en communication mentale avec les quatre qui le suivaient dans une formation en « V ».

Rikar répondit :

— *Destination ?*

— *Le port de Seattle… les conteneurs maritimes.*

— *Un endroit intéressant pour monter une embuscade.*

Roulant à travers la couverture nuageuse, ses écailles vertes étincelant, Venom prit la place de l'ailier à la droite de Bastian.

Wick apparut sur sa gauche.

— *Combien?*

— *Un sacré paquet.* (Bastian plissa les yeux.) *J'en sens dix-sept.*

— *L'Écossais?*

Comme d'habitude, Rikar prit la position de l'ombre, s'élevant pour voler au-dessus de Bastian.

— *Je ne perçois pas sa présence parmi eux*, dit-il alors que Sloan achevait la pyramide de combat en se glissant sous lui.

Entouré de tous côtés par ses guerriers, Bastian vola bas et accéléra lorsque le chantier naval se dessina. Étalé sur plus d'un kilomètre carré, le port de Seattle constituait une énorme firme : un réseau enchevêtré de conteneurs maritimes, de grues, de docks en béton et de cargos. Il fila droit vers la partie la plus reculée.

— *Wick, tu es prêt?*

Ses écailles noir et or scintillant à la lueur de la lune, son guerrier tapota le pistolet électromagnétique fixé à sa patte de devant.

— *Si cet enculé pointe le bout de son nez, je le descends.*

— *Seigneur… une phrase entière, Wick. C'est quoi ce bordel?*

Rikar arbora un large sourire, montrant les crocs alors que les autres éclataient de rire.

— *Je t'emmerde*, dit Wick, revenant à son style habituel… trois syllabes.

Bastian ne prêta pas attention à ces chamailleries, trop concentré sur Myst pour se joindre à leur rituel d'avant combat. Se balancer des âneries avant les hostilités apaisait ses guerriers, les plongeait dans un état d'esprit combatif. Mais avec la vie de sa femelle en jeu, il ne voulait pas se calmer. Il voulait que la rage le submerge, et lorsque Myst lui lança un appel, il s'y raccrocha et suivit le plan de route qu'elle traçait pour lui. Sa poitrine se serra. Un « X » indiquait l'endroit. Ouais… juste là. Il pouvait pratiquement la voir. À moins d'un kilomètre, elle était cachée dans un conteneur maritime dans le fond de l'emplacement.

— *Que le spectacle commence, les gars.*

Relié à sa femelle, il se concentra sur elle, lisant son énergie. Celle-ci était encore puissante, sa force vitale n'ayant pas diminué sous l'effet de sa peur qu'il percevait. Alors que le soulagement le submergeait, la partie mauvaise en lui prit le dessus, l'incitant à la violence.

— *On se donne à fond. Éliminez tous ces fils de pute. Compris ?*

— *Cinq sur cinq*, grognèrent ses guerriers comme un seul homme.

Dans le sillage de Bastian, ils arrivèrent par l'océan, volèrent au-dessus d'un cargo et entre des grues gigantesques. Un grondement résonna quand les Razorback – cachés derrière le béton et l'acier – prirent leur envol, et lancèrent une attaque aérienne, emplissant le ciel d'éclairs d'écailles colorées.

S'élevant sur le côté, Venom se détacha des rangs et tournoya sur lui-même. Il inspira profondément et expira doucement. Dans un sifflement, des gaz toxiques roulèrent devant lui, un mélange de neurotoxines et de combustible vaporisé. Bastian vira avec force, s'écartant brusquement de leur chemin. Alors qu'il changeait de direction, le nuage empoisonné recouvrit le ciel, surprenant les Razorback en plein vol, leur arrachant l'air des poumons un instant avant que Wick souffle. Une flamme d'un blanc bleuté jaillit de sa gorge et le poison spécial de Venom s'embrasa et…

« Badaboum ! »

L'acier gémit sous l'explosion de niveau nucléaire qui projeta une vague toxique. Les conteneurs maritimes volèrent comme des boîtes en carton, effectuant des tours complets sur eux-mêmes. Catapultés hors du ciel, trois Razorback tombèrent, se transformant en cendres alors que les autres se dispersaient. Bastian déploya le manteau d'invisibilité, masquant soigneusement le chantier naval. Le seul humain qu'il souhaitait voir cette nuit était Myst et, eh bien… maintenant qu'elle portait son enfant elle n'était plus humaine à cent pour cent. Et alors qu'il attaquait un Razorback, transperçant les écailles et les os pour lui briser le cou, il ne put s'empêcher de penser : *génial, une autre raison de me foutre en l'air.*

Myst n'allait pas apprécier quand il le lui dirait.

Coincée à l'intérieur du conteneur maritime, Myst recula tant bien que mal quand Ivar s'avança sur elle comme un poids lourd de la boxe. Elle fila sur la droite. Il la contra et, balançant le bras, lui assena un revers. Le coup l'envoya sur le côté et sa tête partit en arrière ; et alors que sa joue l'élançait, le sang coula, lui remplissant la bouche avant de lui dégouliner dans la gorge. Elle eut un haut-le-cœur, mais ne broncha pas. Hors de question qu'elle flanche. Le salopard pouvait bien la battre à mort, elle ne lui donnerait pas la moindre goutte… pas une once de l'énergie qui jaillissait en elle.

Ivar leva de nouveau la main. Cette fois elle vit le blanc des articulations de ses doigts et un poing fermé, pas une paume ouverte. Il arrivait à bout de patience et elle, de temps.

Reste forte. Reste forte.

Le coup l'atteignit dans la cage thoracique. Elle partit sur le côté et tomba, heurtant le sol d'acier dans un bruit sourd. Une férocité qui la terrifia flamboyant dans ses yeux roses, Ivar se pencha, plongea la main dans ses cheveux et la hissa sur ses pieds.

— Donne-moi ce que je veux.

Même en sachant que ce combat était perdu d'avance, elle lutta malgré tout, refusant de le laisser gagner ; d'être une victime et de tomber sans se battre.

— Non.

— Salope de femelle, dit-il, la respiration bruyante, lui tirant les cheveux.

— Connard de mâle, souffla-t-elle alors qu'il lui poussait le visage contre la paroi. Tu aimes t'en prendre à plus faible que toi, pas vrai ? Tu prends ton pied comme ça. Qu'est-ce qui se passe, Ivar, quand quelqu'un est aussi fort que toi… tu t'enfuis pour te cacher ? Ouais, c'est ton style, pas vrai ? C'est pour ça que tu ne veux pas affronter Bastian. Il te botterait le cul… et tu le sais.

Dans un grondement, il la secoua. Sa tête partit en arrière, et Myst reconsidéra sa stratégie. Le railler ne constituait pas le meilleur plan. Mais, bon Dieu. Que pouvait-elle faire d'autre ? Elle devait gagner du temps… assez pour que Bastian la retrouve. Pendant qu'elle mettait Ivar en rogne et qu'il était occupé avec elle, il n'était pas avec ses guerriers. D'après ce qu'elle savait, les Razorback avaient besoin d'être dirigés au combat. Sans un chef fort qui tirait les ficelles, les guerriers d'Ivar se débineraient, laissant les Nightfury percer leurs défenses. Dès qu'ils auraient franchi les lignes de l'ennemi, Bastian et les autres les élimineraient un à un.

Du moins, c'était ce qu'elle espérait. Elle ignorait combien de temps encore elle parviendrait à supporter Ivar.

— On ne répond pas, Ivar ? Tu as si peur de mon compagnon que… ?

— Tu vas la fermer, putain ?

La poussant contre la paroi, il se colla contre son dos, l'écrasant contre l'acier. Alors qu'elle se débattait, il lui donna des coups de pied dans les chevilles et lui écarta les jambes pour introduire sa cuisse entre les siennes, appuyant ses muscles durs contre son sexe. La poitrine de Myst se serra, et elle suffoqua quand il grogna :

— Peut-être que je m'y suis mal pris. Peut-être que je ferais mieux de te baiser.

Oh, bon Dieu… non. Elle pouvait endurer une raclée, mais un viol ? Serait-elle capable de retenir l'énergie… de la lui refuser pendant qu'il l'agressait ? Myst ferma les yeux. *Reste forte. Reste forte.* Elle répéta ce mantra sans discontinuer, et réprima un gémissement quand Ivar glissa la main sous sa blouse.

Il posa la main à plat sur son ventre nu.

— Maintenant, c'est qui qui ne répond pas ?

Luttant pour se dégager, elle hurla, submergée par la rage. Son cri de bataille retentit, et elle poussa contre la paroi de ses mains liées.

— Va te faire foutre !

— Absolument… venons-y.

Son souffle chaud sur son oreille, il tira sur le cordon qui maintenait en place son pantalon d'hôpital. Elle se débattit, agita les bras et les jambes pour se libérer, se rebella contre son contact. Le nœud céda. Le coton qui lui couvrait les hanches glissa de quelques centimètres. Incapable de le retenir, elle sentit ses yeux s'embuer. Mais Myst refusa de laisser couler une seule larme. Elle ne donnerait pas cette satisfaction à Ivar. Il pouvait aller en enfer. Bastian l'y enverrait puis…

« Boum ! »

L'explosion retentit une seconde avant que l'onde de choc les frappe. Le métal gémit alors que le conteneur maritime oscillait, faisant reculer Ivar d'un pas. Propulsée avec lui, Myst trébucha puis s'écroula quand Ivar la lâcha. Les gonds grincèrent, le hurlement de l'acier rouillé rebondissant dans l'espace clos un instant avant que la porte s'ouvre.

Lothair passa la tête à l'intérieur. Il posa ses yeux sombres sur Ivar.

— Les Nightfury… ils seront là d'un instant à l'autre.

— Bien. (Il remonta les coins de la bouche et lança un coup d'œil à Myst.) Il a mordu à l'hameçon. Le C-4 est prêt ?

— Ouais.

— Arrange-toi pour isoler ce salopard. Qu'on fasse sauter les cornes de sa putain de tête.

Les iris roses d'Ivar brillèrent, et Myst se tendit d'effroi. Le regard toujours rivé sur elle, Ivar sortit une autre paire de menottes en plastique de sa poche. Lorsqu'il s'approcha, elle roula de l'autre côté, et tenta de se relever. Non qu'elle puisse fuir où que ce soit. Pas avec Lothair qui bloquait la sortie et Ivar qui fonçait sur elle comme un dératé.

Juste quand elle parvint à se remettre debout, il lui saisit la cheville et tira. Elle cria, heurtant violemment le sol. Donnant des coups de son pied libre, elle le visa à la tête. Il l'esquiva, referma la menotte en plastique à sa cheville, puis s'occupa de l'autre. En quelques secondes, il l'avait attrapée, lui ayant immobilisé les pieds comme les mains.

— Sois une gentille femelle et ne bouge pas.

Lui tapotant le haut de la tête comme à un chien, il sourit, se releva et se dirigea vers la porte. Lorsqu'il rejoignit Lothair, il lui jeta un regard par-dessus l'épaule.

— Je reviendrai finir ce que j'ai commencé, ma chérie.

La porte à deux battants claqua derrière lui. Elle entendit une série de cliquetis et…

Oh, non. Il l'avait enfermée à l'intérieur.

Recroquevillée sur le côté, elle sentit un froid terrible l'envahir et se glisser à la place de l'espoir, le balayant d'un seul coup. Myst ferma les yeux. Sans ce verrou, elle aurait pu avoir une chance. Même les pieds et les poings liés, elle aurait pu ramper vers la liberté. Sortir par la porte dans le passage entre les conteneurs. À présent ? Elle était cuite… en était réduite à attendre des secours qui ne viendraient peut-être jamais.

— Bastian, chuchota-t-elle, entendre son nom lui apportant du réconfort. Je suis là. Juste là. Trouve-moi.

Avant le retour d'Ivar.

Elle ne prononça pas ces mots. Ne pouvait pas se résoudre à dire le nom d'Ivar. Pas à haute voix. Ça semblait une sorte de sacrilège, une façon de donner du pouvoir à l'ennemi, et que ce soit fou ou non, elle refusait de perpétrer cette trahison. À compter de cet instant, il serait connu comme le « connard » dans son cœur et son esprit.

S'efforçant de rester calme, Myst se balança sur le sol d'acier. Ce mouvement de va-et-vient l'aida à chasser le brouillard provoqué par la peur. Peu à peu, son esprit s'aiguisa, lui permettant de concevoir plusieurs scénarios. Ce jeu des « et si » lui donna l'impression d'être mieux préparée, lui procura des réponses à des questions improbables. « S'il fait ça, je ferai ceci. »

Une autre explosion, plus près cette fois, fit osciller le conteneur. Tandis qu'il bougeait et gémissait, le sol trembla sous elle, l'ébranlant jusqu'aux os. La souffrance suivit, lui rappelant la raclée. Elle pouvait supporter les bleus. La peur qu'Ivar revienne ? Pas tant que ça.

Elle commença à claquer des dents malgré elle. Puis éprouva une vague sensation, comme si on lui effleurait la colonne vertébrale. Bastian. Bon Dieu, il était proche. Tellement proche.

Roulant sur le dos, elle regarda fixement le plafond ondulé et hurla son nom sans discontinuer, s'étranglant sur les larmes qu'elle ne pouvait plus retenir. Chaque cri s'accompagnait d'un sanglot et, se tordant les poignets, elle s'efforça de casser les menottes en plastique. Elle avait juste besoin d'un peu de jeu. Si elle parvenait à libérer une main. Si elle pouvait juste…

— Allez. Allez.

Maudites menottes souples. Ces trucs étaient plus efficaces qu'une corde ou une chaîne. Le plastique n'offrait aucune prise.

— Nom de Dieu.

Elle essaya les jambes, et plia les pieds pour ôter ses chaussures. Peut-être que sans ses baskets elle pourrait…

Un hurlement surnaturel retentit au-dessus d'elle. Myst se figea et leva les yeux vers le plafond, craignant que le connard revienne pour elle. Elle tressaillit quand un fracas métallique résonna dans l'air. Un grondement bas suivit, puis le bruit de griffes grattant l'acier. Myst se dépêcha, se balançant comme une malade mentale en se battant contre son emprisonnement et sa terreur.

Quelque chose gicla sur la paroi du fond. La respiration bruyante, elle s'agenouilla, priant pour que celui qui avait établi son camp là soit de son côté. Elle entendit un grésillement d'abord… puis vit le feu. Une ligne fine s'enflamma, coupant l'acier comme un chalumeau, dessinant un arc près du haut du conteneur avant de redescendre vers le sol.

Une porte.

Frissonnant dans le froid, elle attendit – craignant le pire, espérant le meilleur – pendant que le feu dévorait l'acier. Dans un raclement, le panneau découpé tomba en avant, heurtant le sol avec fracas. Des volutes de fumée s'engouffrèrent à l'intérieur. L'odeur âcre lui tapissa le fond de la gorge avant que le nuage se dissipe, lui donnant une vue dégagée de l'extérieur. Quelque chose bougea et elle aperçut un éclair violet.

— Bastian ? chuchota-t-elle, la voix aussi incertaine qu'elle l'était.

Un homme gigantesque apparut dans la porte.

Le pouls de Myst s'emballa. Pas Bastian.

Masqué par l'obscurité, le type resta immobile un moment, puis baissa la tête et entra dans le conteneur. Elle recula tant bien que mal, le regard rivé sur son visage… et ses yeux améthyste flamboyant qui la dévisageaient.

Oh, bon Dieu. Ce n'était pas un Nightfury.

— Myst Munroe, affirma-t-il, sa voix grave imprégnée d'un fort accent écossais.

Adorable dans des circonstances normales, mais là tout de suite ? Cette voix ne lui disait rien qui vaille. Pas plus que le fait qu'il la regarde fixement de sous ses sourcils noirs. Ce n'était pas bon signe, et lorsqu'il marcha vers elle, jetant des ombres allongées sur les parois d'acier, Myst eut envie de hurler. Elle déglutit, s'efforça de ne pas trembler, le regard toujours rivé sur son visage. Hors de question qu'elle baisse les yeux. Ce type n'avait rien sur lui. Même ses pieds étaient nus.

Il plissa les yeux.

— Tu es l'infirmière.

La lèvre inférieure tremblante, elle hocha la tête.

— Q-qui es-tu ?

— Forge. (Il s'arrêta à trente centimètres d'elle et s'accroupit, pour se mettre à son niveau.) Tu connaissais ma Caroline.

Elle ouvrit la bouche puis la referma. Elle secoua la tête, scruta son expression, tentant de deviner son jeu. Le regard améthyste qui croisa le sien était calme : pas de duplicité ni de subterfuge. Elle voyait la souffrance en lui, l'avait entendue dans sa voix quand il avait prononcé le nom de Caroline. Sa sincérité l'incita à en faire preuve aussi, son instinct l'avertissant que lui mentir se révélerait être un jeu dangereux.

— Caroline était mon amie. J'étais là quand elle est morte. (Incapable de les retenir, elle laissa ses larmes lui emplir les yeux.) J'ai tout fait pour la sauver, mais elle était… je ne pouvais pas… je suis tellement désolée.

Il l'examina, son visage un masque impénétrable.

— Bastian ne l'a pas tuée, n'est-ce pas ?

— Non. (La pression sur sa poitrine s'accentua encore.) J'ai appelé les secours. Bastian a intercepté mon appel et est venu, mais… c'était trop tard.

Tendant la main, Forge lui saisit les poignets. Le souffle coupé, elle sursauta et recula. Il la retint et, passant le pouce sur la lanière, fit fondre le plastique. Lorsqu'il tomba sans lui brûler la peau, il lui ôta les menottes et les jeta par-dessus son épaule.

Elle murmura un merci et, serrant et desserrant les mains, rétablit la circulation dans le bout de ses doigts.

Il balaya sa gratitude d'un haussement d'épaules et esquissa un geste de la main.

— Donne-moi tes pieds. Tu viens avec moi.

— Tu me promets de ne pas me faire de mal ?

S'installant sur les fesses, elle lui tendit ses chevilles.

— Tu as deux choix, femelle. (Après lui avoir libéré les pieds, il hésita, la main au-dessus de ses jambes.) Conduis-moi auprès de mon fils…

— Gregor.

Les yeux plissés, elle le dévisagea, la raison de son intérêt pour Caroline lui apparaissant clairement. Et alors que les morceaux du puzzle s'assemblaient, Myst comprit enfin pourquoi son amie avait cessé de répondre à ses appels et de prendre des rendez-vous. Sa patiente était au courant de l'existence des dragons grâce à Forge et avait essayé de protéger le père de son enfant.

— Ou reste ici et affronte Ivar.

Quand elle hésita, il ajouta :

— Mieux vaut moi que le centre de reproduction des Razorback, Myst.

Mince, ça ne lui disait rien de bon. Jamais elle ne voudrait s'approcher d'un « centre de reproduction ». Et s'attarder dans le coin jusqu'au retour d'Ivar ? Hors de question. Elle tenterait le coup avec Forge en espérant de tout son être qu'il regarderait ailleurs assez longtemps pour qu'elle puisse s'échapper.

— Je viens avec toi.

Il hocha la tête. Quand il mit ses grosses mains sur le haut de ses bras, elle se tendit, serra les poings, prête à se défendre. Mais il ne fit aucun geste menaçant, la hissa juste pour la poser sur ses pieds. La douleur lui remonta le long des jambes, et ses genoux se dérobèrent. Des picotements envahirent ses membres engourdis et elle gémit en vacillant sur le côté.

Forge la rattrapa.

Sans effort, il la souleva dans ses bras et se dirigea vers la porte qu'il avait découpée dans l'acier.

— Baisse la tête. Ce n'est pas joli par ici.

Recroquevillée dans ses bras, Myst fronça les sourcils. Il n'était pas comme Ivar ou son terrifiant second. Forge ne possédait pas une propension à la cruauté. Sans qu'il soit neutre. Il était… autre chose. Pas un Nightfury, pas exactement, mais il émettait des vibrations protectrices… comme Bastian.

Elle leva les yeux vers son visage alors qu'il la portait hors du conteneur.

— Tu es sûr d'être un Razorback ?

Il baissa sur elle ses yeux améthyste qui miroitaient dans l'obscurité. Le temps s'écoula, et un moment se transforma en un second avant qu'il détourne le regard, refusant de répondre. Son silence renforça le mystère, et Myst commença à se poser des questions. Était-ce un gentil ? Un méchant ? Ou était-il entre les deux ?

Elle l'ignorait. Et le moment était mal choisi pour résoudre cette énigme.

Forge accéléra et, alors qu'il passait d'une allure rapide à quatre fois la vitesse du son en cinq secondes chrono, elle ne put que s'accrocher. Et prier. Des dragons volaient au-dessus d'elle. Elle aperçut une aile par-dessus l'épaule de Forge. Entendit un rugissement. Sentit le soufre quand une boule de feu traversa le ciel nocturne, et espéra de tout son cœur que Bastian remarquerait qu'elle se déplaçait.

Chapitre 35

L'air froid glissa sur les écailles de Bastian alors que du sang chaud de dragon lui coulait entre les serres. D'un mouvement brusque, il rentra les griffes et se débarrassa du Razorback comme d'une mauvaise habitude. Le rebelle dégringola vers le sol, son corps se désagrégeant en pleine chute. Bastian tourbillonna, de la cendre lui volant sur la tête, le consacrant avec les restes du mort tandis qu'il en attaquait un autre.

Si près. Il était si près à présent.

Il humait l'odeur séduisante de la peau de sa femelle. L'énergie de Myst l'embrasa, et il se dirigea droit vers elle, n'ayant d'yeux que pour un unique conteneur maritime. Orange avec les nombres six-sept-un sur le côté, il se tenait dans le troisième rang à partir de la droite.

Droit… devant.

Myst se trouvait à moins de cent mètres sous lui.

Au passage, il transperça un dragon jaune de sa queue affûtée. Sans se soucier de son hurlement, il se frotta à un deuxième Razorback. La mise à mort lui prit quelques secondes. Une torsion rapide, un craquement brusque, et l'ennemi succomba : ses os brisés lui perçant les écailles, le dos béant, la senteur métallique du sang parfumant l'air. Éliminant un autre rebelle, Bastian scruta la zone de combat aérien à la recherche de ses guerriers.

Tout allait bien. Il les aperçut, chacun bottant des culs anonymes.

Les ailes déployées, il contourna une grue gigantesque et arriva par l'arrière. S'il réussissait à descendre assez bas, il franchirait le front ennemi. De là, il aurait directement accès à Myst.

Il brisa le cou d'un autre rebelle, mortellement efficace, sa technique brutale. Sans regarder tomber le Razorback décapité, il envoya un ultrason à ses guerriers, pour les mettre au courant.

—*J'y vais.*

—*Dépêche-toi*, dit Rikar, la respiration bruyante.

Venom renchérit :

—*Ça grouille de partout ici. Attrape-la et barre-toi.*

Il plongea, lâchant ses meilleurs jurons. Battre en retraite ne figurait pas dans son manuel. Il y ajouta une nouvelle page, sans tenir compte du coup porté à sa fierté.

—*Rikar, couvre-moi.*

—*Bien reçu. J'arrive sur ton flanc droit.*

Le crissement de la glace lui parvint à travers la communication mentale quand Rikar déploya son gel sur l'ennemi.

Constatant la présence de son lieutenant, Bastian tourna sur lui-même. Il devait emprunter le chemin le plus direct… une entrée et une sortie rapides. Pour protéger sa femelle et qu'ils puissent repartir tous deux en un seul morceau. Il se mit en position et…

Bastian sentit ses écailles le picoter, percevant une puissante vibration.

—*Merde… Wick!*

Son guerrier grogna en réponse.

—*Deep Purple est là*, gronda-t-il, le traquant… comprenant que le mâle était trop près de Myst.

—*Je m'en occupe.*

La rage remplaça le sang dans les veines de Bastian. Il vola vite, frôlant les rangées de conteneurs maritimes. Le salopard détenait sa femelle et avançait rapidement. Il scruta chaque allée, identifia une énergie résiduelle grâce à sa vision nocturne. Les secondes s'égrenèrent, le rendant plus nerveux, lui donnant l'impression que ses écailles étaient trop étroites pour sa peau. Il devait les trouver avant que Deep Purple quitte le…

Bingo.

Seigneur, il était sous forme humaine, et courait avec Myst dans les bras. Sans perdre un instant, Bastian plongea, tomba sur lui comme un dératé, les griffes grandes ouvertes. Le rebelle regarda par-dessus son épaule. Dans un juron, il lâcha Myst et se transforma. Ses écailles violet foncé brillèrent dans la pénombre. Montrant les crocs, le Razorback referma les serres sur le haut d'un conteneur. Bastian le laissa grimper, attendant d'avoir une ligne de mire dégagée pour ne pas mettre sa femelle en péril.

Un Mississippi. Deux Mississippi. Trois Mississippi… quatre.

Bastian souffla, puisant au plus profond de lui-même.

L'impulsion électromagnétique jaillit de sa gorge, frappa le mâle à la poitrine. Deep Purple valsa en arrière, percuta une grue à côté du quai de chargement. Le métal gémit alors que l'engin se brisait, de l'acier pleuvant sur la tête du Razorback. Chargé à bloc, Wick vira à fond dans le ciel. Le rebelle battit l'air des quatre fers, sa queue armée de piques formant un arc alors qu'il s'efforçait de se relever. Son guerrier appuya sur la détente. Le triple Taser toucha le dragon ennemi dans le flanc, lui assenant une bonne décharge d'électricité.

Pendant que Deep Purple était pris de mouvements convulsifs, Bastian recourba les ailes et se posa rapidement. Il glissa sur le côté, ses griffes ouvrant des trous dans le haut d'un conteneur, et hurla :

— Myst !

Assise sur le sol, elle leva les yeux vers lui. Il lut le soulagement dans son regard – le sentit envahir sa propre poitrine – une seconde avant qu'elle tourne son attention derrière lui.

— Bastian… attention !

À son cri, il effectua un tour sur lui-même, et des griffes acérées lui griffèrent le flanc. Du sang lui coula sur la cage thoracique et il entraperçut des écailles rouges. Les piques de la queue de l'ennemi le manquèrent de quelques centimètres, et la tête en bas – toujours à mi-chemin de son saut périlleux –, Bastian frappa. Il allongea une patte qui atteignit sa cible dans un craquement. Le rebelle tournoya comme une toupie, et il vit enfin son agresseur.

Ivar. Le salopard aux yeux roses était sorti jouer.

Un besoin primitif et une agressivité brutale envahirent Bastian. Il attendait cet instant depuis toujours. Avait rêvé de se retrouver nez à nez avec Ivar. Voulait le déchiqueter. Le faire saigner. Le regarder souffrir. Mais une force égale et opposée rivalisait pour se faire entendre, et le détourna de sa soif de vengeance. Sa femelle était à terre, seule et vulnérable. Ouais, il mourait d'envie de verser le sang d'Ivar, mais le désir de protéger sa femelle était plus puissant.

Myst passait en premier. En toutes circonstances.

Mais il ne pouvait pas la rejoindre tout de suite. Pas avec Ivar qui recouvrait le souffle et son bras droit qui l'attaquait par le nord. Le mieux qu'il puisse faire c'était de ne pas céder de terrain, de rester entre les rebelles et elle. Ouais, ça et appeler des renforts.

— *Rikar !* (Montrant les crocs, il se jeta sur Ivar.) *J'ai besoin de toi.*

— *Trente secondes.*

— *Je t'en donne quinze.*

Dix auraient été mieux, mais son ami était occupé. Il l'aperçut du coin de l'œil. Il avait lancé son attaque de givre et des éclats de glace volaient tandis que les Razorback tombaient comme des mouches.

Se retournant brusquement, Bastian assena un coup oblique à son ennemi. Le con rugit, et Bastian sourit, montrant les crocs de satisfaction. Ivar se rua de nouveau sur lui. Il le contra, lui décochant un uppercut sous la tête. Alors que celle-ci partait en arrière, Lothair gronda et s'élança, visant les cornes sur le crâne de Bastian, qui bondit hors de portée, indemne, frappé par une prise de conscience. Que foutait le bras droit d'Ivar ? D'habitude un dragon attaquait de front, jamais par un coup oblique.

Et le vol de reconnaissance de Lothair ? Ouais, plein de trucs clochaient dans cette tactique.

Fouettant l'air de la queue, il maintint Ivar à distance et scruta le ciel à la recherche d'écailles noires. Lothair était descendu bas mais…

Le voilà, qui s'élevait en trombe, un harnais dans les griffes. Et enchevêtrées dans les sangles ? Des briques de plastic. Seigneur. Les rebelles ignoraient comment se battre dans les règles. Ils tentaient de le faire sauter. Bastian plissa les yeux. Aucune chance. Jamais il ne laisserait le rebelle s'approcher assez.

— *Levez la tête, les gars… du C-4*, dit-il, envoyant l'info par communication mentale.

Wick répondit.

— *Où ?*

— *Dans les pattes de Lothair.*

— *Le connard.*

Contournant la flèche de la grue, Rikar se précipita tout droit sur le salopard noir.

Avec la cavalerie en vue, Bastian roula sur la droite, donnant à son ami une ligne de mire dégagée. Rikar gronda et déploya des cristaux de glace en une vague brumeuse. La visibilité passa de bonne à merdique. Utilisant la couverture nuageuse glaciale, Bastian effectua un virage serré. Il disposait d'un coup. D'une seule occasion de vaincre Ivar. Le mâle ne tarderait pas à se remettre, et alors ? Son plan pour sauver

Myst ne serait plus seulement difficile mais complètement foutu en un battement de cœur.

Perdu dans le tourbillon glacé, Ivar appela son bras droit dans un rugissement. Sans faire de quartier, Bastian s'élança, frappa avec précision. L'enculé rouge tournoya dans la brume froide. Et Bastian fit sa percée.

Toujours aussi rapide, il vola au-dessus des conteneurs maritimes.

— Myst !

— Ici… Bastian, je suis juste là !

Le cœur frémissant, il l'aperçut à trente mètres devant lui. Elle était debout – Dieu merci – et remontait l'allée en courant vers lui. Il se posa brusquement, écarta les conteneurs pour élargir le passage. Tous les bruits s'éteignirent et le temps ralentit quand il s'avança vers elle. Les secondes semblaient des heures, s'étiraient, et Bastian commença à prier. Il sentait Ivar qui arrivait derrière lui… se savait vulnérable au sol, mais il ne pouvait pas la laisser.

Pas en cet instant. Jamais.

Il revint brutalement à la réalité à la seconde où il enroula sa patte de devant autour d'elle. Sans se soucier de son petit cri de surprise, il la hissa sur son dos. Elle s'installa à la place qui lui revenait sur lui, lui chevauchant les épaules.

— Accroche-toi, *bellmia*. (Bondissant dans le ciel, il entra en communication mentale avec les autres.) *Je l'ai. Repliez-vous.*

Un rugissement s'éleva derrière lui.

Rikar jura.

— *Bastian… sur ta droite.*

Sans hésiter, il tourna brusquement dans le passage étroit. Luttant pour ne pas le lâcher, Myst s'agrippa à ses cornes alors que le chef des Razorback décrivait un cercle derrière lui. Dans un sifflement, Ivar souffla. Les gaz empoisonnés et les émanations toxiques s'embrasèrent, des flammes roses surgissant d'entre ses crocs. Bastian tourbillonna sur lui-même. Myst hurla, perdit prise, et dégringola vers le sol.

— Bastian !

Les yeux écarquillés de peur, elle tendit les bras vers lui.

Les ailes repliées au maximum, il plongea, s'efforçant de l'attraper. Il la saisit sur sa montée, comme par magie, et Myst cessa aussitôt de crier. Ivar rugit. Une flamme rose lécha le bout de l'aile de Bastian, lui brûlant les écailles alors que Rikar descendait en piqué. Il arriva tel un ange vengeur. Ses ailes blanches déployées, il resta suspendu un moment, immobile, au-dessus des piques sur le dos de Bastian, puis ce fut l'enfer sur terre.

La température chuta bien en-dessous de zéro degré. Un sifflement retentit sur les ondes alors que des poignards de glace de vingt centimètres fendaient l'obscurité. Serrant sa femelle contre lui, Bastian se baissa et vola sous la queue de son meilleur ami. Hors de question de se mettre sur le chemin de Rikar et de son arsenal.

Ivar inspira, tenta de compenser, pour s'arrêter net afin d'esquiver les couteaux de glace. Mais il était trop tard. Les éclats mortels frappèrent, s'enfoncèrent à travers ses écailles rouges. Le chef des Razorback hurla, perdant de l'altitude, et Lothair s'éleva.

Les ailes déployées, ses écailles noires brillant, il s'élança d'un tas d'acier entortillé, attaquant par en dessous. Guère plus qu'une traînée verte, Venom saisit le salopard par la queue et, tel un lanceur de poids olympique, tournoya sur lui-même. Le C-4 vola, et retomba dans le port dans un éclaboussement. Un. Deux. Trois tours plus tard, Venom le lâcha, jetant le rebelle la tête la première dans un cargo.

La collision entre son crâne et le métal retentit avec fracas, résonnant sur l'eau alors que Sloan arrivait, une escadrille de Razorback à ses trousses.

— On s'en va, on s'en va, on s'en va, cria Bastian, donnant le signal de la retraite.

Une autre nuit. Les Razorback seraient encore là pour être éliminés la nuit suivante. C'était toujours le cas avec les rebelles, mais il n'avait qu'une seule femelle. Et tandis qu'il la serrait avec délicatesse – laissant l'acier entortillé et l'ennemi derrière lui, volant plus vite que jamais auparavant –, Bastian n'en avait rien à foutre de sa vengeance ou des dragons.

Tout ce qui lui importait, c'était Myst. Au diable son orgueil.

Le vent agita les cheveux emmêlés de Myst. Cela semblait étrange, mais elle n'avait pas froid. Bastian était tout autour d'elle : sous elle alors qu'il volait, la protégeant de la fraîcheur automnale de sa magie.

Dieu merci.

Elle avait besoin de lui plus que de respirer, et alors que des nuages s'élevaient dans le ciel nocturne, elle colla la joue à ses écailles chaudes et lutta pour ne pas pleurer. Mais c'était un combat perdu d'avance. Elle ne pouvait pas oublier. Ses égratignures et ses bleus le lui rappelaient. Les abominables odeurs et bruits l'accompagnaient encore. Et des yeux roses surgissaient dans son esprit.

Des cauchemars. Elle avait le sentiment qu'elle était bonne pour en faire de terribles.

Les yeux fermés, elle réprima ses tremblements, bloqua ses émotions, cherchant désespérément à rester forte. Mais son cyclone interne la frappa comme un serpent à sonnette, et elle craqua, ses blessures béantes. Elle s'étouffa sur des larmes silencieuses, les gouttelettes coulant comme des ruisseaux jumeaux sur ses joues.

Comment avait-elle pu se montrer aussi stupide ?

Elle n'avait pas cessé de combattre Bastian. S'était laissé envahir par la terreur au lieu de garder son calme. Les « si seulement » constituaient une litanie qui lui sautait aux yeux.

Et qu'elle ne pouvait pas se pardonner. À cause d'elle, le port de Seattle était dans un état catastrophique et Angela Keen était probablement morte.

Une autre cargaison de « si seulement » lui traversa l'esprit. Nom de Dieu.

— B-Bastian ?

— Quoi, *bellmia* ?

Aussi douce que son vol, sa voix l'enveloppa dans une bulle chaude.

— Tu crois que Rikar va la retrouver ?

Il ne dit rien pendant un moment, et son silence lui apprit tout ce qu'elle avait besoin de savoir. Les chances qu'Angela ait réussi à s'échapper du chantier naval étaient minces.

— Rikar est notre meilleur traqueur, Myst.

Il vira en s'inclinant avec lenteur, changeant de plan de vol. Elle entraperçut une forêt en contrebas avant qu'il redresse.

— Si elle est encore là, il la trouvera.

Son « si » ne la réconforta pas, et elle se pelotonna contre lui, éprouvant le besoin de se rapprocher autant qu'il était humainement possible de le faire. Étrange, elle le savait. Une semaine plus tôt elle ignorait l'existence des dragons. À présent, elle ne pouvait plus se passer de l'un d'eux.

— Je suis tellement désolée.

— Chhhut, *bellmia*. On est presque arrivés.

Zigzaguant dans le ciel nocturne, Bastian les emporta au-delà de la limite des arbres. Le terrain descendit brusquement, tombant au bas d'une falaise, passant des contours squelettiques des arbres au néant. Elle entendit le rugissement de la rivière avant de voir le ruban couleur de nuit en contrebas.

Ses tremblements s'accentuèrent, lui secouant tout le corps.

— Je n'ai jamais voulu faire de mal à qui que ce soit.

— Je sais.

Sa voix douce lui parvint en une vague apaisante, qui la caressa, lui apportant une compréhension qu'elle ne méritait pas.

— Accroche-toi bien, ma belle. On se prépare à traverser la chute d'eau.

Elle sentit sa gorge se nouer quand Bastian franchit le coude de la rivière. Il aurait été facile d'imputer à ce changement rapide dans leur vol le poids qui lui comprimait la poitrine. Mais Myst en avait fini de se mentir. Elle était la seule à blâmer. Tous ces dénis, sa peur et son refus d'accepter la vérité au sujet de Bastian avaient créé une réaction en chaîne. Et même si elle le souhaitait, elle ne pouvait rien y changer.

À présent elle devait prendre ses responsabilités dans les souffrances de la nuit.

Quelles qu'en soient les terribles conséquences.

Tout un tas de scénarios catastrophe lui passèrent par la tête. Peut-être que les Nightfury la montreraient du doigt, la détesteraient, lui en voudraient, la rejetteraient d'emblée. Ils n'auraient qu'à lui effacer rapidement la mémoire et lui donner un coup de botte au cul pour la mettre à la porte de Black Diamond. Mais la pire pensée – celle qui l'effrayait vraiment ?

Peut-être que Bastian ne voulait plus d'elle.

Une brume froide recouvrit ses bras nus. Une caresse humide légère, une sensation à peine perceptible qui la poussa à lever les yeux. Grondant avec majesté, la cascade apparut à la vue. Tombant comme un rideau, elle jetait des éclats bleu et blanc au clair de lune. Sans ralentir, Bastian vola droit sur elle. Elle inspira brusquement et baissa la tête, se cramponnant à Bastian quand il fendit le mur d'eau vivant. Le jaillissement froid la fit sursauter, la trempant jusqu'aux os. Les ténèbres descendirent, les enveloppant dans un air moite et une odeur de renfermé.

Une lueur apparut au bout du passage.

Myst cessa de retenir son souffle, heureuse de voir la lumière quand Bastian vola sous les globes magiques. À la seconde où il se posa sur la ZA, il se transforma, devenant l'homme qu'elle connaissait. Aimait. Dont elle avait besoin plus que de n'importe qui au monde.

Dans un sanglot, elle se jeta sur lui. Il la rattrapa dans ses bras, s'assit sur la roche, l'installant sur ses genoux, l'enveloppant dans sa chaleur. Incapable de le regarder, elle se colla contre son corps, le respira, apaisée par sa force et son odeur familière.

Il l'étreignit avec douceur et murmura :

— Tout va bien, Myst. Je suis là.

Sa voix la submergea comme la marée. Profonde et chaleureuse, elle éroda la terre qui sous-tendait sa stabilité émotionnelle. Dans un craquement, elle s'ouvrit complètement et la douleur la frappa comme une immense vague. Ayant besoin de quelqu'un à qui se raccrocher, elle le serra plus fort.

— Oh, mon Dieu. Oh, mon Dieu. Je suis tellement désolée. C'est ma faute.

— Chhhut, ma chérie. Ce n'est pas ta faute. (Il lui caressa le dos, une main posée sur sa nuque.) Tu es en sécurité maintenant. Détends-toi s'il te plaît, Myst. Regarde-moi. Je dois m'assurer que tu vas bien.

Incapable de le lâcher, elle secoua la tête.

Il continua à la couvrir de caresses, toutes plus douces que les précédentes.

— Où es-tu blessée ?

— Ça va.

— Non… ça ne va pas. Regarde-moi, *bellmia*, dit-il, la poussant à lever la tête.

Tremblant violemment, elle obéit, détachant les bras de ses épaules. Libéré de son étreinte, il mit les mains sur ses hanches et la souleva, pour la placer à califourchon sur lui. Quand elle croisa son regard vert, elle sanglota, et lui prit le visage. Dans un murmure, il colla la bouche à sa main et lui déposa un baiser au centre de la paume.

— Bastian… je suis…

— Ne t'excuse pas.

Les sourcils froncés, il écarta des mèches mouillées de sa tempe. Il serra les dents, et grogna :

— Seigneur. Le salopard. Il t'a frappée.

— Je l'ai rendu fou, expliqua-t-elle. Il voulait mon énergie. J'ai refusé de la lui donner.

Elle vit la surprise briller dans les yeux de Bastian.

— J'ai découvert comment contrôler le courant… le Méridien… et le bloquer.

— Ma magnifique femelle. (De petits plis apparurent aux coins de ses yeux, qui se remplirent d'une telle chaleur que Myst eut envie de pleurer.) Est-ce que je t'ai dit à quel point tu étais extraordinaire ?

— Une ou deux fois, chuchota-t-elle, acceptant ce compliment avant de se pencher vers lui.

Elle lui effleura la bouche de la sienne, s'installant doucement contre ses lèvres.

— Je suis désolée de m'être enfuie loin de toi, Bastian. C'est le truc le plus stupide que j'aie jamais fait.

— Ce n'est pas moi qui vais te contredire. (Il sourit contre ses lèvres puis s'écarta, et son expression moqueuse redevint sérieuse.) Je l'ai mal vécu, Myst. Je n'ai pas voulu t'effrayer, mais je… merde. Je n'avais jamais fait ça avant.

— Quoi ?

— Tomber amoureux.

Et voilà… exactement ce qu'elle avait besoin d'entendre. Incapable de les retenir, les larmes lui emplirent les yeux, puis dégouttèrent de ses cils et roulèrent sur ses joues. Tandis que Bastian essuyait chacune d'entre elles, elle dit :

— Bon Dieu, quelle idiote je suis. Comment ai-je pu ignorer que je t'aimais ?

Il ouvrit la bouche, la respiration haletante.

—*Bellmia*…

—C'est vrai, tu sais. (Elle soutint son regard, pour s'assurer qu'il voyait la conviction qui brillait dans le sien.) Je t'aime tellement que c'est douloureux.

—Je ne veux pas que ce soit douloureux.

—Dommage. C'est comme ça, mais… (elle s'interrompit, pour laisser ses mots résonner dans l'immensité silencieuse de la caverne) si jamais tu me mens encore…

—Ça n'arrivera pas.

—Ou me mets enceinte sans ma permission, la prochaine fois… je t'écorcherai vif.

—Ça marche.

Avec lenteur, il esquissa un large sourire. La déplaçant un peu, il passa le bras sous ses jambes et, la serrant contre lui, se leva. Alors qu'il se retournait pour rejoindre l'entrée magique, il baissa la tête pour l'embrasser avec douceur.

—Plus de secrets, *bellmia*. On est ensemble maintenant.

—Ensemble.

Lui rendant son baiser, elle glissa les doigts dans ses cheveux, et joua avec le duvet sur sa nuque.

La mordillant gentiment, il lui lécha la lèvre inférieure, lui offrant sa saveur un coup de langue aguicheur à la fois.

—À chaque étape du chemin.

Ouais, ça lui semblait bien. Mieux que bien. Génial.

Et tandis qu'elle franchissait le seuil dans ses bras, en route vers la clinique du repaire, Myst sut qu'une aventure l'attendait. L'avenir s'étendait devant eux, terrain inconnu, incertain en tous points sauf un. L'amour transformait le paysage, offrant un abri contre la violence de l'orage.

Chez elle. Ouais, elle était enfin rentrée chez elle.

Achevé d'imprimer en août 2014
Par CPI Brodard & Taupin - La Flèche (France)
N° d'impression : 3006562
Dépôt légal : septembre 2014
Imprimé en France
81121262-1